故春深

（上）

是辞 著

四川文艺出版社

目录

楔子

楔 子　　　　　　　/03

海天悠、问冰蟾何处涌？

玉杵秋空，凭谁窃药把嫦娥赛？

甚西风吹梦无踪！

人去难逢，须不是神挑鬼弄。

在眉峰、心坎里别是一般疼痛。

上卷：残月

第一章	昨夜津门雨	/003
第二章	泥金扇生尘	/043
第三章	此间多是非	/079
第四章	长雾中望月	/115
第五章	念漫漫鸿笺	/153
第六章	把韶光窃了	/195
第七章	井底引银瓶	/243
第八章	咫尺隔天涯	/285
第九章	西府有海棠	/333
第十章	风吹梦无踪	/369

下卷：新月

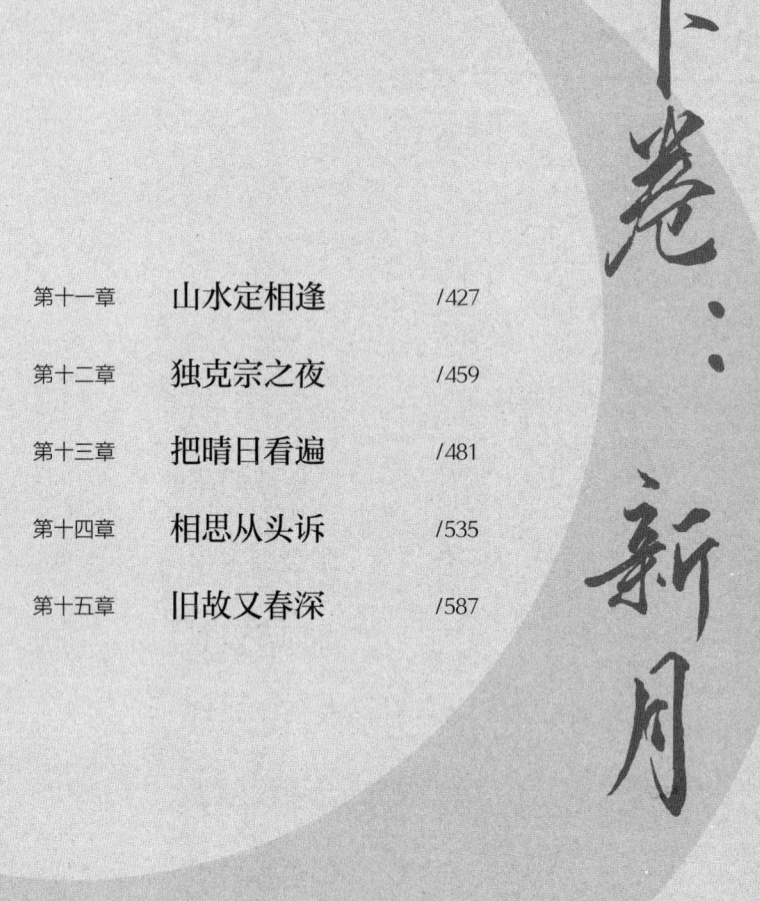

第十一章	山水定相逢	/427
第十二章	独克宗之夜	/459
第十三章	把晴日看遍	/481
第十四章	相思从头诉	/535
第十五章	旧故又春深	/587

番外：春日景和

番 外　**春日景和**　　　/617

海棠依然是昔年的海棠，
旧故依然是昔年的旧故，
这一生，
会是很好的一生。

樱子

楔 子

　　夏末的时候，黄秋意正在带领剧团排练《玉簪记》，因为不日就要公演。孟逢川早已经彻底告别了舞台，奈何架不住恩师央求，便抽空去帮忙调教一下师弟师妹。

　　孟逢川下午刚离开剧院，车子正平稳地行驶在南昌路的一段，解锦言的电话就打过来了。

　　孟逢川冷淡地问："我不是已经把地址发给你了？"

　　"瞧你这话说的，我还不能给你打电话了？再说，你只给了我个地址，人家姑娘的名字和长相我都不知道，到时候我跟谁相亲去？"

　　说到"相亲"孟逢川就觉得眉头直跳："你别说那两个字，我妈原话说只是认识一下……"

　　"真要是认识一下的话，你为什么让我替你去？"

　　"你不去也成，我现在就给她打电话，把这件事回绝了。"

　　可这个忙解锦言是帮定了，他急忙说道："去，我去，但你好歹给我个名字。她没告诉你人家姑娘的名字吗？"

　　"没记住，好像叫庆庆，还是静静。"

　　"照片呢？漂亮吗？"

　　"你跟狗见了肉包子似的。"车子快要行至路口时，孟逢川紧盯着前方路况，云淡风轻地说，"今晚六点半，映竹轩，靠窗最里面的堂座，不管庆庆还是静静，所见即所得。"

　　解锦言答应下来后，掉转话头，立刻就开始讨回这个人情："下个月末老爷子八十大寿,我知道你早就不演了,但私下里的,人这一辈子可就这一个八十整寿,他家里肯定要大办,就为了老头开心一下,不论京还是昆,你怎么也得……"

孟逢川早就习惯了他的唠叨,便打算等他说完这一大段话再出声。车子右拐,眼见右边有个女人的身影踏上斑马线,孟逢川如常减速,准备礼让行人。

南昌大厦的路口,女人穿着灰色T恤、米色丝麻长裤,手里拉着的行李箱上还挂着一件外套,有些不合季节的保守,长发温柔飘荡,像命运眷顾一样出现在孟逢川的视线中。

她看到车子临近的瞬间下意识地后退,与他互相礼让。可孟逢川认清那张脸后,整个人像是被施了定身咒一样,还好脑袋在转动。他错觉刚刚那一秒钟好像与她进行了对视,心跳加速地好奇她有没有看清楚自己。

一切都是刹那间的事情,手机里解锦言发现他始终不讲话,便用带着疑惑的语气叫他的名字。这时女人已经通过马路沿着街边走远了,孟逢川被身后车辆的鸣笛声惊醒了,便立刻掉转车头,跟上了那个身影。

那是他这辈子第一次尾随别人。

孟逢川也没想到,这么一跟就跟到了云南。四个小时的航程,两千多公里,从东到西。

彼时上海尚且热得不够尽兴,大理的夜晚却十分凉爽,他穿着不合时宜的夏装,在她下榻客栈对面的小旅馆里凑合了三天才等到空房,可那几天就连等待都是满心侥幸的。

至于真正与她说上话,又已经是很多天之后的事情了。

从古城里摩肩接踵、灯火通明的洋人街,到回客栈必经的那条小巷,皎洁月色充当路灯照亮了前方,孟逢川怀着如常的心态问她:"方便问你的名字吗?"

她在心中认为他有些老派的正式,萍水相逢,何必在乎她的名字。

"姜晴。"

孟逢川心头一动。

姜晴,天津姜家四小姐,字佩芷,好京戏,擅作文,胸怀大义,死于……

死于……

孟逢川不愿回想。

可旧人旧事正影影绰绰地浮现在他的脑海中,即便此时远在西南,还是不得不说一说那百十来年前的津门往事。

上卷：残月

第一章
昨夜津门雨

三月初，惊蛰刚过，天津骤然下了一场大雨，暗示着今年是个早春。房檐边淅沥作响，下人掀开帘帐，姜老太太撑着拐杖打卧房里走出来。一滴雨水闷头砸在了头顶，把老太太惊得一哆嗦。

丫鬟赶紧抽出帕子，姜老太太摆摆手："没事儿。"

到正厅主座坐下，老太太慢悠悠地吹着手中的那盏参茶，问道："小的那几个，都有谁在家呢？"

丫鬟答道："二少爷在东院逗鸟儿，我过来时还听到他在跟小厮闲话，说是昨天大沽口又响了炮声呢……"

说到炮声，姜老太太的语气充满关切："佩芷呢，我的小四儿呢？这外面总不太平，她惯是爱乱跑的性子，把她叫过来跟我待在一块儿。"

府里冬天挂上的棉帘帐都还没撤下去，正厅的帘帐被掀开了，姜家二少爷姜仲昀嘴里哼着曲儿打趣道："奶奶，您成日里就知道惦记佩芷，合着我们哥仨儿都海河里捡的。"

听姜仲昀这么一说，丫鬟忍不住掩嘴偷笑起来，姜老太太执起拐杖虚指了他一下："捡你做什么？捡婆螃蟹还能吃，捡你有什么用？我问你，见没见到佩芷，她上哪儿去了？"

姜仲昀栽在靠近门边的那张红木八仙椅上，姿态放荡："这您可问着了不是？捡我就是给您报备您亲孙女行踪的，我可是打小儿就陪她一起上树掏鸟蛋。不信您去问问她，三个哥哥里她最亲的是谁？她一准儿提我的名字。"

帘帐边冒出来一柄折扇，人未进门声先到："大清早的净听你在这儿往自己脸上贴金了。姜仲昀，我何时说过跟你最亲厚？"

姜老太太笑得眯起了眼睛："我的乖孙女来了。佩芷，快进来，外边儿冷。"

姜佩芷穿了一件月白色的长衫，早春天寒，长衫外面套了银鼠皮坎肩，胸前那颗芙蓉扣上挂了一枚珐琅彩质地袖珍香笼，做工考究，淡然生香；再向上看，一张脸未施脂粉，长发盘起，头上戴了一顶晟福祥的礼帽，活脱脱的男人打扮。

见她撩起衣裾踏过门槛，倒像是个标致公子哥的模样，姜仲昀凉飕飕地道："你一打扮成男人模样，就准没好事儿。告诉你多少次了，我们男人家可不会像你这么精致打扮。你这样的，倒像是私寓里的相公……"

"所以你们都是些臭男人，我最讨厌你们这样的。"

"那我下次见到佟家大少爷可得问问，他是香男人还是臭男人。"

"姜仲昀！"佩芷狠狠地剜了他一眼，不想提那个人的名字，"你怎么知道私寓里的相公是怎样打扮的？你当心我告诉二嫂。"

"好啊，长本事了，姜佩芷，你去告诉……"

姜老太太把茶盏撂在桌面上，发出了一声清脆声响。明知兄妹俩只是玩笑拌嘴，她还是明晃晃地拉偏架："仲昀，你不兴总欺负佩芷，我要不高兴的。"

姜仲昀嗤笑："谁欺负得了我们姜四小姐？人家能耐大着呢。"

佩芷靠在姜老太太座位的把手上，搭着姜老太太的肩："奶奶，您给掌掌眼，我新得的宝贝。"

说的是她手里的那把泥金扇，摊开来看，扇面上绘着春花蛱蝶图。

姜老太太点点头："画是好画，就是少了两句词儿。"

佩芷道："我正准备今儿个去找白柳斋给我题呢，这扇面儿正配他的字。"

姜仲昀钩钩手，丫鬟接过了扇子给他递过去，他拎在手里仔细地看。

姜老太太又问他："小荷和我说，昨儿个大沽口又打炮了，怎么回事？"

姜仲昀答道："还是前几天那码事，没完没了的。有人想进军天津，北塘已经开始戒严，埋了好些鱼雷。听到没，小四儿，你可别往那边去。"

第一章 昨夜津门雨

佩芷对此略有耳闻，便问道："怎么又来？"

"谁知道呢，见天儿地找由头闹。"他把那把泥金扇朝着佩芷扔回去，"这画是周绿萼的吧？"

"你怎么知道？"佩芷小心地接住扇子，嫌他粗鲁，顺便瞪了他一眼。

"他在上天仙挂头牌唱了三天杨妃了，我们四小姐可迷着呢。"姜仲昀脸上挂着嬉笑，"怎么着，周绿萼是你得意的带香味儿的男人？"

"奶奶，您看二哥说的都是什么话呀，三两句话不离男人，我一姑娘家都被他给带坏了。"佩芷转变了策略。

姜老太太叹了口气，看向姜仲昀的眼神明显挂着不悦。姜仲昀赶紧坐直了身板："奶奶，臭丫头拿您当枪使呢。上海红透半边天的青衣来了天津卫，都唱三天了，她可曾说过要带您去看了？小没良心的。"

姜老太太撇嘴看向佩芷："仲昀这话说得有理。佩芷，你怎么不说带奶奶去听戏？"

佩芷向姜仲昀暗送飞刀，只好老实解释："我是没说过带您去看，因为我都在心里记着呢。这前三天周绿萼嗓子都还没放开，只知道凑热闹的棒槌懂什么呀，我早留了后天晚上的厢座儿，要带您去看呢。"

她又对姜仲昀说："我的票可是二楼正中间的包厢，视野最好的位置，你懂吗你？"

姜老太太果然被哄得笑呵呵的。姜仲昀起身笑道："呵，这还骂起我来了，我走总行了吧，不讨你们祖孙俩的嫌。"

佩芷把他叫住："我准备出去呢，你得陪着奶奶，给奶奶看看你新养的那只彩毛鸟儿，稀罕得很。"

姜仲昀问："你出去做什么？眼下世道正乱，让父亲知道你成日里乱跑，看他打不打你。"

"有奶奶做护身符，我怕他做什么？"

"可不是，我还在这儿呢，谁敢打佩芷？"

姜老太太附和着，姜仲昀则满脸的无奈。

佩芷道："我这把扇子上还缺两句词儿呀，刚刚不是说了，约好了今日登门，让白柳斋给我赐个墨宝。词儿我都想好了，就题……"

姜仲昀抬手打断："省省吧,我真怕你脱口而出两句新诗,难听得很。"

"你怎知我只会写新诗呢,这古韵古香的扇面儿当然要题旧诗,你听听看呀。"

姜老太太好奇："听,他不听奶奶听。"

姜仲昀摆摆手,推着佩芷往帘帐外去："得得得,你赶紧给我出去,比我养的鹦鹉还吵。"

佩芷扯着脖子朝屋里喊："奶奶,等我晚上回来给您看,第一个给您看,只给您看。"

姜老太太应声,姜仲昀长叹一口气,直揉太阳穴。老太太嫌弃地剜了他一眼,嘀咕道："唉声叹气的,我是活不长了?"

姜仲昀直在心里念阿弥陀佛："奶奶,您这是说的什么话,合着我干什么都不对。"

"对,你干什么都不对。"

"……"

白柳斋酷爱食肉,尤其是白肉。佩芷出了姜府,抬手招呼了一辆黄包车,便直奔正阳春买烤鸭,打算顺道给白柳斋带去。

雨后街上的泥尘都染上了一抹清新的气息,佩芷显然心情不错,到了吉祥胡同白柳斋家里后,先是和他一起赏了赏周绿萼的画,恰又赶上快到午饭时间了,白柳斋便留她在家中吃饭,佩芷答应了。

他对周绿萼的画赞誉极高："笔触有大家风范,更难得的是神意皆具。现在好些画家一味地模仿古画的神韵,有的甚至以假乱真,倒是卖了不少好价,连米芾在天上都要纳闷儿了,自个儿怎么凭空多了这么多画作。"

佩芷赞同："我倒是更欣赏绿萼的画,比起画来,他的戏显得木讷。"

白柳斋摇摇头："你这话就不中听了,他若是听到你这么评价他的戏,要跟你翻脸的。"

佩芷不在意地笑了："话虽这么说,他唱杨妃我可是真金白银地捧了场的,他不高兴也要给我个面子。"

白柳斋"唉"了一声:"这么一算,丹桂社似乎是明日抵津,说是带了新戏来的。"

"丹桂社?"佩芷想了想,"孟老板年纪也已经不小了,还唱呢?"

白柳斋点了点她:"你说的是老孟老板,他早已经不唱了,现下正搁家里享福呢。现在挑班扛大梁的是孟二爷小孟老板,这些年也来过两回天津,难不成你都没去听?"

佩芷爱戏不假,小孟老板这号人物也略有耳闻,可确实没打过照面:"还真一次都没去。总是有原因,不得去看。孟老板我倒是熟,他谢绝舞台时我还小,最后一场《金山寺》唱完后,父亲还带我去扮戏房见'白娘子',我还摘了他盔头上的英雄胆。"

白柳斋有些艳羡:"总要给姜先生面子。"

佩芷坦然:"我沾他的光嘛。待我瞧瞧这位小孟老板的庐山真面目,总是比不上孟老板的身段和嗓子的。"

白柳斋说:"'桐花万里丹山路,雏凤清于老凤音。'小孟老板还年轻,再打磨几年未必会输给他老子。"

佩芷兴趣更浓了:"都是唱青衣的,你刚夸过周绿萼,我倒要看看他是何方神圣,能这么快就让你改了口。"

白柳斋哑摸着,语调悠长:"这位的戏,绝非凡品,旷世难寻啊。"

佩芷嘴角带着笑意,正要戗他几句,通过半开的窗户看到打远处跑过来的小厮,长相眼熟。那小厮气喘不停,显然是跑了不少里路,佩芷隐约猜到了是什么事儿。

她先小厮一步开口:"她又胡闹了?这次醉哪儿了?"

小厮喘着粗气说:"我瞅着……瞅着是进了……进了……协盛园……"

佩芷眼神中闪过嫌弃,和白柳斋道别后,随手往小厮身上扔了两枚银圆:"下回着急就叫个车,喘得像什么样子。"

她急匆匆地走了,身后传来白柳斋的询问:"扇子!字儿还没题……"

佩芷回道:"先放你这儿,回头我再来拿。"

佩芷一路火急火燎地赶到了协盛园。这个时间早场戏刚开锣,听着锣鼓点想必已经开始拔旗了。协盛园门口还算热闹,一侧墙面上贴着丹桂社新戏的预告画报，上方的巨幅画像显然是那位小孟老板。佩芷无暇看他的扮相如何，低调地往后门走去，月白身影一闪而过。

戏园子的后台本来就不消停，如今加上个醉酒的人大闹，乱得叫一个彻底。佩芷脸上讪讪地，一通胡乱致歉，便打算带人离开。

可那人酒品极差，吵吵嚷嚷的，险些拽掉佩芷的帽子。戏园子的老板凑过来与她商议赔偿事宜，还有戏班子的管事也要借机讹上一笔，奈何佩芷分身乏术……早场上不到三成座儿，后台这番景致一定比前台更热闹，也更聒噪，佩芷宛若身在闹市，还得是南市三不管的地界儿，乱中最乱。

这时，楼上最中间那间扮戏房的门被推开了，出来了一位扮好的美人儿，杏眸似凤，斜飞入鬓，珠钗上泛着璀璨光亮，身上却只穿了一件素净的白色水衣，清隽地立在松木栏杆前。

一开口竟然是男声，斯文动听，但缺少温度。

"盛老板，您这后台的戏可比前台的热闹多了。"

他的声音不大不小，却能让围在佩芷身边的所有人都安静下来，除了醉酒的那位。佩芷循着声音抬头看过去，楼上的人居高临下，姿态兀傲，一闪而过的神色总像是在白她。紧接着所有人都散了开来，继续去做手头上的事情，盛老板也嘟囔着"算了"，便背着手走远了。

刚刚报信儿的小厮姗姗来迟，已经叫了家里的汽车过来，扶着醉了的那位离开了。佩芷盯着楼上的身影看，他正用中指轻按太阳穴，其余手指不自觉地轻翘，美得像是画中人。

天津卫叫得上名字的角儿，佩芷都见过，这位却是眼生头一回。她在心里纳闷，何时来了这么个扮相清越的天仙，可扮相太美了也未必是件好事，保不准一张口就是个糟践戏的。

佩芷转身要走，最后一眼恰好看到楼上的那位眼神冷漠地扫过楼下、扫过她，先一步回身进了房间。

汽车里，穿深紫色丝绸旗袍的女人浑身酒气，佩芷忍不住捏住鼻子，眼神闪过嫌弃。女人凑过来，瘫倒在佩芷的肩头沉沉入睡。

第一章　昨夜津门雨

佩芷忍不住叹气，问起坐在前排座位上的小厮："她不是一直在袭胜轩留长期包厢，今儿怎么去协盛园了？"

佩芷知道她最近好上了个唱戏的，那人长期在袭胜轩挂牌演出。

小厮哪儿晓得佩芷知道这些，便吞吞吐吐的，不敢说清楚："二小姐许是，许是酒吃醉了跑岔了……"

佩芷说："她喝醉了不还是你们给叫的车？她想跑错你们敢送错？赶紧给我说明白。"

小厮道："唉，还不是孟月泠到天津了……"

佩芷问："孟月泠？"

小厮说道："现在管丹桂社的孟二爷。他们等戏单子排出来之后，发现少了个唱二路的旦角儿，袭胜轩那位削尖了脑袋想傍孟月泠，就去协盛园了……小姐喝醉了之后，偏要去找他。"

佩芷弄明白了是怎么回事，便懒得再去追究这些烂账了。肩头的人压得她的肩颈作痛。

从协盛园到赵府有一段距离，佩芷便跟那小厮聊了起来："丹桂社在协盛园唱新戏？"

小厮点头。

佩芷又问："老孟老板孟桂侬来了没？"

小厮想了想后摇头："没听说。孟大贤要是来了，怕是整个天津卫都不得消停了。"

佩芷觉得有道理："孟月泠的戏，你听过吗？"

说起孟月泠，小厮的眼睛一亮，转身看向佩芷说："四小姐，您要让我说孟桂侬孟大贤，我可能一天都憋不出一个屁来。我没您小时候有福气，孟大贤都得给姜先生面子，哄着您呢……"

"甭拍马，说正题。"

"说孟月泠，我能给您侃三顿饭不重样……"

"你还想蹭我顿饭？"

"我哪儿敢呀。"小厮眯着眼睛摇头，俨然已经沉醉其中，"孟月泠，孟月泠就是个妙人儿！"

佩芷顿时语塞："没了？"

"他现在可是满北平最烫手的人物，咱们天津戏迷也买他的账。早些年他第一次来我们这儿跑码头的时候，头三天打炮戏，您猜猜他唱的什么？《樊江关》《二进宫》，最后一天的大轴就是他老子早年唱出名的《金山寺》，这是公然叫板呢。现在他的戏可叫个一票难求。去年我跟着大少爷去了一趟北平，大少爷放了我半日的假，我挤进去蹭着听了一会儿。嘿嘿……"

他说的大少爷并非是佩芷的大哥姜伯昀，而是赵家的大少爷赵显荣。佩芷平日里上戏园子听戏最烦的就是这些不买票溜进去蹭戏的，赶上名角儿登台，从池座儿到廊座儿的过道里都挤满了人，夏天里她在楼上都闻得到汗臭味儿。

佩芷说："这么大的人物，协盛园岂不委屈他的尊驾了？"

小厮说："四小姐，这您就不懂了。人家啊，嫌戏园子太大了，人多，吵。"

佩芷可不这么想，这些角儿她见得多了，基本是本事不行，借口一堆。她笑着说："他是怕大戏园子座儿多，蚊子嗓压不住座儿。"

小厮摇头："不可能！孟二爷嗓子亮着呢，您真小瞧他了。他这个人呀，就是性子冷了点，孤僻，不大爱理人，说话也少。"

佩芷兴致缺缺，总觉得声誉太过的人等到真正见到了难免会觉得名不副实："扮相呢？你知道我一向不只是听戏的，扮相太差，什么好戏我也看不进去。"

"这您就放心吧，孟老板的扮相，那叫一个沉鱼掉雁、闭月关花……"

好好的词儿被他给改得稀奇古怪，佩芷没忍住笑出了声音。小厮见把她逗笑了，于是马屁拍得一鼓作气："我知道您最近得意上海来的周绿萼，周绿萼的扮相倒也好看，但在我心里，韵味儿还是差了孟老板点儿。但周绿萼现在是您眼前儿的红人儿、心肝宝嘛，您到时候要是因为偏心看不上孟老板，可不能怪我胡扯……"

什么心肝宝，佩芷收了笑容："你当我跟你们家小姐似的，成日里不是酗酒就是养戏子？我看他的戏、捧他，只是赏他的光，少攀扯那些有的没的。"

小厮用手打嘴,叫了赵府里的下人出来,把醉酒的小姐扶了进去,转头跟佩芷认错:"您瞧我这张臭嘴,我再也不敢乱说了。"

佩芷又给了他一些办事得力的赏钱,随后便拎起帽子跟在后面进了赵府。

小厮掂量着手里的银圆,小声地嘀咕着:"不就是养戏子嘛,我要有钱,我养十个。"

午饭佩芷是和赵显荣一块儿吃的,表兄妹俩寒暄了一通。赵显荣看了一眼房间里昏睡的亲妹妹,确定她安然无恙后便匆匆忙忙地回了洋行。下午还要见一位大客户,他忙得很。

佩芷坐在阳台的沙发上,正有一搭没一搭地翻手里的书,好打发时间。中午刚过,打西边又挪过来了块巨大的黑云,看起来还要下雨。

这时身后的窗户被推开了,赵巧容披着了件外袍,用双手拢了拢领口,又打了个哈欠,才懒洋洋地说:"你还在这儿呢?"

佩芷白了她一眼:"赵巧容,你要死能不能自个儿悄无声息地死?隔三岔五折腾我算什么事儿?"

"谁说我要死了?你才要死了,死丫头,倒训起我来了,合着你才是我姐呢!"赵巧容回怼她。

赵巧容赵二小姐,佩芷实打实的亲表姐。赵家阳盛阴衰,每代最多只有一个女孩,正房嫡系的更难得。赵家上一代唯一的女子就是佩芷的母亲赵凤珊,嫁的是天津赫赫有名的富商姜肇鸿。赵巧容的婆家也是数一数二、鼎鼎有名的,早些年她风光大嫁到北平,丈夫是手握兵权的谢三少谢蕴,但夫妻感情并不如想象中和睦。去年谢三少莫名其妙地死了,谢家带着大部分的兵回了东北老家,赵巧容则回了天津孀居。

她的孀居生活倒是极其丰富。现下各地都有自发组织的妇女联合会,宣传女性解放,早就不兴守贞节牌坊这一套了,这么说起来她倒是个彻头彻尾的"新时代女性"。

可佩芷只觉得她过分:"我哪儿是你表姐,我都快成你老妈子了。你在外边惹事，你那跟班的第一个找我报信儿，可算是看准我给你擦屁股了。"

"哎呀，谁让你是我的好妹妹呢。"赵巧容觉得理亏，便上前用手指钩她的下巴，"我们佩芷今天穿得可真俊呀，满天津最风流的公子哥儿就是你了。"

佩芷冷笑："姜仲昀说我穿得像私寓里的相公。"

赵巧容笑出了声，赶紧收住："他懂什么呀，私寓里的哪舍得用你这么考究的料子。我瞧瞧，这上边还有暗纹呢……"

可算遇上了个识货的，表姐妹俩凑在一起，佩芷给她显摆："可不是？你看出来了，瑞蚨祥新到的料子，我拿的第一手货。"

赵巧容直点头，看着佩芷低头欣赏袖口那块布料子的笑脸，忍不住出神。赵家缺少女丁，赵凤珊嫁到姜家之后，赵、姜两家交好，姊妹俩打小就在一起玩，都是调皮捣蛋的男孩子性格，再加上个姜仲昀，爬树、上房顶这种事都没少干过。可如今她赵巧容早已经疮痍遍布了，佩芷仍旧跟少时一模一样。

佩芷笑着在赵巧容发呆的眼前摆手："表姐？想什么呢？"

赵巧容掸掉指间的灰尘，像是抖落了十余年岁月的灰烬尘屑："跑神了。你刚刚说什么？"

佩芷说："让你给我弄丹桂社新戏的票呢。我今天出来之前跟二哥斗嘴，还把他给骂了，今儿晚上回去就让他给我弄票，我不好张这个口。"

赵巧容故意问："找你大哥呀，你大哥那么大的本事。"

佩芷低头摆弄着挂在扣子上的香笼，嘀咕道："你拿我解闷儿呢？"

姜家大少爷姜伯昀最嫌恶男人扮女人，说那叫不伦不类、罔顾廉耻。其父姜肇鸿当年倒是迷过孟桂侬，孟桂侬也是男旦，他尚且不敢在自己亲爹面前置喙。孟桂侬归隐后，姜肇鸿对戏的兴致就歇了下来，姜伯昀则开始明目张胆地表达厌恶，顺带着看爱泡戏园子的佩芷也不顺眼。

赵巧容无奈地一笑，脸上挂着宠溺问她："你扶我回来，我手里的钱夹呢？昨儿个跟孙太太她们一起打牌打到了后半夜，牌桌上还说到了孟月泠的新戏。我也记不清你看没看过他的戏了，可怎么着他也算个名角

第一章　昨夜津门雨

儿,就算我自己不去看,也得豁出去我这张脸,给我们佩芷讨张票不是。"

佩芷抿嘴敛笑,即便大哥不喜欢她听戏,但从小到大对她也是宠爱的。在一众哥哥姐姐的庇护之下,她活得自由自在,凡事只要张口,必有回应。

可说起钱夹,佩芷仔细回想:"我没看到什么钱夹啊。"

赵巧容说:"黑色皮料包着赭色缎面儿,上边是湘绣的'玉楼点翠'。"

佩芷说:"您形容出花来都没用,那么好的东西,我要是见到了,怎么可能不帮您好生收着。"

赵巧容一拍手,像是想到了什么:"保不准喝多了之后被我掉在哪儿了,票就夹在里面呢。你快去给我找找,我们后半夜散了牌局,就在孙公馆东边的那栋小楼喝的酒。他们家下人是不敢乱动,钱夹真要是掉在那儿了,一准儿地给我收起来,你去拿就行了。哎,你还是得先去一趟协盛园,后台乱,万一有手脚不干净的……"

佩芷歪头打量她:"赵小姐,您放着家里的下人不使唤,让我给您当跑腿的?"

赵巧容笑道:"反正你也得回家,这不是顺路嘛?我让下人去,回头还得交给你,这一来二去的,麻烦死了。"

佩芷起身戴上帽子:"那我这就走了。"

赵巧容拍了拍佩芷的后腰,婀娜的身躯靠在窗边,即便头发凌乱、面容憔悴,也仍有几丝风韵尚在。她打趣佩芷:"这身打扮可真俊俏,还香香的,你要是个男的,我保准儿跟着你。"

佩芷朝她抱了个拳,用戏曲里小生的音调诙谐地说:"承蒙赵二小姐抬爱,小生心领,先行一步。"

赵巧容被逗得直笑,声音追着佩芷说:"票子随便你拿,钱夹要还我啊,那做工讲究得很……"

佩芷嫌弃地看了她一眼:"谁稀罕你的钱夹,抠死了。"

佩芷先去了协盛园,直接找上盛老板,盛老板一见她是和赵巧容一起的,便恨不得躲着走。佩芷赶忙把人拉住,不得不搬出身份。在这个年代，身份就是万能的通行证。

她压低嗓音说："家父是姜肇鸿。"

盛老板一愣，语气变得支吾起来："这，您，您是？"

佩芷答道："在下家中行二，姓姜名洄，字仲昀。刚刚醉酒闹事的是我表妹，赵家您一定也听说过。"

盛老板笑眯了眼睛："知道知道，当然知道。我就说都是些小事，这赵小姐不是被您给领回去了？姜二少还有什么吩咐？"

佩芷礼貌地说："是这样，表妹的钱夹丢了，我来帮她找。后台太乱了，还是要劳烦盛老板帮忙问问，看没看到一只赭色的缎面钱夹，上面是湘绣工艺……"

盛老板带她去了后台，一边走一边说："您移驾，我带您一起去问。昨儿个丹桂社到的我这儿，他们的行头和砌末都是自己带的，好些个箱子。孟老板讲究，不稀罕用我们这些官中的，所以收拾起来这后台难免乱了点，您见谅……"

他说个不停，佩芷用余光瞟到楼上那间扮戏房的门又打开了，有几个人乌压压地簇拥着最中间那位穿红帔花褶子的，小声地说着"二爷要上台了"；被拥着的那个人一言不发，表情始终冷冷的，倒像是个不配吃戏饭的"整脸子"。

"整脸子"被梨园行列为艺病之一，说的就是那种从脸上看不出喜怒哀乐的人，有先天性面瘫，也有的是不善于做表情。老话说"瞧见墩饽饽都不乐"，说的就是这种人，属于祖师爷不赏饭吃。

盛老板带着佩芷跟这群人擦身而过，佩芷忍不住多看了两眼，确定就是那会儿在楼上"劝架"的那位。对方显然发现了佩芷在盯着他，不仅如此，还看到盛老板为了迁就佩芷略弓着的腰，浑身写着谄媚。

于是乎，他十分自然地白了佩芷一眼，随后用手紧了紧鬓花，悠然地走远了。

佩芷睁大了眼睛，一股怒火上来险些冲掉头顶的帽子。她指着红衣背影，难以置信地问盛老板："他瞪我？他刚刚瞪我？"

佩芷情急之下忘记压低了嗓音，那人显然耳力极好，闻声又回头看

第一章　昨夜津门雨

了她一眼。她赶忙将声音放粗，怆声道："看什么看！"

盛老板两头都惹不起，只好用袖子擦了擦额头上莫须有的汗。眼看着那尊大佛走远了准备上台，他按下佩芷的手臂，语气谦卑地说："没有的事儿，没有的事儿，他吃了熊心豹子胆也不敢瞪您，您别窝火。"

佩芷粗声地说："他就是瞪我了！你少在这和稀泥，我还不瞎。"

盛老板说："哪能……"

有个脸上画着豆腐块的丑角儿打他们二人身边路过，闻言凑过来插科打诨："二爷就是瞪你了，瞪你怎么着了？外边谁让二爷瞪一眼心里可美着呢！"

佩芷气得咬牙跟他辩驳："那是他们贱，我又不贱，他凭什么？"

"凭你们这样的人他见得多了，二爷最看不上你们这些纨绔……"

盛老板赶紧把人推走，转过来安抚佩芷："您别动怒，咱们先去找钱夹，这才是要紧的事不是？"

佩芷仍旧在心中窝火，盛老板试图给她讲道理："您家的表小姐中午刚大闹过我们后台，二爷记着呢。这些成了角儿的，多多少少都有点儿怪癖，孟二爷在的后台，一向都要安安静静的，何况闹呢。"

听到"孟二爷"三个字，佩芷明显有些惊讶："他就是孟月泠？"

盛老板叹了口气："嚯，合着您还没认出来他呢？不应该呀，这外边挂着那么大的戏报子……"

佩芷站在协盛园外的那张巨幅画报前，半仰着头打量画上的人，耳边隐约传来园子里的唱戏声，听不清楚唱的是哪一出。

实话实说，画报上的人着实美得不可方物。过去她总给那些旦角儿的扮相挑刺儿，不是这个下巴太短，就是那个下巴太尖，不是这个鼻子太大，就是那个鼻子太小……照这样看起来，孟月泠的扮相真是长到了她心坎儿里，一切都算得上个恰到好处。

这下她更好奇他张开嗓子唱两句是什么样了。

协盛园对面干货店的掌柜的走到佩芷身边，伸手匀她瓜子，佩芷的眼神充满提防，摆手拒绝了。

那掌柜的也不在意,兀自嗑了起来,吧唧着嘴问她:"孟老板好看吧?"

佩芷点头:"好看,一个鼻子两个眼睛的,刚好。"

掌柜的嗤笑:"您瞧您这是夸人的话?我可是看您在这儿看半天了,连眼睛都看呆了。"

佩芷一笑置之,那掌柜的又说:"别急,后儿个就有耳福了,丹桂社明天到天津。"

白柳斋也说丹桂社明日抵津,可刚刚盛老板亲口承认扮好要上台的是孟月泠,这绝不会有错。佩芷摇头对掌柜的说道:"人早就到了,您听岔了。"

"早就到了?"

"听到里边的戏声了吗?孟月泠就在台上呢。"

掌柜的不信,指着天说:"这天还没黑,协盛园上不到四成座儿,孟老板就算提前来天津了,铁定也是要唱大轴的。"

佩芷说:"我也明白这个道理,可真是他,我刚从他们后台出来,亲眼看到他要登台了。"

掌柜的疑心道:"您该不会是协盛园的人,在这儿诓我买票呢?"

佩芷笑道:"我给您发誓,里边保准是孟月泠,不是的话,就让大沽口的炮把我给轰……"

没等她说完,掌柜的已经攥着瓜子朝着协盛园飞奔过去。佩芷回头看了一眼空无一人的干货店,嚷道:"你的店!不管啦?"

孟月泠的戏诱惑力更大,他暂时要把店抛诸脑后了。

佩芷确定店里没有第二个人在,她心善,走远了几步还是扭头回去。干货店门口放着个小马扎,像是专程给她准备的。折腾了半日,她这件月白色的长衫已经彻底蹭脏了。也顾不得些许,佩芷坐在小马扎上,随手捞过了一把南瓜子嗑了起来。

面前正对着孟月泠的那张戏报,佩芷狠狠地盯着他,恨不得把他立刻掀下来,揉个稀碎。她把马扎换个方向坐着,又觉得画报上的孟月泠在侧面盯着她,怎么都不顺意。

第一章　昨夜津门雨

总跟着赵巧容的那个小厮出现在视线内的时候，佩芷仿佛见到了救星，离老远就把人叫住了。

小厮跑了过来，小声地问道："四小姐，您在这儿干什么呢？"

"我也纳闷我在这儿干什么，打发时间罢。"佩芷问，"你又干什么来了？表姐让你来的？"

小厮抓了一颗脆枣扔进嘴里嚼着，答道："孙公馆的人把小姐的钱夹送回来了，小姐让我来给您送票呢，说您兴许在协盛园，可没说您在协盛园对面的干货店啊……"

佩芷拿了一块松子核桃糖塞到他的手里："这个好吃。"

她拿到了票，孟月泠那场戏也唱完了，干货店掌柜的颠颠儿地跑了回来，脸上挂着愧疚，直跟佩芷道谢。

佩芷从袖子里掏出了几个钱给他："我就照着您贴的签子给您卖的，少了您别找我，我自己还吃了点儿。"

"没事儿，您爱吃这个糖是吧，卖得可好了，我给您包上点儿带回去吃……"

"不用不用……"

佩芷一通婉拒，但还是盛情难却，拎着一袋松子核桃糖叫了一辆黄包车，乘着初上的月色回家了。

刚跨进姜府的门槛，佩芷就闻到了浓郁的饭菜香气。她叫了个端菜的下人问老爷在不在家，下人摇头说不在。佩芷便连衣服也没换，直接掀了帘帐进去。

进了门照例先喊"奶奶"，她刚吃过糖，声音甜得很，哄得姜老太太笑眯了眼睛。姜夫人赵凤珊给下人递了个眼色，立马有人送上一副干净碗筷，佩芷落座了。

她从主位的姜老太太开始扫了一圈，奶奶、妈妈、大哥、二哥、二嫂，除了姜肇鸿，大家都在。大嫂去年因难产去世，大哥尚未续弦。三哥姜叔昀去了德国留学，也不在家。

佩芷打探道："爸怎么没回来用晚饭？"

赵凤珊答道："漕运商会的耿先生请客做东，你爸爸去耿公馆了。"

佩芷点点头，心放下了大半，就连嘴里吃的肉都更香了几分。

姜老太太看佩芷吃肉吃得香就开心，又瞥到佩芷弄脏的衫尾，语气宠溺道："我的小四子又跑到哪儿淘气去了？早上出门的时候还干干净净的。"

二哥姜仲昀嘲笑道："她也就能保证出门之前衣服是干净的，像是出了姜家这个门就立马在泥里滚一遭似的。"

佩芷偷偷地瞪他，暗自腹诽今晚光是父亲不在家还不够，大哥要是也跟着去就好了。

果然，姜家大哥姜伯昀沉声开口了："你何时才能有个姑娘家的样子？总打扮成男人模样算什么事？"

佩芷撇嘴巴："谁说姑娘家就都要文文静静的，天底下那么多姑娘还都一个模样了？老古板。"

她眨着一双眼睛朝姜老太太和赵凤珊使眼色。有姜老太太在，赵凤珊自知不需要做出头的人，便低头静静地吃饭，没搭话。

姜老太太跟佩芷交换眼色，姜伯昀又说道："是我古板还是你胡闹？上次你被人偷了钱包，用我的名字在天香院赊账。奶奶您总是纵着她，纵得她无法无天。宝艳楼胡同是什么地方？一水儿的风月场所。这事儿过去仨月了我都没给自己解释清楚，请客应酬的都道我爱去天香院。"

佩芷抿嘴偷笑，夹了口噌蹦鲤鱼："我后来不是没给你惹祸了？天香院怎么了，里边的姑娘曲儿唱得可好听了，你脑袋里净是想些不干净的东西。"

"我想不干净的东西？你早日做些正经事！"

"大哥你总爱翻旧账。谁说女人吵架爱翻旧账的，都是污蔑，你说是不是，二嫂？"

二嫂用帕子擦了擦嘴角，偷笑着没应声。佩芷继续说道："你和爸爸当初若是同意我去读大学，我至于现在每天闲得给自己找乐子？"

她顺口就说了下去，没承想把饭桌搞沉默了，于是赶忙又加上一句："爸今晚去了耿叔叔家吃饭，你怎么没去？"

姜仲昀不如姜伯昀成器，挂了个闲职，上班也是三天打鱼，两天晒网。姜肇鸿出门应酬，是必带姜伯昀的。

不说还好，一说姜伯昀就更恼火了，狠狠地瞪了佩芷一眼，压下了千言万语，闭嘴吃饭。

佩芷喃喃道："今天这是什么日子，一个个的都瞪我。"

左手边的姜仲昀凑到了她耳边，小声地嘀咕道："耿六爷好京戏，孟月泠来天津了，照例是要去他那儿拜码头的，就在今晚这顿酒席上，大哥自然不愿意去。"

佩芷摇摇头，心里正想着下午瞪她的那位大爷，耳边就提起来了，真晦气。

姜老太太看着饭桌上的孙儿孙女们"其乐融融"，心里也跟着高兴，便多下了几次筷子。赵凤珊小声地叮嘱佩芷肉不可多吃，看似无意地碰了碰下首的姜伯昀。姜伯昀僵持了两秒，还是夹了一块八珍豆腐放进佩芷碗里。

佩芷抿嘴笑着，故意拿乔："我爱吃肉。"

姜伯昀冷哼："吃点素，干吃肉也不长肉。"

姜仲昀接话："浪费粮食。"

佩芷刚要叫奶奶，姜伯昀、姜仲昀异口同声地先一步叫了出来，显然是学她的。她一天要叫八百遍奶奶，姜家人心照不宣。

整顿饭倒吃得还算和睦。

直到洗了澡换了身干净衣服后躺进了被窝里，佩芷攥着戏票发呆。票一共有两张，时间是后天和大后天晚上，座位都是二楼包厢。整出戏共分两个晚上演完，戏名是《孽海记》。

早听说丹桂社是带着新戏来的天津，佩芷心想这算哪门子的新戏，嘲讽之余又忍不住好奇。《孽海记》是昆曲名剧，现如今只留下了个残本，便是《思凡》和《双下山》二折。把昆曲戏改成京戏并不罕见，罕见的是改这么个残缺不全的故事。

入睡的前一秒，佩芷猛然想起来被她忽略的一件事——孟月泠的新戏首演，她是打算去看的，可上午刚答应过奶奶，后天晚上陪奶奶去看周绿萼来着……

那天半夜，姜老太太因为吃了佩芷带回来的松子核桃糖，闹了半宿牙疼，佩芷也被吵醒了，披着衣服跑到老太太那儿去哄她，再回到卧房睡觉的时候天光都亮了。

清晨姜肇鸿没看到她，显然不悦，姜老太太叱责道："佩芷陪了我半宿。你是不是她亲爹？要她多睡会儿怎么了？"

姜肇鸿早出晚归的，佩芷起来之后他早已经不在家里了。自从去年他当选英租界公董局的华董之后，平日里更忙了几分，在家总是见不到人。今天据说他又要开什么行业规范会，连早饭都没吃完就坐车出了门。

晌午，佩芷坐在抄手游廊边上，时不时地扔两把鱼食到池子里。天空阴沉沉的，池子的鱼都不大愿意冒出来抢食。

两个打扫院子的下人结伴路过，叫了声"四小姐"问好就要走。佩芷听到他们刚刚在说孟月泠，便问道："孟月泠又怎么着了？"

以前没觉得他有多出名，这几日倒是处处都听到有人提。

下人说："本来都说孟老板带着丹桂社明天才到天津，也不知道是哪儿传出来的假消息。其实人昨天就到了，下午还倍儿精神地唱了出《御碑亭》，可惜时辰太早，协盛园才上了两成座儿，没几个人看到，看到的出了戏园子都可显摆赚到呢。"

佩芷想到昨日在后台看到的那身红帔，倒像是《御碑亭》中"跪妻"那段孟月华的打扮。

另一个下人接着说："文寿老给他唱的王有道。田文寿，丹桂社的四梁四柱，论辈儿孟老板应该叫他一声六表叔叔。"

"上回孟老板来天津，还是前年冬天？在上天仙唱了一个来月，唱完就封箱回北平了。这么一数，有两年没听到他唱《御碑亭》了，里边可是有一段孟月华穿红帔的。真想瞧瞧孟老板穿红的扮相。"

"《御碑亭》有什么好看的，你有点出息，孟老板的好戏那么多……"

佩芷安静地听这两人一唱一和地念叨孟月泠，半天才插进去话："你们都是从哪儿听来的？前年唱过的戏都拿来数了，他就那么招人喜欢？我这两天听得耳朵都要起茧子了。"

"外边街上都传遍了，这不是人已经到天津卫了吗，咱们肯定要讨论的。"

"四小姐,您这么爱听戏,没看过孟月泠实在不应该呀。人家不经常来天津,好容易来一次,您弄到票没呢?"

佩芷平常跟下人不摆架子,说起戏来更能聊上几句,听到下人这么问,她语气得意地答:"什么票是我弄不到的?他两天晚上新戏的票我都有,就是还没想好去不去。"

下人语气激动:"当然去啊!难不成您还有别的安排?"

他们恨自己不是个丫头,还能跟着去伺候,好借机听个囫囵。

佩芷说:"本来说好要去看周绿萼……"

"您怎么分不清两只螃蟹哪只肥呢?"

嘴快的那个顺嘴就说了出来,另一个小厮赶紧打他,他也佯装打自己的嘴巴。

佩芷倒没生气,老神在在地点了点头:"是这个道理。"

她立刻做了决定,指着那个嘴快的下人说:"那我就去会会你们都说'肥'的孟老板,要是他新戏唱砸了,看我回来打不打你一顿。"

两个下人一溜烟儿地跑了,只留佩芷坐在原处淡笑。

一眨眼就到了孟月泠新戏首演的日子,协盛园不甚宽敞的门口热闹非凡,整整摆了两大长排的花篮,仔细看上面的条幅都是天津卫赫赫有名的人物所赠,给足了排场。周围灯火通明,还有霓虹灯板照亮,恍如白昼。

盛老板在门口迎接贵客,佩芷还坐在车上,离老远都能感觉到他那副谄媚的语气。

姜老太太眯了眯眼睛,低声问佩芷:"这周绿萼在天津这么受欢迎?"

佩芷旋即一笑,解释道:"周绿萼在上天仙,我现在带您在协盛园门口呢。"

"怎么来协盛园了?"

"不看周绿萼了,咱们看一位更大的角儿。"

赵凤珊也跟着来了,她担心姜老太太有个头疼脑热或是不舒服,佩芷年纪小，她信不过。明明还有两个丫头跟着，但她思前想后还是不放心，便决定亲自前来。

姜老太太正嘀咕着"更大的角儿"，盛老板亲自给打开了车门，一看是佩芷，立马挂上了笑脸，语气殷切："姜二少！您也来了！"

姜老太太的反应迟钝了一些，人还不傻，眼看佩芷自然地应声，再加上她今日同样是男装打扮，立马就明白了过来，便掩着嘴角偷笑。赵凤珊也无奈地摇头，她向来是管不住佩芷的。

一路听着盛老板的恭维，姜老太太的腿脚慢了一些，不长不短的一段楼梯走了半天，盛老板的嘴皮子就没消停过，佩芷也要赞他一句能说会道。他亲自送她们上楼，转身又脚步轻盈地跑了下去，显然是还有贵客未到。

佩芷摇了摇头，直白地说："吵得很，这楼梯再长点，我真要叫他闭上嘴巴。"

赵凤珊笑着给她讲道理："你还小，这种恭迎见得少，等再过几年嫁了人，就发现眼下不过是小巫见大巫。"

姜老太太也赞同地点头。提及嫁人，佩芷总是不愿多说，便含糊地应付了过去。

大戏终于开场了，九龙口的鼓佬儿先动鼓槌，伴奏声起，孟月泠穿着黄蓝相间的水田衣，做尼姑打扮，手执拂尘踩着鼓点一甩，脚步轻盈地登场，站定后就是一个亮相，简单大方，如行云流水一般畅然——立马得了个碰头好儿。

协盛园面积不大，总共两层，楼下的池座临时加了三排椅子，减少了一半的过道数量，要不是廊座儿实在是"吃柱子"（柱子遮挡视线，影响看戏），必定也是要加座儿的。从楼下到楼上，满场的叫好声响彻云霄，掌声不断，仿佛整座戏园子都在跟着震动。

佩芷原本想用手捂住耳朵，可发现手不够用，因为她的右掌正在拍打左掌，已经不自觉地跟着鼓了起来。她盯着戏台子上的人，就那么几秒钟的工夫里，嘴角不受控制地向上挑，笑了出来。

第一章 昨夜津门雨

由头无外乎是，他今日的扮相绝不仅仅是美轮美奂，美之一字的内核过于单薄。扮上小尼姑色空的孟月泠，着实在美之上增添了一些娇俏。

佩芷用手欲盖弥彰地挡住了嘴巴，笑意更浓了。她也不知道自己这是怎么了，只要看着他就想笑，明明心里还在记恨着他那天瞪她的那一眼呢。

孟月泠开口的时候，全场都像屏着呼吸似的，佩芷也同样。

他把《思凡》一折开头的曲牌改成了道白："在下小尼姑色空，于仙桃庵出家。"

俗话说"千金道白四两唱"，足以见得道白有多考验功底。眼看着一句结束又是一阵叫好声，佩芷难免觉得这些戏迷太捧孟月泠。可实话说，只这一句就可以确定，孟月泠并不如她曾经所想的那样，是个绣花枕头。

他的嗓音圆润清脆，吐字饱满洪亮，什么燕语呢喃、莺歌婉转之词纷纷涌入佩芷的脑海，她已经在心底里给他施加了无数的溢美之词，却又觉得远远不够，哪一个都不能完美契合台上如玉人一般的他。

丫鬟剥了一小碟的南瓜子，往常佩芷听戏时最爱吃这些，今日却只是怔怔地盯住台上，时而用右手手指在左手手心上打拍子，活脱脱的一副纨绔公子模样，听戏听到入迷。

她小声地提醒佩芷："四小姐，瓜子给您……"

佩芷摇摇头，眼神都没分过去分毫，而是用食指在唇边比了个嘘的手势。

节奏骤然加快，孟月泠再度转念为唱，小尼姑思凡心切，决定瞒过师父下山。唱词诙谐通俗，姜老太太在旁边笑出了声音。

接着姜老太太伸出了手，像是跟丫鬟要什么东西："千里镜呢？快给我，让我看看这个小尼姑长什么样子，听着倒是挑不出毛病。佩芷，这是个男孩儿还是女孩儿？不是那个周绿萼了？"

佩芷紧盯着台上的人，分一缕神回答姜老太太："不是周绿萼，这是北平来的孟月泠。您猜猜是男孩儿还是女孩儿？"

姜老太太攥着观剧用的千里镜，这是去年三哥姜叔昀回津探亲时从德国带的西洋玩意儿，手柄可以伸缩，举着倒也不费力。她眯着眼睛看了半天，一本正经地答："我老眼昏花了，看不出来是个男孩儿，许是女孩儿罢。"

佩芷的笑容有些幸灾乐祸，赵凤珊看出了端倪，语气无奈地告诉姜老太太："母亲，佩芷这是在拿您打趣呢，台上的保准是位男旦。"

姜老太太像恍然大悟一样"啊"了一声："老话说'扮戏要像'，他倒是极像，唱念水准也高，是个色艺双绝的好孩子……"

佩芷扑哧笑出了声音："奶奶，您瞧瞧您这是夸人的话吗？宝艳楼胡同的妈妈们才最爱夸自家姑娘色艺双绝。"

她倒是熟门熟路，江湖三教九流都略懂分毫，姜老太太和身边的丫鬟都被她逗笑了，赵凤珊只能无奈地一笑置之。

那晚的戏只唱到尼姑色空和和尚本无双双下山，邂逅定情，便是昆曲仅存的两折演完了。新戏里又添了几个新角色，增加了一些俏头在里面。

而最大的改动莫过于，昆曲《孽海记》里和尚本无是丑角儿扮演的，丹桂社的新编则改成了小生饰演，更像是一出才子佳人戏，后续发展如何，还要看明日分解。

散戏后，池座儿有许多挤在台下冲台的，千呼万唤孟月泠再出来谢幕，他倒是怎么唤都不出来了。厢座儿的观众则依次序下楼，赵凤珊亲自搀着姜老太太起身。

佩芷拿过另一个丫鬟一直端着的雕花匣子，说道："你们先回罢，我等会儿叫车自己回去。"

赵凤珊正要问她去干什么，姜老太太说道："我才想起来，佩芷，你刚刚怎么没给那个小尼姑扔个彩头下去？就当是帮我送的，回头我再挑好玩意儿补给你。"

佩芷晃了晃左胳膊下夹着的匣子，说道："我带了更值钱的呢，这宝贝可不能扔，扔下去就碎了，我亲自给他送去。"

丫鬟打趣道："四小姐来的时候可不是这么说的呢，她说看完戏让我原样抱回家去，还说那孟月泠就是个绣花枕头。"

第一章　昨夜津门雨

佩芷用折扇轻敲那个丫鬟的头，拿腔拿调地说："怎么说你们姜二爷呢？"

赵凤珊摇摇头，跟姜老太太说："也不知是谁家的纨绔。走罢，我们先回。"

丫鬟也回头小声地念叨："纨绔！"

佩芷一笑置之，想了想还是用双手捧着那匣子，以示尊重，一路横行无阻地去了后台。

便是两度看到孟月泠出来的那间扮戏房，照理说孟月泠这种名角儿，自然是有自己单独的扮戏房的，所以佩芷猜测这间屋子定然是他的。

周围异常诡异的安静，人都不知道去了哪儿，佩芷在门口捏了捏嗓子，轻轻地敲响了门，用男声问道："孟老板？"

里面无人应答，佩芷想到大家都说孟月泠是个冷淡的性子，不答话也是常理。他刚从戏台上下来，定是要先回扮戏房把行头脱了的，绝对在里面。

佩芷娓娓道来："孟老板，前几日家妹醉酒，在后台闹事，实属误会。"

房间里传来东西落地的清脆声响，像是不小心，但铁定是听见了她的话。佩芷难免觉得他有些过于拿腔作势，发出了声响还不回应她，她已经大人不记小人过了，把他瞪她的那一眼翻篇不提了，他竟然还耿耿于怀，实在小气。

佩芷继续说："今日初听孟老板新戏，扮相有如天仙下凡，嗓音好比骊歌鸣啭，在下特备薄礼，亲自送来，也算当作赔罪。"

里面仍旧一声不发，佩芷短暂地厌弃自己，怀疑刚刚夸奖的话是不是说得太过，再低头看手里的匣子，心想这哪里是薄礼，再没有她这么大方的了。

"孟老板？"佩芷逐渐缺乏耐心，甚至怀疑里面难道真的没人，"孟老板，求求您理理我呗……"

房间蓦地爆发了阵阵笑声，听起来绝不是一个人发出来的，佩芷正满心不解之际，里面的人打开了门，两扇门大开，房间中的景象呈现在佩芷面前——这是一间打通了的大通房，面积至少有三四个小房间组合之大，里面都是丹桂社的人，有坐着的，有站着的，还有弯腰捡刚掉下的粉盒的……

共同点是每个人都在盯着门外的佩芷。佩芷愣在原地，难以消化这个房间居然如此之大。正中间有张单独的桌子，坐在那里只穿着白水衣水裤的可不正是孟月泠。

他是最后一个扭头看她的，戏装还未来得及卸，下了台就不见台上的那副娇俏模样，只剩下冷冰冰的表情，穿过一众嘲笑看戏的人，淡漠地扫向她。

佩芷顿时面红耳赤。

只消那么几秒钟的工夫，佩芷立刻转过了弯来，以她如今这身打扮，在外边就是姜家二少爷，丢的是姜仲昀的脸，关她姜佩芷什么事。

如此一想，果然缓解些许双颊的滚烫，佩芷扯出了一个笑容，举起手里的匣子："我……我是来给孟老板送礼物的。"

离她最近的那个一身短袄打扮的显然是刚刚开门的人，也是屋子里最不像唱戏的一位，略微有些猫腰，双手窝在棉袖筒里，正歪着头打量佩芷。接着他又回头看孟月泠，似乎是在听孟月泠的指示，佩芷也跟着看了过去。

结果孟月泠只在她身上停留了那么一瞬间，便转身背了过去，旁边有个上了年纪的师傅上前帮他揿头。

门里的人从袖筒里抽出了一只手，做出要关门的动作："这位爷，您请回吧，二爷他说不收。"

两扇门发出吱嘎一声就被合上了，佩芷吃了半个闭门羹，心底里自然有些恼火。他孟月泠明明一个字儿都没说，嘴巴都没张，怎么就"说"不收了？可一想到他刚刚在台上那副漂亮模样，实在招人疼，她立刻实诚地认为：无妨，这股火还可以压住。

佩芷单手抱着匣子，用另一只拿着折扇的手背去贴自己的脸颊，还是有些热乎乎的，一边下楼一边忍不住嘀咕："姜佩芷，你变得也忒快了些，他就那么好看？"

心里有个声音在回答：好看得紧，色艺双绝嘛……

第一章　昨夜津门雨

　　角儿不出来返场谢幕，观众自然走得快，这么一会儿，前台座席就只剩下满地苍凉，戏散场后大多如此。

　　佩芷招呼不远处正在差遣伙计的盛老板过来，先把匣子和折扇放在桌子上。她今天穿了一身狐皮短袄，绛紫色的绸缎料子做外衬，显得更加像个富贵少爷。

　　从内里的口袋里掏出钱袋，佩芷随手抽了几张票子塞给盛老板："孟月泠在你们这儿唱多久？"

　　盛老板接过钱，满脸疑惑地答道："签了一个月的合同，多了不敢说，这个月他肯定在我们协盛园。"

　　佩芷点点头："楼上正中间的包厢我包了，够不够？"

　　"够，够够的了。"戏园子里的每张座位都是明码标价，盛老板不会因小失大，坏自己招牌，他又问佩芷，"姜二少，可这孟老板往后的戏单子还没排出来，您不先看看都是什么戏再买票？这两日人才刚来天津，所以票紧着，今后啊，票好买的。"

　　佩芷抱起匣子拎起扇子就走，笑着回他："管他什么戏，座儿给我留着就成。"

　　盛老板追着送她出门，给她竖了个大拇指，恭维道："'听戏即听角儿'，姜二少，您真内行！"

　　次日正午，佩芷在姜老太太的院子里打发时间，每隔一会儿就问一遍什么时辰。

　　跟着姜老太太最紧的那个丫鬟叫小荷，便忍不住取笑她："这才看一场戏呢，四小姐就魂不守舍了，眼巴巴地守着时辰，可这天还没黑呢，还能什么时辰呀。"

　　"你怎么就知道我是挂记着孟月泠呢？你是我肚子里的蛔虫？"

　　"老太太您做证，我可没提孟月泠，四小姐自己说的。"

　　佩芷一愣，飞走的一半思绪又飞了回来，认真地说道："我就是觉得他的戏真不错，扮相也漂亮，这号人物我居然才见到，我以前都在干什么呀……"

姜老太太看她这副如痴如醉的样子，忍不住提点："你可不要迷上戏子，听听戏就够了。要是实在喜欢，就叫来家里唱堂会，奶奶给你掏这个钱。"

姜府的东苑有座戏台子，当年姜公还在世时，倒是常请名角来家里唱堂会。老爷子去世之后，姜肇鸿对京戏没那么痴迷，戏台子就也闲置下来了，东苑位置有些偏，甚至不常打扫。

佩芷生怕姜老太太提起亡夫，赶忙制止住了来家里唱堂会的话头，反问姜老太太："奶奶，就孟月泠昨天穿水田衣那副扮相，您说漂不漂亮？"

姜老太太如实回答："漂亮，漂亮得像个丫头，可以和我的佩芷孙女比上一比。"

"哎呀，您夸他漂亮就夸他，跟我比做什么。"

"奶奶忘记了，我们佩芷不乐意被比来比去的……"

她倒不是气这个，重点在于："您说我要是个男的该有多好？我要是男人，一准儿地娶他……"

姜老太太一口茶水卡在喉咙眼处上不来也下不去，直咳了几声才平复下来："大白天的，你在这儿跟我说什么胡话？你娶他做什么！让肇鸿或是仲昀听到，一定要打你！"

佩芷一拍手："对呀，奶奶您提醒我了，他昨儿个没收我的礼，收了我的礼才算数。"

"什么礼？你昨天让人给你端着的匣子里装的什么？我就说觉得眼熟。"

"就从您的架子上挑的值钱物件呀。您不是说让我给他个彩头，太廉价的必定拿不出手，传出去都要说二哥抠门儿……"

"架子最上边的那柄玉如意？"得到佩芷点头的回答，姜老太太气得拎起拐杖就要往她身上打，"那是我给你留着当嫁妆的，将来送给你的丈夫！"

佩芷提着衣裙躲开拐杖，祖孙俩围着院子里的石桌玩起猫抓耗子的游戏："我又不知道！看那个值钱就拿着了，本来没想着送他，谁承想他的戏那么好……"

"他戏好也不值那个价！那玉如意值多少钱？你知不知道值多少钱？一场戏你就给我送出去了？"

"哪有给孙女婿送玉如意的，玉如意不都是婆家送媳妇的！"佩芷试图安抚住激动的老太太，"您别动怒。我是送了，可他没收，在我屋里好好地放着，我知道值钱。"

姜老太太喘着粗气站定，放下了拐杖。小荷捡起掉在地上的坐垫，拍了拍上面的灰尘放好，再扶着姜老太太坐下。

"咱们姜家有钱，老太太我爱送什么就送什么，他不要拉倒，换个女婿就成。"

佩芷一通点头，很有眼力见地给茶添了热水："对，奶奶说得都对。"

远处来了个看门的小厮呼叫佩芷，似乎是有人来家里找她。佩芷作势要走，姜老太太下达命令："如意你赶紧给我送回来，我怕你一个不小心把那宝贝磕着碰着。"

佩芷哼哼着走远了，临了出院子前给姜老太太抛下句话："奶奶您别急，我晚上再去问问孟月泠要不要，他要是不要，我明儿个一准给您送回来！"

姜老太太气得把拐杖朝着她扔了过去，可惜距离太远，她又上了年纪，不仅臂力不够，准头也失了太多。可看着佩芷蹦蹦跳跳远去的背影，姜老太太还是露出了笑容，跟捡回拐杖的小荷说："这古灵精怪的性子，也不知道像姜家的谁……"

小荷讲漂亮话："既然不像老爷夫人，许是像了老太太您年轻的时候吧。"

哄得姜老太太的心情那叫一个愉悦。

姜府门口来找佩芷的是白柳斋。

佩芷平日里在家里自然穿的是女装，早春加上阴天的缘故，她穿了一身棉质的短袄和长裙，鹅黄色与乳白色相间的颜色，很衬她年轻俏丽的模样。

白柳斋打远看到她走过来的身影就招呼道:"你赶紧换身儿男装,跟我去我家……算了算了,就这么去也成,反正周绿萼也知道你的真实身份。快跟我走。"

佩芷不愿被他拽着走,站定后挣扎:"干什么去?火急火燎的,你妹妹要生孩子了?"

白柳斋被她逗笑了:"你妹妹才生孩子!自然是火烧房子的大事儿。"

"不是柳阁姐姐生孩子,就不算大事……"

"你还有闲情雅致跟我在这儿逗闷子,周绿萼在我家。"

"绿萼啊……"佩芷愣住了,才想起来居然忘记了这茬,"我昨天看孟月泠之前,去找他了,想着跟他知会一声,晚上不去看他的《醉酒》了,可他没在戏园子,等了他好久人也没来,我留了张条子就走了。"

白柳斋问她:"你条子上怎么写的?"

佩芷如实说:"就写'抱歉,今晚临时决定去看孟月泠新戏'。他们给我拿的条子太小了,写不了几个字……"

"你怎能告诉他你去看孟月泠?"

"可我就是去看孟月泠了啊,我不想骗他。"

白柳斋一时语塞,觉得她说得有道理,可又不是这么个道理。周绿萼和孟月泠同是唱青衣的,平日里就少不了被放在一起比较,佩芷为了给孟月泠捧场,放了周绿萼的鸽子,周绿萼心里定然不会好受。

她还是被白柳斋央求着去了一趟吉祥胡同,这下倒是不愁时间过得太慢,整个下午都耗在白家。

周绿萼时而有些无伤大雅的脾气,根源在于他跟佩芷一样,什么心情都写在了脸上。佩芷与他交好,更多的原因也是两人性情相投。至于周绿萼的戏,在佩芷眼里也不过是"可看"的程度,更别提昨日已经见过了孟月泠这尊真佛,她甚至想劝说周绿萼,要么继续回上海去唱,要么就彻底撂下戏,转投书画领域。

可周绿萼眼下正在气头上,佩芷自然不会上赶着去触霉头说这些话,只能先把他安抚住;加上白柳斋以及白柳斋的妹妹白柳阁都在,倒是很快就把他给哄好了。

第一章　昨夜津门雨

本来道理就是那么个道理，在孟月泠来天津之前，佩芷已经接连捧场了三天，足够给他面子。可或许正因为前三日日日不缺席，因孟月泠缺了这么一遭，情况才更恶劣。

白家兄妹皆擅长书画，周绿萼有作画天赋，佩芷算半个行家，每每凑在一起都是聊那些阳春白雪的东西，佩芷以往乐在其中，今日总觉得心神不定。

眼看着八斗柜上放着的座钟彰显着时光的流逝，窗外的日头也不见了，天要彻底黑了。周绿萼正在帮白柳阁改画作上远山的线条，白柳斋在旁边看着直点头，佩芷拿下衣架上挂着的围脖往头上套，显然要走。

她先走倒是没问题，一下午过去了，周绿萼也忘了本来介怀的那一茬，白柳斋打算亲自送她出门。

佩芷还得留出回家换身男装的时间，所以不能久留。一想到马上就能看到孟月泠，佩芷的脚步不禁都轻快起来，扭头跟认真改画的两个人道别："绿萼、柳阁，我先走了。"

白柳阁抬起头："没注意天都黑了。绿萼，你也待不久了，该去戏园子了罢？"

周绿萼点点头："估摸着已经唱到倒三（倒数第三出戏）了，催戏的可能都去家里了，我是该走了。"

四个人一起出了白家门口，胡同里家家户户门前的灯笼都亮了起来，但还是黑得看不清彼此的面目表情。

佩芷说："别送了，我和绿萼结伴，家里的车应该就等在胡同口，我让司机送绿萼到上天仙。"

话说得圆满，白家兄妹放下心来，想着这场短暂的风波总算是过去了。她替周绿萼安排妥当，周绿萼也有些沾沾自喜，到底她对他还是不一样的。

可佩芷话没说完，眼下她一门心思正扑在孟月泠身上，想着要去看他，心思都变得轻盈起来，人也有些得意忘形："快走罢，再晚我怕赶不上看孟月泠。"

白家兄妹暗道完蛋。佩芷已经走远了几步，周绿萼才跟上来，出了胡同发现姜家的汽车果然等在那儿。佩芷先一步上车，周绿萼却站在旁边叫了一辆黄包车走。

佩芷探出车窗叫他："绿萼？你怎么不上车？"

周绿萼说："就不耽误姜四小姐去看孟月泠了。"

黄包车扬长而去，佩芷用手扇了扇飘起来的灰尘，赶忙关上车窗，叫司机开走。她心想周绿萼倒是贴心，确实不能再耽误了，否则真赶不上看孟月泠了。

汽车在大门外等着，姜老太太和赵凤珊先上了车，佩芷急匆匆地跑了出来，头顶的绒帽都戴歪了，一只手抱着匣子，另一只手还在系长衫领口的扣子。

正要上车，车里的姜老太太看到她手里的匣子，眼睛一亮："你把它给我放家里！戏园子鱼龙混杂，被手脚不干净的偷了怎么办？"

佩芷说："我捧着，我一边看戏一边捧着，这下总行了罢？"

"不行，你换个别的物件儿送那个孟月泠，这个不行。"

佩芷不敢上车，抱着匣子的手直往后躲，语气有些焦急："奶奶……您看看这都什么时候了，再不走就来不及了，反正您这柄玉如意也是要给我的，我送谁不是送……"

鲜少见到她这样心急，脸都苦了，姜老太太立马心软了，招呼她上车："快上来罢，外面冷。"

佩芷赶忙钻进了车里，还把那匣子靠边放，用自己的身体紧紧地护着。姜老太太和赵凤珊见她这副防贼似的样子，都忍不住笑了。

佩芷则小声地嘟囔："您当个宝贝，人家还不稀罕要呢，我送都送不出去……"

姜老太太假装板起脸："那你痛快点还给我。"

佩芷摇头，赶紧转移话题："二嫂呢？这两天倒没见她张罗着跟来。"

姜老太太打趣道："二少奶奶若是跟来了，你这个'姜二少'还怎么捧戏子？"

赵凤珊答她："许是去赵家打牌了，听闻巧容今日在家攒局。"

眼看着赵凤珊语气淡淡的，还带着那么一丝愀然，佩芷心知肚明原因为何。

去年大嫂难产去世，姜家长孙也未能保住，大哥不愿提及续弦之事，独身已久。三哥远在德国，早已经到了适婚年纪，却始终不愿意回国成家，至于在那边是否有谈女朋友，也完全没听他提起过。

姜家到了佩芷这一代倒算得上是儿女双全、多子多福，可惜家中的少奶奶只剩一位二嫂，打牌都凑不齐人，二嫂只能出去找牌搭子，家里难免显得冷清。

佩芷不再多说，怕的是引火烧身，三哥离得远挨不着，催婚的火自然要烧到她的身上。

屁股刚一坐稳，戏就开场了，再晚定是要迟到的。

佩芷还真就捧着匣子看起戏来，丫鬟要帮她拿都不让。赵凤珊摇摇头，示意丫鬟任她抱着。

她紧盯着台上，就等着孟月泠出来。他一上了台，便是古书上跑出来的人物，活脱脱的小尼姑本人。佩芷难免觉得有些错乱，台下那么冷冰冰的脸居然做出这般娇俏的表情，一双眼灵得出水。在震耳欲聋的掌声和叫好声中，佩芷忍不住又笑了。

姜老太太和赵凤珊对视，小声道："瞧瞧，迷上了这是。"

赵凤珊注意到了斜对过坐北楼第二间包厢里的人，无暇看孟月泠，她指给姜老太太看，说道："您看那是不是祈王府的小王爷？"

姜老太太支开了千里镜看过去，赵凤珊说："差不了，他旁边跟着的那个就是祈王府的老管家。早听说他们也搬回天津的旧王府了，倒是头一次见着真人。"

姜老太太点点头。

去年有遗老遗少来天津定居，有些人仗着家财殷实，大肆挥霍、浪荡度日，还有的改掉了姓氏，其中便包括赫赫有名的佟家，其后代大多都是些有钱无势的少爷秧子，出钱阔绰，秉性顽劣。

两人嘀嘀咕咕地说个不停，佩芷眉头一皱，扭头瞪她们："你们俩这样不礼貌，要是爱聊，何必跟我来这儿？"

赵凤珊摇头说："不聊了,听戏。"
姜老太太则说："听戏,看孟丫头。"
赵凤珊没忍住,笑道："母亲,人家是男人。"
佩芷绷着一张脸,紧盯着台上的戏码,没再讲话。
其实她是戏看得不舒坦,心情也跟着差上几分,无意迁怒于其他人。
那场戏散场的时候,倒是满堂叫好。佩芷嫌弃地看着周围和楼下热闹的景象,其实这出戏倒也不算差,只不过她有自己的考量。
孟月泠今日倒是返场又谢了一次幕,他脸上没有昨儿个佩芷在扮戏房见到的那么冷淡,嘴角是含着一缕笑意在的,可也仅仅是那么一缕而已,正频频合掌颔首,谦卑地对观众的喜爱表示感谢。
有人让他再来一段,他也置之不理,似乎是听不到一样,谢够了就又下去了,再怎么唤都不上来。盛老板在台下劝大家,示好的声音被淹没了,但人也是散开了,陆续离场。
佩芷依旧让她们先回,自己要去后台找孟月泠。
姜老太太笑说："人家若是还不理你怎么办?"
佩芷冷哼一声,做出挥拳的动作:"那我就打他一顿,看他理不理我。"
赵凤珊无奈地一笑,叮嘱她小心点,就扶着姜老太太下楼了。

佩芷站在包厢里,看着楼上楼下的座儿们都相继离开,很快就剩下她自己了。她原本打算按照昨日的路线去后台,可一想到孟月泠的冷淡,总觉着今日的结果不会有什么不同。
可她是花钱的人,何至于如此卑微。佩芷看到楼下晃来晃去的盛老板,灵机一动,从楼上叫他。
盛老板应声:"姜二少,您有什么指教?"
佩芷说:"指教谈不上,你带我去见见孟老板。"
毕竟孟月泠如今和盛老板有合同在,有盛老板引荐,他总不至于太拂了人面子。
俩人往后台扮戏房走的路上,盛老板就一直在给佩芷打预防针:"您

第一章 昨夜津门雨

给他送大礼，这是好事儿，见他一面自然也是应当。可孟二爷的脾气我摸不准，提前得给您说清楚了，他若是真就不见，您也别动怒，东西我帮您送到就是了，反正都是心意嘛……"

佩芷嫌他啰唆："我今日就要见他，见不着我还不回去了。"

俨然是副纨绔相，盛老板大为头疼。

今日与昨日不同，那间大扮戏房的门是敞开着的，也不见昨天那么多人，丹桂社大部分的人都已经离开了，只剩下零零散散的几个人在收拾东西，收拾完也陆续走了。

门外边还站着个留辫子的老头，显然不是戏班子的人。佩芷疑惑之际，只见盛老板略微弯了腰，似乎是跟这个老头问好，老头也礼貌地颔首回应盛老板。

佩芷没多作理会，直接看进房间里去，昨日孟月泠坐的那张椅子是空着的，旁边另放了一张椅子，上面正坐着一个跷着腿的男人，穿了一身长袍马褂，墨蓝色的游鳞纹锦，料子倒是考究，头发用发油梳得整齐，手中握着一柄折扇，略显阴柔沉郁的脸上挂着笑容，正看着不远处在说着什么。

顺着他的目光看过去，佩芷才发现正在脸盆架子前洗脸的孟月泠。他这次动作倒快，早已经捽了头，换上了一件烟青色的长衫，看样子只差脸还没洗干净。因弯着腰，长衫显现出了里面身体的轮廓，颀长的身形、劲瘦的腰、单薄的身板……

仅仅一个背影，佩芷觉得他又是全然地变成男人了，眼神止不住地闪躲，最后硬生生地盯在了地面上，低着头跨过门槛。

盛老板刚一进门，就弓着背向坐着的那个人问好："棠九爷！我还瞎摸您上哪儿去了，没想到您就在后台。"

孟月泠也直起了身子，扯过架子上搭着的手巾擦脸，并未回头看，更别说理会他们。

傅棠漫不经心地抬起头，笑道："我除了找他来，还能去哪儿？"

这话说得让盛老板难接，幸亏身边还有个佩芷，盛老板赶忙给她介绍："这位是棠九爷，祈……"

没等说完，傅棠抬起扇子，示意盛老板噤声，随后他看向佩芷："傅棠。"

佩芷本来觉得他不大礼貌，打招呼问好也不站起来，即便是坐着，作个揖也没有。可他周身的气场有些明显，好像主动跟你说了自己的名字都是一种恩赐。佩芷原本打算跟他作揖，可手里捧着值钱的匣子，胳膊提起了又放下，只能点点头："姜佩……姜仲昀。"

听她沉着嗓子说完名字，傅棠煞有介事地点点头，随后用扇子指了指孟月泠："来给你献宝的？"

孟月泠攥着手巾，转身看向盛老板："做什么的？"

他原本的模样生得也是顶好看的，鬓角还挂着几滴没擦干的水珠，不比傅棠，阴柔到有些丫头气。孟月泠的长相斯文隽秀，骨相中透出的那股不染纤尘的清冷气质更让人忽略不得。

佩芷偷偷地打量他卸了戏装的脸，或许是扮上戏的模样长进了她的心坎里，如今即便褪下了粉墨，全然地变了个模样，可人已经在心里了，就走不出去了。

盛老板从他冷漠的语气中就感受到了不妙，小步地往后退，准备溜走："这位姜二少给您备了份厚礼，我才把人带来见您的……那我就先出去了，不耽搁你们闲话。"

他跑得快，孟月泠在心里冷哼，扫了眼一溜烟儿就没影的人，没说什么。

眼看着佩芷要开口，孟月泠先她一步道："东西放这儿，人可以走了。"

"你当我就是个送东西的？"佩芷本来还沉浸在他好看的皮相中，冷漠的声音立马把神志唤了回来，不仅如此，她还因为被轻怠而有些恼火。

孟月泠略微蹙起眉头，轻描淡写地问："你不是？"

"我当然不是！"佩芷抬起头和他对视，那瞬间不知道为什么，双颊骤然红了起来，讲起话来舌头也跟着打卷，"我……我是……我是来骂你的！"

她说的是心里话，刚刚那后半场的新编《孽海记》她看得不满意，即便很多观众都动容到落泪,包括姜老太太在内。

　　傅棠在一旁抿着嘴笑,俨然看戏的态度。孟月泠直直地盯着她,显然不惧与她对视,反而是佩芷在频频地眨眼睛。

　　没想到孟月泠下一句说道:"用你原本的声音跟我说话。"

　　"我……"佩芷早就知道,那天他听到了,他一个唱戏的,怎么可能听不出来。

　　傅棠的语气悠长:"原来是个丫头啊。"

　　见她不吭声,孟月泠把手巾丢进了脸盆里,话却是说给她听的:"出去。"

　　"等会儿……我话还没说完,我先不出去。"

　　佩芷生怕他像丢手巾一样把自己给丢出这间屋子,便下意识地向后退了两步,可他显然没这个意思。整间扮戏房内安静无声,就等着佩芷张口。在孟月泠漠然的眼神和傅棠期待的眼神交叠之下,佩芷咬牙开口:"你今日这出戏,很是不好!"

　　孟月泠问:"哪里不好?"

　　"三流的本子!二流的唱词!一流的你……"

　　听到最后那四个字,孟月泠的脸上闪过轻笑。说是笑,也不过是嘴角略微扬了起来,立刻就被他压了下去。

　　佩芷没注意到,傅棠眼尖,拿扇子指着他说:"瞧瞧,我看到什么了?"

　　孟月泠说:"你看错了。"

　　佩芷听不懂他们俩打的什么哑谜,傅棠也没再继续抓着孟月泠不放,他手里的扇子一偏,指向了佩芷,笑着说道:"你说得对。"

　　佩芷一愣,想象之中傅棠应该是帮着孟月泠讲话的,他怎么还赞同起她来了。

　　傅棠站了起来,拂了拂衣裾,又对着孟月泠说:"你看,不光我说你这戏本子改得烂,观众的眼睛还是雪亮的。"

　　孟月泠面色波澜不惊,冷淡地说道:"观众的眼泪也挺亮的。"

　　佩芷感到不悦,毕竟刚刚姜老太太也是落泪了的,她总要帮自家奶奶说话:"你这是什么话?让人哭的戏并不等于好戏,你这出戏就是不好,还不让人说了?"

孟月泠看向她,眼神里明晃晃地写着疑问:他几时不让她说话了?

佩芷也觉得心虚:"不是不让我张口的意思,是你没听明白我说的话……"

傅棠点点头:"是啊,你看看,人家都把你给骂了,你也不给个反应。"

孟月泠走到桌边,拿掉暖瓶上的塞子,先把手放在上面感受下温度,眼看着里面的热气汹涌地向上冒,显然水温极高。

他倒了盏热水在盖碗里,拎着碗边,扭头不紧不慢地说:"本子是吕梦荪写的,唱词是钱绍澜和林斯年一起编的,关我什么事?"

佩芷说:"可戏是你唱的,是你们丹桂社的戏。"

孟月泠说:"你不是夸我一流吗?"

话音落下,佩芷和傅棠都有些语塞。眼看着桌边的人动了动脑袋,只吹了一下碗里的热水,就满饮了下去,她光看着都在心里嫌烫。

孟月泠放下茶碗,发现这两人都在盯着自己,便微微蹙起眉头道:"你们俩就在这儿看我如何喝水?"

傅棠利落地合上了扇子,说道:"饿了饿了,先去夜宵摊子坐下再说,这位姜小姐要不要一起去?咱们聊聊他这出烂戏。"

孟月泠从衣架子上拿了围巾挂在脖子上,转身就出了门。佩芷仍旧抱着那如意匣子,和傅棠一起跟着他走出房间,心里原本想拒绝,可一开口就变成:"有什么好吃的?"

听到她这么说,孟月泠明显回头看了她一眼,眼神中挂着些嫌弃。这一眼看得佩芷瞬间起了逆反心理,更要跟着了:"我去,可他不想让我去,你说了算吗?"

傅棠乐不可支,语气有些嚣张:"当然算,你甭理会他。"

他让门口的老头先走,佩芷看着老头走远后,一边下楼梯一边问傅棠:"那位是你家的管家还是门房?怎么还留着辫子?"

她完全没想到傅棠的出身是怎样的,只当是家中有着一位仍旧活在旧时代的下人。

第一章　昨夜津门雨

　　傅棠的笑容让人捉摸不透，他显然不愿意明说，只笑着跟她打太极："我待下人一向宽纵，喜欢留便留着，又不用我来给他梳辫子。"

　　佩芷也跟着笑了笑。不比孟月泠下了台就是冷着一张脸，傅棠的长相虽然有些阴郁，可总是挂着似有似无的笑容，让人觉得和气些，虽然那笑容并不能代表什么，甚至像一堵墙，将外人生生地隔绝在他的内部领地之外。

　　出了协盛园，走到对面街角，路上都是傅棠和佩芷在闲话，说些初相识的客套话，孟月泠始终快他们俩半步，一句话未讲。这一片地界彻底散了戏后冷清了不少，因他们耽搁了些工夫的原因，旁边桌位吃夜宵的人都陆续离开了，剩下不超过三桌。

　　坐下后，傅棠看着佩芷小心地放下匣子，问道："这不是要送给静风的？你怎么还抱着？刚才放在屋子里就是了。"

　　佩芷偷偷地瞟了一眼孟月泠，心道原来他也有字，字静风。烟羽直上时，则为静风。又有苏东坡诗云："缺月挂疏桐，漏断人初静。"好一个"泠月之下有静风"。

　　她眨了眨眼睛，才回应傅棠："是送他的，可他没说收。这东西值钱，我不敢直接扔在那儿。"

　　孟月泠显然冷笑了一声。佩芷不怪他笑，送人东西本就没有等对方说"要"的道理，她这样显然看起来不够诚心，还像是在拿乔。

　　果然，他对佩芷说："吃完东西，你带回去。"

　　佩芷摇头，把匣子往他面前推了推："我是真心要送你的。这两天的戏，我都没给你扔彩头，理应当送你这份大礼。"

　　孟月泠说："买票看戏，才叫理应当。"

　　佩芷说："可我是姜家人，没有只买票就算完了的道理，除非台上的唱得太不入流，那我扭头就走了，你显然不是。"

　　"嗯，我是一流的。"他面无表情又一本正经地重复她说过的话，随后用手轻轻地覆上雕花的匣子，"收下了。"

　　佩芷抿嘴笑了出来，翘起的嘴角都按不下去："这宝贝值不少钱，说是能买几座宅子，我……"

夜宵摊的老板双手端着一碗馄饨过来,招呼道:"馄饨来了——"

傅棠先把碗推到了佩芷面前,佩芷等老板喊完继续说:"其实还是我奶奶要送……"

老板又端着碗过来:"来咯,馄饨给您上齐了,还有一碗砂锅粥马上好,您稍等。"

佩芷本来想告诉他,这匣子里的玉如意是姜老太太要送给未来孙女婿的,她今儿个把东西送了他,就算是给他下聘了,今后是可以随时娶他的……可两回都被打岔了过去,佩芷满脑子想着砂锅粥。

"砂锅粥?"她发现自己和傅棠面前都放着一碗馄饨,便把视线给了孟月泠,"你的砂锅粥上来了能给我吃两口吗?我用干净的勺子,就……"

"不行。"孟月泠拒绝得果断。

佩芷感觉双颊有些泛红,她打小在家中是被娇惯大的,凡事都可着她先来,她便怎么想的就怎么说了。可孟月泠一个外人,确实没理由惯着她。

傅棠笑道:"你想吃再叫一碗就是了。"

佩芷摇摇头,好像对砂锅粥的欲望都在孟月泠的"不行"中被浇灭了,她说:"我吃不完一碗,不要浪费了。"

傅棠没再强求,转而问道:"你姓姜,可是祖上是滇商的姜家?"

佩芷掩着嘴巴,她把整个滚烫的馄饨扔进了嘴里,直到嚼碎咽下去才点头回应傅棠:"我爷爷那一代往前数是滇商,茶马古道最有名的荣振祥商号就是我们家的,他先是去了京城做生意,后来才在天津定居的。"

傅棠点头:"我就说,天津卫叫得出名的姜家也就这一个了。当年我暂住利顺德饭店,因缘际会见过你大哥一面。你家中有多少兄弟姐妹?"

"家中有三个哥哥,我行四,是最小的。"因穿着男装的缘故,佩芷撂下勺子,对他们两个作了个揖,"我姓姜名晴,字佩芷,你们叫我佩芷就好。"

傅棠回她了个礼:"姜四小姐客气了。"

孟月泠始终没动,两人看了过去,发现他正盯着袖口。佩芷刚刚把勺子放下的动作利落潇洒,溅起来的汤正好飞到了对面孟月泠的衣袖上,他的表情显然不悦。

佩芷赶忙抽出帕子要帮他擦,孟月泠向后一躲,似乎在短时间内做过了心理建设,轻叹一口气,拿出了自己的帕子擦拭。

砂锅粥紧跟着也送了上来,孟月泠显然巴不得早点吃完离开,顺带远离对面那位姜四小姐。佩芷心不在焉地吃着东西,频繁地偷瞄孟月泠。傅棠看得真切,摇头无奈地笑。

冷场了不过半分钟,傅棠提起要说孟月泠的戏,佩芷这回轻轻地放下勺子,还故意看了看对面孟月泠的脸色,才缓缓地说道:"这戏本子再不能更烂了,那吕梦荪是个什么人物?孟老板,你还不如找我写。"

孟月泠显然没有理会她的意思,两耳不闻窗外事,一心只喝砂锅粥。

傅棠捧场问道:"你还会写东西?"

佩芷的表情有些神气:"我会的可多着呢。这《孽海记》原本存留的《思凡》和《双下山》二折,《思凡》是小尼姑色空的独角戏,讲的就是年方二八的小姑娘春心荡漾,准备离寺;《双下山》则是色空和本无双双下山后相遇、定情的桥段。想给这出戏编个尾巴实在是容易,观众爱看的一定是两人定情之后遇到了重重艰难,但最终还是战胜了阻碍,皆大欢喜的团圆结局。"

"孟老板唱的这出,前半本大多沿用昆曲这两折原本的东西,可是唱词儿差了一大截,丢了昆曲的雅致,又不愿意彻底归为平实,水词儿倒是不少,所以我说是二流的唱词。后半本全然是新编,可直白地说,这不就是仿的《桃花扇》的路子?国破家亡、被迫分离、女子贞守,最后二人受了点化,双双入道,凄怆地回归最初的生活。"

她一口气说了一大堆,没等傅棠开口,孟月泠停下了喝粥的举动,并未抬头,却是在回应她:"兴亡离合从古至今都是不衰的话题。"

佩芷看着他说:"那也要看怎么写,末流的东西,写出来也是糟践人的。今天你这出戏,台底下观众泪洒一片,并非是这出戏触动了人心,而是兴亡离合触动人心。这样说起来,你这出戏编得是失败的,而且是对前人失败的剽窃。"

"剽窃"一词的帽子太大,连傅棠也皱了皱眉头。孟月泠捏着手里的勺子，轻声道："戏曲里本来很多东西就是具有高度共通的，譬如《西厢记》与《玉簪记》。"

傅棠接话："《西厢记》的张生和《玉簪记》的潘必正，都有考取功名之心，暂时借住寺庙之中，邂逅了崔莺莺和陈妙常，害了相思病；定情后，男主人翁前去赶考，崔莺莺长亭送别，陈妙常秋江送别，后团圆……可细数起其中的细节及情感，到底还是不同的。"

佩芷哼了一声，语气倒是客气，话却不留情面："孟老板，您未免太看得起那位吕梦荪，他的本子和《孽海记》残本，您居然用《西厢记》《玉簪记》相比？"

她能说会道，悄然间就把孟月泠说出的话加重了含义，反正就是变着法地表达对这戏本子的不满意。孟月泠这才抬起头看她，用冷漠的眼神盯着佩芷，似乎要把她身上凿出冰来。

傅棠赶忙笑着从中打圆场："我做证，静风说的可不是这个意思。你这嘴皮子倒是厉害。"

佩芷歪头："还没人说得过我。"

孟月泠很明显地冷哼了一声。佩芷小心地看向他，直勾勾地与他对视，认真地对他说："但就这一会儿，我看出来了，您很喜欢《桃花扇》。"

孟月泠愣住了，没想到她会说这样一句。这回轮到他先躲开眼神，什么都没说，低下头继续喝粥。

可佩芷知道，她说对了。

第二章
泥金扇生尘

孟月泠习惯了喝滚烫的水,粥也要刚出锅最热的时候才好,略微变得温了,他就不动勺子了,像是寻常人眼里粥凉了一样。而傅棠根本就没吃几口馄饨,似乎只是尝尝而已。

真正把一碗都吃光的只有佩芷,她觉得这家的味道不错。照理说孟月泠和傅棠一定都是挑剔的主儿,能被他们两个看上的夜宵摊,味道自然不会太差。

下午在白家光顾着聊画,晚上又急着来看孟月泠,她完全没吃晚饭,一碗馄饨进肚之后甚至觉得肚子里仍有空余。她瞥到孟月泠剩下的半碗粥,腹诽他实在是浪费,刚上桌的时候分她几勺不是正好?

孟月泠起身,佩芷以为他要去付钱,赶忙也要起身,却被傅棠一扇子压了下去,屁股重新落在了板凳上。

她看着傅棠,满脸的不解。傅棠说:"这顿夜宵本来就说好他请我的。"

佩芷说:"可他没说请我。"

她直觉孟月泠并不喜欢她,还是要算清楚才好。

傅棠说:"就当我吃了两碗馄饨。你再坐一会儿。"

佩芷起先还没明白为什么要再坐一会儿,直到看到孟月泠付过钱后走远了些。这个时间路边的店面早都关了门,他就立在人家的房檐下边,拿火柴点燃了一支香烟,静静地站在那儿抽,倾泻满地的月光似乎在与他做伴……可那副身影看起来还是孤冷又寂寞。

佩芷忍不住多看了两眼,心不在焉地问傅棠:"你不抽烟?"

"不抽他那个,我偶尔抽这个。"傅棠指头一转,把扇子横攥在手中,比了个姿势。

佩芷皱起眉头。

傅棠看她那表情，嗤笑一声，转回扇子轻敲了下她的脑门儿："想什么呢，我比量的是烟斗，抽旱烟的。伺候我抽烟的人回去了，今儿个就不抽了。"

佩芷嘀咕着："少爷做派。"

傅棠觉得她挺有意思，主动说道："孟家是梨园世家，祖上是唱昆曲的，直到他爹这一辈才开始唱京戏。真要侃起昆曲来，你说不过他，他也是没爱跟你争论。但你放心，他知道自己这出戏的本子不行。也就是孟月泠唱，大伙儿才买账；但凡换个人，保准砸了。"

佩芷眨了眨眼睛，她还真不知道这些，小时候看孟桂侬，也只知道他唱得好，其他来历一概不知。她小声地问傅棠："所以他真的很喜欢《桃花扇》，是吗？"

傅棠盯着她看了几秒，旋即收敛了笑容，摇摇头："他爹喜欢。"

佩芷说："他爹喜欢，身为儿子，他也很容易喜欢嘛，潜移默化地影响……"

傅棠说："他跟他爹不对付。"

佩芷立马比了个噤声的手势，表示今后不会再说。傅棠欣然一笑，觉得她有些可爱。

姜家的汽车出现在协盛园门口，姜老太太她们回家之后，赵凤珊见佩芷迟迟不归，又惦记着佩芷晚上还没吃饭，便差了司机来接。

佩芷捧起桌子上的匣子，放到孟月泠怀里。他接得很是不情愿，也许是还想着让她带回去。佩芷摆手跟二人道别："改日见，傅棠、静风。"

她转头走了，孟月泠皱起眉头问傅棠："谁让她叫我'静风'的？"

"她也许是觉着叫你大名太疏远，还是'静风'亲近。"

"大可不必。"

孟月泠扭头先走，傅棠赶紧跟上："你不觉得她挺有意思的吗？现在女人都能出来听戏了，懂的、不懂的都跟风捧角儿，可真正有想法的，

第二章 泥金扇生尘

就在男人堆里也是不多见的，大多不过是随波逐流之辈，更别说还懂什么《桃花扇》了。你看她那样子，显然是读过的……"

孟月泠说："我只看到她戴歪了一晚上的帽子，前些天穿了一身浅色的长衫，像在泥地里滚了一圈，上下楼分不清该提前裾还是后裾，衣服尾巴永远在拖地。"

傅棠说："这叫不做作。你以为谁都跟你似的，那么爱干净。她家里有钱，一天换上一身衣服不费事儿。哎？你说前些天就见过她，你才来天津几天啊……"

孟月泠不再多说："道不同，不相为谋。"

"你给我说说，你见过她几面了？静风……"

佩芷回到家中后，还是让厨房给她做了砂锅粥，一则是她这不争气的肚子确实仍有些空落落的，二则来自她的那么点大小姐脾气，想要吃的总是要吃到口中才能顺心，否则连觉都睡不安生。

佩芷的院子和姜肇鸿、赵凤珊的挨着，厨房的下人把粥送到佩芷的房间里时，姜肇鸿看到了，便也跟着过去，进了佩芷的屋子。

当时她正埋头在书案上写什么东西，还有些废稿团成了团丢在地上。

姜肇鸿本来是打算过来教训佩芷的，奈何架不住她说好话，还有美味的砂锅粥在眼前，夜晚中的食物难免多添了些诱惑力。

结果父女两个一起坐在书桌旁喝光了一小锅粥。

佩芷在给孟月泠的这出新戏写戏评，若是快些，在明日太阳下山前送到报社，还来得及上后日的《津门戏报》。新戏的戏评和新闻一样，当然要抢全天津第一手。

恰好她写到了探讨家国兴衰离合的段落，姜肇鸿虽然不喜欢她过多研究这些政治学术，但还是有些欣慰，便帮着她提了一些发散性的建议，佩芷一边喝粥一边记了下来。

那倒是父女两个鲜少的温馨时光，赵凤珊披着外袍在门外看了许久，笑着先回了院子，不打扰他们。

吃完已经很晚了，姜肇鸿临离开还不忘叮嘱佩芷，不要跟外边的学生一起闹学潮。佩芷正沉浸在文章之中,便乖顺地答应了。

她熬了个夜,把要登报的戏评写出个草稿,地上和桌子上都堆了不少纸团。写的过程中频频想到孟月泠演到某段时的表情动作,佩芷不用照镜子都知道自己在那儿傻笑。

后来稿子写完了,她一头栽进被窝里,临闭上眼睛时不知怎么着,想到了晚上一起吃夜宵的时候他冷冰冰的样子,心道:真讨厌。

早已经过了零时,那便是昨日的事情了,佩芷认为,比起真正的孟月泠,她还是更喜欢台上虚假的孟月泠。看戏么,看的就是个"假作真时真亦假"。

睡醒后连饭都没吃,她先把写完的稿子誊写了一遍,然后换了一身长衫,拎着帽子就跑出了姜府,直奔报馆而去。

《津门戏报》的朱总编透过窗户看到风风火火攥着一把稿纸赶来的佩芷,赶忙出去迎她。外面的办公区域人员混杂,朱总编照旧带佩芷进了自己的办公室,端茶送水伺候着,叫道:"姜四小姐,您早。"

佩芷白了他一眼,摘掉了帽子:"说了不要这么叫我,我给你写稿子这事儿要是传到我爸爸的耳朵里,咱们两个就都仔细着皮。"

朱总编赶忙改口:"您瞧我总不长记性,石先生,叫您石先生。"

佩芷俏皮地一笑,递过稿子去:"你瞧瞧,没毛病的话最好尽快登。我猜《粉墨时报》也肯定要抢这第一手,你自己掂量。"

朱总编接过,信誓旦旦地说:"我就说您肯定要给周绿萼写篇文章的,这不,说来就来……"

待看清右数第一行的标题,《人间几得孟月泠,津门新唱〈孽海记〉》,马屁拍错了,朱总编只能埋头看起文章来逃避。

佩芷喝了口茶水,这会儿倒是觉得肚子有些饿了:"不是周绿萼,他的《醉酒》美则美矣,缺乏意趣,昨晚也开始改唱别的戏码了,不然座儿都要抽没了。孟月泠不是也来天津了,别告诉我你不知道。你前两天去看了没?"

朱总编吞吞吐吐道:"知道知道。这不是以前没见您提过孟月泠嘛,没承想您这回速度这么快,就去看了。"

第二章　泥金扇生尘

佩芷的肚子咕咕作响，没有闲心继续跟他废话，匆匆留下话就要走："你记得赶快看我这篇稿子。这两天的戏我都看了，满天津能两场全看的也挑不出几个。您要觉得可以，就上明天的戏报头版，那些没弄到票的都得抢着看，记得加印。"

朱总编连连答应，又把人送了出去，临了还不忘提钱："去年的稿费我还给您留着呢，您不拿走？"

佩芷想了想："下回拿，先放着，我又不要你利息。"

朱总编帮她开门："我等着您。"

她风风火火地来，又风风火火地去。

佩芷在报馆门口干站了半分钟，想着这儿离登瀛楼倒是近，可她实在是饿得走不动道儿了，还是叫了一辆黄包车过去。

在登瀛楼点了几个菜，她一个人吃得兴致缺缺，付钱的时候便有些懊悔，心里想着这些钱在同义成能吃多少屉肉包子，那些菜她也没吃完。

出了登瀛楼，正是中午日头最足的时候，雨倒是不下了，今天刚出了太阳，给人一种久未见阳光的感觉。佩芷先去了一趟吉祥胡同白家，因为突然想起那把等着白柳斋题字的扇子。

白柳斋说："上次就要跟你说，我这儿没有泥金颜料，还得现买。今儿个柳阁恰巧去王串场，我让她到厚载的画斋买，别的地儿的东西我不敢用在你的扇子上。"

佩芷立马给他表演了个感激涕零，表情夸张。白柳斋嫌弃地睃了她一眼，让她赶紧走，他手头上有一幅山水图还没画完，不想被佩芷给打断兴致。

她显然是被轰了出来，坐在白家门口数着胡同里的灯笼，正想着接下来该去哪儿打发时间，脑袋里就出现了个人。恰巧胡同外有个卖糖火烧的小摊，去人家里做客总不能空着手，佩芷把刚出炉的糖火烧都买了，有十来个，个个烫手。

她拎着袋子叫黄包车："去西府。"

黄包车夫回道："好嘞，祈王府。"

车已经动了起来，佩芷在车夫身后说："不是祈王府，是西府。"

车夫说："就是祈王府。"

佩芷不理解，执拗地说："我说的是去西府。"

身形偏瘦的黄包车夫气喘得越来越急了，回她道："等到了咱们再说成不？这位少爷，我这快要岔气儿了。"

佩芷偷偷地吐了吐舌头，没再追问，心想着他总不可能光天化日之下把她给卖了。

最后车停在了一座府邸门口，匾额上赫然写着"西府"，佩芷指给他看："你看看，这不是西府？哪有什么祈王府。"

她又不认识王爷，去什么王府？给钱的时候她特地多给了一些，刚刚总觉得过意不去。

黄包车夫跟她道谢，见她心善，就多说了两句："这儿啊，就是祈王府，换了块匾而已。"

佩芷后知后觉的，突然间就想通了，也明白过来昨天那个老头为什么留辫子。

姜家就是那种上了年岁的中式大宅，据说早年也是一栋王爷的府邸，后来没落了宅子就被卖掉了，辗转至姜公手中，成了姜府。

故而佩芷走进了这西府中，觉得并不陌生，格局甚至有些相像。只不过傅棠的院子里栽了好些的树，树上已经开始打花苞，但佩芷对花草研究不多，大致看过去也说不出来到底是什么。

傅棠从屋子里走了出来，手里提着个金灿灿的鸟架子，可上边却没有鸟。他一看是佩芷，脸上立马挂上了那副不真诚的淡笑，招呼道："你说改日来我家做客，没想到这'改日'就是今日。"

佩芷说："我恰巧出来逛逛，没处去就想着来找你了，还给你带了糖火烧。"

"我猜你就是随便在街边买的，不好意思空着手来我府中，可你未免也太敷衍了些，送静风的可是稀罕物件儿，下次给我也带来个。"

"你看到我送他那柄玉如意了？是不是极值钱的？够在北平买几栋宅子？我送得好不好？"

第二章 泥金扇生尘

傅棠看她一连串龙吐珠似的问话，无奈摇摇头，把鸟架子放在了院子里的石桌上："你这么多问题，哪一个不是明知故问？"

佩芷觍着脸笑："你拎着个鸟架子做什么？看起来是纯金制的。"

傅棠哼了一声："我养的傻鸟飞走了，金架子都留不住它。没良心的东西，外边的吃食能有我喂的好？"

佩芷兀自拿了块糖火烧掰开，这一路过来已经不再烫手了，温度刚好："你自己都说是傻鸟，可不是就得做傻事？给你尝尝，咱们俩一人一半。"

傅棠纯粹是盛情难却，接了过去，很是赏脸地吃了那么一小口："糖火烧北平也有，犯不着特地来天津吃。难不成你还没吃饭？我让厨房……"

佩芷赶紧摆手："我吃了，这不是看糖火烧热乎着。"

傅棠笑道："昨儿个我就发现你能吃了。下次你敞开了吃，夜宵吃两碗不丢人。"

佩芷又气又笑，忍不住诙他："是你吃得太少，就你那鸟胃，鸟养多了，自个儿的胃也跟着变小了……"

两人正你来我往地闲聊着，一墙之隔的院子里忽然响起了唱戏的声音，想必是有人在吊嗓子。佩芷原本以为是别家，可一想到偌大的府邸不可能就一间院落，于是看向了傅棠。

"这是吊嗓声？"

傅棠早已见怪不怪，点点头。

佩芷刚想问哪位角儿在他家做客，立马想到了他与孟月泠交好，那么隔壁院子里的还能是谁。

佩芷问："孟月泠住在你这儿？"

傅棠又点头，掏出怀表看了看时间，眉毛一挑："时间刚好，他这个人真是守时。太规矩的人，难免会有些无趣。"

佩芷走到墙根下，用耳朵贴着墙听。傅棠跟着凑近，看着她的举动哑然失笑："你就这么迷他？吊个嗓子都要听墙角……"

佩芷比了个嘘的手势，发现听不清又问傅棠："从哪儿去他的院子？

咱们去听听。"

傅棠摇头："他吊嗓子的时候，不许人旁听。"

佩芷说："我们不旁听。"

傅棠问："你这还不叫旁听？耳朵都快钻墙缝里去了。"

佩芷的眼神中有些狡黠："我们这叫偷听。"

傅棠失语，只能点头称是。

他一个不留神，她就已经盯上了离墙最近的那棵树。傅棠试图阻止，伸手拽了她的袖子，佩芷还以为他着急，反手挣脱开，小声地说道："等我爬一半了你再爬，别急。"

傅棠心想他哪儿急了，又认为她真是淘气，许多男孩子都没她这么野。那树干粗壮，是院子里养得年头最久的一棵，正好方便了她往上爬。

佩芷爬到一半后低头叫他："你上来呀。"

傅棠说："我没想爬。"

佩芷以为他骄矜，一副了然的表情问他："你想想，你多久没爬树了？"

傅棠在心里答，有十来年了，虽然他小时候也没怎么做过这些淘气的事儿。

佩芷缓慢地挪了挪，已经找好了观看孟月泠吊嗓子的最佳位置，低头又问了一遍："傅棠，你都多久没爬树了，别拿乔了，快点。"

那一刻傅棠忍不住在心里猜测她今年多大，明明外表看起来与他和孟月泠差不多的年纪，可她身上未经世事的天真无形中削减了她的年龄，傅棠总觉得他也要被她拉着回到十岁时翻墙上树的光景了。

佩芷还给他搭了把手，傅棠提心吊胆地爬上了树，生怕院子里突然过去个下人，他顾及颜面，绝对有可能爬半道儿就扑腾下去。

两人并坐在树上，恰好看得到独自站在院子里的孟月泠。他的仪态极好，只要是立着，腰板就是直着的，侧影清隽，伴随着唱戏声时不时地比量个身段出来，男装并不如戏装看起来贴合他女性化的举动，难免显得有些阴柔，可亦是另一种美。佩芷撑着下巴，陶醉地看着。

傅棠则享受这一刹那的心无旁骛，因站得高的缘故，所看到的天空

第二章 泥金扇生尘

都敞亮了,气喘得也更顺畅了。

下边的人唱着,树上的人听着,直到佩芷骤然想起了另一茬,和傅棠说道:"我在门口的时候还想问来着,进了门就忘了。"

傅棠说:"问什么?"

佩芷说:"你是不是不姓傅?他们说这里是祈王府。"

傅棠一笑置之,佩芷如此问显然在他意料之中。他看着远处的青天灰墙,低声道:"我母亲姓傅,我也姓傅,没有骗你;至于外面的牌匾,是我亲笔题的,也是我命令换的。"

佩芷笑道:"那你确实没骗我,字儿倒是不错。"

傅棠回道:"谁骗你了?"

佩芷老神在在地说:"人没法儿选择自己的出身,但是可以选择今后的日子怎么过。"

傅棠忍不住扭头看她,刚刚还觉得她心智不成熟,心底里像住着个小孩子,现在看起来又像个大人了。他接道:"有得选未必就是好事,选择也会做错的。"

佩芷想到了赵巧容,赵巧容便是年轻的时候做错了选择:"若是错了,尝试硬着头皮走下去,走不动了就重新做选择,日子就还有得过。"

她直觉傅棠有心事,说这些不过是为了安慰他,可没想到傅棠似乎根本没仔细听她的话,而把重心放在了孟月泠吊嗓子上。他认真地问她:"你刚刚听到没?"

佩芷问:"听到什么?"

傅棠说:"他调子低了,乙字调没唱上去,还有刚刚那句,倒数第三个字的音没咬准,不应该……"

佩芷显然惊讶,本以为傅棠只是略懂些戏的票友水平,昨儿个听他说了两句《西厢记》和《玉簪记》也没当回事,这下才发现傅棠不是一般地懂。

她尴尬地说:"我想着怎么宽慰你呢,这段没仔细听……"

傅棠忍不住教训她:"你听他吊嗓子得挑着听,刚刚那段是《梅妃》,静风好久没在台上演过这出了,当然得听。"

说到梅妃，自然要提李隆基的另一位宠妃，佩芷转头问傅棠："那他会唱《贵妃醉酒》吗？那身段动作，他要是做起来一定更漂亮。"

傅棠想了想，慢悠悠地说："没在台面上唱过，但他爹孟大贤会这出戏，我猜他肯定学过。"

佩芷兴致勃勃地道："我前几天新得了一把泥金扇，上面绘的是春花蛱蝶图，还差个字儿，这两天就能题好，我想送他，唱《醉酒》拿着最合适不过了。你可知最近在上天仙挂牌的周绿萼？他唱《醉酒》的时候拿的扇子都是有说头的。"

津门戏界的绯闻逸事，傅棠自然有所耳闻，回她道："就是那个上海来的周绿萼？我前天便是去看了他……"

两人全然没发现院子里吊嗓子的人都没了声音，孟月泠抬头看着树上的两个人，冷声打断他们的对话："你们还要在上边聊多久？"

佩芷和傅棠一前一后灰溜溜地下了树，孟月泠已经穿过了月亮门，来到了这边院子里，淡漠地立在那儿看他们俩拍身上的灰尘。佩芷不好意思看他，傅棠也觉得脸面有些挂不住。

孟月泠对傅棠说道："你跟我说鸟儿飞了要去找鸟儿，不能给我伴奏，就找到树上去了？"

傅棠自觉理亏，便招呼下人去书房取他的京胡："不找了。听着你干唱，我也觉得空落落的，还是得给你拉一段。"

"怎担得起棠九爷亲自拉琴。"孟月泠显然故意寒碜他。

"孟老板客气了，能傍孟老板是我的福气。"傅棠同样说些虚情假意的话。

佩芷看着忍不住偷笑起来。等到胡琴拿过来了，傅棠坐下像模像样地拉了几个音，佩芷说："你还会拉胡琴？"

傅棠学她昨晚上的话："我会的可多了去了。"

孟月泠说道："棠九爷可是文武昆乱不挡、六场通透的人物，生旦净末丑没有他不能行的。"

佩芷以为他在故意挖苦傅棠，傅棠也连连告饶："孟二爷，君子非礼勿听，您饶了我行不行，别给我戴高帽子了。"

第二章　泥金扇生尘

孟月泠略微挑起了嘴角算作淡笑，这茬就这样过去了。傅棠又问他唱哪一段，他端着刚倒好的热茶，短暂地想了想后说："没什么想唱的，也吊得差不多了。"

佩芷颤颤巍巍地举起了手，才敢插话，小声地说道："那个……孟老板，您会不会《醉酒》？"

她这下倒是不敢叫他静风了。

傅棠笑她倔："你就是不到黄河心不死。你那把泥金扇给我留着，回头我给你来一出《醉酒》，他不行，怕砸了他饭碗。"

孟月泠冷眼看着，打心底觉得她有些傻气，或许是不谙世事所致，傅棠胡诌八扯的话她也信，便点了点头，不再提了。

《醉酒》这出戏，他坐科的时候学了五成，孟桂侬是没教过他的，但他当年还没唱成角儿的时候，少不了给孟桂侬跑龙套，近距离地看过不少次，自觉学到了七八成，只是没在台上演过。老话说"戏要三分生"，如今这个程度他再熟悉熟悉，上台出演应该不成问题。

傅棠拉了段西皮二六，佩芷在旁边观摩，认真盯着的样子看着就是个好忽悠的。虽然傅棠确实有两把刷子，但也就是两把刷子而已，最多三把，将就入孟月泠的眼。他的眼光一向很高。

孟月泠兜了一口热茶下去，淡淡地开口："你的水平就别诓人扇子了，拉好你的琴。"

傅棠的眼神中闪过玩味之色，抬头看向站着的人："怎么着，孟二爷，来一段四平调？"

孟月泠语气很是随意："那就这段，好久没唱了。"

佩芷立马心花怒放，眼睛亮着光似的看向他。孟月泠感觉到那缕炽热的视线，不着痕迹地转了半边身，余光都不给她分毫。

那天日头还没彻底落下山去，孟月泠就离开西府了。

佩芷不知道孟月泠何时出的门。傅棠留她在西府用晚饭，她答应了，可到饭桌上才发现迟迟不见孟月泠，于是一双眼睛止不住地往门口挪。

傅棠心领神会，面儿上也不多说什么，只断断续续地用公筷给她夹菜，直到佩芷发现碗里堆出个小山："傅棠……我真的没那么能吃，昨儿晚上那是饿着了。"

她性情直率，讲话一向直来直去，傅棠见多了那些表里不一的人，常年习惯于用一副恰到好处的客套待人，乍地遇上了佩芷，两人凑到一起，倒是极说得开。

傅棠说："这顿饭就我们俩，静风早就去协盛园了，你放开了吃。"

佩芷的脸上有些发烫："关他什么事，他在不在我都是一样吃的。"

傅棠点头，可那神色中却写着意味深长。佩芷想到了别的，问道："他怎么这么早就去戏园子了？是不是因为我在你这儿？我看出来了，他有些烦我。"

傅棠脸上的笑容僵住了："你倒不必这么想，俗话说'饱吹饿唱'，他不吃这一顿也是常理。"

"那你们昨日一起吃晚饭没有？"

"吃了……"

"前日呢？"

"也吃了……"

"你看，还是我在这儿的缘故。"

傅棠想了想，再度试图给她解释："你知道他们丹桂社有个田文寿？常跟他演对儿戏的那个老生，人称文寿老，今日他有场《乌盆记》，静风也许是去看了。"

佩芷自然知道这位田文寿，孟桂侬演艺生涯的最后那几年，所有的生旦同台戏都是和田文寿一起唱的。如今孟桂侬都退休了几年了，田文寿傍完老的傍小的，绝对算得上丹桂社的常青藤。

可佩芷觉得还是说不通："文寿老的戏都是压轴的，这会儿天还没黑，离倒二也还早着，他犯不着去这么早。"

傅棠动了动筷子，对上她认真的神色，也是头一次打量她的长相，她这张脸本来是有些英气的，如今跟他刨根问底，那抹英气之上又加了些耿直正气，倒是适合扮上武生，绝对是好材料。

傅棠说："你说得有道理，他确实有些烦你。"

佩芷苦了脸："你也看出来了？我早就发现了……我们好歹算是朋

友,又都迷他的戏,你不说宽慰我一下?"

傅棠一副似笑非笑的表情,撂下了筷子:"我刚刚不是在宽慰你?我说他事出有因,并非躲你,是你打破砂锅问到底,我也没法儿给你找补。"

佩芷想了想,把菜吞进肚子里后,赞同地点了点头:"对不住,我刚刚没听出来。"

傅棠没想到她道歉竟这么利索,便学她失落的语气说:"是我不擅长宽慰人。"

一会儿的工夫,她就又转哀为笑了,一边大快朵颐一边问他:"你刚才盯着我看,然后笑什么?"

傅棠想了想,直白地说:"我那会儿觉得你适合唱武生。你票过戏没有?"

"没有。"佩芷摇摇头,睁大了眼睛问,"武生我基本功不行。其实我想唱花脸,拎铜锤的那种大花脸,多霸道。"

傅棠原本以为她会说想唱青衣或是花旦,没想到出来个铜锤花脸的答案,他笑着说:"你在这儿跟我逗闷子呢?"

佩芷说:"谁逗你了?"

看她是有几分认真在里面的,傅棠想了想,随后还是摇头:"你气太弱了,唱不了,私下里票一出过过瘾还行。"

佩芷问他:"孟月泠说你各工全能,真的假的?"

傅棠说:"半真半假。"

佩芷一拍手,脸上写着"跃跃欲试"四个大字:"那等将来有机会了,咱们仨来一出《大·探·二》。"

傅棠听到她这话险些笑掉大牙,先不论孟月泠这尊大佛乐不乐意陪他们俩票戏,《大·探·二》是一出生、旦、净合演戏,唱功繁重,他都不敢说来就来,更别提加上佩芷这个完全没唱过戏的了,孟月泠保准要被气得扭头就走。

虽然他期待看到把孟月泠鼻子气歪的场面,可这件事还是太滑稽了,傅棠问她:"你的意思是,你唱徐延昭(净),静风唱李艳妃(旦),我唱杨波(生)?"

佩芷点头："这不正好齐活？你别笑了……"

傅棠跟她直摆手，笑得停不下来："天还没黑，你这梦做得挺美。"

佩芷白了他一眼："我这叫胸怀大志，你莫欺少年穷。"

傅棠收敛了笑容："嗯，会有那么一天的，我等着看你剃头呢。"

佩芷下意识地伸手护住了额头，皱起眉头道："我忘了勾脸要从月亮门画起了，不唱了不唱了……"

俩人插科打诨地吃完了晚饭，佩芷闲不住，张罗着要去协盛园看戏，不仅看孟月泠，还要看田文寿的《乌盆记》。

她邀请傅棠一起去，说自己已经在盛老板那儿留好了包厢。傅棠本来静悄悄地站在廊下，廊边正挂着那个空落落的鸟架子，等他那只傻鸟飞回来，奈何架不住佩芷催他。

"你的鸟该回来就会回来的，不回来了，你怎么等也没用，还不如跟我去看《乌盆记》。"

傅棠说："我亲自在这儿等着它，它或许会知道自己有多重要。"

佩芷拉着他就走："心里没你的傻鸟，你站成望夫石都没用。"

"有道理。"傅棠轻轻地笑了，没让下人跟着，跟她一人叫了一辆黄包车，直奔协盛园。

刚走进协盛园，佩芷一眼就瞟到了远处站着看戏的孟月泠。梨园行有规矩，行内人不准坐池座儿，防止离得太近了偷戏，故而他靠在廊座儿最边上的那根柱子旁。

台上的并不是田文寿，《乌盆记》还没开演，这个时间座儿也上得不多，大多坐在池座儿，他再靠前站也是没关系的。可他似乎是为了远离人群，只独独地站在一边，有些落落难合之感。

佩芷一眼看到他，完全是他骨子里的那抹气质太脱俗出尘，似不食人间烟火，又误入此处。

她用胳膊肘顶了顶傅棠，短短一天时间，俨然已经跟他混熟了。傅棠又气又笑，顺着她指的方向看过去："你眼睛倒是尖。"

佩芷给他下达命令："你去叫他上楼上包厢，正中间那间，我先上去了。"

第二章　泥金扇生尘

傅棠问："你怎么不去叫他？我先上去。"

佩芷叹气："我去叫，他保准甩我个白眼，回身就走，你信不信？"

她显然一副傅棠只要说"不信"她就立马上前试给他看的样子，傅棠纵容地点头："行，你先上去，我去叫他。"

佩芷一溜烟儿就上了楼梯，惴惴不安地在楼上等他们俩。

不多时，包厢的帘子掀开了，傅棠先一步进来，兀自坐下，看了一眼四周说道："我一直瞧不上这正中间的包厢，如今一坐下，视野倒确实开阔。"

他转头看向站在那儿像定了身一样的孟月泠，指着特地留出来的中间座位："静风？来坐啊，愣着做什么？"

孟月泠也不想表现得过分骄矜，可走到椅子边的那几步路，总觉得佩芷期待的眼神有些吃人，他伸手比了下："你坐中间。"

"你还怕她对你做什么不成？"

傅棠打趣的话还没说完，就被佩芷拽了过去："你过来。"

坐下后，佩芷主动搭话，问孟月泠："孟老板，您吃了吗？"

孟月泠扫了她一眼，似乎是犹豫了两秒要不要搭理她，但还是礼貌地回了句："还没。"

佩芷"啊"了一声："那您还来得及吃吗？还是要等散戏了吃夜宵？"

傅棠扭头看她，佩芷和他对视，从傅棠的眼神里明确地看出来他对她没话找话行为的鄙夷，佩芷只能无奈地眨了眨眼睛回应。

孟月泠显然对这枯燥的话题没什么兴趣，又起了起身。佩芷和傅棠齐刷刷地看过去，傅棠问道："怎么了？"

"我先去上妆，扮好了再来看文寿老。"

他竟然真的是要来看这出《乌盆记》的。

傅棠哼了一声算作应答。佩芷看着他出了包厢，眼神还有些恋恋不舍。傅棠用扇子敲了敲她的头："甭当望夫石了，他说回来就一定会回来的。"

佩芷白了他一眼，傅棠又说："你不是光喜欢他的戏？那就在台下看他，别跟他本人扯上关系。你看他这个人性子那么冷，不招人喜欢的。"

佩芷说:"何止是不招人喜欢,我觉着可以算让人讨厌的程度了。"

她可没少在心里骂他,眼下倒是又想起来他平白无故瞪她的那一眼了。

"那你还跟他没话找话。"

"理是这么个理,可你喜欢他的戏,多少对他这个人也没辙。"

傅棠煞有介事地点了点头,开口却说:"戏是戏,人是人,二者无关。"

台上唱的是哪出戏两人也没听进去,佩芷有些出神,忽然又问傅棠,似乎是让他帮忙解惑:"我都不知道,我怎么就惹着他了,他巴不得躲我远点。"

傅棠没想到她还在耿耿于怀,便认真地说道:"你莫要多想,他这人太爱干净了些,上次你溅脏他的那身衣服好像还是他新裁的,洗不干净了。但这事儿真是小事儿,他犯不着跟你个丫头置那个陈年气。"

佩芷叹气:"不是这事,在这之前我就惹他了。"

接着她给他讲了赵巧容大闹协盛园后台那事儿,还有孟月泠瞪她那一眼、她吼他那一嗓子,总归不是个美好的初见。

傅棠听完沉默了半晌,似乎是寻思着怎么安慰她,最后发现还是没辙,只好摇摇头道:"那他确实挺烦你的。"

作为目前已知的唯一一位孟月泠的好友,傅棠亲自盖章,佩芷只能叹气。

傅棠想了想,又说:"但他这个人就是这样,无论他厌恶不厌恶你,都是那副生人勿近的样子,你又何必介怀,或者应该说是'所有人勿近'。"

佩芷皱起眉头:"可他不是挺喜欢你的?跟你挺亲近的。"

傅棠嗤笑:"你哪只眼睛看出来他喜欢我了?我们俩也就是个君子之交——淡如水。"

楼下的戏台子已经空了,倒数第三场戏结束了,很快就是田文寿的《乌盆记》。傅棠虚指了一下戏台:"就说文寿老,跟静风是沾点亲的,也很是欣赏静风,要不是应工不对口,肯定是要做静风的开蒙师父的。这些年丹桂社交到他手里之后,文寿老始终陪着他到处跑码头,帮衬了他不少。文寿老无儿无女,拿他当半个亲儿子待……"

佩芷说:"这不是挺好的。"

傅棠摇摇头:"可他跟文寿老并不亲厚,平日里甚至过于生分,我看跟他性子有关系。就说好些次文寿老想揽一揽他的肩膀,他都不让,场面弄得很尴尬。早些年这么经历了几回,文寿老也就知道他什么脾气了,索性不强求了。"

佩芷皱起眉头:"他怎么这样,像是别人不洗澡一样。"

傅棠被她逗笑了:"你没见过之前在北平的时候,那些男戏迷追他,他避之不及的样子。"

"女戏迷呢?女戏迷他就不避了?"佩芷如是说。

傅棠故弄玄虚:"静风是不缺桃花的,以前……"

佩芷问道:"有什么风流逸事?"

傅棠笑她:"瞧你这副看热闹的嘴脸。"

佩芷正要让他继续说,眼看着帘子又被掀开了,便是初见他的那副样子,脸上扮好了相,如画中美人一般,只穿了一身白水衣水裤,衬得他的身形更加清癯,悄然走进了她的包厢。

佩芷张口就问:"你冷不冷?"

孟月泠一愣,显然也为她的问话而感到惊讶,开口还是如磐石般冰冷,勉强搭腔:"不冷。"

傅棠道:"冻不死的青衣,热不死的花脸。数九寒天他穿这么点也过来了。"

孟月泠淡笑,上了个装的工夫似乎换了番心情,还跟他打趣道:"棠九爷内行。"

佩芷插不上话,也不去强行插话,只偷偷地打量孟月泠。他这一扮上戏装,她难免觉得他更顺眼了,眼睛便从他身上移不开了。

《乌盆记》开演了,还没轮到文寿老上场,包厢里又进来了个人,穿了一身灰蓝色短袄,便是那天给佩芷开门的那位,孟月泠的跟包,名叫春喜。他手里抱着个暖瓶,走到孟月泠身边给他倒水,小声地说道:"二爷,刚烧开的水。"

孟月泠扭头对他说:"你也去看戏罢,我凑合喝茶壶里的。"

春喜点了点头,还跟傅棠打招呼:"棠九爷。"

傅棠点了个头算作给孟月泠的面子,春喜又看到了佩芷,没忍住扑哧一声笑了出来,臊得佩芷一阵脸红。他显然了解孟月泠的脾气,在冷漠的眼神扫过来之前便溜出了包厢。

孟月泠只摇了摇头,没说什么,便看向了戏台子。

傅棠小声地问她:"春喜看你笑什么?"

佩芷面无表情地告诉他:"我求孟月泠理我,被他听到了。"

傅棠轻笑了,友情告诫她:"甭求他,没用,他就怪脾气,你越求他他越要逆着你来,贱……"

孟月泠双眼都没挪开戏台子,可话显然是跟他们俩说的:"我还在这儿。"

傅棠说:"哦?听着了这是。"

佩芷没说话,试图降低自己的存在感。

孟月泠说:"少吭声。"

傅棠故意跟他叫板:"瞧瞧,跟我们孟二爷一间包厢看戏,规矩就是多。"

佩芷赶忙递了盏茶到傅棠嘴边,堵住傅棠的嘴巴,笑着应和孟月泠:"好嘞。"

绸缎商刘世昌路过定远县,借宿于窑户赵大家,赵大夫妻见财起意,用砒霜将刘世昌毒死,并把他的尸体烧制成了乌盆。后有鞋匠张别古向赵大索要欠款,赵大用乌盆偿还。

张别古回到家后,发现只要唤"盆儿",就会有刘世昌的鬼魂回应他。后来张别古代替刘世昌击鼓鸣冤,包拯明察秋毫,为其雪冤,处置了赵大。

这便是一出《乌盆记》。

田文寿到底不年轻了,这几年早就彻底不碰武戏了,但《乌盆记》也算唱做兼具,少不了毯子功。演至刘世昌中毒身亡的片段,甩发、坐

第二章　泥金扇生尘

摔等一套动作做下来，他显然已经觉得有些吃力，更别说还有个过桌抢背。

那天晚上的压轴戏上了个满座，叫好声不断，佩芷整个人已经扒在了栏杆前看，双手大开大合地鼓起掌来。

她急切地对他们俩说："文寿老脸上是汗还是泪？他功夫确实瓷实，可到底还是上了岁数。"

佩芷回头一看，发现坐在那儿的两个人比她淡定多了，只轻轻地用右手拍打左手，这是一种极其矜持的鼓掌方式。至于她的问话，傅棠没吭声，看向了孟月泠，似乎是不知道，专等他作答。

孟月泠睃了傅棠一眼，在嘈杂的环境下冷声答她："豆油。"

戏台上为了追求效果，会用搽豆油来表现角色出汗的状态。

佩芷眨了眨眼睛，不想显得自己太过无知，只能说了句："生行的戏我看得少，不了解这些。"

傅棠一笑置之，另一位显然压根儿不在意，佩芷偷偷地看了孟月泠一眼。

《乌盆记》唱罢，随着田文寿下了台，孟月泠也起身就走。佩芷和傅棠则跟着去了后台，打算见一见文寿老。

田文寿私下里倒是个极和善的，还是那间大扮戏房，他已经脱了戏服，只穿着水衣水裤，坐在那儿用手巾擦额头上的汗。跟包给他送上了小紫砂壶，里面盛的是滚烫的茶水，他饮了两口，看着远远过来的人招呼道："棠九爷。"

傅棠攥着扇子朝他作揖："折煞我了，您还算我半个师父呢。"

既是师父，田文寿查验起他的功课来："我教你的《汾河湾》怕是要忘光了？也没见你演过。"

佩芷在一旁听着二人寒暄，惊讶于傅棠居然还跟田文寿学过戏。

几句过后，田文寿又看向了孟月泠，他跟孟月泠说起话来有些熟谙又疏离："你今天跑厢座儿去看我了？"

孟月泠说："随便看看。"

田文寿转头跟傅棠、佩芷说："他爱看这出儿。小时候还没学戏的时候,他娘总带着他上戏园子看,我记着他喜欢。我这身子骨儿在台上也没几年了,能唱就多唱一回……"

佩芷正感动于田文寿是为了孟月泠才坚持唱这出戏的,一扭头发现,孟月泠早已经走远了,那背影实在是让人觉得冷漠。

田文寿不在意地笑笑,他也歇够了,便起身拍了拍傅棠的肩膀:"我得赶紧去把脸洗了。你跟你的朋友在哪个包厢呢?下一场是静风的《梅妃》,别错过了。"

佩芷一愣,看向傅棠,傅棠显然也不知情,跟田文寿说道:"我还念叨着这出戏他许久没唱过了。可他跟我说,你们这回来天津,衣箱里没带梅妃的行头。"

田文寿闷头在那儿洗脸,他的跟包在旁边机灵地答傅棠:"管衣箱的黄师傅点箱的时候装错了,今天这场戏本来要唱《樊江关》的,戏报子都放出去了,樊梨花的行头却找不着了。田老做主,说既然带来了梅妃的宫装,那就唱《梅妃》好了。给二爷跨刀(随从、协助主角)的还是那个从袭胜轩借调来的,就前些日子赵家小姐为了他闹后台的那个,还不知道他熟不熟悉嫣红(梅妃宫女)的戏份……"

傅棠跟佩芷嘀咕:"我说他今儿个吊嗓子怎么唱《梅妃》了。"

说到闹后台的赵小姐,佩芷莫名地心虚,拉着他就要回包厢,连孟月泠穿宫装的样子都不急着看了。

范师傅正在帮孟月泠穿戏服,孟月泠远远地看着那两人穿过人流走出扮戏房,随后收回了目光,面上没什么表情。

那天晚上田文寿也来了佩芷的包厢,跟他们俩一起看了孟月泠的《梅妃》。田文寿发现佩芷是个女孩之后,傅棠还拿她要唱花脸的事儿打趣,两人一本正经地讨论佩芷到底该唱哪个行当,便都是些碎屑不成篇的交谈了。

散戏后,田文寿先行离开,傅棠去后台找孟月泠,打算跟他一道回去,扭头发现佩芷也跟了过来。他看得出她对于孟月泠这副好皮相肤浅的痴迷,这种痴迷他在北平时见得多了,相比起来,孟月泠真正的本事都变得无足轻重。

傅棠当着孟月泠的面逗她:"你难道要跟我们一起回西府?"

佩芷摇头,问话有些傻里傻气的:"不吃夜宵?"

她显然顾虑的是孟月泠还没吃晚饭,她和傅棠在西府用的晚饭过于丰富,这会儿绝对吃不下什么夜宵。

孟月泠静静地坐在那儿摘头面,像是根本听不到他们俩在旁边说话一样,但佩芷知道,他只是不爱搭理他们。她一低头就看到他骨节分明的手正一样一样地把点翠鬓簪放在桌面上,范师傅走了过来,开始帮他摘发网……

果不其然,傅棠说:"晚上吃了那么多,吃不下了。静风,你怎么打算的?"

可傅棠不去,佩芷就也没了去的由头。

孟月泠答道:"我自己吃,你先回。"

傅棠手里的扇子在佩芷眼前一点:"走罢。"

他压根儿没理会她,佩芷便只能跟着傅棠离开了,连句道别的话都没有。

出了协盛园,傅棠原本想先帮她叫一辆黄包车,佩芷拒绝了,说要散散步再回家。傅棠没强求,自己坐上那辆车先走了。

她沿着路边走了半条街,这个时候街边的铺子大多正在打烊,慌乱中上演着最后的热闹。

佩芷有些老神在在,心里无限地回想着孟月泠在台上的样子,莫名地觉得心底里有些惦念他。她一贯敢想敢做,身子立马转了回去,顺着刚走过的那条街折了回去。

打远就看到挂着煤油灯的夜宵摊,佩芷没靠近,捕捉到孟月泠的身影。

恰巧就是上次他们三个一起坐的那张桌子,今夜变成他一人独坐,看起来还是叫了一碗砂锅粥,不知怎么的,她觉得他是个守旧的人。

那情景看得佩芷觉得有些寂寥,可她也知道,这只是她一厢情愿的猜测,孟月泠显然是享受这种寂寞的。她倒是个从不寂寞的人,可他只觉得她吵闹。

那碗粥他吃了没几口就不动勺子了，佩芷坐在一家店门口的台阶上，猜得到定是粥不烫了。他起身付了钱，发现脚边站了一只瘦弱的野猫，脸上依旧是那副冷冰冰的表情。佩芷没觉得他会理会这只猫——他连她这个人都不大理会呢。

他转头跟夜宵摊的老板说了两句话，老板笑着点了点头。佩芷便看到，孟月泠端着剩下的那半碗粥走远了些，随后他提起长衫的前裾，弯下了腰，把剩下的半碗粥倒在了地上，那只小猫凑近后埋头吃了起来。

他把碗还了回去，又拿出了烟盒跟火柴盒，点燃香烟后，站在路边。

佩芷坐在那儿挂着下巴，默默地看着他。偷窥别人是不光彩的，可她总是喜欢偷偷地看他。佩芷默默地告诉自己，今后再不能这样了。

也许是那抹视线凝聚在他身上太久了，孟月泠察觉到了，蓦地转头看了过去。佩芷正对上他投过来的目光，立马扭头遮住了脸，假装在挠头。

孟月泠自然认出她来了，但也没说什么，烟抽完后，转身就走了。

佩芷再回过头去，便只看到那个消失在黑暗街巷的背影。

凭空叹了口气，她在心里自言自语：姜佩芷，要光明正大些。

次日，佩芷先去吉祥胡同找白柳斋取了题好字儿的扇子，接着立马去了西府。

傅棠立在廊下，看着门房带过来的穿男装的人就头疼，朝她嚷道："你怎么又来了？"

佩芷皱起眉头，心想孟月泠嫌弃她便算了，傅棠竟也嫌弃起来了。她只能说："你还要赶客不成？"

傅棠对门房说："把她给我赶出去。"

佩芷"啊"了一声，立马求饶："别呀……"

傅棠忍不住笑了，笑她明知道他说的是玩笑话，可还是会当真那么三分。门房见他笑了，也明白怎么回事了，自然不会真的赶佩芷，便无声地退了下去。

第二章　泥金扇生尘

她今日来西府，倒也不是来找傅棠的，张开口问的第一句正话自然是孟月泠在不在。

傅棠看她没出息的样子，哼着调子给鸟喂食，不大情愿地答她："我又不跟他睡一个院子，你要找他就别来我面前晃，碍眼。"

佩芷奔着隔壁院子就去了，傅棠从后边看到她腋下夹着个长条形的雕花木匣，闭着眼睛都猜得到这是又要去给人家献宝。他故意说道："说好了扇子给我，我给你来一出《醉酒》，你又去热脸贴他冷屁股干什么？"

佩芷扭头剜了他一眼，朝他比了个嘘的手势："你小点儿声，生怕他听不到？"

傅棠笑她："姜四小姐也知道，他孟月泠见了你躲着走？"

佩芷充耳不闻，沿着墙根摸了过去。傅棠看她小心翼翼的样子只能摇头。

佩芷穿过了月亮门，脚边栽着一片日本海棠，院子里空无一人，房门倒是开着的。今日偶有和煦春风刮过，孟月泠正坐在屋子里桌前，手里拿着一本书看，又或许是戏纲。

佩芷躲在窗边，猛然意识到自己此时的举动依旧有些像偷窥，便赶忙直起了腰板。软烟罗糊的窗扉是松绿色的，佩芷就盯着那抹松绿，开口叫他："孟老板，您在吗？"

孟月泠一向是八风不动的冷淡性子，佩芷猜想，若是按照台上表演的夸张程式，他看到她一定是要叫着躲开的。

屋子里的人沉默了片刻，才开口答她："有事？"

佩芷道："昨天说的扇子我带来了，想送给您。"

孟月泠道："唱《梅妃》用不上扇子，您还是自己收着吧。"

佩芷就知道这扇子不是那么容易送出去的，她早已经想好了下下策，眼下不过是挣扎一下。佩芷便说："万一您有一天要唱杨妃了，总不能缺把好扇子，权当提前备着。"

孟月泠放下了书，再度推辞道："姜四小姐，上次已经收了您的大礼，不好再收了，请回。"

虽然他总是这样漠视一切，可似乎她的示好还是成了他的负担了，佩芷便不再多言，决定启用下下策。

她冲进屋子里，冒着孟月泠的冷眼，把装着扇子的长匣子塞进了他的手里，并非故意，但确实不可避免地拂过了他的手背。

"您必须收着。"

看似强硬地留下这么一句话，可人倒是溜得快，孟月泠只看到一抹衣摆消失在门口。

屋子外面，佩芷蹲在窗户下，用双手攥住双耳，摸他手背那一下没让她觉得脸红，耳根子倒是烫得离谱。

一会儿的工夫，傅棠还站在廊下逗鸟，佩芷从隔壁院子穿了回来，坐在了离他不远的石桌前。眼尖的下人上前给她倒了盏热茶，佩芷掀开了盖子，把茶碗捧在手心里吹凉。

傅棠问："送出去了？"

佩芷哼了一声，语气有些得意："那么好的东西，怎么可能送不出去？"

她自然不会上赶着告诉傅棠，那扇子是她强塞进孟月泠手里的。

傅棠笑了笑没说什么，院子里除了鸟叫声静默了一会儿。佩芷啜了一口热茶，突然像想起了什么，扭头问傅棠："你看没看过《津门戏报》？"

傅棠想了想："倒是没专程买过，天津的戏报不少，上回在耿六爷家里我看过一份《粉墨时报》……"

佩芷的眉头一皱，撂下了茶盏："你什么眼光？《粉墨时报》写的都是什么东西，一帮老学究缝缝补补出来的四六体老文章，隔着张纸都能闻到一股酸味儿，你不嫌臭？"

傅棠无辜中枪："耿六爷家的报纸，你说我干什么？我也觉着上边的观点有点迂腐，他们就喜欢那些骨子老戏。你家和漕运耿家也相熟，下次你去他家把《粉墨时报》都收缴掉好了。"

佩芷攥着拳头："你别激我，我下次去耿家保准搜一搜有没有，有的话，全都得被我给撕烂。"

傅棠被她认真的表情逗笑了，勉强说道："我让人去买份《津门戏报》来。怎么，今天有姜四小姐的大作？"

第二章　泥金扇生尘

佩芷腼腆一笑："还真有，我给孟月泠的新戏写了篇戏评。但你现在八成买不到了，会被抢空的。早上倒是送到我手里一份，可我落在白家了，不然定给你带来。"

傅棠立马变了态度："写静风的？那不看了。"

佩芷又问他："那晚上他的戏你去看不看？"

傅棠摇头："不去。你以为我跟你似的，满天津就追着他一个角儿，今晚我去凤鸣茶园。"

佩芷试图争取："你真不跟我去协盛园？我准备了节目。"

"难不成你要上台票戏？你要是唱大花脸，我把协盛园包圆儿了给你捧场。"

"那让你失望了。"

后来傅棠问她晚上要做什么，佩芷故作玄虚，他就也不问了。

这日她没在西府吃晚饭，想着孟月泠对她避之不及，她是在哪儿都能吃上饭的，所以西府的饭桌还是留给他来坐好了。

晚上傅棠还真没出现。倒三和倒二的间隙时，佩芷带着人进了协盛园。老远就有人到后台给盛老板报信，盛老板出去迎接佩芷，周围已经入座的观众也纷纷投过来好奇的目光。

佩芷挥挥手，身后抬着匾额和梯子的人就开始动手。盛老板的眼睛尖，问佩芷："姜二少，您这是来送匾的？不等他唱完抬上台去给大伙儿瞧瞧？"

佩芷低笑："不要那么高调，他一定也不喜欢的，直接挂上就行了。"

手底下的人行动利索，三两下就把匾额固定好了。周围看客盯着那挂得紧紧的红布，也不知道是送谁的、写的什么，虽然丹桂社最大的角儿是孟月泠，但保不齐是田文寿或者其他人的铁杆儿戏迷呢。

有人凑趣问道："这匾上写的什么？亮个相给我们大伙儿瞧瞧啊。"

佩芷今日手里没拿扇子，而是捧着个汤婆子。阳春三月天气宜人，她倒像是体弱多病分外畏寒。佩芷闻言摇摇头："你们看着罢，等他上了场，这红布就掀开了。"

盛老板都可着佩芷来，只暗自在心里想，她不愿高调，可这么大一块红布挂着，岂不是更高调，表面上却什么都不敢说。

手下挂好了匾额就回去了，压轴戏也已经开场了，佩芷甩下盛老板，溜到了后台。

她轻车熟路的，扮戏房里的其他人也已经习以为常。今日田文寿不在，不然佩芷还想和他打个招呼呢。

她跨进门槛的时候孟月泠就从镜子里看到了，范师傅正在帮他画脸，见佩芷凑了过来，范师傅还打算先停手，给他们俩腾地方聊天。

范师傅善解人意，佩芷很是欣喜，可孟月泠显然是不需要这份善解人意的，他问范师傅："我自己画？"

范师傅看出来自己会错了意，手里拿着描红笔笑着说："合着我想错了，我继续画。"

佩芷说："我没什么要紧事，不耽误你们。"

范师傅笑了笑没说话，但也算是回应佩芷，总比孟月泠什么反应都没有强得多。

佩芷心宽，像是送他扇子那样，把手里的汤婆子又塞到了他手里。范师傅赶紧收了手，险些把嘴唇画歪了。

一瞬间的工夫，范师傅继续动笔。孟月泠的眼神中闪过不悦，可手心里的汤婆子突兀又温暖，他蓦地就想到了她昨日问他冷不冷了，便没说出指责的话。

佩芷说："三月里倒春寒，虽然你说你不冷，可我今天白天摸你手背也是凉的……"

范师傅闻言又停了手，显然是在咂摸佩芷最后这句话。春喜抱着个暖瓶回来了，正好也听了个正着："啊？二爷，您让他摸小手了？"

离孟月泠桌子近的人也投来目光，他们都还以为佩芷是个男人，忍不住皱着眉头打量她。佩芷自觉失言，想开口解释，却又不知道该先解释自己是女人还是解释她没有摸孟月泠的手。

孟月泠倒是比她泰然多了，夺过了范师傅手里的笔，自己画起了嘴唇。他从镜子里看到还有人在看热闹，冷声问了句："都闲得没事做了？"

一个是欲盖弥彰，一个是冷静默许，那些人倒是继续去做自己的事

第二章　泥金扇生尘

情了，可表情还是有些耐人寻味。春喜走不开，只能抱着暖瓶"迎难而上"。

他试探着问佩芷："姜少爷，我给您倒杯水喝？"

佩芷这回倒是拒绝得快，说走就走，离开了扮戏房。

春喜看着佩芷纤瘦的背影，靠在桌边和孟月泠说："虽然姜少爷细皮嫩肉的，可到底还是个男人，且家里是有太太的，二爷您这样……"

孟月泠瞥了春喜一眼，春喜立马闭上了嘴。他又把手里的汤婆子递了过去，当作给春喜找点事做，春喜手脚麻利地拿下去换热水。

戏服穿好之后，春喜也捧着汤婆子回来了，急匆匆地往孟月泠手里塞："刚烧开的热水，二爷您赶紧拿着，我受不了这烫。"

或许是习惯喝热水的缘故，孟月泠更耐得住高温，便接过去捧在了手里。

春喜说："这东西倒是好，二爷您就捧着罢，等要下台了，我再给您灌一壶，正好暖一暖冰凉的手。姜少爷知道疼人，要是是个女的就更好了……"

春喜又说："二爷您看，这汤婆子的套子上还绣着小兔子呢，可我怎么看都是两只公兔儿……"

"你话太多了。"孟月泠冷冷声道。

"我错了，我忘了二爷您扮好之后不爱说话了。"

春喜立马捂住了自己的嘴巴，赶紧离孟月泠远了些，孟月泠也觉得世界安静了不少。他穿好了戏服便不能坐下了，独自立在桌前不知在想些什么。

最后他低头看向了手里的汤婆子，套子是秋香色的，上面还系着丝绦，表面绣着双兔闹春，那两只兔子明明雌雄莫辨，哪里像春喜说的都是公兔子。

他认为戏散了之后她一定会再来后台找他的，到时候他便把这汤婆子还给她。

那晚夜色华灯，喧闹的戏园子与往日没什么不同，孟月泠从上场门登台亮相，观众给了个碰头好，他则不着痕迹地注意到了那方罩着红布的匾额。

接着红布被扯了下去，上书"遗世月华"四个大字，笔走龙蛇一般，同样出自白柳斋之手。识货的观众叫好声更甚，绵长不休，孟月泠对于这些场面早已司空见惯了，毫不打怵，该怎么唱就怎么唱下去。

佩芷独自坐在包厢里，拄着下巴望着台上，眼神痴痴然，嘴角不自觉地染上了笑容。

这厢风光正盛，那厢却是另一番景象。

上天仙茶园的后台，周绿萼今日戏散得早，手里正攥着写了孟月泠新戏戏评的《津门戏报》，笔者署名"石川"，石川就是佩芷的笔名。他本以为佩芷会给他的《贵妃醉酒》写一篇戏评的，不想被孟月泠的新戏给截了和。

耳边又听人在嚼舌，姜二少刚在协盛园赠了孟老板一块匾额，消息传得倒是真快。

孟月泠来天津之前，他场场戏都是满座，自从孟月泠来了之后，座儿已经不满好些天了，更让周绿萼心里不得劲的无外乎是佩芷也好些天没来捧他的场了。

种种事情交叠下，他难免心里气不过，便扭头问那两个碎嘴子："你们说孟月泠昨儿唱的什么？"

"唱的《梅妃》……据说还是临时换的戏码，原来不是这出。"答话的人显然是看出了门道的，语气也有些微弱，生怕惹恼了周绿萼。

孟月泠昨日唱《梅妃》，佩芷今日送"遗世月华"的匾额，倒是相配。

周绿萼冷笑了一声："真真可笑，如今贵妃受了冷落，梅妃得万千宠爱。"

同是李隆基的妃子，这二人便少不了被放在一起比较，也正是这个缘由，孟月泠改演《梅妃》的行为在周绿萼眼里总像是挑衅。

周绿萼气冲冲地回到了自己的扮戏房，让跟包叫来了派戏管事。

他的语气懒洋洋的，说出的话却直白得很："来天津这么些天，《醉酒》唱腻了，折子戏大伙儿也觉得不过瘾。忽然想起来《梅妃》这出戏

第二章　泥金扇生尘

我倒是会唱,您看看明儿个给改成贴这出?"

管事看他跟孟月泠是铆上了,这对戏园来说可是好事,把噱头搞出来,上座率肯定更高,便答应了下来。

这厢孟月泠则发现自己想错了,散了戏佩芷没再去后台找他,像是知道他要把汤婆子还给她似的,她就不出现了。本来还了她这事儿就算了了,没还上就难免还会顾虑着,这不是他所愿意的。

直到收拾好了之后,整间扮戏房都空了,最后离开的是孟月泠和春喜。春喜看着被孤零零地放在桌子上的汤婆子,摸了下还是热的,上面两只兔子活灵活现,像是会因为被扔在这儿一宿而伤心……

春喜一把抓住了丝绦,拎着递到了孟月泠的手里:"二爷,回去路上拿着吧。"

孟月泠没说什么,只默默地捧着汤婆子,两人一起出了协盛园。

立在门口,他叮嘱了春喜几句,春喜点头应和。他的目光一扫,猝不及防看到了个意料之外的身影——协盛园对面的夜宵摊,她没去后台找他,倒是跑这儿来馋嘴了。

佩芷叫了一碗孟月泠常吃的砂锅粥,坐在他们坐过的桌位上,似乎是在体会他昨夜孤独喝粥的情境。可她怕烫,正低头嘟着嘴吹碗里的粥。

孟月泠走了过去。

佩芷一抬头,嘴巴还张着没来得及闭上,眨了眨眼睛,便看到他指头上挂着那只汤婆子。佩芷心想:他的指头好漂亮呀。

她抢先一步开口,似乎是还有些炫耀自己的机灵:"你是来还我汤婆子的?"

孟月泠本来是打算还她的,可见被她猜中了,他又没那么想还了。他把拎着汤婆子转为抱着,低头冷淡地扫了她一眼,随后否定道:"不是。"

佩芷皱起眉头,这回答显然出乎她的意料,她也想不出他过来找她还能是因为什么了。

佩芷便问他:"那你来干什么?"

他以一副审视的姿态看着她，片刻间就找好了说辞："我来告诉姜四小姐一声，倒春寒在四月。"

佩芷大为不解："啊？"

她说过的话转头就忘，孟月泠只能再多讲一句："您说在三月。"

他说完就抱着汤婆子走了，佩芷愣在原地，迟迟没明白过来，整碗粥都吃得不知滋味。

周绿萼唱起了《梅妃》。甭管前天看没看到孟月泠的《梅妃》，不少戏迷都跑到了上天仙，表面上是捧周绿萼的场，实际上大多抱着一副看热闹的心态，立马上了个满座。

白柳斋和周绿萼有私交，是常去看周绿萼的，周绿萼从没唱过《梅妃》，见状自然知道原因在于佩芷。可周绿萼脾气拗，他劝不动，佩芷又一门心思扑在孟月泠身上，日日到协盛园点卯，比姜仲昀去商会还勤快，也不常常往吉祥胡同跑了。

次日白柳斋大清早到姜府找佩芷，想着让佩芷去劝说劝说周绿萼，眼下满天津卫可都是等着看笑话呢。

佩芷想得简单："绿萼就是脾气大了些，他觉着我是捧他的，便只能捧他一个，我如今迷上孟月泠了，他心里不痛快，我明白。你也不用着急，他自己个儿在那儿生闷气，依孟月泠的秉性不会理睬他的，这笑话便闹不起来。"

孟月泠确实对此一无所知，他一向不爱听这些穿凿附会的风言风语，即便丹桂社里有人在私底下说，也断然是不敢说到孟月泠面前的，进了那间扮戏房就要管严了嘴巴。

没想到的是，这天晚上佩芷照常来到了协盛园。她一向是不大理会孟月泠唱什么戏码的，她都照看不误。可今天门口的牌子上明晃晃地写着"贵妃醉酒"四个字，下面还接了孟月泠的名字；且这次不用她叫，傅棠便主动出现在了协盛园，要蹭她的包厢看戏。

佩芷寒碜他小气："想不到棠九爷也是个寅吃卯粮的败家子，现在连张厢座儿的票都买不起了。"

第二章　泥金扇生尘

傅棠丝毫不觉得羞耻："这叫节俭，协盛园麻雀大点儿的地方，我就不多占个包厢了。你当我乐意坐你这正中的包厢，这原来就是摆池座的地儿。"

佩芷道："你还嫌弃上我的包厢了？那你去坐别人的包厢，反正天津卫想请您棠九爷看戏的能绕九条河。"

两人戗着嘴进了包厢后落座，这才说起来孟月泠为何突然要唱《醉酒》。

傅棠说："孟丹灵昨儿晚上到天津了。"

孟丹灵，孟桂侬长子，孟月泠一母同胞的哥哥，六岁学戏，一唱成名，打小就是北平赫赫有名的童伶，唱念做打都很有孟桂侬的风韵。他本来定是要继承孟桂侬的衣钵的，可惜天妒英才，倒仓（变声）后嗓子就不行了。

这种情况大多数人都会选择去唱二牌，可他不愿意给别人跨刀，便拿起了京胡，改学场面，成了有名的"京胡圣手"。自从孟月泠唱出名堂之后，孟丹灵便开始给孟月泠操琴，已有多年。

佩芷问道："他怎么才来天津？孟月泠的新戏都演完多少天了。"

傅棠答她："他女儿生病了。那丫头从小就体弱多病，说句不中听的，指不定什么时候就没了，所以这亲弟弟还是得放一放，天大的戏都不行。"

佩芷莞尔，不禁想到了姜肇鸿。

至于孟月泠决定演《醉酒》，确实有孟丹灵的促成。

他为人一向好强，不愿意挂二牌也正是这个原因。他刚到天津就听说了周绿萼唱孟月泠刚唱过的《梅妃》这回事，心里面自然憋着一股气。

外面看热闹的人都把眼睛盯上了协盛园，这周绿萼的战书都挂好了，就等着孟月泠来迎战了。盛老板顶着压力，知道孟月泠一向不喜欢这些俗事，情急之下便只能找上了刚抵津的孟丹灵。

孟丹灵自然愿意帮忙劝说，但眼下还缺了一件贵妃穿的蟒服，那些被人穿了不知道多少次的宫中行头孟月泠是断然不会碰的。

盛老板有备而来，津门苏记专做戏服，苏师傅连夜织好最后一针的缂丝蟒服，被盛老板高价买了下来。

两个小厮推着挂蟒服的架子，盛老板协同着孟丹灵进了扮戏房，劝说孟月泠演《醉酒》。

这身蟒服做得确实考究，孟月泠多看了两下，显然是满意的，居然很容易就应允了。盛老板立马兴冲冲地去找人写戏报子，必须立马挂出去才好。

那晚眼看着压轴戏唱完了，楼下池座的过道就开始加凳子，佩芷跟傅棠说道："看样子多卖了不少票，跟他首演新戏那两日差不多。"

她没想到他会理会周绿萼，可两人互相铆上了倒也没什么不好。她一直想看孟月泠唱《醉酒》，如今唱了，倒是顺了她的意了。

傅棠但笑不语，佩芷想起来又问他："他演《孽海记》你怎么只看了下半场呢？头一天才热闹，还有冲台的。"

"头一天不就《思凡》和《双下山》吗？有这工夫我不如听昆曲，静风唱过，可惜你没这个耳福了，只能听钱绍澜写的那些酸词儿，但也比林斯年的强上些。"

就这一场《醉酒》，协盛园加再多的座也够不上那一件蟒服的价钱。可盛老板是商人，不会做蚀本的买卖。他想得周全，等丹桂社走后，他再把这身行头卖出去，孟月泠有那么多戏迷，不愁找不到买家。

这是个惠而不费的买卖，既挫了周绿萼和上天仙的锐气，又可以往外说孟月泠的《醉酒》首演是在他们协盛园，对于盛老板来说可谓双赢。

回忆那晚，似乎满场的观众都跟台上的贵妃一起醉在了百花亭，慨叹人生春梦一场。

佩芷曾说周绿萼的《醉酒》少了意趣，孟月泠的则填补上了这些，他在台上的一颦一笑都像是漫长历史中走出来的人物，不会有看周绿萼时隐隐约约产生的那种脱离感。

傅棠也有些惊叹："静风鲜少有这么秾丽的扮相，这出戏改了之后真是，美得纯粹又极致。"

佩芷盯着台上，若有所思。

同样作为李隆基的妃子，《贵妃醉酒》讲李隆基约好杨贵妃在百花亭设宴，但因临时去了梅妃那里而未能赴约，贵妃黯然醉酒，是一出折子

第二章　泥金扇生尘

戏；《梅妃》讲的则是江采萍爱梅，李隆基以梅园许之，赐号梅妃，恩宠一时。杨玉环入宫后，梅妃受冷落，于梅园中自怜自叹，递诗给李隆基诉情。后安史之乱，李隆基携杨贵妃先行出逃，另遣人带梅妃离开，梅妃拒绝，于安禄山进宫前自刎。

一个唱"恼恨李三郎，竟自将奴撇，撇得奴挨长夜"，一个唱"我只索坐幽亭梅花伴影，看林烟和初月又作黄昏"，不过都是多情女遇上君王薄幸。

看着孟月泠活灵活现的贵妃扮相，佩芷反而想起了他扮的梅妃。她想孟月泠其人应该更像梅妃，但他是自愿遭受冷落的，也不需要什么李三郎的宠爱。

次日津门九家戏报齐齐刊登了连夜写好的戏评，那场戏看得他们笔酣墨饱，通篇自然不乏溢美之词。就连《粉墨时报》那些老学究都松了口，曾经他们最是看不上粉戏（色情戏），即便是改编后的雅致版本也不放过，路过戏报子都要吐上两口唾沫。

《津门戏报》关于这场戏的戏评并非出自石川之手。那晚散戏后，好些人流连在协盛园门口不愿散去，其中就有《津门戏报》的朱主编。他等着佩芷出来，想让她连夜写篇戏评，可佩芷拒绝了。

傅棠不解，认为她一向追捧孟月泠，不应该拒绝。

佩芷还有些处于余韵之中，尚未完全抽离出来："今夜各家戏报的主笔注定要不眠不休整夜，既然大家都写，我就不凑这个热闹了。我拒绝了朱主编，他也能立马找到别人来写的。"

傅棠有时候觉得她冒着傻气，但她实则是大智若愚，该懂的人情世故都懂。她这样倒是很好，不会被骗，也不会生欺人之心。

佩芷又接了句："'我为东道主，不做奴才文章'，我想写自然就写了，不用他来提。"

"这是哪位大家的名言，我竟没听过。"

折子戏短小，散戏早，外面的街头都还热闹着。孟月泠头一次登台唱《醉酒》，有一段的弦儿总觉得不太对劲，到了后台认真地跟孟丹灵说了起来,佩芷和傅棠便先走了。

这场戏太火,门口还站了一排听蹭的,恋恋不舍地散去。协盛园对面的那间干货店卖了个空,掌柜的咧着嘴跟佩芷打招呼。

她问傅棠:"你不是也爱胡琴,怎么没去跟他们交流交流?"

傅棠调笑道:"我不过是个外行,除非哪天我真的寅吃卯粮了,那我就下海。"

"那我岂不是也得学一门行当?权当未雨绸缪。"

"放心,姜家不会败那么快的。"

"借你吉言。"

但佩芷眼下无心学戏,她略微正色,跟傅棠提议:"我想给孟月泠在天津组织个票房。"

傅棠挑起眉毛:"你是觉着你自己捧他还不够?"

佩芷娓娓道来:"你看过周绿萼的《醉酒》,他昨天还在演《梅妃》,就是在跟孟老板叫板。上天仙的地方比协盛园大,虽说今天协盛园加了不少的座儿,咱们没输,可也没赢。其实他的戏不怎么样,但他在天津有个蕚蕊票房,很能捧他,所以座儿不会空。我想着孟老板要是也有个票房,排场就有了……"

她说得头头是道,傅棠却蓦地笑了。那笑容有些轻浮,又有些无奈,似乎还带着些失望,佩芷不明白其中原因。

"你什么看法?别光笑呀。"

"我没什么看法,但这些不过是虚名,有什么用。"

"用处大了,既然叫一声'角儿',总要有排场。名字我都想好了,就叫'珍月票房'。到时候我在吉祥胡同租个院子,让白柳斋给我题匾。"

"你这速度倒快。"傅棠摇摇头,一副不置可否的样子。

他闲散惯了,说话也总是不着调,佩芷白了他一眼,总觉得他说了跟没说一样。

出了协盛园后还没走多远,姜家的车出现在视线内,佩芷和傅棠作别,先上车回家了。

街道灯火通明,傅棠攥着扇子在原地踯躅了两秒,转身又回去了。

第二章　泥金扇生尘

等傅棠上楼进了扮戏房,孟月泠竟然才开始捺头,孟丹灵已经先走了,他跟丹桂社的其他人一起住在万花胡同租的房子里。

春喜搬了一把椅子到旁边,傅棠捵了捵衣摆坐下。孟月泠问他:"你不是跟她走了,怎么又回来了?"

傅棠但笑不语,总像是憋着一肚子坏水。孟月泠瞟了他一眼,见他不说就也不问。

这时派戏管事进来了,便是丹桂社管衣箱的黄师傅,兼领了派戏的差事。

黄师傅问孟月泠:"二爷,今天这出《醉酒》反响好,明儿个咱们继续唱这出?"

孟月泠纹丝不动:"你怎么不说今后日日唱?"

黄师傅看向傅棠,想着让他说句话,傅棠摇了摇脑袋,表示爱莫能助。黄师傅便改口道:"那要不唱《梅妃》?"

孟月泠轻笑:"这是捅了李隆基妃子的窝了。"

选这么两出戏确实有黄师傅自己的私心在里面,外面都说周绿萼要砸孟月泠的台,他可不得想着多让孟月泠露几手,镇住那些乱舞的牛鬼蛇神,让他们知道知道谁才是大王。

黄师傅解释道:"这不是看大伙儿都喜欢嘛,最近天津挂头牌的角儿都流行唱隋唐戏呢,咱们也不能免俗。"

孟月泠扭头看向他:"那让你说,唱哪出?"

黄师傅愣住了,仔细权衡过后答道:"那还是《梅妃》,吊这些戏迷几天胃口,再唱《醉酒》。"

正好周绿萼今天又唱《梅妃》,明日让孟月泠来教教他《梅妃》到底该怎么唱的。

孟月泠盯了黄师傅两秒,随后敷衍地点了点头:"就这么着罢。"

得到首肯黄师傅就走了,坐在旁边的傅棠则又在笑。孟月泠瞥他一眼,没说什么,起身去洗脸了。

直到他脸都洗完了,对着镜子检查洗没洗干净,傅棠才松口:"姜四小姐要给你在天津组织个票房。"

孟月泠擦脸的动作显然一顿,但这件事也不算太在他意料之外,闻言居然笑了出来,只是那笑容是个冷笑。

傅棠则拎起了他刚刚唱《醉酒》用的扇子,便是佩芷送的那把泥金扇,春花蛱蝶图绘得栩栩如生,边上题词一首。

  花满庭砌,碧蝶舒翅,云鬓俱是春意;行也思君,坐也思君,望穿骊宫夜雨。

傅棠说道:"白柳斋的墨宝,看来这词儿是她自己写的,你看到没有?"

"看到了。"他又不瞎。

傅棠又说:"可惜,我本来觉着她是懂戏的人。"

孟月泠倒是公允:"未必不懂。只是现成的笑话跟热闹,不看白不看。"

傅棠说:"你倒是看得透彻。"

孟月泠语气充满自嘲:"向来如此。"

次日,孟月泠挂了《梅妃》的牌,周绿萼则又挂起了《醉酒》。这下满天津的戏迷都准备好了看热闹,巴不得两边赶紧打起来才好。

第三章
此间多是非

有人说孟月泠根本没理睬周绿萼，全然是周绿萼单方面在造势，故而形成双方在打擂台的假象。

周党自然要跳出来反驳：若是孟月泠真的不在意这件事，又为何突然唱起了《醉酒》？孟月泠显然是接了这战书的。萼蕊票房的文生写了好些吹捧周绿萼的戏评，也连夜登上了津门的各家戏报。

又有懂行的低调票友品评这件事，道这二位虽然都是角儿，可根本不是一个水平的，孟月泠犯不着纡尊降贵和周绿萼牵扯上。

这还得从眼下正年轻的这一代青衣说起，要说当仁不让的头号人物，自然要数"北月、南香、关东裳"，说的便是北平的孟月泠、上海的秦眠香、奉天的余秀裳，其他的都得往后靠靠，没法儿比。

这三位中，孟、余皆是男旦，只有秦眠香是女的。且这秦眠香还是孟月泠的师妹，两人皆师承俞芳君，任谁都要赞一句俞大贤好福气，有这么两个有出息的徒弟。

再往远了说，俞芳君、孟桂侬、段青山三位并称为"三大贤"，曾一起在前清任内廷供奉，故而有了这么个名头。俞芳君教出了这两位高徒之后，没再收徒，跟孟桂侬一样过起了闲适养老的日子。段青山倒是还在唱，但不常登台，据说也在教徒弟……

如今天津卫的观众，包括佩芷在内，多是抱着看热闹的心态。协盛园的票紧，凑不进去看孟月泠的便都转投了上天仙，捧了周绿萼的场，末了还要佯装内行的样子贬两句孟月泠的戏不行，实则他连个孟月泠的影子都没见着。

真正捧孟月泠的那些票友其实大多随了孟月泠的淡然性子，只是低调地看戏，场场不落地捧他。可架不住看热闹的人越来越多，还有些根本不看戏但两头跑传闲话，从中挑拨，一时间内甭管是上天仙还是协盛园门口都热闹得像是过年。

可人多自然是非也多，意见相左的人争吵起来都已经算不得什么大事，因协盛园座位少的原因，戏票供不应求，有票贩子抢了票转卖，从中谋取巨额差价，据说为此还打了起来，引来了巡捕房……

这晚唱完《梅妃》，黄师傅照例来扮戏房找孟月泠，跟他最后核对一遍明日的戏码。

黄师傅报了一连串的戏目，刚说完压轴戏，还没说大轴戏演什么，孟月泠就把他打断了："大轴改成《龙凤呈祥》。"

黄师傅不解："二爷您唱孙尚香？"

《龙凤呈祥》是一出群戏，并不以孙尚香为主，且其中最精彩的一折应当算是《甘露寺》，可《甘露寺》这折也没孙尚香什么事儿。

孟月泠摇头："袭胜轩的那个……"

他忘了名字，黄师傅提醒道："叫宋小笙。"

便是赵巧容的相好的，孟月泠演梅妃，他演梅妃的宫女嫣红。

孟月泠说："让他演。"

黄师傅满心的疑惑："那二爷您的戏码呢？"

有的角儿非大轴戏不演，孟月泠倒是没这个规矩。就说丹桂社刚来天津那天，他也是一时兴起就登台来了一出《御碑亭》，黄师傅还以为他又有了什么巧思。

没想到孟月泠告诉他："明儿我歇一天。"

黄师傅暗道不妙，这外面一群人等着看孟月泠打周绿萼的脸呢。周绿萼的戏不如孟月泠的好，双方这么互相叫板地演下去，懂戏的人早晚要出来臊一臊周绿萼，让他再不敢嚣张。

可孟月泠一向说一不二，黄师傅叫了两声"二爷"，孟月泠也没搭理他，他便只能摇着头出去了。

第二日，协盛园门口等着看热闹的人皆出乎意料，戏报子放了出来，

第三章　此间多是非

不见孟月泠的名字。大伙不信邪地等了一天，加上买了票进去看戏的，无一例外没见着孟月泠。

这种时候周绿萼在上天仙唱的是《梅妃》还是《醉酒》就都不重要了，仿佛一场打戏正到高潮之处，一方拎着兵器退场了，骤然宣告结局。

等周绿萼下了戏，跟包把消息报给了他，他显然也十分惊讶，不明白孟月泠葫芦里卖的什么药。

这晚佩芷自然照常去了协盛园，她本来想约傅棠，这几日实在是热闹，可傅棠拒绝了。她便带了几个朋友来，想着要给孟月泠组织票房，总要吸纳一些成员。

恰巧白柳斋今日没去看周绿萼，佩芷叫上了他和白柳阁，还有个在王串场开画斋的方厚载。方厚载本来还要叫冯家的大少爷冯世华，佩芷一听是开纱厂的那个冯家，便找了个借口没让他叫。

冯世华的父辈定然跟姜肇鸿有来往，且佩芷从不跟世家少爷一块儿玩儿，一则是怕哪个不小心把她的行踪捅到姜肇鸿那儿去，给她惹麻烦；二则为的是避免见到佟家的那位，同样是个大麻烦，此处暂不细说。

佩芷还没说明她要给孟月泠组织票房，只说是请他们仨听戏，指望着用孟月泠的戏来打动他们。

听说今日大轴唱《龙凤呈祥》她还有些惊讶，问过白柳斋最近周绿萼演《龙凤呈祥》了没有，白柳斋说没有，佩芷还在心里怪派戏管事怎么选了这出戏。

《龙凤呈祥》倒是一出好戏，台上的都是丹桂社的四梁四柱，功夫瓷实，可孙尚香居然是宋小笙演的。佩芷满腹疑云，强撑着坐了一会儿还是没继续看下去，独自溜出了包厢，把正看得入迷的盛老板提起来问。

要不是盛老板告诉她，她都不知道今日孟月泠休息，还想着后面刘备和孙尚香成婚会不会换成孟月泠演。

盛老板夹在中间难做，只能一个劲儿地认错："您看怪我，怪我没提前知会您一声，其实这宋小笙唱得也不错……"

佩芷心里很不是滋味，便没再回包厢，而是先走了。

出了协盛园，佩芷叫了一辆黄包车直奔西府。

她原本想找傅棠算账，孟月泠今日不唱，他不可能不知情，可他居然没告诉她。

叩了半天的门环，佩芷都要怀疑门房出去喝酒了，里面才打开了门。

开门的是西府的管家，佩芷跟傅棠一样叫他一声"邵伯"。邵伯说："王爷跟孟老板上凤鸣茶园听戏去了。"

佩芷大火，也许是最近时常见面的缘故，她俨然已经把傅棠当作了朋友，虽说孟月泠冷冷淡淡，可也算说得上话，那就算半个朋友。

眼下这种情形，她总觉得自己被孤立了，两个人跑去别处看戏，她竟全然被蒙在鼓里。明明昨儿个还好好的，怎么今天就都不理她了？

她总往西府跑，邵伯知道她是个丫头，手里提着的煤油灯照得人脸上都昏暗暗的，眼看着佩芷撇了嘴巴，似乎是随时要哭出来。

邵伯见她可怜，便多说了几句："霓声社在凤鸣茶园挂牌，便是段青山的那个霓声社。他前阵子搬回的天津，虽不常登台，但今日赶上孟老板休沐，自然是要去看看的。见的都是些旧识，便没让人跟着。"

佩芷抽了抽鼻子，虽说委屈，也不至于立马就哭出来。邵伯关上了大门，佩芷坐在西府门口，越想这事儿越气。

本来还想去凤鸣茶园抓他们两个，可她坐上黄包车就改了主意，直接回了姜府。

姜仲昀看着不该这个时候出现在家里的人居然出现了，忍不住说风凉话嘲她："哟，这不是我们姜四小姐？今日没去听戏，这么早就回来了？"

佩芷没理他，上姜老太太的院子里给姜老太太问了个好，顺道告了姜仲昀一状，才回了自己的屋子。

她心想，他们不是不带她一起玩吗，她也不稀罕，那就桥归桥、路归路，各走各的好了。

第二天佩芷一整天都没出门，这实在是有些不寻常，姜老太太百般纳罕，甚至还有些心焦。

第三章 此间多是非

晚上姜肇鸿和姜伯昀带了消息回家，北平出了变故，五千多名学生在抗议，死伤二百余人。

一屋子的人听到这个消息都静默了，那场面想想都危险可怖。姜老太太上了年纪，原本就脆弱敏感，再加上挂记了佩芷一整天，情绪在这一刻爆发，抽出了帕子揩眼角的泪水，嘴上念叨着："那都是跟佩芷一样年纪的孩子……"

赵凤珊凑上前去安抚婆婆，姜肇鸿无奈地唤了声"母亲"，扫了一圈不见佩芷："佩芷呢？"

幸好她今日没出去，姜仲昀答话："四妹在房间里看书，没去外面。"

姜肇鸿自然知道自己的女儿是什么德行，冷哼一声："叫她别再出去乱跑，安生几日。"

这下佩芷不用故意把自己圈在家里了，她打小跟在姜仲昀屁股后面调皮捣蛋，两人最是知道看姜肇鸿的脸色行事，该消停还是要消停几日。

佩芷便老老实实地在家里待着，往姜老太太的院子跑得勤快。奶奶年纪大了，便是不怎么说话，静静地多陪陪她也好。

北平和天津到底隔着些距离，虽说各地都有声音在谴责段政府，但不过一周，天津地面上便又恢复了往日光景，连讨论那件事的声音都听不到了。

可佩芷还是没有出门的意思。平日里最爱出去闲逛的人失了野性，姜老太太百般忧心，甚至遣了下人连夜去把东苑的戏台子给收拾了出来，又让姜仲昀去找戏班子来家里唱堂会，给佩芷热闹热闹……佩芷回了姜老太太，为了让她放心，还是换了一身男装出门。

出门后佩芷漫无目地地闲逛了一会儿，想不到要去哪儿，便去了吉祥胡同白家。白家离得近，故而佩芷时常与白家兄妹走动。

白柳阁是个浑身书卷气的女子，生了张小脸，上面挂着雀斑，眼睛是细长又有韵味的丹凤形。她从窗户那儿看到佩芷进了门，提醒埋头作画的白柳斋："佩芷来了。"

白柳斋就没白柳阁那么沉着了，撂下了画笔急匆匆地去迎佩芷，语气也显而易见地激动："你可算出门了。上你家找你，门房只说你不见客。"

佩芷不解，提起兴致问他："发生什么事了？"

白柳阁默默地翻了一页书，似乎是充耳不闻。白柳斋叹了口气，说："绿萼今天上午的火车，已经离津了！"

佩芷一愣，才意识到这些天外面似乎有了不小的变动。

那日孟月泠停演，宋小笙代他唱了一出《龙凤呈祥》，周绿萼则依旧在上天仙跟孟月泠叫板，唱的是《梅妃》。

第二天消息才传了出来，原来那晚孟月泠跟西府棠九爷一起去了凤鸣茶园，看的是霓声社贴演的《定军山》。段青山擅演这出，年轻时便是以《定军山》博得了太后的喜爱，可那晚唱黄忠的并不是段青山，而是段青山的徒弟，一个名不见经传的新人，名叫袁小真。

大轴戏才上了六七成的座儿，散戏后观众很快就走了个干净。段青山、孟月泠、棠九爷，还有几个互相认识的知名票友一起去了后台袁小真的扮戏房。

段青山爱茶，一行人在房间里品起了政和白茶。据传棠九爷不仅拉了胡琴，还跟袁小真唱了一段《游龙戏凤》，这正德帝自然是袁小真唱的，傅棠唱被调戏的李凤姐，可见气氛之融洽。

于是乎便有人问上了孟月泠近几天满天津谣传的他与周绿萼打擂台的事儿，孟月泠倒也没拐弯抹角，直白道："有所耳闻。"

那人自然要问："那你今日怎么突然停演了？难不成还怕了他？"

孟月泠但笑不语，末了架不住友人再三追问，才说了这样一句："此生注定唱戏娱人，可下了台在戏外，就不给人当笑柄了。"

便是这句"唱戏娱人没得选""戏外不给人当笑柄"刺伤了周绿萼，他一贯雷厉风行，立刻就决定收拾东西回上海，不唱了。上天仙撤下了周绿萼的牌子，像风沙席卷而过一般宣告这出"戏外之戏"就此落幕。

离开天津的前一晚，周绿萼专程去了一趟协盛园。台上孟月泠唱的是《三击掌》，他坐在一楼的廊座儿，认真地看完了整出戏，也是真心实意地鼓了掌。

散戏后，周绿萼去了后台扮戏房，见了孟月泠一面。

第三章 此间多是非

他说:"你说得对,唱戏娱人,这条命就够贱的了,何必又在戏外给人当笑柄。不管是杨妃还是梅妃,'花无百日红',不过都是些可怜人,还比什么输赢呢。"

孟月泠对他并无敌意,可也没什么好意,周绿鸮对他来说就是个陌生人。孟月泠什么都不想说,只沉默应对。

周绿鸮不在意,继续说道:"我知道你对我没什么话说,可我还是想来问问你。原本以为你根本不会理我,不论是名声还是本事,我都远不如你,否则这'北月南香关东裳'便该有我的名字了。可你那天还是贴了《醉酒》,这证明你是回应了我的,我说得可对?"

似乎在这场闹剧中,只要孟月泠回应了他,他就不算输。

至于孟月泠,孟丹灵跟盛老板一起劝他演《醉酒》、黄师傅又刻意排《梅妃》的戏码,他都知道背后动机为何。盛老板为协盛园的财路,孟丹灵和黄师傅为丹桂社的面子,他都明了,也可以说是自愿任他们摆弄的。

如今周绿鸮问上门了,孟月泠也不遮掩,他坐在那儿,抬头看向站着的周绿鸮,明明是仰视,却丝毫不显弱势。

"我贴《醉酒》,一则我确实想唱。"

这出戏他早就有演的打算,他不想唱的话,谁人也不能强迫,更不至于一身做工上好的蟒服就把他给收买了。

"二则,你唱得不行。"

他再不唱的话,这些戏迷的欣赏水准都要跟着降了。

整件事唯一在孟月泠控制之外的,就是戏园外产生了争执与打斗,这是他不想看到的,所以那日停演了,这场笑话也就到此为止了。

周绿鸮气极反笑,可心底里又欣赏他的直白,半天只能说:"成,我喜欢直白的人。"

孟月泠显然对他的"喜欢"避之不及,闻言立刻收回了视线,叫范师傅过来给他缠发网。

周绿鸮本来要走,恰好看到黄师傅在旁边归拢砌末。别的砌末都是一起放在箱子里的,只有一把扇子单独装在扇盒里,放在孟月泠的化装桌边上。

周绿萼拿起了扇盒，黄师傅对他没什么善意，冷冰冰地说："这是二爷自己带来的，您别给动坏了。"

周绿萼打开了扇盒，摊开那把扇子，意料之中，果然眼熟。

他一向睚眦必报，心里记着孟月泠刚刚直白伤人的话，临走前还要留话刺回去，谁也别好过。

"孟老板，这是'姜少爷'送您的罢。"

孟月泠没答话，周绿萼便告诉他："这扇面是我亲手为她画的，专程送给她，'皓蕊居士'的章子便是我的。她说想要把泥金扇放在架子上摆着，不想竟送给您了。"

孟月泠正拿着一根描眉笔对着镜子补眉毛，闻言动作停了那么一秒，也不知道周绿萼看到了没有。

"其实对于她们这些人来说，戏子不过就是戏子，跟手里的玩意儿没什么差别。她昨日捧我，今日捧你，后日又不知道捧谁。我为了她跟你铆上，她巴不得我们打得更激烈些，她才有热闹看。我倒是要谢谢您，孟老板，没有您的提点，我不会这么早明白这道理。"

孟月泠看起来波澜不惊，冷淡地答他："不客气。周老板，我这后台乱，不送了。"

"好。孟老板，我知您下个月要去上海的，有缘分我们上海见。"

早上周绿萼低调离津，晚上孟月泠就在协盛园唱起了《贵妃醉酒》，便是第二次唱这出戏。盛老板临时加了两排座，戏票卖了个空。

有人说他这是把周绿萼逼走了还不忘记踩两脚，亦有人说二人早已冰释前嫌，孟月泠此举是在为周绿萼送别，众说纷纭。

贵妃着盛装摆驾百花亭，是执着泥金扇登场的，扇子几乎没离过手。因苦等不来玄宗，贵妃饮酒数杯，微醉，被两个宫娥搀着下去换衣服。

演到这里的时候，孟月泠原本应该搭着两个宫娥的肩膀下场，随后便是高力士、裴力士二人垫场，给出贵妃换下蟒服的时间，再穿宫装上场的贵妃便不拿扇子了。

这厢孟月泠刚搭上宫娥的肩膀，所有人都认为他要下去了，他却又

第三章　此间多是非

松开了宫娥，脚下踏着醉步，转身看向了远处，倾城容貌挂着一丝哀愁，仿佛因等不来那位薄幸君王而怨怼。

这显然是临场加的动作，孟丹灵赶忙紧张起来盯着他，手里拉琴的动作没停，给他垫着弦儿。底下的观众有的已经在笑，笑这台上的贵妃是真醉了，都忘了接下来该干什么了。

接着他摊开了手里的扇子，双手细微地颤抖着，在一众观众猝不及防中，泥金扇脱了贵妃的手，被丢了出去，在空中抛了个弧线后落到了一位不知姓甚名谁的观众手中。

演高力士的那个丑角儿是个机灵的，赶忙接了句："完了，娘娘这是真喝多了，扇子都赏了！"

在一片呼声和叫好声中，贵妃再度搭上宫娥的肩膀，醉步蹒跚地下去了。

二楼正中的包厢里，佩芷气得站了起来。

佩芷好些天没来看他的戏，今日一来就看到他把扇子给随便丢了，那可是她送给他的，他倒是一点儿也不心疼。

袖口里的手也攥成了拳头，佩芷打算立马去后台找他算账，速度快的话还能在贵妃上台前把他给打趴下，这戏也就不用继续唱下去了。

她没承想余光瞟到了北楼第二间包厢里坐着个眼熟的人，穿蜀锦长袍马褂，手拿折扇跷着腿，还有梳得整齐的头发，以及总是带着一抹似有似无笑容的脸，除了棠九爷还能是谁？

佩芷怒气冲冲地掀开帘子出去，直奔傅棠的包厢。

眼看着贵妃上了台，观众又在叫好，傅棠则意思意思鼓了两下掌，接着便感觉到身边坐下了个人。他扭头一看，看到了眼神能杀人的佩芷。

傅棠脸上的笑容有些僵住了，没说话。

他跟孟月泠都是能忍住不开口的主儿，非要比出来个胜负的话，自然是孟月泠更能坚持。可佩芷是有话完全藏不住的，她质问道："棠九爷这是躲着我呢？"

他脸上的笑容疏解开来，否定道："未曾躲过姜四小姐。"

"那为什么那天他停演你不告知我？你们俩还一起去了凤鸣茶园，也不带我。"

　　她像个孩子，因为伙伴不带自己玩而生闷气，可他们都早已不是孩子了。

　　傅棠承认，他和孟月泠较之佩芷心思深沉许多，可但凡换作其他人，早就知道是什么意思了，也就不了了之了。只有她，还是会气冲冲地来问个明白。

　　傅棠简洁明了地告诉她："道不同，不相为谋。"

　　佩芷的眉头一皱，沉默了半晌，还是刨根问底要他讲清楚何为"道不同，不相为谋"。

　　傅棠不说，她就不走，倒也不耽误他看戏，可就是坐在旁边死死地盯着傅棠。傅棠受不了，放下了继续看戏的念头，扭头问她："你为何要给他组织票房？"

　　佩芷不用想就能答："自然是因为喜欢他，喜欢他的戏。"

　　傅棠摇了摇扇子："不对。平常的时候，你要给他组织票房，是因为你好戏、懂戏。可在那天，你只不过是想看热闹，给他和周绿萼的争斗加两把火。"

　　佩芷一时语塞，顿时不知如何反驳，更让她无法接受的是，她心底里好像真的是这么想的。

　　台上的《醉酒》还在上演，佩芷头一回坐北楼包厢，以一个全然不同的视角看着台上的孟月泠，隐约有些陌生的感觉；又想到初看孟月泠的这出戏时，她满心都在把他跟周绿萼做比较，想的净是那些有的没的，她何时变得这么心浮气躁了？

　　佩芷和傅棠都沉默了起来，暂停了交谈，只静静地看完这场戏。散戏的时候满场荒凉余味，傅棠攥着扇子立在栏杆前，看着楼下混乱的座位，和佩芷多说了几句。

　　"其实你没错。都说'捧角儿'，只不过没几个真把角儿当人看的。热闹起来了，戏好不好先抛在脑后，比的是上座率和排场，角儿也就成了个任人摆弄的玩意儿了，这跟罐子里斗蛐蛐儿有什么差别？我想静风并不愿意做只蛐蛐儿。

第三章　此间多是非

"你可能觉得我较真儿,听戏不就是图个乐呵,我看得出来你爱热闹。眼下这个年代,没了热闹老百姓都不知道日子该怎么过下去了。可台上的毕竟是个活人,而且戏是好东西,真要喜欢,不应该作践。"

若说上次一起爬树听孟月泠吊嗓子让佩芷发现傅棠懂戏,如今则是让她发现傅棠爱戏。

那晚回到姜府之后,佩芷一反常态地有些沉默。傅棠的话似乎是抛出了饵,她不禁开始回忆。光阴被无数场戏串联,碎片簌簌地洒落——她已经浸在这戏园子里太久了,久到有些迷失自己。

那年佩芷十六岁,从中西女中毕业,考上南开大学,可那亦是她学业的终止之时。姜肇鸿不同意她继续读书,他认为女孩子只要有些学识够用就好;姜伯昀也是个老古板,自然站在父亲一方;姜老太太无知,听闻外面时常有学生闹学潮,也不赞同她去上学。家中最有话语权的三个人就这么拍了板,佩芷就算闹过也没用。

直到错过了大学报到的期限,这件事也就板上钉钉了。佩芷哭了几日,几日过去后,便像什么都没发生过一样。

前两年姜仲昀还不以为然,拿这件事嘲笑过她,说她想上学也不过是三分钟热度,几天就抛在脑后了。佩芷没反驳,只是实打实地冷落了他半个月,他才知道这件事开不得玩笑。

其实她不过是性情使然,姜佩芷就不是会自怜自艾的人。后来佩芷便开始给自己找乐子,没多久就沉浸在了戏园子里。

学业停止的第二年,姜肇鸿还动过让佩芷成婚的念头。她是定了亲许了人家的,对方是青梅竹马一起长大的佟家大少爷,名唤佟璟元。

佟家自然也百般乐意,可姜老太太第一个不准,直说佩芷还小,要在家里多陪她几年。赵凤珊也劝说他,叔昀还没娶妻,佩芷不急。

她倒是无形中躲过了一遭,否则还真不知道该怎么应付。

佩芷想着这些,倦倦地就睡着了。

次日又轮到姜老太太纳罕,纳罕佩芷不过出去了半天,就又把自己关进房中。

姜老太太站在房门外,关切地问道:"我的乖孙女,最近是谁怎么着你了？奶奶瞧着你不开心哪。"

佩芷正攥着一本书卧在榻上，书没看进去，倒是频繁出神。她只是莫名地觉得有些羞于去见孟月泠，脑海里总是回想他昨晚唱《醉酒》时把扇子丢了的场面，一遍遍地想，把自己的脸颊臊得发烫。

她回姜老太太的话："奶奶，我没事儿，您别瞎操心我了，我好着呢。"

这厢她油盐不进，姜老太太便去找姜家第二富贵闲人。姜仲昀无端端地受了老太太一通训斥，无非是怪他平日里不够关心妹妹。姜仲昀表面上不敢忤逆姜老太太，出了房门直奔佩芷的院子，抓她出门逛戏园子。

"我平白无故挨了奶奶的骂。姜佩芷，赶紧的，天津卫的角儿那么多，走了一个周绿萼你就害相思病了？"

佩芷狠生生地瞪了他一眼，他竟然还停留在她捧周绿萼的时候，那都是多久的事儿了："你才害相思病，你全家都害相思病。"

那晚佩芷便跟姜仲昀一起光顾了协盛园，恰好盛老板在门口，离老远就叫道："姜二少！"

佩芷朝他笑了笑，旁边的姜仲昀则冷哼一声。

盛老板凑上来要开口寒暄，还想着问问这位脸生的面孔是哪位少爷，姜仲昀就先一步上了楼，奔着包厢去了。

盛老板指着姜仲昀的背影问："这，这位是……"

她本可以给姜仲昀再安上个姜大少或者姜三少的名头，先凑合用着。可大哥古板，从不进戏园子；三哥远在国外，也不好用。她以往在外用的都是"石川"这个名字，要不是当初着急给赵巧容找钱夹，也不至于冒用姜仲昀的名头，真是麻烦。

佩芷面不改色心不跳，从容地回答盛老板："他啊，不太熟。"

到底没说出个姓甚名谁，佩芷便也上楼了，剩下盛老板独自在门口纳闷，想着这不熟的两个人长得还有点像是怎么回事……

佩芷掀开帘子进了包厢，正好看到姜仲昀抿了一口香片茶，眉头闪过嫌弃之色，立马撂下了茶盏。

他跟佩芷说："我坐下了才咂摸过来，他这刚刚那声儿'姜二少'不是叫我的。四妹妹，你可别拿着你二哥的名头做坏事。"

据姜仲昀对她的了解，凡是捅娄子的事儿，她必不会用自己的名字。

佩芷白了他一眼："我还没嫌你的名声臭呢。"

"哎？你这话就不中听了。"

姜仲昀自然知道孟月泠这号人物，只是他不大懂戏，不如佩芷往戏园子跑得勤快。

他和他的那些狐朋狗友都是在夜里饮酒取乐，个个都是宝艳楼胡同的常客。估计佩芷每日大轴戏快看完的时辰他才慢悠悠地出门，凌晨归家，还美其名曰"应酬"。但他也还知道每周在家安生地待上两日，不知是做给谁看的。

今晚孟月泠唱的《金山寺》《白蛇传》的故事家喻户晓，姜仲昀便是再不懂戏也看懂了。

佩芷问他："那你能看出来他的戏好吗？"

姜仲昀眯了眯眼睛："是跟别人的不大一样，能感觉出来，他的戏有韵味儿，我说不明白。"

佩芷开心地笑了。

姜仲昀又说："所以你如今是迷上孟月泠了？演青蛇的是宋小笙罢？我认出来了。"

佩芷惊讶："你竟然还知道宋小笙，可他和孟月泠差得远了，你好好看孟月泠成不成？"

姜仲昀摇头："看得见摸不着的，有什么意思？把戏园子的老板叫来，等戏散了让他带孟月泠来这儿打个招呼。"

昨日刚听了傅棠那一番话，此时姜仲昀就举了个活例子，佩芷嫌弃地看着他："你拿他当什么了，还让人来包厢里给你问好。"

姜仲昀充满不解："这怎么了？不都是这样，他爹孟桂侬当年也得来包厢给咱爹问声儿好。我看你现在是真迷他，把他惯得礼数都丢了。"

佩芷心里很不是滋味，可又不知道怎么去跟姜仲昀说，只能扭头不理他，散了戏闷头就要往外面走。

这时候楼下的人都在挤着出去，乱哄哄的，姜仲昀拉住她，骂她是"驴脾气"，兄妹俩在包厢里打闹了两下。

这时门帘子被掀开了，宋小笙连装都没卸，特地来跟姜仲昀打招呼。"二爷，看到您今儿个来了，专程来给您问个好。"

姜仲昀松开了佩芷，略微正色："行，我也是闲着没事儿，跟我妹妹来凑凑热闹。"

他指着穿男装的佩芷："这是我四妹，你拿她当个男的看就成，在这儿还冒充我呢。"

佩芷白了姜仲昀一眼。宋小笙聪明，自然知道是怎么回事，又叫了声"姜四小姐"。佩芷看他谦卑的态度，不敢想要是换作孟月泠站在这里的情景，赶忙让他下去卸装了。

协盛园门外站着姜府的俩小厮，是常跟着姜仲昀出门的。来的路上佩芷还嫌弃他看个戏也要带下人，不承想这人还真带对了。

五步以外，有个梳中分发、穿粗布衣裤的男人，佩芷不认识他，可认得他手里的扇子。男人正举着扇子，姿态招摇，生怕路过的人看不到一样。

干货店的掌柜的端着瓜子凑了过来，照例给佩芷递了递，佩芷摇头拒绝了。

掌柜的告诉她："昨儿个孟老板唱《醉酒》，醉了之后赏了把扇子，这不落到他手里了，在这儿嘚瑟半天了。"

佩芷一笑置之，原本打算跟姜仲昀走了，没想到掌柜的接着说："明面儿上是嘚瑟，其实是找卖家呢。那扇子一看就是值钱物件儿，更别说是孟老板拿过的，自然有人想买，可他狮子大张口，这就过分了……"

佩芷一咬牙，狠狠地给了姜仲昀一掌，姜仲昀大叫："姜老四！你干什么？！疼！"

佩芷的语气激动，指着拿扇子的男人发号施令："那是我的扇子，把扇子给我抢回来。"

小厮立马冲上去出手，对方自然反抗争抢，可两拳难敌四手，还是被按在了地上挨揍。姜仲昀也过去踹了两脚，夺过扇子交到佩芷手里。

协盛园二楼的一扇窗户半开着，孟月泠已经卸了戏装，面庞清隽又

第三章　此间多是非

冷淡，立在窗前。

下边发生的事情他自然看得清清楚楚，他以冷笑置之，低声说了句："纨绔。"随后啪地阖上了窗子。

姜仲昀自言自语道："还敢惹你姜二爷的妹妹。"

佩芷又给了他一掌，打得姜仲昀向后躲了两步："在协盛园附近我才是姜二少。"

姜仲昀冷哼一声："成，合着我的名头被您给褫夺了，那我现在是谁啊？"

佩芷随口说道："你是姜二少的家奴。"

"有像我穿这么好的家奴？"

"那你是家奴头儿。"

姜仲昀气得发笑，挥手让两个小厮把人给放了。接着姜家的汽车到了，佩芷独自上车回家，姜仲昀则去会狐朋狗友了。

路上，佩芷攥着手里的扇子，并没有感受到失而复得的快乐。

他把扇子那么一丢，像是情分就尽了，她总觉得他们这辈子都不会再说话了；而且他在天津最多停留月余，走了之后还不知道下次何时再来，她又没什么去北平的机会，那便是这辈子都不再见了。

不知怎么的，思及此处，她竟有些悲从中来。

姜仲昀的太太名叫汪玉芝。汪玉芝没读过书，字儿都不识几个，小聪明一堆，大智慧倒没有，但还算会基本的察言观色，为人也不算粗俗无礼，毕竟是名门世家汪家的掌上明珠，有些小姐脾气也是理所应当的。

姜仲昀颇擅言辞，平日里在外胡闹，回到家里保准能把汪玉芝给哄好，成婚这么多年以来，一大家子都在同一幢府邸里生活，拢共也没见过几次二人真吵起来。

这么一说，姜仲昀到底是什么样的人，汪玉芝门儿清着。

前阵子赵巧容在家里攒局，汪玉芝去打了两晚上的牌，认识了个新牌搭子，津水银行曹行长的夫人曹太太。

曹行长是孟月泠的戏迷，孟月泠来津他比谁都高兴，除去必要的应酬，自然都要去捧孟月泠的场。

有钱有势的银行家捧捧戏子而已，本来算不得什么大事，可曹行长惧内，家里的钱财都归曹太太管，曹行长平日里的支出曹太太都会定期审计。

前两天曹太太发现，经曹行长的手竟然送出去了一幢宅子，这可是笔大费用。曹行长找了几个借口都没搪塞住曹太太，最后只能如实交代：赠给孟月泠孟老板了。

曹太太说着这件事儿，一不留神又点了一炮。她输了一晚上了，坐得腰酸背痛，便起身站了会儿，让丫鬟坐下帮她打两把。

曹太太点了根烟，像是突然想起来什么，叫道："玉芝！差点儿忘了，我还要提醒你来着，你可要看紧了你家男人。"

汪玉芝正在暗自庆幸，庆幸姜仲昀虽然爱玩，为人浪荡了些，可是不过都是小钱，断然不会做出这么过分的事情。

曹太太说："早先还想着，我家男人不是喜欢听孟月泠的戏吗，常常往协盛园跑，你家的也是一样，这二人还能凑一起认识认识。"

汪玉芝听得云里雾里的，她知道姜仲昀不懂戏，怎么可能常去协盛园。

曹太太又说："如今出了这码子事儿，我看也甭让他们俩认识了，咱们都各自管好自家的男人。我有表弟在土地局当官儿，我让他帮我看看这宅子怎么要回来。至于你……"

汪玉芝说："你倒是说清楚，姜仲昀他干什么了？"

曹太太叹了口气，语气尖酸："搞银行业的男人财大气粗，只会傻颠颠地送宅子，被人诓了都不知道。你家姜二少才叫个浪漫多情，场场不落还不够，听说时常往后台跑，跟孟老板那叫一个亲密。"

"你还不知道呢？他还给人送了一块儿匾额，就挂在协盛园呢，写的'遗世月华'，嵌着孟老板的名字。要我说读过书的人就是不一般，这酸词儿，咱们便是削尖了脑袋也想不出来……"

汪玉芝一手的好牌都没了打的兴致，旁边的冯太太摇了摇头："那孟老板在台上比女人还美，女人看他迷他也就算了，他这又招了一堆男人喜欢，真作孽。可你说你们的男人给他一个劲儿地送东西有什么用？他再漂亮也是个男人，还是要娶女人的……"

冯太太一席话说完，汪玉芝噌地起身，抓过手袋就气哄哄地走了。

其他太太互相对视了几眼，很快便当作什么都没发生的样子，又叫了旁边坐着的太太补上汪玉芝的空位，这牌还得继续打。

汪玉芝先回了姜府。夜晚还长着，姜仲昀自然不在家，汪大小姐憋着一股气，坐上了家里的汽车，满天津卫找起姜仲昀来。

她最先去的自然是协盛园，可戏园子都要关门了，最后一场戏早散了。汪玉芝又去了几个姜仲昀爱去的地方，最后在侯家后的一间私寓里找到的他。

她到人家门口的时候，恰好赶上姜仲昀脸上挂着薄醉，搭着个油头粉面的少年从院子里出来，那少年一看就是个唱戏的。若是换旁人或许还能说只是喝醉了扶着而已，可对方是她丈夫，汪玉芝一眼就看明白了。

两人坐上汽车后吵了一路，姜仲昀给她解释捧孟月泠的是佩芷，跟他没关系。可汪玉芝看到刚刚那一幕之后，捧戏子这事儿早就变得不重要了，跟他没关系最好。

两人进了院子还在吵，汪玉芝一股脑儿地把姜仲昀婚后犯过的错全数落一遍，姜仲昀换了身儿衣服她还没说完。姜仲昀被烦得头疼，又气她翻旧账，翻旧账最没意思了，接下来自是一番争吵不休。

姜家人都没能睡个好觉，除了离得远的姜老太太，老人觉轻，特地搬去里院。佩芷披了一身衣服，刚进院门就看到姜肇鸿、赵凤珊、姜伯昀都来了。

大半夜的，一家人都衣衫不整地凑在了姜仲昀的院子里，个个睡眼惺忪的。汪玉芝扑进赵凤珊怀里边哭边诉苦。家里人都知道姜仲昀的德行，佩芷嫌弃地剜了他一眼，姜仲昀则不在意地耸耸肩膀。

父母自然是劝和不劝分，佩芷可不管这些，她只知道自己跟汪玉芝都是女人，丈夫是这么个没正经的人，凭什么还劝人继续在火坑里待着。

佩芷说："二嫂，你跟他离婚。现在年代不同了……"

姜伯昀拽着她的胳膊就往外走："你给我睡觉去，大半夜的在这儿说胡话，臭丫头。"

原本以为这件事在天亮前就解决了，第二天早饭的时候，佩芷发现少了个人："二嫂呢？"

赵凤珊说："玉芝想家了，回娘家住几日。"

这下倒是更严重了。

佩芷只知道他们吵架是因为姜仲昀的作风问题，不知道还有孟月泠这一茬。她不禁再次感叹当初冒用姜仲昀的名头实在是太草率了，如今多了不少麻烦。

汪玉芝回了娘家，这件事必然很快就被传开了。在这种节骨眼儿上，她这个假的姜二少也不太适合出现在协盛园了，多一事不如少一事。

恰巧佩芷还不知道该怎么面对孟月泠，便没再往协盛园去，而是去了吉祥胡同，她正好有几个学问想向白柳阁讨教。

晚上佩芷跟白家兄妹俩在正阳春吃烤鸭，白柳斋还问她怎么没去看孟月泠，佩芷只能说一句"说来话长"。

邻桌恰巧也在谈论孟月泠，说的是今天下午曹太太带着人去了协盛园，想向孟老板索回曹行长赠的宅子，孟老板则说未曾收过曹行长这份礼，双方产生了争执，阵仗闹得很大。

佩芷控制不住耳朵，认认真真地听了个全乎。

"这曹太太的堂兄可是个有身份名头的，正所谓强龙压不过地头蛇，我看孟老板这个亏是吃定咯。"

"先不说这些，你们不好奇这孟老板到底收没收曹行长的宅子吗？曹行长可真有钱，出手这么阔绰。"

"孟老板何许人也？虽说性子冷傲了些，可人是磊落的，说没收就是没收，犯不着在这节骨眼儿上还骗人。"

"这你就不了解这位孟老板了。他表面上看着是个清冷的，谁知道背地里怎么讨好那些高官富商。我有亲戚在曹公馆做事，可是听说不仅有曹行长，还有别家的少爷被他勾引了，那可都是有家室的。这位孟老板确实比女人漂亮，可又不用守女人家的妇道，哈……"

第三章　此间多是非

佩芷站了起来,狠狠地拍了一下桌子,拍得她手掌通红,只能在心里龇牙咧嘴,表面上还要冷脸,看向邻桌的那四个人。

他们看佩芷衣着考究,自然不是寻常人,遇上了孟月泠的戏迷纯属倒霉,四个人默默地动起了筷子,没继续往下说了。

白柳阁拉佩芷的手,劝她坐下:"他们说的也未必是真的……"

佩芷急道:"当然不是真的!他才不是那样的人。"

孟月泠若是那样的人,最该讨好的应该是她姜佩芷,何必挑那些已经结婚的糟老头子。

烤鸭佩芷也吃不下了,她先走一步,还不忘结了账,随后叫黄包车直奔协盛园去。

她到的时候大轴戏已经唱了一半了,佩芷在楼下看了两眼。今晚他唱的是《穆柯寨》,孟月泠的武戏也是一绝,刀马旦的戏码不在话下。

楼梯还未上完,佩芷就听到一楼廊座儿有刻意喝倒彩起哄的,嘴里嚷着"送宅子",看来下午确有其事。

她这楼梯也不上了,扯了盛老板去了后台。后台还是有些吵,台上的穆桂英和杨宗保正打得难分难舍,锣鼓频密。

两人出门到了后院,才算是个能说话的地儿,盛老板语气关切地问佩芷:"姜二少,听闻您跟太太……"

佩芷无奈地道:"先别说这个,今天下午曹行长的太太来闹了?"

盛老板点头:"您听说了?我以为您这些天被家事烦得焦头烂额,顾不上孟老板了呢。"

佩芷说:"你得多雇几个人来稳着场子,你看看刚才廊座儿都闹成什么样子了?明儿岂不是戏唱半道儿就冲上去闹孟老板了?"

盛老板频繁点头:"对对对,您说得对。我下午就想着了,是得雇几个能护院的打手。咱们这戏园子小了点儿,也没寻思有朝一日会来孟老板这尊大佛。让姜二少您操心了,这家里边还……"

俗话说家丑不可外扬,怕的就是盛老板这种人。佩芷也不粗着嗓子说话了,而是用了自己本来的声音:"你怎么分不清轻重缓急?你老挂记着姜仲昀的丑事干什么呀?"

她的声音不如寻常姑娘家那么纤细清甜，而是多了几分醇韵，可也是实实在在的女声。

　　盛老板一愣，虽说他一直觉得这位姜二少细皮嫩肉的，怀疑过是个女人扮的，可没想到真是个女人。

　　佩芷摘了帽子，露出盘好的长发给他看了一眼，又把帽子扣了回去。看着盛老板终于安静了，佩芷又重复了一遍："你现在就赶紧雇打手，保护好孟老板，记住没有？"

　　盛老板又开始点头，跟捣蒜似的，也不知道听没听进去。

　　出于礼貌，佩芷主动告诉他："我是姜四，之前冒用兄长的名字实属无奈，并非故意欺瞒你。"

　　盛老板连连摇头："没事没事，姜四小姐，这都是小事。"

　　他哪敢承受她的道歉，本地名门望族的家世他都了解，姜夫人赵凤珊生了三个儿子，才得了这么一个女儿，姜家全家都宝贝着的姜四小姐姜晴，可比姜二少重要多了。

　　话说完了，佩芷就要从后门离开，盛老板叫住她："姜四小姐，孟老板这马上要下戏了，您不去后台见见他？"

　　佩芷迟疑了片刻，摇摇头："不了，有事先走了。"

　　她还没想好见了他说什么。

　　至于曹太太这事，孟月泠自然是不会站出来辩解的。田文寿还劝说过他，这种凭空泼到身上的脏水，该跟大伙儿解释还是得解释几句的。

　　孟月泠身为这件事的主角，却是整个丹桂社最沉得住气的，每日还是照常吊嗓子、练功，该干什么干什么，仿佛事不关己。

　　他回田文寿道："那日我就解释过了。"

　　他说了他没收曹行长的宅子，看热闹的人不信，他总不能挨个登门去求他们相信他是清白的。

　　他这么说，田文寿也没了法子。孟丹灵随了孟桂侬的性子，有个好强较真儿的厉害脾气，这两日在协盛园门口就跟人吵了不知道多少回了，听不得别人说孟月泠不好。

　　孟月泠照理说应该是随了他的娘，可他娘也没像他这么孤高。想到

第三章　此间多是非

柳书丹已经去世了十几年了，田文寿看向孟月泠的眼神又挂了一抹怜悯，便没再多说了。

戏子到底是戏子，丹桂社的其他人解释破了嘴皮子都没人信，更何况对方是津水银行的行长和行长太太，大伙儿都知道该站哪边。

傅棠问孟月泠："这两天外边传得沸沸扬扬的，你倒是在这儿扮不动明王，就没什么想法？"

孟月泠似乎认真思考了一番，才慢悠悠地答他："这两天的戏，唱得不舒坦。"

他是爱戏的，傅棠何尝不是，叹了口气道："是啊，我这听得也不舒坦。"

廊下挂着的鹦鹉学道："不舒坦，不舒坦……"

唱戏的是疯子，听戏的是傻子，门外兵荒马乱，这一疯一傻倒是毫不上心，还在为一只鸟儿发笑。

协盛园二楼正中间的包厢已经空了好些天，便是不常注意的都发现了。

又不知是从哪儿传出来的，说这姜二少爷和汪大小姐夫妻俩吵架、汪大小姐回了娘家，便是因为姜二少捧孟月泠，任谁听了不道一句孟月泠是"红颜祸水"。

姜仲昀带着这个消息来告诉佩芷，佩芷攥着一摞子信封冲出门，正好撞到姜仲昀。

她麻烦了不少人，可算弄明白了曹行长在英租界杏花村的那处宅子到底送到了谁的手里。

其实想也想得到，成了婚的男人无外乎就那些事逃不开——曹行长在外边有了人，那天应酬喝多了酒，央不住对方撒娇，就把宅子给送出去了。

那宅子他倒是动过心思想要送给孟月泠，孟月泠自然是拒了。没想到这么快就捅到了曹太太那里，曹行长便推到了孟月泠身上。孟月泠倒也是倒霉，接二连三地遇上是非。

姜仲昀夸奖了她两句，又告诉她这最新的传言。

佩芷的胳膊一耷拉，长叹了口气："我还以为我可算要把这些事情给解决了。"

她要把拿到的证据送到报馆去，《益世报》收了她不少的钱，况且是银行行长的丑闻，这新闻是必上头版的。

姜仲昀坏笑："不愧是我妹妹，直接让他上《益世报》，你是生怕天津卫明儿个有人不知道这事儿啊。"

佩芷早没了刚刚的开心劲儿，其实当初她冒用姜仲昀名字的时候就想到了早晚会出岔子，但没想到会出在这个节骨眼上。

姜仲昀见她有愁容，大发慈悲道："为难什么呢？说给我听听，我帮你出出主意。"

佩芷短时间内已经想好了法子："我用在《津门戏报》写文章的笔名澄清一下，是我冒用了你的名字做的那些捧孟月泠的事儿，跟你没关系，如何？"

姜仲昀不解："就算是我捧个戏子怎么了，何须澄清？你二嫂都没因为这个跟我吵架。"

佩芷白了他一眼："你以为我是心疼你的名声？是人家的名声被你给坏了。"

她说完就要走，姜仲昀把她给拽住了。

"你等会儿。"虽说姜仲昀不理解她的想法，可到底是亲妹妹，他必然要护着她，"你莫做无用功，你那个笔名，名不见经传的一个穷酸文生，满天津除了你那几个朋友谁认识你？你便是发了澄清也是没人信的。"

说着说着姜仲昀又问佩芷："不是，被我捧就这么丢人？"

佩芷又说："那我用自己的名字登报澄清总行罢？妹妹用哥哥的名字在外边捧戏子，还是姜家四小姐做出来的事儿，合情合理，这下定有人信。"

姜仲昀听得眉头直皱，摇摇头："佟璟元看到了怎么办？还有父亲那边呢？你这招舍己救人可不高明。要我说你就别管这些烂摊子了……"

眼看着日薄西山，佩芷先去了报馆。

第三章　此间多是非

路上她还在想，都说救人救到底，送佛送到西，她马上要帮孟月泠把曹太太的事儿给摆平了，那关于姜仲昀夫妻二人的谣言她是不是也应当顺道给办了？

姜四小姐的名头好用，就是因为太好用了，她出门在外才不用。她如今想用了，倒是发现麻烦事不少——佟璟元定要来烦她，父亲或许也会动怒……

她不禁感叹好人还真难当，又羡慕起孟月泠雷打不动的定力来，她这辈子是没指望了，只能寄希望于下辈子。

几日后，耿公馆宴客，佩芷没想到再见到孟月泠竟是在这儿。

漕运商会的耿耀滕耿六爷好客，爱在家里设宴。他与姜肇鸿交情深厚，合作了有几十年，还是看着佩芷长大的。

照理说他们大人的应酬场合佩芷是不愿意去的，可为了躲找上门的佟璟元，佩芷便主动跟着来了。

那晚傅棠也出现了，还有人在小声地议论耿六爷人脉之广，连棠九爷都请得动。但他只吃了饭，没多做停留，像以往蹭佩芷的包厢那样，似乎只是来蹭饭的。长桌上坐的人太多，他们又离得远，也没说上话。

他走了之后饭桌上依旧上演觥筹交错，佩芷厌烦了，挨了一会儿还是难忍枯燥，正打算溜出去，就看到耿公馆的下人引着一位迟到的客人进来了。

他今日穿了一身冷灰色的长衫，略有些浑浊的颜色被他穿起来依旧满是出尘的气质，走进这尽是虚伪与客套的酒局，让人觉得违和。

耿六爷笑道："孟老板！我还以为你不来了。"

孟月泠答道："散了戏有事情耽搁了。"

这厢饭菜都已经吃得差不多了，众人便移步到旁边的偏厅落座，也没人问孟月泠吃了没有，边走边起哄让他务必得给大家来一段。

佩芷在后面嚷了句"他还没吃东西呢"，奈何声音太小，立马被压了下去。

大伙儿围着孟月泠坐下，唯独让他站在中间。佩芷端着一盘她觉得味道不错的枣泥酥，立在隔开餐厅和偏厅的屏风旁，原本想递给孟月泠问问他吃不吃，现在也挤不进去了，只能咬牙看着这个场面，心里很不是滋味。

她是自愿站在这里的，可这间厅子里，只有下人是站着伺候人的，耿六爷既然请了孟月泠，他就应当是来做客的，何以至于还是要低其他人一等，给他们唱戏取乐？

佩芷原本以为孟月泠是断然不会唱的，毕竟他是那么傲兀的一个人。

可她想得太简单了些。

他面上不悲不喜，平静地开口："那唱段《大登殿》。"

耿公馆的下人给他倒了盏茶，佩芷看着他接到了手里，没有喝的意思。佩芷便知道，那茶水是温的，他不会喝了。

周围安静了下来，孟月泠张了口，手端着茶盏唱了起来，便是"讲什么节孝两双全"那段。

佩芷不信刚刚起哄的那些人都爱戏，只是他们知道耿六爷好戏，拿孟月泠来讨耿六爷开心。她气孟月泠答应得这么爽快，可她早已经不是不谙世事的小姑娘了，正因为心底里知道孟月泠没得选择，只能答应，她才更感觉到一种深刻的无力感。

今夜姜伯昀和姜仲昀都来了，姜伯昀自然是如坐针毡，频繁地用手里的扇子敲打手腕，那节奏根本不是孟月泠清唱的调子，他显然是烦躁的。

姜仲昀爱看台上漂亮的、雌雄莫辨的男旦，孟月泠穿常服的样子虽然斯文，但还是缺了点女人味，他不喜欢。他偏头和同样不懂戏的严家少爷聊天，脸上挂着不正经的笑容。

其他人也是表情各异，许多是完全不懂戏的，但皆因商贾出身，似乎觉得白看了孟月泠的表演就算赚到，便坐在那儿不懂装懂地听下去。

她觉着这偌大的厅子压得她喘不过气来，撂下了装枣泥酥的盘子，扭身跑了出去。

孟月泠找到佩芷的时候，她正在花园的假山旁边站着，孤零零的一个人。

第三章 此间多是非

他站在游廊上朝她问道:"你在干什么?"

佩芷转身看向他,脸上写着惊讶,他们已经太久没说过话了。

他刚刚在厅子里便看到她了,因人多的缘故,又都拥着刚到的他,他没来得及细瞧。

眼下倒看得真切,这还是他第一次见她穿女装,倒大袖的月白色旗袍,上面有影影绰绰的竹样暗纹,胸前挂着杏色流苏压襟坠子,一支素金簪把青丝绾起,除了双腕上的春带彩鸳鸯镯,再没别的装饰,连耳环都没戴。

她的眉眼之中有一股罕有的英气,弱化了通身温婉的气质,未语先笑:"我在看池子里的鱼。"

孟月泠走了下来,两人隔着不远不近的距离,一起站在池塘前。

一片沉默中,佩芷忍不住偷瞟他,孟月泠转过头来把她抓了个正着,四目相对,有些尴尬。

"我……"

"你……"

两人同时张口,又同时闭口,佩芷急忙说:"你先说。"

孟月泠看着她:"你先说。"

佩芷脸上闪过一丝为难,干巴巴地开口:"我想说,好巧啊,你也出来了……"

她显然是没话找话,孟月泠也看出来了,但还是认真回她道:"我专程出来找你。"

佩芷说:"找我做什么,你不是在里边给他们唱《大登殿》吗?"

他答道:"唱完了。"

佩芷见他没明白她的郁结所在,便急匆匆地说道:"耿家既然请了你,就是请你来做客的,你跟他们没区别,凭什么刚进门还没坐下就得给他们唱一段?便是去风月场所点首小曲儿还得掏钱呢。"

孟月泠蓦地笑了,笑容转瞬即逝:"你说得有道理。"

"你既知道,还那么好说话,让你唱你就唱。"

"我若是不答应,他们就会一直惦记着这茬,眼下这时候我便出不来。"

出不来便不能寻你。

佩芷问:"就不能不唱?"

孟月泠没想到她会这么问,也从来没人会问答案这么显而易见的问题。他猜她心里也一定知道答案,知道答案还能问出口来,或许算得上有一颗赤诚之心。

他答道:"不能。"

佩芷说:"我以为以你如今的地位,你有的选。"

他想他哪来的什么地位,吃了戏饭,就注定跟"地位"这两个字无缘了;至于有没有的选,他若是有的选,当初就不会学戏。

早些年戏班子跑外码头,到了当地第一件事就是拜客,挨个上门去拜会当地的大亨,多是些高官富商,也有流氓头子,受到过的轻蔑和嘲讽数都数不过来,自然还有各式各样的羞辱,那些日子没有一天不是硬着头皮熬过去的。

孟月泠已经把这些当作忘了,只要不想起来,就姑且可以当作没发生过。

如今熬成角儿了,这客还是得拜的,只是当地会有一位地面上说一不二的人物在家里设宴,譬如天津的耿耀滕耿六爷,还有上海的韩寿亭韩爷。他们把有名的人一股脑都给请了,美其名曰招待、接风,可到了酒酣耳热之际,还是要拿戏子取乐,让你唱你必须得唱。

耿六爷已经算斯文之流,他是读过书的,也是真心爱戏。孟月泠接手丹桂社当老板以后,就放话不再唱堂会了。好些人背地里损他此番行径好比妓女事后穿回了衣服,故作清高,耿六爷倒是没说什么,只是有些惋惜。

至于不斯文的,上海上一任的流氓大亨姓孔,人称一声孔三爷,其人脾气古怪,喜欢被人吹捧。孟月泠一副冷淡的模样孔三自然看不顺眼,又觉得他生得漂亮,没舍得下狠手,只是点了好些选段让他唱,还不准他喝水润嗓。回去后他嗓子哑了一整日,头天的戏码唱得也失了水准。

他算运气好,孔三不过嚣张了一年,就被韩寿亭给赶下去了。可武

第三章　此间多是非

汉有个双庆社的台柱子便毁在了孔三手里，说是席间不知怎么惹了孔三不快，孔三逼他尽吃些辛辣咸甜的东西，据传还被下人按着灌了辣椒水，总之这台柱子的前程就这么毁了。

只听得到池子里的水流哗啦作响，孟月泠没说话，似乎是有些走神。

佩芷则也在想，她一直刻意忽略了一点，孟月泠不可能出科后立刻就有了今天的地位，他也是一步步走过来的。

她那日见不得宋小笙来包厢里给姜仲昀问好，见不得宋小笙语气态度十足的谦卑，没说几句话就赶宋小笙去卸装，都是因为她不愿去想孟月泠处在这种情况时的情景。

她有些痴想，认为他就应该像空中的月亮一样，高冷而不可亵渎。可他最多是污泥里爬出来的芙蕖，追根溯源总是不干净，欲洁何曾洁。

孟月泠开口打破沉默的时候，佩芷在心里暗暗地祈祷，祈祷他千万不要再接她刚刚的话茬，她不想再继续聊下去了。

或许是祈祷奏了效，他说了旁的。

"那天的报纸，我看到了。"

"《津门戏报》的澄清吗？我只是说了实话而已。我二哥他名声不好，是我给你添了麻烦。"

而且她也是自私的，经历了好一番的纠结，甚至一度都不想管这事儿了。

姜仲昀说她是舍己救人，确实如此。先是姜肇鸿动怒，好一通责骂，幸亏姜仲昀站出来说话，说她是为了他这个哥哥，也是为了姜家的声誉，平息外边的风言风语。

姜肇鸿自然知道这是借口，但也没继续训斥佩芷，又赶上汪玉芝被诊出来怀孕已有三月，天大的喜事一桩，姜仲昀到汪家把人给接了回来，整个姜家看起来又恢复了往日的和睦，姜肇鸿这儿便是虚惊一场。

麻烦的是佟璟元，接连好几日来家里烦她，好像她已经嫁给了他，他疑心她不贞。佩芷是打定主意不会嫁给他的，他爱娶谁娶谁去，这几天正变着法儿地躲着他。

孟月泠说："《益世报》也看了，我知道都是你做的。"

佩芷赶忙解释:"我做这些不是为了让你谢我的,你千万不要谢我,也不要觉得欠着我。早先我想着看你和周绿萼的热闹,周绿萼跟你叫板也是因为我迷上你了,他心里不是滋味才闹出来这些,这都怪我。如今就当咱们俩扯平了。"

孟月泠说:"谢你是应当的。既然你不想我说,那便不说了。"

佩芷点点头,小声地说道:"我还以为你会怪我多管闲事,毕竟你自己都没出来解释。"

他冷声道:"没这个必要,不过是群乌合之众。"

"有必要,你的名声是极重要的。"

她说完这句他又不接话了,沉默之中,满目夜色温柔,周身春风骀荡。佩芷想着事情都已经解决了,整个人便都轻快起来,抿嘴笑着。

他们俩中间隔着一臂的距离,佩芷不着痕迹地蹭了蹭,缩成了半臂。

孟月泠察觉到后也动了一步,增了半臂远出来,佩芷执拗地又蹭了过去,便看到孟月泠扭头看向她。虽然他脸上没什么表情,依旧是那副冷冰冰的样子,可她知道,他是在问她此举为何意。

佩芷说:"我们不是和好了吗?"

孟月泠的眉头微皱:"和好?"

这个词用在他们身上并不恰当。

佩芷点头:"就是和好了,离那么远显得太生疏了。"

她跟协盛园对面干货店的掌柜的讲话都没离这么远。

可佩芷又想起来,上次傅棠说他不准田文寿揽他,想必是他不喜欢与人亲近。

于是乎她又退了回去,且故意退回了一臂的距离,像是在示意他也退回来,两人都回到刚刚的位置。有些小孩子气的想法。

孟月泠没有动的意思,佩芷便说:"我说的和好,是我们俩朋友的关系和好了,刚刚只是觉得,朋友间说话不该离那么远。"

说到朋友,他不禁想到佩芷的另一位赠扇的朋友:"周绿萼也算你的朋友?"

佩芷点头:"自然算。但不妨碍我觉得他的戏不怎么样,我是捧过他,

第三章　此间多是非

那是因为……"

孟月泠原本想问她为何要把周绿萼赠她的扇子送给他，可那扇子已经被他给丢了，如今再问，倒显得他像是在耿耿于怀一样。

于是他问了另一个问题："那换作周绿萼遇上这些事情，你也会出面帮他，对吗？"

佩芷显然没想到他会这么问："绿萼……"

答案毫无疑问是肯定的，可那一瞬间不知怎么的，她竟然说不出口，好像说出口了，就把孟月泠和周绿萼放在同一个地位了。

倒不是说孟月泠有多重要，比起情分来，她自然跟周绿萼更熟识些，可正是因为跟孟月泠尚有些距离感，便无形之中把他放在更重要些的位置了，这也说明不了什么。

她没立刻作答，其实也是另一种表明答案的方式。孟月泠不着痕迹地扫了她一眼，她只留给他一个后脑勺，正略低着头，看着泻了满池的清辉，鱼儿在月光之中自在浮游。

他收回视线，张口打破了沉默："姜四小姐平易近人、虚怀若谷，将来必是成大事之人。"

一顶高帽子扣在了佩芷的头上，她戴得并不舒服，她知道他不是爱恭维的人。

她原本想开口解释，帮周绿萼和帮他是不一样的帮法。便说在《津门戏报》刊登澄清，她可算是赔上了自己的名声，这件事若换成周绿萼的话，她未必下得去这个决心。

虽说都是会哭的孩子有糖吃，周绿萼若是遇上这种事定会央求她帮忙，可她更容易心疼他这个不会哭的孩子……孟月泠显然不懂这些，她想着想着又觉得他小气，就说初见时她跟赵巧容扰乱了协盛园的后台，他显然也是记她的。

她忽然又不想跟他解释了，只在心里怪他。

两人各有各的小九九，一时间谁也没再讲话。

孟月泠看着把该说的话说完了，他找她就是为了来道谢的，她既不用他谢，还让他知道她对他们这些戏子都是一视同仁的，那他就不会把这份恩情太当回事、把自己太当回事了。

他转身就走,多一句话都不想说。佩芷下意识地挽留他,猛地拽住了他的手臂。

"你等下,话还没说完呢。"

明明是假山石旁,才子佳人相会处,树上挂着的灯笼照得他们的脸颊都泛着恰好的红,她攥着他的手臂,他低头望着她,双双都叫个欲语还休。

可他一开口,冷淡的声音就打破了所有旖旎的气氛:"姜四小姐,自重。"

佩芷赶紧松开了,小声地嘟囔着:"又不是没摸过你的手。"

倒弄得她像是个轻薄浪子,而他是黄花闺女。

孟月泠装作没听到她这句话,佩芷则问他:"那我明儿还能去西府找你吗?"

他不想见她,他们保持距离是好事:"我明天不在西府。"

"不在西府在哪儿?你又要停演?"

他没答她,佩芷脑袋灵光,转了转说道:"我知道了,你们丹桂社在万花胡同租的院子,傅棠跟我说过。你总不能每天都在西府闲着,肯定要去万花胡同跟他们对对戏、练练功的。那我去万花胡同找你也行……"

他在心里怪傅棠多嘴,转而问佩芷:"你找我何事?"

佩芷笑得神神秘秘的:"我有个好东西给你。"

他显然有些无奈:"莫要再送我东西了。"

佩芷摇头:"不是的,这次不是什么值钱的物件,等明天你看到就知道了。"

孟月泠并没有什么期待的表情,但也没有再走的意思。佩芷放下心来,随口说道:"刚刚我吃了一块枣泥酥,还挺好吃的,尝着不像是天津师傅的手艺,也不知道老耿在哪儿新寻来的点心师傅。"

她直呼耿六爷为老耿,倒把耿六爷叫得憨厚慈祥了几分。

佩芷像是怕他走,没什么心机地给他讲这些事情:"他有好些儿子,亲的、干的,就是没有女儿。前几年他外边的太太又给他生了一个,还

第三章　此间多是非

是儿子，想必他就是没这个命。所以我小的时候，他想认我当干女儿，我父母自然是愿意的，可我那个时候已经懂事了，我拒绝了。你猜为什么？"

她知道他不会猜，便自问自答道："因为我觉得他长得不够漂亮。我跟他说：'你什么时候变漂亮了，我才答应你……'"

当时自然是逗得满屋的大人都笑了出来。十几年过去了，耿六爷没变漂亮，佩芷也没认这个干爹，但还是有情分在的。

孟月泠静静地听着，开口却说："你明日还是到西府找我。"

佩芷老实地答应："那我以后能去万花胡同看看吗？我还没见过戏班子在台下是怎么练功的。"

孟月泠说："看台上的就好。"

台上光鲜，台下一年四季都是汗味，没什么观赏性。

佩芷低声地道："我还没想到明儿晚上去戏园子穿男装还是女装，你觉得我穿什么更漂亮？"

这种问题他自然不会回答，很是自然地沉默应对。

佩芷也不在意他回不回答，嘀咕道："我好些天没去过协盛园了，那日匆匆看了两眼《穆柯寨》，也没好好欣赏你的打戏。前天实在想听戏了，我还去了一趟凤鸣茶园。都说你停演那天特地跟傅棠去捧的袁小真，可我去得不巧，戏单上没他的名字，我随便听了一场就走了。"

说到袁小真，孟月泠淡淡地评价了一句："还好。"

她倒不这么认为，他和傅棠都不是好糊弄的，更别说孟月泠眼光高，说"还好"那一定是很好了，她早晚要看到这袁小真的庐山真面目。

佩芷又说："我不是故意不去看你的戏的，只是觉得你也不想见到我，再加上仲昀那些事儿，我就更没脸出现在你面前了。那间包厢我包了一个月的，也空了好些天了，你还是发现了的对罢？我知道你在台上看着八风不动的，其实台底都看得真真儿的……"

她的话跟大珠小珠落玉盘似的，搁他们梨园行里来说就是让人找不到气口（换气瞬间）的铁肺，孟月泠插不进去，便静静地听她说，顺便看看她能自言自语多久。

身后的游廊走过来一群人,打断了二人的独处。

耿六爷亲自出来送姜家人,他跟姜肇鸿走在最前面,接着便是赵凤珊、姜伯昀,姜仲昀散漫地跟在最后。

走到差不多刚刚孟月泠站着叫佩芷的地方,众人停下了脚步。

耿六爷说道:"瞧,我就说晴晴在假山石这儿,她小时候就爱来这里看鲤鱼。孟老板也在?"

佩芷转过头去,最先捕捉到的居然是姜伯昀紧锁的眉头,显然是因为看到她和孟月泠站在一起而感到不悦。她下意识地看向姜肇鸿,姜肇鸿倒是表情如常,又也许是藏得太深,佩芷看不出什么情绪。

赵凤珊叫道:"佩芷,我们要回家了。"

佩芷跑了过去。姜肇鸿看向孟月泠,头微不可见地颔了颔,已经算是给了他天大的薄面,叫了句:"小孟老板。"

赵凤珊、姜伯昀、姜仲昀也跟着点头致意,举止间写满了家教。孟月泠则鞠了个半躬,算作回礼和道别。

姜肇鸿没让耿六爷再送,孟月泠站在原地,看着他们走远了。他今夜竟然错觉离她很近,此刻又觉得很远。

令他没想到的是,佩芷突然回了头,朝他说道:"孟老板,再见。"

他又拿不准这距离了。

孟月泠没应声,反而是耿六爷在旁边接话:"你跟我就从没这个礼貌。"

佩芷朝耿六爷做了个鬼脸就跑了,惹得耿六爷发出了不符合他狠戾面庞的慈笑。

耿六爷摇摇头,看着孟月泠说:"这鬼丫头,下回把她扔河里喂鱼。"

孟月泠回了个虚假的淡笑,没说什么。

第二天吃过了早饭,佩芷眼看着姜肇鸿出了门,估摸着他已经坐上车走了,她紧跟着出门,正好看到守株待兔的姜肇鸿。

她暗自庆幸自己穿的是女装,否则姜肇鸿必然认为她要出去胡闹。

可他也没说什么,似乎什么都不知道一样问她:"要出门?坐我的车送你一程。"

佩芷把手里的东西藏到身后,摇了摇头:"不用了,爸爸,您快去商会罢,我不急。刚刚吃多了,我走走路消下食。"

姜肇鸿没强迫她,而是点了点头,平静的脸上藏着万般心思,她猜不透。

他上了车后,叮嘱她道:"刚吃了东西别跑这么快。"

佩芷乖顺地点头,车子便开走了。她则叫了一辆黄包车,直奔西府。

邵伯引着她进门,恰巧赶上傅棠从屋子里出来,嘴里叫着"邵伯",想必是有什么东西找不到了。

看到佩芷的瞬间,他的眼睛一亮,愣在了原地,没说出话来。

佩芷笑着问他:"怎么,几日不见,棠九爷贵人多忘事,不记得我了?"

声音倒是耳熟的,傅棠又挂上了那副万年不变的笑容,朝着隔壁院子声音不大不小地嚷道:"静风,过来看看,你的头号戏迷穿上姑娘衣服了……"

孟月泠不知听到没有,就算听到了也铁定不会理他的。

佩芷说:"昨日你又不是没看过,他也见着了呀。"

"昨日那么些人,还在饭桌上,未曾细看,不比静风能大饱眼福。"

佩芷游刃有余地应付他的打趣:"棠九爷就白饱这个眼福?也不说赏我点什么。我忘记了,你一贯小气。"

"还真被你说着了。"傅棠笑着摇摇头,又压低了些声音问她,"他昨日跟你道谢没有?"

佩芷说:"你知道他要跟我道谢?"

傅棠的语气平常:"我为何不知道?不然你以为他为何特地跑去耿公馆,应酬的酒局我和静风都是能避则避的。"

佩芷问:"你们怎么知道我一定会去耿公馆?"

傅棠抬起头白了她一眼,似乎是嫌弃她蠢笨。他先当了孟月泠的探子,若是饭桌上看不见她,那便是人没来,他吃过饭就撤了,孟月泠也就不会来了。

可他没把这些话掰开来给佩芷说,而是掉转了话头问她:"你今日来,又是给他献什么宝?"

佩芷又迟钝地问他:"你又如何知道我是来献宝的?"

傅棠伸手夺过了她手里的那卷手稿:"一摞废纸,看样子不值钱。邵伯,帮姜四小姐带下去丢了罢。"

佩芷又夺了回来,啐他"俗气",径直奔着孟月泠的院子就去了。傅棠坐在那儿没动,说她"不识逗"。

孟月泠完全没想到,她这次给他献的宝居然是她自己编的戏词。

两个人坐在院子里的石桌前,佩芷本来坐的是他旁边的石凳,又立马起身跟他隔开了一个人的位置,显然是在刻意地表达照顾他的感受。

可她的刻意不让人觉得讨厌,而是有些孩子气,又像是在打趣他,等他邀她坐回来。

孟月泠自然不会如她的愿,而是翻开手稿看了起来。她的字他倒是头一次见,似乎是自己创出来的。寻常人写楷书大多逃不开颜筋柳骨,譬如傅棠学的就是颜体,而他书读得不多,但这些年有保持习字,临的是柳体。

后来他才知道她自小学的是欧阳询。天津有一位段老先生桃李满天下,亲手教她执笔,字迹方正疏朗,又有一股峻意,倒是适合她。

佩芷说:"我不是说你这出新编的《孽海记》本子不行嘛,可你到了上海,自然还是要演的。我原本想帮你把整个本子都重新写,可时间肯定不够;照着吕梦荪他们的改还行,可我猜你不会给我戏纲。

"我就帮你想了些好词儿,你看喜欢哪句就换上去。还有就是,一出戏总要有一段拿得出手的流水(西皮流水,京剧板式之一),你可能又要在心里觉得我俗气。可一出戏一旦流传开来,戏众唱得上口的还得数流水嘛,我也是这么认为的。

"所以我帮你写了一段完整的流水,应该放在后半部分里,但我还没想好具体放在……"

孟月泠一张张看下去,大多是些单句不成段落的唱词,她怕不合他的心意,同样的句子罗列了许多种选择,差别仅仅在于里面的某个用词

第三章 此间多是非

不同,摆在他面前任君挑选。

他粗略地扫过那些,最后看到了她说的那段流水。

佩芷心思跳脱,又抽出了前边的单句,认真地说道:"你看这里,我记得原来的词儿是'小尼姑我心思寂寞',还有色空下山之前的一些话,我记不清了,可无外乎都是些春心荡漾之词。这么写实在是太肤浅了些,未下过山的小尼姑之寂寞怎么可能和《战宛城》的邹氏思春一样?依我看来,她还有一层心境应该是对山下世俗生活的好奇,所以才会想遇到一个男人成婚生子,这才叫思凡嘛。"

她见孟月泠不说话,追问道:"你难道不这么认为?虽然你就唱了那一场,可我都是认真听了的……"

他毫不怀疑她的认真,答道:"你说得有道理。"

她仿佛受到了鼓舞,笑着继续说:"还有这里,给你写本子的人审美实在是俗气了些,小尼姑下山遇到小和尚便够巧的了,更巧的是这小和尚俊得惊天动地、世间无二,给色空写了好几句夸赞本无的话,都是水词儿。我觉着简简单单地用个'清秀'就好,不过都是乱世中的凡人,淡淡然便足够打动观众。还有……"

孟月泠彻底沉默了,他没想到世上会有这么巧的事情,一瞬间倒有些高山流水遇知音的错觉。

当初他拿到本子的时候,就挑出了这些问题的,跟佩芷的看法大同小异,佩芷说的他都完全赞成。只是他的情绪一向不外露,否则换作寻常人,怕是会立马激动得站起来。

可当时编演这出新戏的时候他需要忙的事情太多了,所有的身段都要他亲自来排,实在分身乏术,没办法做得面面俱到。吕梦荪三人都是跟孟桂侬年纪差不多的老学究,固执得很,又仗着长他一辈,到最后也不肯改。

丹桂社在孟桂侬手上传下来的规矩,两年一出新戏,初春开演,跑一年的外码头,年底回北平封箱。孟月泠原本打算这出新戏先不演了,等什么时候改好了再演,孟桂侬自然不准,父子争吵,孟桂侬直说被他气得半死,病了半个月,最后还是孟丹灵从中周旋,孟月泠让步了。

他何曾不想尽善尽美,追求极致,可这么些年经历了太多的事情,他也越来越认清了,人生尽是将就。

他原本以为就这么下去了,这出戏他将来也不会再演,可突然出现这么一个人告诉他:你当然有的选。

孟月泠回过神来,看向低着头认真讲话的佩芷。

佩芷发觉旁边的人一直不出声,便扭头看了过去,恰好跟他对视。

"你……"

佩芷有些支吾,本想问他盯着她做什么,又反省是不是她离他太近了,她刚刚讲得认真,没注意就蹭得近了些。

她被他盯得双颊开始滚烫,低声问道:"你在听我说吗?"

孟月泠说:"在听。"

他听得字句认真,铭记于心。

他还盯着她,佩芷的眼神开始躲闪:"那……那你认同吗?"

"认同。"

简单的两个字却让佩芷的眼睛一亮:"真的?你别骗……"

他冷声打断了她:"我后日离津。"

这下该轮到佩芷说不出话了。

傅棠无声地穿过月亮门,院子里的日本海棠前些日子还打着花苞,如今已经开了些了,但还没开得彻底,大概四月下旬才最漂亮,可惜孟月泠没机会欣赏了。

他看到石桌前沉默着对视的两个人,眼神一暗,接着挂上了笑容,走过去挤到二人中间:"让我瞧瞧这词儿。当初静风求我帮他写本子,我……"

第四章

长雾中望月

傅棠极擅音律,写起戏词来游刃有余。孟月泠当初确实找过他来写这个本子,他跟孟月泠好一通拿乔,但其实就是不想接这个差事,孟月泠便不搭理他了。

下人送上笔墨纸砚,傅棠用朱笔改了改佩芷写的词儿,尤其是那段流水,一经润色之后便更加精妙。孟月泠是最后敲板的,他自认学识确实不如傅棠和佩芷渊博,只是调换了几个字词的顺序,唱起来更顺口些。

他说唱就唱,来了一段。院子里就他们仨,傅棠沉得住气,佩芷倒是捧场,还给他鼓掌,被傅棠用扇子敲了头。

随后他仔仔细细地把那些手稿都收了起来,细看还是按照佩芷拿来的顺序排的。其实那摞纸被她卷起来攥在手里,再加上刚刚三个人传来传去的,早就变得皱皱巴巴的了,可他还十分珍视,拿进了屋子里,放在桌子上用镇纸压着。

佩芷静静地看着,她一直觉得孟月泠是个很冷漠的人,那一刻却下意识地认为,他亦是个温柔的人。虽然她还未曾体会过他的温柔,那一瞬间居然有些羡慕那沓手稿。

他没在西府多做停留,洋钟刚走过十点钟,他就要出门,去万花胡同,这个时间估摸着丹桂社的人在河边吊嗓子回来了。

佩芷要送他出门,傅棠在廊下看着,没说什么。

孟月泠转身问她:"你还跟着我做什么?"

他当然不会带她一起去万花胡同。

佩芷说:"我送送你。"

孟月泠似乎在打趣她:"西府何时改姓姜?"

佩芷没听出来他的玩笑话，她正想着他说的那句"后日离津"，可他倒像是没说过这话一样，看来不过是在告知她而已。

佩芷老实地回答他："暂时还没。"

孟月泠笑了那么一瞬，转身就走了，连句再见都没说。

佩芷又把他叫住了："孟老板——"

孟月泠回头，佩芷笑着问他："你笑起来好看，为何不常笑？"

他没想到她会问这个问题，大概是刚刚和谐的气氛尚有余韵，他认真地答她道："我不爱笑。"

这回人彻底走了。

佩芷原本打算晚上去协盛园看戏，她有好些日子没看到台上漂亮的、灵动的孟月泠了，即便那是虚假的他。

傅棠起初不赞同她去，佩芷追问缘由，傅棠只说了三个字："避风头。"

她这才迟钝地意识到，她登报那么一澄清，便是把自己跟孟月泠扯在一起了。男未婚、女未嫁，才子佳人、知慕少艾，并非丑闻，而是美闻。

佩芷最近没怎么出门，竟然没听说这些，还担心那些无良小报会不会乱写。

傅棠摇头："满天津卫哪家报馆敢不给姜先生面子？"

原来竟是姜肇鸿。

可她眼下管不了这么多了，孟月泠后日离津，她只能再看他两场戏了，实在没有错过的道理。

当晚大轴戏开锣的时候，协盛园的座儿都看得真真儿的，姜四小姐低调地进了北楼第二间包厢，最爱坐北二的自然是西府棠九爷。

傅棠架不住佩芷非要来协盛园，便让她坐他的包厢，这样闲话便能少些，旁人只会觉得她是个纯粹迷孟月泠戏的。

今日孟月泠唱《大·探·二》，这出戏其实水词儿也不少，但极显唱功。傅棠坐在包厢里闭着眼睛、敲着扇子，看起来就是极会品戏的。

相比起来佩芷就像个棒槌了，紧紧地盯着台上的李艳妃移不开眼睛。

第四章　长雾中望月

两个人一个是听戏，一个是看戏，倒也互不干扰。

散戏之后，二人到后台小坐。今天的压轴戏是宋小笙唱的《女起解》，下台装都没卸就去看孟月泠的《大·探·二》，也是有些痴劲儿在的。

佩芷跟傅棠走进扮戏房的时候，宋小笙正弯着腰向孟月泠请教，穿青黑褶子的"苏三"站在"李艳妃"旁。孟月泠倒也不吝赐教，站了起来，捏了个兰花指做攥着铁链的动作，给宋小笙唱了两句，宋小笙连连道谢。

春喜机灵，搬了椅子过来，佩芷没坐，傅棠坐下了。

接着宋小笙也去卸装，孟月泠开始摘头上的鬓钗。

傅棠说："我看他是个苗子，可他现在就自己个儿这么到处搭班唱戏，也难唱出来什么名堂。要我说，之前给你唱二路的那个不是剁网子（将包头网子剁毁，以示终身不吃戏饭）跟人跑了吗，那这宋小笙就是老天爷给你降下来的，你把他收进丹桂社……"

孟月泠说："他不愿意离开天津。"

傅棠就也不说什么了，嘴里哼着调子，显然心情不错。

偌大的扮戏房内，丹桂社的其他人难免偷偷地打量佩芷。佩芷倒是没什么感觉，也许是习惯了，姜四小姐出门总是会被人多注意几眼，这也是她出门爱穿男装的原因。

傅棠看到了，笑着说："你说你也这么大个角儿了，弄个单独的扮戏房不行？这戏园子虽说小了点儿，可也总有一间你的地方罢，这么大的屋子，说些话都不方便。"

佩芷也跟着点头，孟月泠说："我一向都是跟人共用扮戏房的，你又不是不知道。"

傅棠故意寒碜他："是，数您孟大老板最没架子，平易近人。"

孟月泠刺了回去："棠九爷谬赞了，您也不差，这不是坐得挺舒坦的。"

傅棠嗤笑一声，随后拎了佩芷出来打趣："那个什么，孟老板，咱们姜四小姐为了捧您，也花了不少人力财力，对罢？"

他显然是在挖坑，孟月泠用沾了油的手巾擦脸上的油彩，谨慎地问道："怎么了？"

佩芷感觉到一丝不妙，果然听到傅棠说："姜四小姐还没票过戏呢，您什么时候圆她个梦，咱仨来一出《大·探·二》。其实依我看，这三折全学的话，等到能登台那天怕是得猴年马月了，但咱们可以先学个《大保国》嘛……"

佩芷直接上手捂住了傅棠的嘴巴，傅棠把她的手臂拽开，笑着说："我这不是在帮你吗？"

她显然害臊了，气哄哄地看着傅棠："我可以自己跟他说！"

孟月泠在镜子里看得清楚，随后起身往脸盆前走。

佩芷见他不说话，以为他不好意思拒绝，遂善解人意道："我说着玩儿的，唱大花脸还得剃头呢，我……"

孟月泠脸上泛着油光还没洗，问她道："你要唱徐延昭（净角扮演）？"

佩芷说："我本来是这么想的……"

孟月泠蓦地笑了，她只看到了一眼，他就扭头弯下腰洗脸了。

身边的傅棠也在偷笑，佩芷说："你们两个真烦人。"

傅棠晃着扇子："你别急，等他洗完脸，万一这事儿有谱儿呢？"

"没谱。"孟月泠起身拿了干净毛巾擦脸，又对她说道，"别做梦了。"

他怎么可能不好意思出口拒绝，他太好意思了。佩芷哼了一声，走到了窗边站着。

这扇窗户正好从侧面看得到协盛园的正门口，一辆汽车正停在那儿，佩芷忍不住多看了两眼。

接着佩芷便看到赵巧容从车子上下来，宋小笙出了协盛园奔着她走过去。这宋小笙年纪轻，跟佩芷差不多一样二十出头，小赵巧容许多。

二人像是恋人，又像姐弟，赵巧容伸手帮宋小笙理了理长衫领口的扣子；旁边人来人往的，宋小笙显然害羞，按下了赵巧容的手。

佩芷听不到，但想得到，赵巧容自然是说"这有什么"之类的话，随后二人上车，离开了协盛园。

短短这么一会儿，佩芷看得眉头直皱，又不知道该说什么，她一向不去插手兄姐的这些事情。

第四章　长雾中望月

等孟月泠收拾好了之后,三个人加上春喜一起出了协盛园。刚走出门,佩芷就停住了脚步。

傅棠扭头问她怎么了,孟月泠没问,因为他也看到了不远处站在车外的姜肇鸿。

姜肇鸿主动开口:"棠九爷,小孟老板。"

傅棠回了个揖,孟月泠点头致意,叫了声"姜先生"。

连虚情假意的寒暄也免了,佩芷跟着姜肇鸿上车回家,孟月泠则跟傅棠结伴,朝着不同的方向各走各的路。

令佩芷没想到的是,姜肇鸿什么也没说。他自然应该说些什么,表面上越是波澜不惊,心底里才越是波涛汹涌。

次日是丹桂社在天津的最后一日戏。

白天佩芷的姑姑来了家里,汪玉芝有喜了,很有可能是姜家的头个长孙,她自然要来瞧瞧,很是关心。佩芷走不开,直到陪着用完晚饭,才急匆匆地奔到协盛园去。

北二的包厢里坐着的是几副生面孔,她便找来了春喜,问他棠九爷来了没有。

春喜说:"棠九爷上午跟二爷去了万花胡同,说晚上的戏他不爱看,不来了。"

那晚孟月泠唱的是《穆柯寨》,接《穆天王》连演。

散戏后,出了协盛园,孟月泠跟春喜分开了。路上的行人星星点点,都奔着家去了。

他拿出了烟盒跟火柴,抽出一支香烟夹在指尖,刚要点燃,就看到站在后门外的佩芷,正百无聊赖地踢脚边的石子,连脚下的白色皮鞋踢破了也不在意。

手上的烟又塞回到盒子里,他走了过去:"怎么没去扮戏房?"

佩芷说:"去了,看黄师傅着急收拾砌末和行头,没什么落脚的地儿,我就出来了。正好外面风还挺舒服的,吹吹风。"

孟月泠没再追问,而是转了个方向,换成了她回家的那边:"走罢。"

他的意思显然是陪她走走,佩芷小跑了几步,跟上了他。

天阶月色凉如水，佩芷看着脚下的路，低声地说："你明日上午走还是下午走？"

孟月泠说："下午。"

留出一上午的时间来给他们收拾东西。

佩芷说："哦，那我就不送你了。"

虽然说他本来也没想让她送他，孟月泠冷淡地答了句"嗯"。

两个人沉默了许久，足有半条街的时长。耳边只听得到她脚下的洋皮鞋踩在石子路上的声音，嗒嗒作响。

他是习惯了安静与沉默的，佩芷并非如此。她其实有很多话想问他，又因为问题太多，而无从开口——她竟然完全不了解他，他的冷漠像一道厚厚的围墙，把所有人都堵在了墙外。

她抬头看到孤独的月亮，蓦地开口："'寒月上东岭，泠泠疏竹根'，你的名字很好听。"

孟月泠说："书我读得少，未曾听过这句。"

佩芷告诉他："柳河东写的，回头我找出来，送给你。"

她总想着送他东西。

孟月泠拒绝道："不必了，这并非我的名字。"

佩芷愣住了，想了两秒才明白过来，戏子出科后上台挂牌，大多会取个艺名。

他明日就要离开天津了，临走前这一晚，他才初次告诉她："我姓孟，名逢，字静风，艺名月泠。"

佩芷停住脚步看向他，总觉得这句话似乎迟了些，迟了一个月。

次日下午，丹桂社众人坐津浦车赴沪。

上了车后，黄师傅从随身的包袱里掏出了一个扇盒，里面装着的自然是那把泥金扇，递给了孟月泠："二爷，这好东西还是装您的箱子里罢，我怕在火车上被人给摸了。"

孟月泠接过来，没什么表情。

黄师傅说："昨晚协盛园对面干货店的掌柜的给送来的。之前不是被

第四章　长雾中望月

您给丢下去赏了吗，拿到的那个人还在戏园子门口高价往出卖呢，就差摺地摆个桌子拍卖了，气人的东西。可我问他怎么到他手里的，他也没说清楚，放下扇子就走了。"

他的心情略微复杂，竟然在庆幸，庆幸她不是那样一个欺凌人的纨绔。

与此同时，佩芷在姜府中也收到了一份意外之礼。

盛老板亲自带人送来，仔细了一路，护送着一个等人高的架子，上面挂着的是那身苏记做的蟒服，便是孟月泠扮贵妃穿的那身。

盛老板告诉佩芷："孟老板从我手里买下来了，让我今儿给您送来。他知道您爱看《醉酒》，得意这身儿蟒服。您放心，除了孟老板，没别人穿过，我也不敢给人穿……"

佩芷抚着那缂丝的料子，成片的牡丹花绣得繁密秾丽，半晌说不出话来。

说起这上好工艺的蟒服，北平孟家的宅子里也有一件，打孟月泠记事起就挂在家里显眼的地方，是当年老佛爷专程让宫里的师傅为孟桂侬裁的，据说牡丹的花样也是老佛爷亲自选的。

孟桂侬把这身儿蟒服当作毕生最大的一份荣耀般珍视，隔三岔五掸掸上面的灰尘——老佛爷去世后，他也离开了升平署，再唱要穿女蟒服的戏，他也不肯穿这身儿了。

搁孟桂侬的话来说，这些人不配。

柳书丹是最早敢进戏园子的那帮女子之一。柳家虽是小门小户，可柳父在私塾教书，柳书丹是受了文化教育的，思想不如传统女子那么迂腐。

她常去看孟桂侬的戏，最重要的是懂他的戏，二人自然而然地就结合了。

可惜她成婚后便一心帮孟桂侬操持家务，骨子里仍旧是相信"男主外、女主内"的。她虽然也曾打算过挑闲暇的时间到学堂教学生国文，好继承柳父的衣钵，但因怀上孟丹灵便作罢了。

她没能继承父亲的衣钵，倒是帮孟桂侬生下了可以继承衣钵的孩子。

孟丹灵自小听见唱戏声就笑，寻常孩子进了戏园子又哭又闹，他却总是能安安静静地听完全场。又比如他啼哭时柳书丹怎么哄也哄不好，孟桂侬随便唱一段就能把他安抚住，还会对着亲爹笑，眉眼颇有孟桂侬的风范。

那时孟桂侬便笃定，孟丹灵将来必成名角儿，能继续光耀他梨园孟家的门楣。

之后又过了几年，便是孟月泠出生了。

孟月泠出生那年，孟丹灵六岁，恰好是该开蒙的最好年纪。孟桂侬不放心把他交到别人手里，于是亲自为孟丹灵开蒙，孟丹灵一身的本事都是孟桂侬手把手教出来的。

继承衣钵的儿子已经开始学艺了，孟桂侬自然希望家中再添个女儿。柳书丹怀孕时嗜辣，肚子是圆的，种种迹象都让他更加认定，他将要儿女双全。

那大抵是孟月泠第一次让孟桂侬失望。

他们父子俩之间的结，早在出生的那一刻就已经打下了，至死无法解开。

婴孩时期的孟月泠不像孟丹灵那么招人喜欢，他不爱笑，总是静静的，就连哭也比其他孩子要少。柳书丹还曾担心过他是不是有什么先天不足之症，幸亏没有。

她是极疼孟月泠的，并没有因为他不是个女孩儿而差别对待，甚至因为他小而更加疼爱他。

父子俩虽不亲厚，但一家四口人，父亲偏爱长子，母亲偏爱幼子，倒也算得上平衡，日子过得还算和睦。

一切的美满都在那年冬末结束了。

孟丹灵的倒仓期按理说早已过去了，倒仓时也百般注意，可到了岁末他的嗓子还是粗喇喇的，最后孟桂侬不得不承认，他寄予厚望的长子的嗓子当真不中用了。

那时孟月泠已经读了好些年的私塾，跟着外公柳先生读书认字，柳先生正要帮他找学校读中学。他虽然不爱笑，但自有一股沉稳淡泊的气质,又喜欢诗书,像是能做文人的料子。

那天飘着大雪,雪片砸得人脸上生疼,北风狂作,钻得骨头里都是阴冷的。

柳书丹出门买菜,顺便接孟月泠放学回家。他手里攥着一串冰糖葫芦舔了一路,冻得手都僵了。

刚进了院门,母子俩就看到眼睛里燃着最后希望的孟桂侬,亦是把孟月泠看作最后希望的孟桂侬。

因为孟丹灵倒仓的事儿,他那时已经变得易怒了,朝柳书丹嚷道:"他多大了!还当他是个孩子,吃什么糖葫芦!"

唱戏的都是忌甜的。

那天的记忆里,最后的画面是他被父亲单手挟在腋下抱了起来,孟桂侬要送他去俞芳君那里学戏。

柳书丹在雪地里苦苦地央求丈夫:"小逢不学戏!你当初答应了我的!你答应得好好的,不能不作数!"

他在母亲凄厉的叫喊声中哭了出来,糖葫芦落在地上,孟丹灵闻声跑出屋内,雪越下越大……

火车轰隆隆地行进,空气里隐隐地泛着一股闷窒,四月初的天气,车上人来人往的,竟然还觉得热。

孟月泠用手撑着头,冷不防地打了个寒噤,睁开了眼睛,额头布着一层细密的汗珠。

孟丹灵坐在他旁边,问道:"小逢?魇着了?"

孟丹灵递了手帕给他,想让他擦擦汗,孟月泠没接,还是拿了自己的帕子出来,轻轻地擦了额头上的汗。

孟丹灵站起了身,拍了拍孟月泠的肩膀示意他出来。

孟月泠跟着他出了车厢,站在两节车厢中间的地方。

兄弟俩齐齐地看着窗外不说话,山岭穿梭而过,如同过往一般不给人抓住或重来的机会。

那支烟抽了一半,孟丹灵才幽幽地说道:"娘还在的话就好了。"

孟月泠没理他，只静静地站着。

孟丹灵又道："至少还能有个疼你的人，你现在这样子，大哥担心你。"

孟月泠语气淡淡地回他："大哥，我没事。"

后半句他没说出口，若非要说有事，那便是想她了。

孟丹灵像是看出来了，又或许是兄弟连心，他说道："我也想娘。"

孟丹灵主动说道："其实爹只是嘴硬，他心里还是挂记着你的，也盼着你好。小时候娘太宠你了，什么都可着你先来，他就是羡慕你呢。"

孟月泠发出了一个冷笑，孟丹灵看得真切。

这么些年孟丹灵从没放弃过缓和孟月泠和孟桂侬的关系，在北平时关乎丹桂社的大小事情多是孟月泠让步，可在家事上，就算孟丹灵说破了嘴皮子也没用，已经僵持了许多年。

孟月泠缓缓地开口："大哥，你的心思我知道，但别再说这些没用的了。"

孟丹灵叹了口气，百转千肠还是把话咽了回去。

孟月泠想起往事，说道："我还记得月泠这个艺名是大哥找人取的。丹灵为日，我为月，太阳吃不了戏饭了，月亮便吸收太阳的光辉，帮太阳唱下去。爹听到了，上台前一晚把我打了一顿，他恨我。可大哥跟我说，大哥愿意把自己所有的福气都给我。大哥才是盼着我好的人。"

孟丹灵用手指狠狠地抹了两下眼睛，声音透着哽咽，拍了拍孟月泠的肩膀："大哥当然盼你好，大哥也心疼你。"

当年孟月泠出科时，俞芳君带着他回到家里，告诉孟桂侬他明日便要登台唱戏了，想着让亲爹给取个艺名，是理所应当的。

孟丹灵跟孟桂侬学的艺，严格来说不算坐科，八岁时登台唱了第一场戏时，孟桂侬找了东四牌楼最有名的算命师傅给取的"丹灵"这个艺名，特地用了柳书丹的丹字，其中蕴藏的深意不言而喻。

可到了孟月泠这儿，孟桂侬当时的语气很是敷衍，同俞芳君说："你这群徒弟排到什么字辈儿了？你随便再给他凑个字就行了，找我干什么。"

第四章　长雾中望月

俞芳君也没辙，原本打算就这么回去随便取个名字让人写牌子了，正好遇上了学胡琴回来的孟丹灵。孟丹灵答应今晚一定给俞芳君把名字送去，俞芳君应承了下来。

那天北平下着凄厉的夜雨，孟丹灵冒雨去找当年给他取名字的那个师傅，让师傅写了两张字条，一张先送到了俞芳君那儿，另一张带回了家。

即便撑着伞，孟丹灵一路快跑也还是湿了大半个身子。孟月泠赶紧拿毛巾帮他擦，孟丹灵不在意地笑笑，摊开干燥的手掌心，里面攥着的字条上写着"月泠"二字。

孟丹灵十分笃定地告诉他："小逢，这就是你今后的艺名了。明日上台好好唱，就跟平时唱戏一样，别害怕，大哥在台下陪着你。"

他说："大哥，我不怕。"

那天他本来很早就上炕睡觉了，孟丹灵拿着名字去给孟桂侬看，不设防地说出了算命师傅的寓意。

自从柳书丹去世后，孟桂侬的性情大变。那天他正好喝了点酒，摔了酒瓶子就把刚睡着的孟月泠拎起来打了一通。幸好孟丹灵拼死挤在中间，否则他第二天未必上得了台。

好像当真是他吸了孟丹灵的气运一样，这吃戏饭的福气，他又何曾想要过。

那时他还是怕孟桂侬的，等到他不怕孟桂侬了之后，也唱出些名声有钱了，便从家里搬出来了……

火车在第二天上午到站，下车后孟丹灵连伸了几个懒腰，黄师傅盯着丹桂社几个年轻的小子搬衣箱，田文寿和几个年纪长些的先走一步，到丹桂社预先在鸿福里租的房子落脚。

孟丹灵问道："这会儿早场戏都还没开锣，香儿应该会来接我们罢？便是不看在我这个大哥的面子上，也还有你这个师兄呢。"

孟月泠略微眯起眼睛看了看头顶的日头，周围熙熙攘攘的，吵得人恍惚："我倒宁愿她别来。"

秦眠香不仅来了，还来得很是高调。

孟月泠一行人刚出了车站，春喜指着远处跳得老高："姑奶奶在那儿呢！"

孟月泠放眼望去，只觉得这脑袋愈加发昏了，装作没看到就要走。

秦眠香跑了过来，身后举着两米长"喜迎寰宇第一青衣孟月泠抵沪"横幅的人也跟着跑了起来，还有记者举着相机，镁粉撒在空中，追着孟月泠拍。

孟丹灵笑道："这丫头还是这么好排面，小逢，你就别想着跑了。"

秦眠香冲上来就抱孟月泠，孟月泠因为拎着箱子没能立刻挣脱开来，便被她状若亲密地揽着。她倒力气大，强拉着孟月泠看向照相机："大家随便拍拍就好了呀。我师兄孟月泠刚到上海，明晚将会在四雅戏院演出，还请大家明早开票后赶紧去抢，去晚了可就什么都没有啦。"

孟月泠拽着她的手臂把她从自己身上弄了下去。记者又争相想采访他，孟月泠甩了秦眠香一个冷眼，她立马就明白不妙，赶紧让那些记者散了。

秦眠香拉着孟月泠的手臂，说道："师兄，大哥，我叫了车来，咱们走罢。"

他们看向路边，发现并排停了五辆汽车，每辆都擦得干干净净的，像是能照出人脸上的灰来，还有路过的小孩好奇地看着，这还是送了田文寿他们走之后剩下的车子数量。

春喜极其激动，称赞道："小姑奶奶，您真阔气！"

秦眠香极其骄傲地冷哼："不然怎么叫小姑奶奶呢。"

孟丹灵无奈地笑了："你知道他最讨厌张扬，每次来都搞这些，我看下次再来上海他是不会告诉你了。"

秦眠香说："他不告诉我也没用，我有内应。咱们先走，我还叫了一辆货车来拉你们的行头，直接送到四雅戏院去。"

她每次都安排得妥帖，只是这一通高调还是免不了，像是有些在故意作弄孟月泠。

孟月泠扯开了她的手："赶紧走。"

第四章　长雾中望月

次日，丹桂社新编的《孽海记》在上海四雅戏院首演。四雅戏院是上海最早的新式戏院之一，面积比老式的戏园子宽敞了许多，足有协盛园的两三倍大。

楼下全是普通座位，按阶梯状排列，二楼则是十来间包厢，整体装潢都是红色，很是亮堂。门外贴着的巨幅戏报上依旧用的是秦眠香想出来的那个夸张名头，任谁路过都要多看两眼。

秦眠香自然是日日有戏的，但这次早早地就放出消息要停演两日。知情的都知道她是要去捧孟月泠这个师兄的场，四雅戏院的戏票一放出去就被抢光了。

当晚上半场唱完，叫好声比协盛园更甚，震得人耳朵都发麻了。

孟月泠早已经退场了，一楼的观众还流连在舞台下面不愿散去，逼得戏院的管事亲自出来疏散。

好不容易把人都劝走了，管事正准备去叫洒扫，便看到空荡的座席中站起了一个人。

他喊道："这位小姐，戏散了，孟老板不会出来了，快离开罢。"

那人朝他走了过来，身上穿的府绸旗袍面料很是考究，双腕成对的玉镯也一眼看得出价值连城，一定是大户人家的小姐或者阔太太。

"请问您这儿的后台怎么走？"

俞芳君当年并不看好秦眠香，她人长得是漂亮，但不像大家闺秀，更像小姐身边的俏丽丫头。

可她的嗓音又有些醇韵，开蒙时俞芳君犹豫了许久，实在是觉得她这嗓子不适合唱花旦，还是让她学了青衣戏。

孟月泠学戏的时候已经很晚了，初学那半年没开窍，开窍后俞芳君显然觉得如获至宝，看出了他身上的潜质，便打算让秦眠香给孟月泠唱二路。师兄妹搭档最合适不过了，指不定还能日久生情，将来又是一段佳话。

可秦眠香打小就好强，俞芳君当年把一间单独的扮戏房给了孟月泠，她不服，是唯一一个敢站出来问"凭什么师兄有我没有"的，结果自然是遭了俞芳君一顿打。

如今说到这些往事，秦眠香还是满眼的争劲儿："本来就是，凭什么我就只能给师兄唱二路。要我说师父还是眼光不行，所以你看他这么些年都不敢来上海呢，怕是没脸见我。"

她正坐在孟月泠的扮戏房内。四雅戏院的后台也是新式的装潢，屋子里除了孟月泠和秦眠香，还有孟丹灵、田文寿、黄师傅，以及进进出出的春喜。

孟丹灵说："那你还让戏报子上写他是'寰宇第一青衣'，照理说您秦老板得第一个不同意啊。"

秦眠香白了孟丹灵一眼："大哥还是不懂我。虽然我不服师兄，可我也承认他唱得比我好那么一丁点儿，也就那么一丁点儿罢。"

孟月泠淡淡地一笑："我看你酒还没喝，人已经醉了。"

秦眠香故意拖人下水："文寿叔，黄师傅，你们说呢？我跟师兄是不是差不太多，毕竟我们也是齐名的嘛……"

黄师傅正认真地在那儿洗片子，见状笑着看向了田文寿，显然是把问题抛给了他。

田文寿拿秦眠香没办法，只好宠溺地说道："嗯，是差不太多。我们香儿越来越有自己的范儿了，就要直逼月泠的地位了。"

秦眠香看向孟月泠，示威道："你听到没？"

孟月泠敷衍地点点头："春喜，给她拿面镜子照照。"

秦眠香就喜欢逗弄孟月泠，凶狠地说道："你少来这套，我知道自己什么模样。连文寿叔都发话了，大哥，你说是不是？"

孟丹灵眼看着自己也被牵扯了进去，便笑着说："嗯，对，香儿说得都对。"

孟月泠说："他们骗你，师兄不骗你。"

秦眠香又气又笑："合着我还得谢谢师兄？"

几个人你一言我一语地打发时间，等着黄师傅把片子洗完，秦眠香请客，跟他们这些丹桂社的老相识叙叙旧。

戏院管事引着人到后台敲门的时候，秦眠香刚把手搭在坐在那儿的孟月泠肩膀上。

第四章　长雾中望月

他自然是抵触的，正攥住她的手腕向下拽。秦眠香知道他不乐意被人碰，便故意上手揽他。孟月泠对她已经算很是宽纵，只跟她做斗争，且她的主旨不过就是为了逗他，他要是真被她惹生气了，那她才最高兴，唯恐天下不乱。

门响之后，秦眠香说："进来。"

管事推开了门："有人找孟老板。"

秦眠香又问："谁呀？"

管事说："是一位小姐，自称姓石。"

"石小姐？不认识。"秦眠香又问别人，"你们认识吗？"

孟丹灵、田文寿、黄师傅都摇头，就连春喜也跟着摇头。秦眠香刚打算说"不认识的人别瞎往后台带"，孟月泠就站起来走出去了。

佩芷在外面站着，听到了这几句对话，也看到秦眠香揽着孟月泠，此时心里正后悔来找他，巴不得他也说不认识什么石小姐。

可他竟出来了，她又开始纳罕他何时知道她石川的笔名，总不至于一位完全没听过的石小姐就让他亲自来见。

佩芷按下了心里的好奇，抬起头同他对视，他看起来总是波澜不惊的，不知心底里是否也像表面上一样淡定。

竟然是他先开口了："你怎么来上海了？"

她想这是什么问题，便有些赌气地回他："我凭什么不能来上海？"

孟月泠微蹙眉头，凭空受了她的一股火，解释道："我并非这个意思。"

佩芷"哦"了一声，老实地说："我误解了。"

她的视线从他身上挪走看向了门口，孟月泠也看了过去，才发现秦眠香正扒着门探出了个脑袋。

秦眠香问道："师兄，这是哪位石小姐呢？"

春喜也凑了过来，看到佩芷的瞬间眼睛里闪过惊讶、疑惑，还有和秦眠香一样的好奇。他小声地告诉秦眠香："这不是石小姐，是天津姜家的姜四小姐。"

俗话说"北平学艺、天津走红、上海赚钱"，梨园行要想成角儿是必过天津这道关的，全因天津戏迷最不好糊弄。可秦眠香当年却在天津唱砸了一次，即便如今她的名声和本事都已经不可同日而语了，可她还是不愿再去天津，也好些年没去过了。

　　所以"北月南香关东裳"这个名头许多天津卫的戏迷是不服的，直说她秦眠香都不敢来天津，怎配得上跟孟月泠齐名，便是余秀裳有了新戏还会来两趟呢。

　　秦眠香还偏偏就不去，在上海唱得风生水起，赚得盆满钵满，倒像是跟天津铆上了，如今可以说是全国人都认同她的地位，但这全国后边还得加个括号——天津除外。

　　她虽然不常去天津，可当年到天津拜客自然是要拜姜肇鸿的，姜肇鸿的名字在天津地面上无人不知。不知道是年头太久记不住了，还是故意的，秦眠香说道："哦？天津姜家？没听说过。"

　　佩芷就站在一边，处境有些尴尬，正想着要不要走。

　　孟月泠把秦眠香推进扮戏房去，顺便带上了门，随后看向佩芷："你在上海停留多久？"

　　佩芷心里有些气恼他，表面上看不出什么，快速答道："停不久了，我一会儿就走了，连夜赶火车去南京。"

　　他显然信了，略微沉吟后跟她说："你等下。"

　　孟月泠又进了屋子，很快便出来了，手里还拎了一件单薄的风衣，挂在臂弯上。

　　两个人谁也不说话，佩芷慢他半步，跟着他出了四雅戏院正门。走出门口的那一瞬间他停下来等了她一下，佩芷便也停了下来。

　　一股入夜冷风迎面吹过来，她只穿了一件单薄的旗袍，强忍着也还是细微地抖了抖。他像是早有预料，默默地递过去了臂弯里的那件外套。

　　佩芷没有立刻去接，正因为知道他不喜欢与人接触，想着这件风衣要是被她给穿了，他岂不是就不要了。

　　孟月泠告诉她："也许是要下雨了，这两天夜里都很冷。"

　　佩芷才不管上海下不下雨，她又想到，他是不喜欢与人接触，可刚刚秦眠香跟他那么亲密，也没见他少块肉。佩芷便一把拽过了风衣披在

第四章　长雾中望月

身上，先他一步下了台阶，高跟鞋踩在水门汀地面上，发出尖脆的响声。

孟月泠看了一眼她的背影，跟了上去，只当她心情不好。

他又主动问道："你住哪里？"

佩芷冷淡地答："礼查饭店。"

他便带她沿着苏州河边走，看似漫无目的，实际上就是送她回饭店的路线。

两个人谁也不说话，上海滩的夜晚很长，比天津和北平的都长。

在天津时佩芷看完戏出来，街上的店铺都关门了，整条街昏暗暗的。可此时在上海，周围还是有许多行人和卖东西的小贩，路过的建筑上都挂着大大小小的霓虹灯牌，照得整条街亮堂堂的。

这时路过了一个卖烟的小贩，年纪看起来比春喜还小，个子不高，脖子上挂着摊开的箱子。

孟月泠一挥手，小烟贩立马就机灵地跑了回来。佩芷见他还有闲心买烟，脸色愈加阴沉了几分，站在旁边等他。

他手里攥着烟盒，边走边拆了开来，佩芷正要张口说"不许在我面前抽烟"，他就给她了个东西，佩芷险些以为他要请她也抽一支。佩芷接过去一看才发现，那是一张精致小巧的烟花卡，上面绘着好莱坞电影风格的男女，正在浪漫共舞。

佩芷立马就笑了，转头问他："这是什么啊？"

他把手里白色的烟盒给她看了一眼："烟盒里赠的。"

白金龙香烟曾出过爱情主题的烟花卡，随烟附赠在盒中，据说共有十二款图案。

佩芷收敛了笑容："你自己买烟，就顺便拿送的东西糊弄我？"

孟月泠低声地说："不是。"

他从不抽白金龙，而且他自己的香烟和火柴就在她身上风衣的口袋里。

佩芷双手攥着那枚烟花卡，不得不承认心里别扭着的那股劲儿缓解了许多，虽然佩芷还是不大喜欢秦眠香，也不懂他为何会与她那么亲密。

佩芷问他："你刚刚是有事吗？"

孟月泠否定："没有。"

佩芷不想再骗他了，便如实说道："不骗你了，我今晚不走。我二哥要到南京公干，但我们提前出来了几日，后天上午走也来得及。"

孟月泠停下了脚步，转身看向她。佩芷觉得心虚，略微低着头不敢跟他对视。

他的声音还是冷冷的，但似乎染上了些无奈："我确实有一桩事。"

佩芷呆呆地问："什么事？"

孟月泠又问她："你吃晚饭没有？"

佩芷摇了摇头："但我吃不下。"

她连夜坐火车，虽然说是头等车厢，但还是莫名地没什么食欲。姜仲昀倒好，到了酒店倒头就睡，他嫌火车上的床不舒坦。

孟月泠似乎是在跟她商量："我师妹在明月饭店请他们吃饭，你大抵不愿意跟他们一起，我请你单独坐一桌。你看看有没有什么想吃的，这家饭店菜做得不错。我需要去见一个人，打声招呼，你若是不想吃，等我下来我们就走。明月饭店离这儿不远，不会耽搁太多时间。"

他头一回一口气跟她说了这么多话，佩芷原本就是好说话的，更别说对方还耐心地跟她商量。她又有些后悔刚刚不应该诓他，他显然是有事的，那个需要打招呼的人他或许开罪不起。

佩芷点点头："走罢。"

孟月泠"嗯"了一声。

到了明月饭店，他先把佩芷安排在二楼的一间包厢里，随后独自上了楼。

佩芷坐在包厢内翻菜单，多是清淡的本帮菜，偶有几道糖醋或红烧的。她一向嗜甜，提起了些食欲，但还是没什么胃口，吃也吃不了几口，太浪费了。

刚把菜单合上没半分钟，佩芷又想到他原本应该在楼上跟秦眠香他们一起吃这顿饭，因为她骗他要走，他连饭都没吃。这么想着佩芷便叫来侍应生，还是点了几道清淡的汤菜，特地避开了咸甜口。

这是间四人包厢，大小刚好，装潢典雅。

第四章　长雾中望月

佩芷站在窗前看楼下陌生喧闹的街景，远处是夜色下风平浪静的黄浦江，她等着孟月泠回来，竟莫名地有些"此心安处是吾乡"的意味。

孟月泠说话算话，不出一刻钟就下来了，恰好遇到来送冷菜的侍应生。他让了对方一步，紧跟着进了包厢。

风衣被佩芷挂在了衣架上，她只穿着旗袍，坐在那儿显然是在等他。

孟月泠坐在了她的对面，侍应生出去后带上了门，便只剩下了他们俩。

佩芷一下子就闻到了，他喝了酒，不确定是否还有一股若有若无的烟味，看来这一刻钟内他并不清闲。

她直白地问道："你去见谁了？"

孟月泠喝了一口清水，答道："韩寿亭。"

佩芷又问："大人物？"

孟月泠说："和耿六爷差不多，巴结他的人都要叫声韩爷。"

佩芷故意问他："你也叫他韩爷吗？"

孟月泠轻笑："我叫他韩先生。上海和北平、天津不同，这里流行叫先生。"

佩芷煞有介事道："那便是跟我爸爸也差不多。"

在天津，谁见了姜肇鸿都要礼貌地叫声"姜先生"。

孟月泠竟是认真地听了她的话的，随后说："差不多，但又不同，他是流氓大亨。"

佩芷这下便明白了，好奇道："他也在楼上跟你的师妹他们一起吃饭吗？"

孟月泠摇头："他只是恰巧在这儿有酒局。"

点的菜陆续都上齐了，两个人动起筷子，可佩芷总有些担心，愣愣地不知在想些什么。

孟月泠注意到了，本来想问她怎么了，话到嘴边却又咽了下去。他不习惯主动开口关心别人，更何况他今日跟她说过的话已经够多了。

直到佩芷忍不住了，主动说道："那么大的人物，你不去跟他吃饭，反而在楼下陪我，他不会生气吗？"

她显然是在替他考虑，他刚盛的一碗汤正端在手里，似乎是礼尚往来一般，主动递给她了，人情算得倒叫个清清楚楚。

他从没跟另外一个人交代过这么清楚，只是自从他回来进了这包厢，她问问题的嘴就没停过，他便顺着答了下来，实际上他并不想告诉她这些。

那时尚且不知，她这是在一块砖一块砖地击碎他那面无形的墙。

他的沉默在她眼里像是为难，佩芷双手捧着汤碗，小口喝了两下，认真地建议他："你还是上去罢。"

孟月泠见她会错了意，摇头道："不会生气。"

佩芷不信："真的吗？"

他仿佛在心中叹了口气，放弃了掩饰："你也闻到了，我喝了酒，他还让我抽了支烟，所以不会生气了。"

她脸上还是写着一些忧虑，孟月泠又加了一句："最多我们出门时避开他们就好了。"

佩芷在心里做了一番斗争，随后重重地点了下头："没事，我们不怕他。他若是明日去找你算账，你就跟我一起回天津，我让老耿帮我护着你。"

孟月泠看着她一本正经的样子，像是韩寿亭明日就会来找他翻旧账，他孟月泠不得不逃到天津求耿六爷庇佑一样。

佩芷不明白这其中的人情，如今上海滩尽人皆知，名伶秦眠香是韩寿亭的女人。虽然外界的说法不好听，可秦眠香声称，她跟韩寿亭的关系是平等的，便是近些年流行的男朋友、女朋友的说法。

孟月泠昨日到了上海，已经去韩公馆拜过客了，今天去跟韩寿亭打招呼问好，是以秦眠香师兄的身份，算是秦眠香的娘家人，他不想让韩寿亭看轻了秦眠香。

这些事情说来话长，他不愿意讲给她听。

"好，多谢姜四小姐。"他客套又敷衍地答应。

佩芷点点头，仿佛这不过是一件小事情，接着便把碗里的汤很是豪迈地喝光了。汤碗放下的那一瞬，她看到坐在对面的孟月泠正在低着

第四章　长雾中望月

头笑。

她像是发现了什么秘密一样，笑着歪头看他。孟月泠收回了笑容抬起头，恰好跟她对视，不明白她笑里的含义是什么。

佩芷说："你刚刚笑了。"

孟月泠说："人都会笑。"

佩芷说："可你不爱笑呢。"

他显然不愿意跟她继续讨论笑这个话题，便无声地吃菜，表现出一副不再继续沟通的样子。

佩芷的嘴巴闲不住，连吃东西也堵不住她的嘴，追问道："孟老板，你别又不理我，这屋子里没别人了，就我们两个。"

她还记得那次在协盛园看田文寿的《乌盆记》，傅棠给他留了个中间的位子，可他像是怕她会吃了自己一样，非要坐在边上。

她想着想着就笑了："你如今倒敢跟我单独坐在一间屋子里，不怕我吃了你了？"

孟月泠心想他何曾怕过她，他只是纯粹地嫌弃她。

佩芷又问回了笑这个问题："你是自小便不爱笑吗？"

孟月泠"嗯"了一声，算作应答。

佩芷又说："那你怎么能学戏呢？我知道是因为你大哥倒仓后嗓子不行了，你们孟家是梨园大家，自然想着传下去，可你明明不适合学戏……"

孟月泠看向她，答案昭然若揭，他没的选。

佩芷解释道："我只是觉得你父亲不应该强逼你。有人天生爱笑，便有人天生不爱笑。我看过《梨园原》，不善于做表情的叫'整脸子'，不能吃戏饭的。"

这也是她对他的第一印象。

孟月泠说："他没办法。"

他说这番话并非理解孟桂侬，更别说原谅了，只是他长大成人之后心智开阔了，便知道了孟桂侬一系列行为的原因，仅此而已。

佩芷问他："那你在台上怎么笑出来的呢？"

135

把一个不爱笑的人放到台上让他笑，实在是为难人，佩芷不信他能转变得那么快；可如今他在台上的一颦一笑都是灵动的，佩芷至今记得他掩嘴笑的模样，美得刻在了她的脑海里。

孟月泠冷声告诉她没什么意外的答案："打出来的。"

佩芷立马噤声了，自觉失言。

她以为他说的打是被师父俞芳君打出来的，实则不是。

俞芳君打过所有的徒弟，唯独没怎么打过孟月泠，起先是没敢打，毕竟是孟桂侬最后的念想，打坏了就彻底完了；后来则是不用打了，他开窍了，学东西永远是最快的、最好的，就没有挨打的理由。

这窍还是他亲爹孟桂侬给开的。

俞芳君曾把他领回去过一次，跟孟桂侬说："这孩子我教不了，瞧见馎饨都不乐，你让他上台冰着个脸给座儿们看啊？"

俞芳君走后，孟桂侬拿出了之前教孟丹灵时用来数拍子的戒方，坐在那儿让他站好，站好了笑给孟桂侬看。

他不笑，孟桂侬立马用戒方抽了他一耳刮子，他的一侧脸颊立马泛起了红，火辣辣地疼。

他一直不笑，孟桂侬便左右开弓，把他两边脸蛋都打得通红。他起先忍着疼，后来忍不住了，便一边哭一边受着，就更笑不出来了。

柳书丹在外面还没回来，孟丹灵跪在孟桂侬脚边求情，求情也没用，孟桂侬把他们俩一起抽。

后来孟丹灵也被打得胳膊上都是红印子，他的脸已经疼得没知觉了，仿佛下一秒就要疼死了。

可他不想死，他还有娘，他便开始笑了。

没想到孟桂侬又一记更狠地打在他的脸上，他当时彻底崩溃了，攥着大哥的手朝孟桂侬嚷道："我笑了……爹，我笑了……"

孟桂侬厉声道："你那叫笑？笑得比哭还难看，座儿们都得被你给吓跑！"

孟桂侬的要求不仅是让他笑，还要笑得好看。

那天他疼晕了过去，恍惚中听见柳书丹哭着跟孟桂侬争吵的声音，

第四章　长雾中望月

他则在恍惚中似乎回到了上次娘给他买糖葫芦的光景。

柳书丹见他舔着舔着糖葫芦就笑了，蹲下跟他说："我们小逢只是不爱笑，但笑起来可是好看呢。"

他问柳书丹："娘还会给我买糖葫芦吗？"

孟桂侬一辈子没吃过甜的，学戏原本就命苦，倒是苦到了底。孟丹灵也跟着不吃，家里就没见过甜的东西。

柳书丹答应他："当然会，小逢好好读书，想吃什么都可以。"

他似乎没再笑了，但他知道，自己是开心的，很开心。他甚至说："我会好好读书，将来给爹写戏纲，编好多好多新戏本子……"

那顿饭的最后吃得有些沉默。

佩芷频频地偷瞟对面的孟月泠，他像是没看到一样，似乎在走神，寻不到回来的路了。

二人出了包厢走下楼梯，刚到楼下大堂就瞧见门口站着一群人正在寒暄道别。佩芷一眼就看到打扮得时髦吸睛的秦眠香，还有那些一看就是商贾政客的人，正围着一个中年男人。

她立刻抓住孟月泠的手腕，跟他一起躲在了柱子后面。

孟月泠满是不解："怎么了？"

她攥着他的手还没松开，扒着柱子看向门口，小声地说道："嘘，他们在门口。"

孟月泠自然也看到了，他只是觉得没必要躲，但又懒得说什么，便看她如何动作："那怎么办？"

她向四周望了望，扭头认真地跟他说："我们从后门出去，你跟紧我，一定要快。"

孟月泠略微蹙起眉头："其实……"

没等他把话说完，她已经找准了时机，拽着他就奔着后门跑过去。他们一直跑，直到跑到路边才停下。

她用一只手提着手袋和他的风衣，另一只手抚着胸前喘粗气："这些饭店的后门我最熟了，小时候我跟我二哥还有我表姐他们偷跑出去玩，每次碰上我爸爸或者我舅舅，我们都是从后门出去的，防止碰到他们。"

孟月泠看起来平静得多，但还是把刚刚那句话说完了："其实没必要跑。"

佩芷说："有必要，省了不少麻烦呢，让那个韩先生看到你，总归还是不大好。"

孟月泠想到她刚刚还说要护着他，现在见了韩寿亭就开始跑了，便说道："你不是说不怕他。"

这么一说，佩芷也觉得有些狼狈，忙解释道："强龙难压地头蛇嘛，到了天津地面上，我肯定不怕他……"

她的手臂向下耷拉，男人的风衣本来就长，衣尾蹭在了地上。孟月泠赶紧接过了风衣，拎开来抖了两下。

佩芷会错了意，以为他要帮自己披上，便默默地转了身子凑了过去。他是愣了两秒的，帮她披衣服的举动太过亲昵，他自然不做。佩芷见衣服还没落在自己身上，便疑惑地扭头看他——

那大抵是目前为止二人离得最近的一刹那。

也仅仅是一刹那，孟月泠立刻把风衣按在了她的身上，然后挪开了目光，先走一步。

佩芷尚且没觉得什么，小跑着跟上了他。他们漫步在外滩马路，佩芷不再觉得冷了，反而认为晚风混杂着江风很是和煦，空气中泛着一股潮湿的柔意。

佩芷语气轻快地说："你刚刚为什么不让我结账呀？这没什么的，和朋友在外面吃饭，都是我来结的。"尤其是和周绿萼那些伶人，像是无形中默认由出身好的佩芷请客。

孟月泠说："你千里迢迢地来捧我的场，理应当请你吃饭。"

佩芷说："这算什么捧你的场，我坐的是池座儿，不值几个钱。"

这还是她从票贩子手里买来的，楼下的座位卖出了包厢的价，也就她肯花这个冤枉钱。丹桂社在外面演出，前三日的票都不好买，她在天津的时候也是赵巧容托人提前拿到的包厢票。

孟月泠自然知道这些，说道："你明日还来看的话，我帮你安排个

第四章 长雾中望月

包厢。"

佩芷显然乐意:"可以吗？我本来打算明天也找票贩子买呢，反正我舍得出钱，就算买不到厢座儿票，池座儿票总是不缺罢。"

孟月泠答她:"可以。"

他们走上外白渡桥，月色下满目波光粼粼。佩芷显然心情不错，又是扒在桥边向下望，又是边走边转个圈。孟月泠不理会她，只安静地走脚下的路。

她只是觉得此刻很是安逸，虽然他沉默寡言，但和他走在一起总是很舒服。

佩芷像是忽然想起了什么，凑近问他:"我刚刚跟戏院管事自称石小姐，可你怎么知道是我的？不会是你真的认识什么石小姐罢！"

他自然不认识什么石小姐，可他确实知道石川是她的笔名。

当初傅棠给他看《津门戏报》上的那篇戏评，对于整出戏指出的一些问题倒是都和他不谋而合。那时他只觉得此人颇有学识见地，难免有些高山流水遇知音的感觉，但傅棠也没告诉他那就是姜佩芷。

后来佩芷帮他改戏词，说了那些话，才让他将她和报纸上的石川联系起来，但也并不足够确定。

今日听到来人自称"石小姐"的瞬间，他隐约有些预料，没承想真的会是她。

他默默地离她远些，不答反问:"你怎么来上海了？"

姜仲昀到南京公干，她何至于跟着来。

佩芷说:"自然是想你了呀。"

孟月泠慢了半步，她则快了半步，扭头看向他，快速地接道:"想看你的戏。"

他却在心中松了一口气。

到了礼查饭店门口，佩芷问他:"那明天白天我还能见到你吗？"

全国追着他看他的戏的人不是没有，孟月泠却总觉得她不太一样，难以拒绝她，但他确实不想和她有太多纠缠。

他说:"明天再说。"

她这一路脸上都是愉悦的，这愉悦却在最后分别的时候有些崩塌，孟月泠看出来了。

可她还是对着他笑了笑，把身上披着的衣服还给他："再见，孟老板。"

孟月泠接过来，回道："再见，姜小姐。"

他看着她走进饭店，身影很快就消失了。孟月泠打算离开了。

姜仲昀从不远处停着的一辆车旁走了出来，手里拎着一件女士的外套，显然是要出来找佩芷的。

他把孟月泠叫住："孟老板，方便聊两句？"

佩芷这趟跟着姜仲昀出门是先斩后奏，姜仲昀早已经做好了回去受责骂的准备，而她非跑不可的原因是姜肇鸿想让她和佟璟元先订婚。

这些年流行西洋做派，婚礼都不时兴大红了，而是穿洋服婚纱。报纸上亦经常看到大户人家刊登的订婚布告，大多在订婚半年到一年之间，再登的就是结婚布告了。

前些天佟璟元频繁地来姜家找她扑空，然后突然就消停了起来，佩芷便知道他憋不出什么好屁，接着姜肇鸿告诉她，佟家提议订婚。

其实她本来先去找了傅棠，想着叫傅棠一起去上海转转，顺便捧孟月泠的场。傅棠却对此毫无兴趣，直道他孟月泠不缺座儿。佩芷便打算跟着姜仲昀到南京，坐津浦车在终点站浦口下车。

火车快到上海的时候，列车员挨个车厢通知，她听到后临时决定从上海下，想着还赶得上去看孟月泠的上海首演。姜仲昀自然不放心她一个人，便也跟着下了车，直到了饭店还在说她胡闹。

她虽然算不上是全然奔着他来的，可结果倒也两全其美。

次日姜仲昀受上海的朋友邀约坐船出海，他倒是到哪儿都不耽搁享受，原本打算带佩芷一起去结识些朋友。青天白日他的朋友们都还是很正经的，不过是些年纪差不多的世家公子小姐聚在一起谈谈天。

佩芷昨夜有些认床，直到凌晨才睡着，又听说是姜仲昀的朋友，自然是不乐意去的，姜仲昀走了之后她便继续睡了。

第四章　长雾中望月

再度叫醒她的是饭店前台的电话，佩芷迷迷糊糊地接听，只听到对面告知："姜小姐，有一位秦眠香秦小姐在楼下等您。"

佩芷顿时就不困了。

她以为理应当出现的是孟月冷，虽然他没答应她，这种想法有些痴人说梦，可万万没预料到竟会是秦眠香。

即便秦眠香已经等在楼下，佩芷还是让人多等了会儿，精挑细选了一件颜色鲜亮、工艺繁杂的旗袍——她昨日穿的那身太素了。

刚下了电梯，佩芷就觉得今日比昨日冷了些，暗自庆幸外面还穿了一件外套。

秦眠香是极爱赶时髦的，她比佩芷矮了那么点儿，但脚下的细高跟鞋比佩芷的高，站起来倒是跟佩芷差不多。佩芷正觉得今日冷，她却穿了一件飞袖的阴丹士林旗袍，两条胳膊白花花地露在外面，佩芷心想她皮肤倒是白净。

秦眠香的眼尾向上挑，再加上明显的唇珠，唇形丰润，平添了一股媚意。她笑着对佩芷说："我奉师兄之命，今日陪姜小姐逛逛上海滩。"

佩芷没笑出来，语气平淡地问她："他呢？"

秦眠香说："师兄刚到上海，今晚还要继续演新戏，自然忙着。"

佩芷的心里泛起了一股酸意，想着他们是师兄妹自然是亲近的，她怎么样都算是个外人。

既来之则安之，她在上海没什么朋友，姜仲昀也有自己的乐子，秦眠香是现成的向导，她不用白不用。

两个人就在礼查饭店吃的午饭，用的是西餐。餐厅里有不少外国人来来往往的，比佩芷在天津见到的要多上许多。

实话说，佩芷是不大喜欢秦眠香的，并非因为看到他们师兄妹亲近，只是她一向不喜欢长袖善舞的人，这样的人太过精明，难免让人觉得目的性强。

秦眠香突然凑近了餐桌前低声问了佩芷一句话，没了一向招展的姿态，语气好奇又小心地试探。

"姜小姐，你会不会讲洋文？"

佩芷愣住了，可那一瞬间却觉得对秦眠香所有的偏见都荡然无存了——她也不过是跟自己年纪差不多的女孩，又因为学戏而没读过什么书。

"会些英语。"

佩芷不知道秦眠香说的洋文具体是哪种语言，但大概率是英文。她读的中西女中入学考试便是要考英文的，她自然会，不算多高的水平，日常交流总没问题。

秦眠香看她的眼神挂上了一抹崇拜："我最佩服会讲洋文的人了。我也找了家庭教师教我说，可太难了，学新戏都变得简单了。"

佩芷朝她笑了笑，发自内心地说："也有可能是老师的问题，你别全怪自己。"

秦眠香笑得很是爽朗："你这话我爱听，未必是学生的毛病呢，回头我再换个老师试试。"

吃完饭后佩芷在饭店前台那儿给姜仲昀留了话，随后和秦眠香一起出了礼查饭店，坐上了秦眠香的汽车。

秦眠香问她："你想去些什么地方呢？大世界，还是百货公司？西餐厅就算了，我瞧你住的这间饭店做得就不错。"

佩芷是爱热闹的，大世界里还有杂技表演，可她却没什么心情，又想着晚上还要看孟月泠的戏，久坐该烦了，也不想去。

她想了想，答道："据说上海人是最时髦的，那就去逛逛罢，我添置些新衣服带回去。"

秦眠香显然跟她一拍即合："裁衣服的事儿，我在行。"

两个人先是去了永安百货，里面各种洋货都有，佩芷看上了好几个搪瓷和玻璃的摆件，可惜太大了，不方便带回天津，只能作罢。

秦眠香手里捧着一本永安公司出的《永安月刊》。冬天还没过去多久，她随便指了下便定了两件皮大衣，一件女士款，一件男士款。

她劝佩芷："那你就多挑两件旗袍，塞在箱子里好带回去。你瞧瞧那件月白色提花的，适合你，我记得你昨穿的就是白色的。你穿素净些的漂亮，我身上这件阴丹士林其实就不适合我，只不过现在上海正流行着。我喜欢你身上的这件。"

第四章　长雾中望月

她俨然已经跟佩芷十分熟络，说话也不藏着掖着了，佩芷便也如实说道："我倒觉得你这身蓝色的漂亮，你竟也相中我身上的了。"

秦眠香撂下了《永安月刊》，她一向雷厉风行："你既喜欢，裁一身便是，不过不在这儿，我带你去个更好的地方。"

女孩之间建立友情便就在这须臾之间，佩芷说："那等会儿你也量个尺寸，我记下来。我这件的料子是我三哥从国外带回来的，其实不大适合我，但胜在稀罕，当时我二嫂跟我要我都没给。回头我找常给我裁衣服的师傅给你做上一件。你喜欢飞袖的款式？"

两人一路上聊着衣服料子，从北平瑞蚨祥五字号聊到天津八大祥，佩芷打心底里觉得秦眠香是个有着极高审美的人，尤其是她们还都欣赏孟月泠。

"回头你若是去天津了一定要到我家找我。我还有个表姐，她也是极懂这些的。上回她拿了个缎面的皮钱夹，工艺很是讲究，可她舍不得给我。"

"那你知不知道你表姐的尺寸？我若是去，也不能空着手去呀，给她也带两件上海时兴的旗袍……"

"不必带她的，让她眼红我去，她平日里得了稀罕东西最爱在我面前显摆……"

两个人你一言我一语的，前面开车的司机都被吵得头疼了，幸亏马上就到秦记了。

秦眠香给她介绍道："这个秦记可不是我的秦，只是恰巧同姓而已。上海的富太太们都要来这儿裁旗袍，要等拿到手可是有的等呢。"

佩芷为难道："可我明日上午便要去南京了，回来应该不会到上海了。"

秦眠香说："不打紧，我师兄总要回北平的，坐津浦车必定在天津下车，到时让他跑一趟便是。"

佩芷觉得有道理，但一想到孟月泠那个冷淡脾气，她就又不确定了，说道："可他未必愿意帮你跑这个腿。"

秦记的师傅开始帮佩芷量尺寸，佩芷站在那儿不动。秦眠香到处看看布料，随口说道："他保准愿意。"

佩芷正要问她如何保准，秦眠香又说："昨儿晚上在明月饭店，我看到你们俩跑过去了。"

佩芷一愣，解释道："我怕韩先生看到不高兴。"

"他不高兴个什么劲儿呀？"秦眠香轻轻地笑了，转而又说到孟月泠，"他都能那么掉价儿地跟你从后门跑出去，回天津特地送一件旗袍算什么。"

那时佩芷还没意识到，一向冷漠持重的孟月泠是不屑于那样仓皇地从后门跑出去的，他也完全可以轻易地挣脱开她，可他没有。

听秦眠香说话的语气，加之昨天她站在韩寿亭身边的那一群人中，佩芷只当她认识韩寿亭，最多算是熟络，便是像孟月泠和耿六爷的关系。

趁佩芷短暂走神之际，秦眠香嘟囔了两句："不知道他今儿个又犯什么轴，上午明明没事儿，下午去排一遍戏码就够了，偏偏把我给薅了起来。我一向是睡到中午才舒坦的，幸亏今晚不用上台……"

孟月泠本来帮佩芷留了个包厢，眼下也用不上了，秦眠香邀佩芷到她的包厢去，佩芷自然乐意。她们坐的是南楼第二间包厢，亦是佩芷从未坐过的位置。

包厢门口站着两个穿挎绸短打的男人，佩芷只当是秦眠香一向的阵仗。两个人掀开了帘子，秦眠香推着佩芷先进了包厢，佩芷发现里面早已经有人落座等待——是韩寿亭。

秦眠香扑过去抱了下韩寿亭，还轻吻了韩寿亭的脸颊，倒像是洋人流行的贴面礼。

佩芷迟钝地意识到了什么，秦眠香则拉着她过去，给韩寿亭介绍道："寿亭，这是姜晴姜小姐。天津的姜家，你知道罢？"

韩寿亭同她礼貌地颔首，给足了秦眠香面子，主动说道："姜小姐，令尊是姜肇鸿姜先生罢。去年他来上海，有幸见过几面。"

佩芷朝他礼貌地一笑，点头道："韩先生，您好。"

韩寿亭示意她落座："你不必拘束，当我不在就好。我其实也不懂戏，是眠香非逼着我来看，我便来看看她夸上天的师兄。"

第四章　长雾中望月

秦眠香抿嘴笑了起来，脸上荡漾着的幸福骗不得人，拉着佩芷一起坐下，等着大轴戏开锣。

佩芷完全没想到他们两个会是一对儿。

韩寿亭的岁数是秦眠香的两倍还多，再年长个十岁都能当秦眠香的祖父了。

虽然他保养得还不错，算得上一位清癯体面的中年男人，讲话也是斯文的，不像那些没文化的流氓头子，可头上到底还是泛着拔不光的银丝，和秦眠香站在一起倒像是一对父女，佩芷闭着眼睛都想得到外面是怎么说秦眠香的。

后半场的《孽海记》用上了佩芷写的那段流水，秦眠香还夸她写得好，佩芷坦然地说全靠傅棠帮忙润色。

散戏后佩芷自然想去后台找孟月泠，想问问他这一整天为什么不出现，毕竟她明日是真的要走。

秦眠香让韩寿亭先回去，她陪着佩芷一起去了后台。两个人还没到孟月泠的扮戏房，离老远就看到房间门口挤了成群的人。

她俩好不容易挤到了门边才发现，原来今晚他安排了采访，上海当地多家知名报社的记者都来了，把扮戏房挤得里三层外三层的。孟月泠自然是装都没来得及卸，就被围在中间回答问题。

佩芷原本想等一会儿，春喜就过来告诉她们俩："小姑奶奶，姜小姐，你们先回去罢，二爷这一时半会儿结束不了。这回请了太多家报社了，外面还排着队呢。"

她们便只能先走了。

出了四雅戏院，秦眠香让佩芷坐她的车，顺便送佩芷一程。佩芷刚要开口拒绝，原本打算在门口等孟月泠结束出来，想着他总不能不回住处吧。

没想到姜仲昀在门口等着，不知道等了多久，手里还拿着一把雨伞。看到佩芷后他走了过去，要带她回饭店。

佩芷感觉到今晚姜仲昀的表情有些严肃，便识相地答应跟他回去。

和秦眠香分开前，佩芷让秦眠香帮忙告诉孟月泠，她明日十点钟的火车，九点半从礼查饭店出发前往火车站，希望能见他一面。秦眠香答应了下来，佩芷便跟姜仲昀先走了。

回到饭店，姜仲昀进了佩芷的房间，跟她说道："刚刚那个是韩寿亭的女人秦眠香罢？我跟你说了多少次了，你少跟这些戏子一块儿玩。你在天津的时候便是这样，到了上海还是一样。"

佩芷白了他一眼："你管我跟谁玩，你不是也爱跟那些男不男女不女的戏子胡混在一起？那些人的戏还没秦眠香的好呢。"

姜仲昀说："你跟我能一样？我拿他们当个玩意儿，图一乐呵。"

佩芷一边整理今天买的衣服，一边跟姜仲昀争吵："你不把戏子当人看，倒是还挺得意的；至少我拿他们当人看，你应该觉得羞耻。"

姜仲昀被她气得直笑："我羞耻什么？姜小四，你说说，我羞耻什么？"

"你自己想去，别在这儿烦我。"

"我不烦你，我就告诉你一声，爹发电报过来了。"

"他说什么了，松没松口？"

"没松，叫你回去跟佟璟元成婚。"

佩芷不疑有他，说道："行，那我也不用跟你去南京了，我就在上海待下去了。"

姜仲昀骂她"驴脾气"，蛮横地说道："行，你出息可大了！我逗你的，他让你回去，亲事以后再说。况且奶奶还活着呢，你在外边跟着我漂泊，她在家里心疼得偷偷抹眼泪呢。"

佩芷也心疼奶奶，但她没办法，只能这么曲线抗争。

姜仲昀又笑道："但我这趟公干的差旅费用倒是可以提一提了，等到了南京，二哥带你潇洒潇洒，可不能苦了我四妹妹。"

"刚刚不是还叫'姜小四'？"佩芷把他推出门外，"赶紧出去，我烦死你了。"

"四妹妹，明儿二哥准时叫你起来啊，不用怕睡过头，有二哥在。"

佩芷啪地关上了门。

那晚上海下了一整夜的雨。

佩芷本来就认床，睡不安生，窗外雨水唰唰落下的声音吵得她愈加

第四章　长雾中望月

心烦意乱，不知何时才进入的梦乡。

第二天一早姜仲昀强行把她从被窝里拽出来的时候，她觉得整个脑袋都在嗡嗡作响。姜仲昀把窗帘拉开了，窗外泛着一股潮意，细听还在下着小雨。

饭店的行李员用推车把她和姜仲昀的箱子运了下去，放到车上。

佩芷走出电梯后看了一眼大堂挂着的钟，刚好快要到九点半了。她又扫视了一圈，没看到孟月泠，甚至觉得有些意料之中的平静。

姜仲昀叫她："四妹，该走了。"

分针已经偏离了正中的位置，表示九点半已经过了。佩芷走出大门，姜仲昀亲自帮她打伞，护着她上了车。

路上车开得有些慢，雨眼看着就要停了，整个上海滩却泛起了浓雾，有愈集愈重之势。

姜仲昀看佩芷有些沉默，佩芷只说是没睡好有些头疼，他便没再问了。

等到兄妹俩坐到了车厢里，十点钟已经过了，列车员通知他们：火车因故延误片刻。

佩芷在心里确定这一程不会再见到孟月泠了，若是换个寻常的天气，她或许还会抱有一丝希望——他在赶来的路上。

可这般大雾弥漫，他就算想来也没法儿来了。

车子迟迟不开，佩芷跟姜仲昀说了声，下车到站台去等。姜仲昀给她独处的空间，就没跟着下去。

他隔着窗户看到佩芷叫了卖烟的烟童，急得站了起来，可再一看，她跟那烟童一起蹲了下去，像是两个小孩子凑在一起。

而她只是拆了好些个白色烟盒，没有要拿火柴点烟的意思，姜仲昀便放心地坐下了。

佩芷拆的是白金龙。她把这个小烟贩卖的所有白金龙香烟都买下了，可惜总共也才六盒，里面的烟花卡还重复了两个。

佩芷把重复的烟花卡送给了那个烟贩，小男孩年纪不大，笑着说"谢谢姐姐"。至于拆开的香烟,她原本想让他随便送给周围的人,又想到拆开的烟也能卖,便让他随意处理了。

男孩看佩芷出手阔绰,便问她还要不要白金龙,他可以快点跑回去拿。佩芷看着指不定何时就会散去的雾,便不使唤他跑这一趟了,免得白跑。

没想到空中的雨又大了起来,颇有冲散雾气的趋势,可雾气亦有可能继续集结,雨和雾倒像是在无声地争斗着,幸好不会让人觉得吵闹。

佩芷站在站台边上,等雨停,等雾散,自己也说不清是否还在等那个明知道不会来的人。

孟月泠出现在站台的时候,最先看到他的是车窗边的姜仲昀。那一瞬间姜仲昀开始后悔了,那晚同孟月泠讲的话还是轻了。

他今日穿了一身素白色的长衫,仿佛要与朦胧雾雨融为一体,走过来站到了她身边——佩芷等累了,蹲了下去。

她仰头看向他,从他那张冷淡的面庞中看不到一丝一毫的狼狈,可见他并不是急着赶来的,如今碰上,只是因为天公不作美,火车延误而已。

佩芷不讲话,孟月泠便也不讲话,两相僵持,自然是她先败下阵来。

佩芷问他:"你来干什么?"

孟月泠说:"送你。"

佩芷赌气道:"不用你送。"

他便说:"那我走了。"

若是换作别人,佩芷还会觉得对方是在故意拿乔,心里想的是等她挽留。可孟月泠并非如此,她知道,她若是放他多走一步,他就会头也不回地离开。

佩芷拽住了他的衣袖:"你便是这一会儿都等不及?此次一别,再见就不知道是什么时候了。"

孟月泠停下了脚步,先是低头看她攥他袖口的手,显然是在示意她放开。可眼看着要走了,佩芷也跟他铆上了,就是不松手。

二人无声地僵持不下,急坏的是车厢里的姜仲昀,站在那儿不知该不该出来制止。

孟月泠像是在心中叹了口气,伸手把她的手臂拂了下去。他已经拒

第四章　长雾中望月

绝得这么明显了，佩芷便也不再强人所难，只目不斜视地看着他。

他们都不习惯南方的气候，夜雨后的空气里俱是潮湿，凉瘆瘆地染透衣衫。佩芷刚刚上了火车后就把外套脱了，只穿着旗袍立在站台上半晌，也觉得有一股阴冷。

他转过身去，任佩芷看着他，什么都不说。佩芷也跟着转了过去看他看向的方向，没什么特殊的，不过是火车车头，还有远处漫无天际的雾气，伴随着打在火车上的雨滴声响。

他在陪她等雨停，等雾散，亦是等她不得不走。

他们在雨中静默了许久，倒像是无声胜有声。

佩芷本来还想和他说许多的话，渐渐地，这份想说的心思也被他冷漠的态度给冲淡了。

她平静地问他："你对我，就没什么想说的话？"

孟月泠答得利落又无情："没有。"

这时列车员举着喇叭朝站台喊道："火车马上就要开了，没上车的赶紧上车。"

佩芷看向他，语气焦急道："可我有话对你说。我不像你一样，心思深得不见底，什么话都在里面藏着。我本来想跟你说，孟月泠，我觉得我对你的感觉不一样，跟你在一起，我总是会觉得很舒服，很放松；我也喜欢追着你，想见你，看到你和眠香亲近，我会偷偷地不开心……我本来想问你，你说，我算不算有些喜欢你？"

"虽然这看起来跟那些痴迷你的戏迷没什么差别，但不一样，我比他们懂你。我知道你要否定，可如今这些都不重要了，即便我对你起了那么些不该有的心思，我也决定把它收回去了。"

孟月泠静静地听她说着，直到她停下，像是说完了，他便点了点头，也仅仅只有点头这唯一的回应。

佩芷的语气带了些恼火："你还不说话？"

孟月泠终于开口了，却说道："姜小姐，你该上车了。"

佩芷的眼眶立马就红了，最后狠狠地盯了他一眼，转身上了火车。

姜仲昀在窗边关注得很紧，看出这二人是不欢而散，便长舒了一口气,就差哼上两句。

佩芷坐下后克制住了那股情绪,不想在姜仲昀面前表演什么为情落泪,她也是要面子的。

姜仲昀问道:"你们说什么了?他还在站台上站着呢。"

她故意不看窗外。头等车厢每个房间内的桌子上都放了今日的晨报,佩芷故意把报纸立了起来,挡住姜仲昀的脸。姜仲昀就也知道是怎么回事了,便不再烦她,瘫在床上直打哈欠。

没想到报纸上就登着孟月泠,上面附了两张照片:一张是昨天在四雅戏院拍的,他做色空的打扮,穿的还是那身水田衣,照片上看不出颜色了,可佩芷知道,是蓝黄相间的;另一张是日常照,应该是他在照相馆拍的穿长衫的半身照,一起放在了上面。

佩芷顺着照片就看了下去,无外乎都是些关乎他新戏的问题,极其浅显枯燥,佩芷一目十行就瞟了过去。

可到了这最后一段,记者很是好事地写道:近年国内晚婚盛行,然孟月泠先生也已到适婚年纪,却迟迟未闻喜讯。笔者与孟先生相谈甚欢,探听到择偶标准一则,望成就一段沪上良缘。孟先生道……

后接孟月泠的话,他说:"没什么固有的标准,她能懂戏、懂我就够。"

记者追问,要他给个具体的例子,孟月泠带着笑意说道:"譬如我的新戏,本来是不满意的,她帮我改好了,与我的想法不谋而合,这叫作无声胜有声……"

火车已经开始动了,佩芷冷下来的那颗心似乎热起来了,撂下报纸猛地跑了出去。姜仲昀紧跟着起身,看到报纸上的孟月泠就觉得不妙,他刚刚光顾着看着窗外了,也没注意这份报纸上还有孟月泠。

姜仲昀在身后追佩芷:"四妹,你别胡闹,火车已经动了,真要想见他二哥帮你,现在不行……"

佩芷一节车厢一节车厢地跑过去,可火车逐渐加速,她只看得到一眼,那抹白色身影立在站台前一动不动,站得那么直,一定是他。

她挤进了杂乱的三等车厢,停住脚步,火车已经到了最快的速度稳定行进了。

第四章　长雾中望月

姜仲昀在周围人异样的眼神中拉着她回去了，眉头直皱地数落她："又怎么了？刚才上车不是挺坚决的，你什么时候变得这么优柔寡断了？"

佩芷认真地说："喜欢一个人就是会变得优柔寡断的。"

姜仲昀冷哼："你懂什么是喜欢，趁早撇了这份心思。"

她早已经忘了上火车之前跟孟月泠撂下的狠话，刚分开不过片刻，便已经在心里盘算着下次见面，不禁就笑了。

姜仲昀看她又是哭又是笑的，皱起眉头嫌弃道："早知道就不带你出来了，烦死了。"

那厢孟月泠一直看到最后一节火车驶远，才转身离开了站台，走出火车站发现秦眠香的汽车正等在路边。她今日终于肯添了一件外套，遮住她白花花的胳膊，靠在车旁显然是在等他。

春喜则蹲在那儿，好不容易看到孟月泠出来了，赶紧抖开了手里的风衣，往孟月泠身上披，嘴里嘟囔着："二爷，您来送姜小姐便送，可好歹也多穿件衣服。小姑奶奶都说，这上海的雨天阴冷阴冷的，您万一冻出病来，这一个月……"

他们这些戏子最怕的就是生病，亦不敢生病。戏班不论在哪儿唱戏，除了耽搁在路上的时间，还有每年农历的三月十八祭神日不准登台唱戏，其他时间都是寒暑不辍的。一旦病了，少则十天半月，多则数月，不仅自己遭罪，也对不起台下的座儿。

秦眠香一副了然的样子笑着，把春喜打断："你懂什么，你们二爷这叫'沾事则迷'，闷头就跑了出来，哪里还顾得上穿衣服呢，还知道拿伞就不算傻了。我算算，从鸿福里到火车站，就算一路跑着，也总要跑个两刻钟？这大雾天的，黄包车都还没人跑得快……"

孟月泠懒得理她，打开车门上了车，秦眠香也跟着挤了上来。春喜坐在前排座位上，还带了暖瓶，把孟月泠便携的水杯拧开了盖子，倒上热水递过去。

喝水的工夫，秦眠香还在追问："师兄，你到底跑了多长时间啊？你师妹不会算数，算不清楚。"

孟月泠冷声答她："包银（伶人的薪资）你算得挺清楚的。"

秦眠香笑道："到我手里的，当然要算清楚，可师兄的腿长在师兄身上，走了多久我上哪儿知道呢？"

也就她敢这么肆无忌惮地招惹孟月泠，谁让孟月泠拿她当亲妹妹对待，春喜只敢在前面看热闹。

她见孟月泠喝完了水也不理她，便伸手去要孟月泠的杯子："我也渴了。"

孟月泠挪开手不给她："你的嘴像刚吃完小孩儿，还想喝我的水。"

秦眠香也不生气，故意阴阳怪气道："哦，师兄不喜欢这种大红色，毕竟姜小姐搽的是淡淡的颜色呢，嘴唇都是淡粉色的。怪不得师兄要冒雨跑去见姜小姐，也不知道跑了多久。"

孟月泠看出来她是要打破砂锅问到底了，便冷声说道："半个钟头。"

秦眠香没想到他会突然答得这么痛快，惊讶地看了过去。孟月泠则把水杯递给了春喜拿着，顺便拍了拍司机的肩膀："走罢，直接去四雅戏院。"

司机答应，此时雾已经散得差不多了，车子畅通无阻。

路上秦眠香自然还是喝了孟月泠的水，他看到杯子上面明显的口红印，皱了眉头。

秦眠香朝他嚷道："你什么表情？我们又不是没喝过一杯水，回去让春喜给你洗干净就是了。"

她要把杯子递回给春喜，孟月泠夺了过来，又塞到她手里："春喜再去买个新的，到时候拿着票子找你要钱。"

秦眠香又气又笑："行啊，孟月泠，你现在开始避我的嫌了。"

春喜还火上添油，笑嘻嘻地跟秦眠香说："小姑奶奶，我下午就去永安公司买，回头找您要钱！"

秦眠香白了春喜一眼："要什么要，没钱。"

她又看向孟月泠，发现他正无声地望着车窗外，不知道在想什么。她知道，他人还在这儿，神已经不知道飞多远去了。

秦眠香本来还想跟他说点什么，最后直到到了四雅戏院也没说出口。

第五章

念漫漫鸿笺

孟月泠开始学戏的时候已经十二岁了，寻常的孩子六七岁便该开蒙，坐科七年，到他这个年纪的都快出科了。

秦眠香则是还没记事的时候就被父母卖给了俞芳君，据说家里边还有个弟弟快吃不上饭了，俞芳君瞧她模样不错才买下的。

秦眠香到了俞家之后，便开始做粗使活计。俞芳君的太太不是个省油的灯，在她真正开始学艺之前，挨师娘的打是常事。

若论拜师学艺的时间先后，秦眠香应该算是孟月泠的师姐。孟月泠刚压腿的时候，她已经开始学跑圆场了，过去她没少拿这个来打趣孟月泠。

俞芳君的那一批徒弟几乎都要叫孟月泠一声"师兄"，其实他一开始是靠着年纪才取胜的。

孟月泠开蒙晚，但有天资，身子骨比大多数六岁开蒙的师弟师妹们都软。孟桂侬一门心思缅怀着他无缘吃戏饭的长子，一眼都不愿意多看幼子，俞芳君说这是孟桂侬的损失。

那时候孟月泠每天都要比其他人多压半个时辰的腿，也比其他人晚半个时辰上炕，俞芳君说这是让他把晚了别人的时间给补出来。

孟月泠认为俞芳君讲话很有道理，有那么一段时间里，他把师父视为更像父亲的存在，更重要的是俞芳君真心赏识他。

孟月泠压腿的时候，往上加砖头加得最勤快的就是秦眠香，全因为她每次过去帮他多加两块砖，就能借机偷偷懒，少跑一圈圆场。

后来孟月泠的筋骨舒展开了，也不用别人帮忙了，秦眠香还觉得很是可惜。

孟月泠被孟桂侬抽脸那次，脸还没彻底消肿就又回了俞芳君那儿继续学唱腔了。

每天吃过早饭，秦眠香把自己的那颗水煮蛋偷偷地揣进口袋里，休息的时候剥开了皮给孟月泠滚脸，再在孟月泠满脸嫌弃和惊恐的眼神中把鸡蛋吃下去，她说这叫不糟蹋粮食。

那时候俞家班所有的孩子日子都苦，因为学艺艰难，他们每天都是在同伴的哭声中度过的，久而久之师弟师妹们便都学会了小声哭，因为一旦被俞芳君听到，保准要把他们全薅起来打通堂。

可除了孟月泠，他们都没见过外边的样子，只觉得虽然苦，但生活都是这样的，也就不算多苦了。

那时候秦眠香喜欢缠着孟月泠让他给她讲外面的东西，时间一长孟月泠讲的都讲完了，他一个小孩子的见识也有限，就没什么好说的了。

可秦眠香说："师兄，你要是不给我说这些，我怕我指不定什么时候就死在他们俞家了。我跟你不一样，你是被你爹给送来学艺的，出科了就能走了。可我是师父买来的，跟那些到了年龄拜师学艺的不一样。照理说出科后前三年的包银要交给师父，可我不是，我一辈子都得替他赚钱，一个子儿都落不到自己手里……"

孟月泠承诺她："师兄给你赎身，你等我攒钱。"

师兄妹俩一起坐在墙边，秦眠香靠着他的肩膀，抬头看天上孤零零的月亮："师兄，你说我们能成角儿吗？"

孟月泠说："我能，你未必。"

秦眠香的眉头一皱，坐直了问他："凭什么你能？难道我真的就要给你唱二路？"

孟月泠说："你现在偷的懒，将来都会来找你的。"

秦眠香有些不耐烦了："你这话跟师父倒是一样。"

孟月泠说："师父有时候是错的，但这句话是对的。"

"那我争取明儿个开始不偷懒了，这样说不定我也能成角儿。"

"你最好明天还记得今晚说了什么。"

记忆里那晚的最后，孟月泠把睡着了的秦眠香抱回炕上。俞家极尽苛待她，她瘦得可怜，倒真像她说的那样，指不定什么时候就死在这

第五章　念漫漫鸿笺

儿了。

她迷迷糊糊地还攥着孟月泠的衣服，嘀咕道："师兄，我等着你救我啊……"

孟月泠从未忘记答应过她的话，出科后的头三年里，他从未给自己买过一身新衣服，省吃俭用，往返于戏园子和家里。

前后脚出科的师弟师妹们都知道把钱花在刀刃儿上，给自己裁件拿得出手的衣服，然后去结交朋友，人情都换作了实实在在的座儿和钞票，日子过得风生水起。

那年寒冬还是孟丹灵看不下去，送了他一件大衣。

孟月泠刚挂牌唱戏的那两年，其实并不卖座，北平爱听戏的行家和知名票友对他的评价都不大好。无外乎是说他不如孟桂侬，不仅不如孟桂侬，还不如当年还是童伶的孟丹灵，直说这梨园孟家要断送在他手里。

但他那时候一则是还没适应戏台，二则是没找对适合自己的路子。照理说作为孟桂侬的儿子，自然要继续走孟桂侬的路子，譬如孟丹灵当年还是童伶时便颇有名气，便是传承发扬了孟桂侬的戏路。

可孟桂侬的那套唱念做打的方式，孟月泠不仅不喜欢，也觉得不适合他，他要找一条属于自己的路子，开辟自己的风格。

那时他一则年纪小，被台下的人批评得也有些受打击，唱得有些畏首畏尾，身上既有孟桂侬的影子，亦有自己的想法，后来回想确实有些不伦不类。

二则他那几年把赚钱看得太重了，少花了许多心思在精进技艺上，就是为了攒钱给秦眠香赎身。

孟月泠给自己定下的期限是三年，他要三年攒够给秦眠香赎身的钱。

孟桂侬听闻此事倒也没说什么，只当他看上秦眠香了，把她赎出来娶回家做媳妇。他自己赚钱娶妻，当爹的省心，自然乐意。

可有一天，秦眠香突然告诉他，她要去上海了。

上海有个叫陈万良的富商到北平来谈生意，恰巧在戏园子里看上了秦眠香，连捧了几天的场。陈万良临走前一晚问秦眠香愿不愿意跟他去上海，他肯出钱帮秦眠香赎身，秦眠香想都没想就答应了。

到了上海之后，陈万良养着她，看起来颇得意她，她甚至不用再继续唱戏了。

可没出三个月，陈万良腻味了，就把她给抛弃了。

孟月泠专程跑了一趟上海，帮她找了个新住处，没用得上的赎身钱倒正好用来租房子。

秦眠香要跟陈万良走的时候他自然劝过，她也自然没听，如今吃亏了倒算是长了教训，且她终于知道要好好地唱戏了，也不算全然的不值当。

再之后，她又正经地交往过一个灯具公司的小开，但好景不长，很快便分开了。

在这过程中她结识了不少有头有脸的人物，其中便有韩寿亭。韩寿亭不懂戏，但每天都去捧她的场，散了戏后雷打不动地送她回家，亦不越雷池一步……没多久他们就在一起了，直到如今。

当年俞家班的那么些人，转眼十来年过去了，只有他们师兄妹两个唱出名了，且还不是一般的出名。

孟月泠如今的风范，既不像孟桂侬，更不像俞芳君，放眼整个国内都是独一无二的。常有不出名的小戏子猫在台下池座儿偷他的戏，只不过偷不到精髓，空学了个皮相，画虎不成反类犬，东施效颦而已。

而秦眠香的戏，细看起来还有些俞芳君的风范，但又并非全然照搬俞芳君的戏路；她又懂得因地制宜，海派的戏众更爱看身段，恰好弥补了她唱腔上的不足，秦眠香便也在动作和行头上花些功夫，很是受上海戏迷拥簇。

秦眠香卧在扮戏房的桌子上睡着了，猝然睁开眼睛醒了过来，发现身上又多披了一件外套，想必是春喜给她添的。

她把外套挂在椅子上，起身走到房间内唯一的沙发旁边，孟月泠正躺在上面，身上盖了一件厚厚的棉被。

暖瓶里的水是刚烧好不久的，秦眠香倒了杯水，随后把孟月泠叫醒，把水递了过去。

孟月泠沉声问："什么时辰了？"

第五章　念漫漫鸿笺

秦眠香说："春喜还没来叫，想必还早，你先喝杯水。"

他咳了两声，坐起来缓慢地喝着杯里的水。

中午刚到四雅戏院，他就觉得有些不对了，接连打了几个喷嚏，隐约还感觉头疼。下午他强撑着把今晚的戏码顺了一遍后，头倒是更疼了，他便说睡一会儿，指不定醒来就好了。

此时一看，情况肯定是没好的，嗓子也开始不舒坦了。

秦眠香忍不住数落他："你一向劝我多加衣服，你看你如今都干了什么，阴冷的天儿跑出去，自然是要生病的。"

他不说话，坐在那儿不知道在想什么。

秦眠香见他从出了车站就有些魂不守舍的，便说道："又不是这一别就再也见不到了，你怎么着回北平也是要路过天津。既然已经决定了不去送她，看着大雾火车延误又颠颠儿地跑着去，你何时开始变得这么犹豫不决了？"

孟月泠只淡淡地一笑，殊不知他早在心里把这一面当作与她的最后一面。

他把水杯放在了茶几上，瞥到了登着他采访的报纸。秦眠香也看到了，提了起来指着最后那一段问他："瞧瞧，上海的小姐们怕是更要来看你的戏了，巴望着能懂你呢。可我是知道你在说谁的，这倒也挺明显。你说她会不会看到这份报纸？"

孟月泠没想到这家报社为了抢鲜竟然今早就刊登了出来，他原本以为最早也要后天，那时她便早已不在上海了。可虽然今天发了，他也不认为她会看到，火车上的报纸没么全乎。

"不会。"孟月泠斩钉截铁地说。

这间扮戏房是孟月泠和田文寿共用的，刚刚顾虑他身子不舒服在睡觉，田文寿就去了隔壁的房间扮戏，此时也已经上台了。

春喜这时进了门，提醒道："二爷，您该扮上了。"

范师傅跟着进来，秦眠香朝他们说道："师兄今晚怕是唱不了了，歇一日罢。"

此时孟月泠已经扯开了被子坐起来穿鞋了，摇头道："没事。"

那厢大新舞台也派了人来催秦眠香,她语气急躁道:"随便找个人唱就得了,今儿我不是唱《四郎探母》吗?那铁镜公主谁都能唱。"

催戏的不敢得罪她:"秦老板,姑奶奶,那杨老板头三个月就邀您了,就等今晚这出了,您给忘了?"

还是孟月泠发话,她才终于肯走,还百般不放心地说散了戏来找他,孟月泠答应了。

等到范师傅快给他画完脸,他忽然发现嗓子唱不出声音了。唱戏的就是这样,怕的不仅仅是头疼脑热,更怕的是引发别的毛病,嗓子说不好使就不好使了。

范师傅也说:"二爷,要不别画了,我还是给您揉了头罢,咱赶紧再派出别的戏顶上。"

春喜早就有防备,急忙跑到就近的诊所,带了个医生过来。

医生说是风寒引发声带跟着出了毛病,拿针灸刺激一下能唱得出来,坚持一下兴许能唱完一出戏,可医生也是不建议这样做的。

孟月泠便让医生施针。这才是他到上海的第三日戏,不可能说不唱就不唱了。他成名至今不易,是知道珍惜戏迷的,不想让他们扑空失望。

医生给他用的针极粗,从后脖颈一直扎到了后脊,再者他们这些常年唱戏的身上都会有些小毛病,十来针一股脑地扎在他身上,孟月泠疼得直流汗,强忍不住还是低声闷哼着,看得春喜和范师傅都直皱眉头。

拔了针之后,他张口试了试,确实能唱出来了,便赶紧擦干净脸上的汗,再补了补妆,范师傅开始帮着扎靠。他下午觉察到身体不对劲,就猜到嗓子要掉链子,临时把戏码换成了一场打戏。虽说这靠旗绑在身上极重,但总比唱功的戏让他有把握。

那场戏下来之后,一回到扮戏房内春喜就帮着范师傅赶紧把他身上的靠旗解下去。穆桂英行头脱了之后,里面的水衣已经彻底被汗给浸湿了,孟月泠撑住桌子站着缓了两秒,才慢慢地坐下,让范师傅给他揉头。

秦眠香风风火火地赶来,路上已经听人说了孟月泠针灸和改演打戏的事儿,进了屋子就挨个把人数落了一遍,怪他们没拦住他。

孟月泠被她吵得头疼,把她按了下来,只低声地说道:"今日的事,

第五章　念漫漫鸿笺

错全在我。"

与此同时，南京得月台。

佩芷跟着姜仲昀一起出来听戏，台上的恰巧也是个男旦。姜仲昀看得津津有味，佩芷听得心不在焉。

她刚刚咳嗽了两声，似乎也有些着凉。邀她和姜仲昀看戏的是一位姓冯的世伯，冯家的妈妈赶忙煮了姜汤和银耳雪梨羹，专程送来，此刻她正捧在手心里喝。

姜仲昀看她有些闷闷不乐，便低声地说道："怕是要感冒，听完戏我们赶紧回饭店，给你多盖两层被子，闷着睡一觉就好了。"

佩芷却说："我只是想三哥了。"

姜仲昀笑道："你那是想他吗？你是想他从国外给你带的酒心朱古力。"

姜叔昀出国后第一次回来那年，恰好赶上佩芷生病。佩芷也是头一回吃外国的朱古力，也许是心情好，病也跟着好了，从此以后她就总觉得这黑不溜秋的东西是包治百病的灵药，一生病了准嚷着吃。

可姜叔昀这两年都没回来，家里的朱古力也早就被她吃光了。

佩芷抽了抽鼻子，嗓音也有些低哑："三哥大抵是把我给忘了。"

"胡说。"姜仲昀答应她，"等回家了，我给他写信，让他下次回来多给你带几盒。"

"他肯定不答应，非说带回来也存不住。"

"回去二哥给你买个冰箱，专门让你存朱古力。"

佩芷大喜："真的？二哥，你真好。"

姜仲昀朝她比了个嘘的手势："你先老实把姜汤给喝了。"

佩芷点头答应。他又让她看戏，还好事地问："也没差那位孟月泠到哪儿去罢。"

佩芷狠狠地剜了他一眼，一字一句地跟姜仲昀说："差、远、了！"

上海这场雨蔓延到了南京，接下来的那几日里，淅淅沥沥的小雨就没停过。整座金陵城烟色朦胧,秦淮河畔烟云雾里,像山水画一般,倒显得北方的雨有些伧俗。

佩芷到底还是生了一场病,虽说借此机会免去了跟姜仲昀出去见人应酬,但独自在饭店的房间里除了吃就是睡,再不然便是卧着。姜仲昀连风都不让她吹,生怕一个不小心又严重了,这样回到家里挨骂的还是他,了无生趣。

为了打发时间,佩芷让姜仲昀给她选了几本书,可姜仲昀的眼光她实在不敢苟同,拿的都是些明清的传奇,故事极尽离奇烂俗,漫篇都在洒狗血,书便就这么撂下了没再看。

趁着姜仲昀出门,佩芷披着一张毯子,立在窗前吹风。

楼下石子路上穿着蓑衣或是撑伞的人匆匆来去,佩芷透过雨丝风片,好像能看到那个穿白色长衫的男人,正急匆匆地赶往火车站去见她。

那时她光顾着郁结于他的晚到,而忽略了他到底还是来了,且还是个大雾天,来得并不容易。

以前总觉得奶奶说倒春寒是唬人的,如今倒是信了,风有些凉,佩芷连着打了两个喷嚏。

关窗的那一瞬,她才想到那日他穿得也不多,她已经生病好些天了,他是不是也病了?她病了还好,她是富贵闲人,不必为生计发愁,而他总是要登台的,不可能说不唱就不唱了。

这么想着,佩芷难免有些焦急。本来想给他发个电报问候一下,可她上火车之前跟他说了那么决绝的话,他又是那么个令人讨厌的冷淡性子,未必会回复她。

佩芷便给秦眠香发了份电报,虽然她已经删减很多次了,但发过去之后还是觉得自己有点话多,先是询问了孟月泠的身体情况,随后又是一通叮嘱。

电报发出去后,像是石沉大海,佩芷一直没收到回电。她又不好意思再去发了,她的电报内容啰唆,又满是少女情意,上次那个发电员看她促狭的眼神佩芷记得真真的。

几日焦灼的等待之后,佩芷也冷静下来了,她换了另一个法子,那

第五章　念漫漫鸿笺

就是给他写信。发电报要经太多人的手，还是写信私密，她不信有人敢拆她的信。

可提起了笔，佩芷又折在了开头，她想不出怎么称呼他最恰当。

"静风"太亲昵，以他们如今说不清道不明的关系，她是叫不出口的，这信笺便成了情书了；"孟老板"她倒是常叫，可略显生疏，致信过去像是在汇票据；至于"孟月泠"或是"孟逢"，更不成了，像是陌生人。

姜仲昀还以为她写的是家书，便催她道："你再磨蹭两天，可以当面递给爹了。"

佩芷懒得理会他："谁说我写家书？你管我给谁写信呢。"

姜仲昀一愣，才反应过来她要写给谁，就故意说道："怎么不发电报？电报不是更快。"

佩芷心无城府地答："我发给他师妹了，没回复我。"

姜仲昀说："那便是不想回复你，你写信也没用。"

佩芷气得不再理他。

给孟月泠的第一封信，佩芷从南京写到了天津。

孟月泠收到信的时候，已经是四月末了，上海的天气越来越热了。他把信拆开看过又塞回到了信封里，放在桌子上没多理会。

秦眠香立在窗棂边，转头问道："佩芷寄来的？"

孟月泠没说话，答案显而易见。

秦眠香说："上次她发来的电报我立马就回复了，虽然不知道她为什么没再回复我，但她应该还是挂记你的，你最好还是亲自回封信或者电报给她。"

这厢在上海的师兄妹都还不知道佩芷当时就看到了那份报纸，孟月泠说："她临走的时候和我说了绝情的话，我跟她的关系，结束在那一顺当就够了。"

秦眠香说："女孩儿的心思说变就变，指不定人家一到南京就后悔说那些话了，也要把那些话收回了呢。便不说别的，你心里明明有她，不然为什么在报纸上说那些话？即便她第二天就走了，看不到了，那万一就被看到了呢？你怎么着也解释不清了。"

回想那天采访的时候，那个记者很是健谈，讲话彬彬有礼，孟月泠便多说了几句，答了择偶标准的问题。他只说希望那个人能懂戏、懂他，记者便顺杆儿爬央求他说个实例。

当时她跟秦眠香刚被春喜给劝走，他看了两眼挤满了人的门口，脑袋里不知怎么的，就想起来她帮他改戏词儿时认真的模样了。

他反应过来之后，话已经说出口了。

采访结束的时候，他还是跟记者说，最后那一问的对话不要发出去。

没想到那家报馆先斩后奏，第二天就发了，抢了刊登孟月泠采访的头一份，紧接着就来给孟月泠道歉，无外乎是怪罪下面的人做事不仔细，把报方的责任摘得干干净净。

他让春喜记着这家报馆，今后不接受他们的采访，便没再继续追究。

孟月泠对秦眠香说："那天的话，我有点口无遮拦了。"

秦眠香白了他一眼："她姜四是什么格格公主不成，还不能说了？"

孟月泠摇了摇头，沉声地答她："不能说。"

其实那晚在礼查饭店门口，姜仲昀并未说什么，只怪他把事情看得太透，便只能自己个儿在心里难受。那晚佩芷脸上的愉悦在最后分别时崩塌了，他心中的愉悦又何尝不是。

姜家二少爷只站在那儿盯着他，他本来就低人一等的身份就更低了，上赶着来给人羞辱。

姜仲昀说："不论是姜家，还是佩芷，你这种人都高攀不起。孟老板，我对你并无敌意，我虽然不懂戏，但看得出来你戏好，可以说是梨园行里的头把交椅。但到底吃的是戏饭，唱戏娱人、仰人鼻息，她姜四怎么着也不能下贱到那个份上，你说呢？"

他还能说什么，他只平静地说："姜二少多心了，姜四小姐捧孟某的戏，孟某心存感激，仅此而已。"

秦眠香看出了端倪，又说了些开解的话，无外乎是身份地位的事儿。这些话骗一骗刚出科的孩子还成，之于孟月泠，不过听听就忘了。

孟月泠在无形中把问题又给她抛了回去："你跟之前那个灯具公司的

第五章　念漫漫鸿笺

陈少爷怎么没成？"

秦眠香立马沉默了，旋即换了个话茬："今天阴历三月十九，离师父生日还剩三个月时间了，你想好送他老人家什么大礼没有？"

孟月泠淡淡地一笑："去年送什么，今年还送什么。"

去年俞芳君过寿，孟月泠空手而去，但包了他一年的烟钱。

秦眠香说："我本来还想照着你去年的礼送呢，合着你都不换个样。我不管，那我也送，正好让寿亭派人置办。"

孟月泠睃了她一眼："咱们俩都送，你是真不怕他有个好歹？"

秦眠香笑着在那儿认真地想："那我给他送个贴身小厮……算了，他那个母夜叉老婆最爱打人了，好好的人都得打个半死，我就不作践小孩儿了。"

孟月泠知道韩寿亭手下有不少门路，看着秦眠香春风得意的模样，孟月泠提醒道："他若是碰那些东西，你别跟着碰。"

"师兄，你什么时候变得这么婆婆妈妈了？我心里有数。我这嗓子本来就有点粗，本钱便不如你的，若再去碰这些东西，我都可以改唱老生了。"

"你有自知之明，是好事。"孟月泠还有闲心打趣她，看起来风轻云淡的，随手把桌子上的信收进了抽屉里，倒像是就此尘封的意味。

那厢佩芷去了西府见傅棠，已经又是一场雨之后了。

他院子里的海棠都开了，满目绿肥红瘦。傅棠正在孟月泠住过的那间院子里，提着衣裾弯腰研究脚边的几簇日本海棠。

见到佩芷后，他语气风凉道："哟，我瞧瞧，这不是我们姜四小姐吗？太久没见了，都快不记得您长什么样儿了。"

他显然有些怨怪，佩芷解释："我回来之后一直在家里写信，哪儿也没去，这不是一写完就来见你了。"

傅棠冷哼一声："出门半个月了，也没见你给我写封信。"

佩芷说："棠九爷何时变得这么小心眼？"

傅棠站直身子引她回到自己的院子里，地上还落着些被风雨吹落的海棠花，满目深春浓景。

佩芷上赶着跟他没话找话，明知故问："你这院子里的海棠都开了，真漂亮。"

傅棠说："'花发须教急雨催，月圆便有阴云蔽'，接连下了两场雨，倒是都给催开了。"

佩芷头一回给他献宝。上次和秦眠香一起逛永安百货，她看上的琉璃和搪瓷摆件都太大了，但还是选了一副装在画框里的琉璃工艺品，里面裱的是一块扇形的七彩琉璃，细节上很是精巧。

"我专程给你带回来的，别人都没有呢。"

傅棠对这些稀罕物件早已经司空见惯了，比起礼物本身，佩芷的一腔好意才更贵重。可傅棠知道，她选这扇子的图案，是因为还惦记着上次送孟月泠泥金扇那事儿，他不过说了几句要扇子的玩笑话，亏她还一直记着，倒像是他耿耿于怀一样。

傅棠故意说："你拿这么个玩意儿糊弄谁呢？我要静风那把。"

佩芷跟哄小孩似的，塞到他手里："等我下次去上海，或者绿萼什么时候再来天津，我再给你弄一把，你先拿着这个。"

傅棠说："那我要你亲笔题字的。"

佩芷说："我的字禁不起细看，学字的时候没少偷懒，你真的要？"

傅棠说："没事，我不嫌弃。白柳斋的水平太高，我看着不快。还有那扇面，我不要春花蛱蝶图，你也给我换个。"

佩芷的眉头一皱："你事儿可真多。"

在西府吃过晚饭后，傅棠便带她去了凤鸣茶园，很是高调地进了包厢。

佩芷问他最近都看了谁。她回了天津还没进过戏园子，如今看过了孟月泠，再去看她以前看过的那些角儿的戏，她也看不下去了，像是山珍海味吃惯了，便吃不下去粗茶淡饭了。

傅棠跟她卖关子，告诉她等下戏开锣了就知道了。他像是又想起了什么，忽然问她："你说你回了天津便写信来着，给谁写信？"

佩芷说："还能是谁？"

第五章　念漫漫鸿笺

"静风？"傅棠的眉头一皱，"他回复你了吗？"

"刚寄出去呢。但我在南京的时候给他师妹发电报，眠香没回复我，也许是他不让回复罢。"

"你们在上海见到，都做了什么？"傅棠打探道。

"没什么，我临上火车之前，还对他说了绝情的话。"

傅棠摇摇头："那他岂不是更不会回复你的信了？别写了。"

佩芷轻轻地笑了："你跟我二哥倒是说得一样。我知道你们心底里在想什么，我只是不愿意说出来，你们管我写不写呢。"

傅棠说："行，不管你。你写，一天写一封最好，烦死他。"

佩芷白了他一眼："你少给我出馊主意。"

这时台上的戏开演了，佩芷看着是个眼生的生角儿，虽然说她生行戏看得少，但也认出来这出是《空城计》了，便转头问傅棠："这诸葛亮是谁扮的？"

傅棠答道："袁小真。"

夏天如约而至，孟月泠和四雅戏院另续了两个月的合同。他的戏卖座，四雅戏院的宋老板本来想续更久，可丹桂社的新戏还要到武汉、南通、嘉兴等地贴演，这次本来打算的是把几个有名的外码头都跑全了，孟月泠便没答应。

谁料五月的时候，西北两省率先开战，紧接着独立团进入了湖南，又是一片战火连天。武汉离得近，少不得要到波及，他便把武汉的行程给免了，继续在上海度夏。

那厢兵燹迭起，赤地千里，唱戏声倒有些像是靡靡之音了。

佩芷常常跟着傅棠去凤鸣茶园，也恰巧碰上过段青山上台，一饱了眼福。大多数还是袁小真的戏码，时间一长，那些生行戏佩芷也熟络了。

他们在天津迟迟等不来丹桂社回京的消息，傅棠倒是看得透彻："又要变天了，还是在上海不动为妙。"

从纤月到满月，再从满月到纤月，月复一月，彼此远隔漫漫山河，各有各的喜怒哀乐，互不相通。

她把所有的话都赋予纸笺，字愈写愈多，信越来越厚，不论停战起战，寄往上海的信都未曾断绝。

只是他一封都没回复过。

上海戏界素有"金九银十"的说法，说的便是伶人在九月和十月最是赚钱。究其缘由还要从上海开埠说起，总之如今这十里洋场不仅是远东冒险家的天堂，更是北平和天津两地的名角儿必来的地儿。

甚至有的角儿直接就在上海安顿下来不走了，开始在上海搭班唱戏，譬如秦眠香。早些年段青山也是在上海唱的，甚至在租界买了一栋宅子准备养老，但他是天津人，又说看不惯上海街头到处都是洋人，最后还是回了天津。

有的角儿则是受上海的戏院相邀，特地从外地赶来上海，这便叫跑码头了。只不过别的码头唱上个把月的也就走了，上海却是要多留的，辛辛苦苦地跑这么远，谁还不是为了多赚几个钱。

六月末，北平又易了新主，随后战火愈演愈烈，南边来的军队正一路向北进军。上海滩则依旧灯红酒绿的，茶余饭后的小开们偶尔谈论些战事时政，语气颇有些玩味。

恰好赶上原定好的嘉兴和南通的戏院皆发来电函，告知丹桂社孟老板暂且不必如期赴会，时局动荡，万望自珍。上海四雅戏院的宋老板开出天价，想留孟月泠在沪度秋。孟月泠自己倒是无所谓，可还要考虑丹桂社的其他人，直言这一趟出来得太久了，好些人都是家里有老有小的，尤其是孟丹灵，已经挂记了许久家中多病的女儿。

他本来准备就此打道回府，秦眠香也来帮着宋老板劝他，且还先把孟丹灵给说动了，随后才找的孟月泠。

孟月泠问她怎么说动得了的孟丹灵，秦眠香的语气充满得意："这你就不懂了，你自己一个人吃饱了不愁，他们可不一样。宋老板答应给他们的包银也跟着加，我跟他说大伙儿都多赚点儿钱回北平，过个好年，他自然明白其中的利弊。何况眼下战事正热，万一路上再有个好歹，我们怎么跟大嫂交代？"

第五章　念漫漫鸿笺

　　孟月泠觉得她说得有道理，便点头说道："那你就去告诉宋老板我答应他了。"

　　"真的？"秦眠香窃喜，见他答应得这么爽快又忍不住帮他着想，"那你在上海待这么久，你不怕回去就发现姜四结婚了啊？"

　　她显然又是在故意逗他。孟月泠恍神的工夫，指间的烟烧到了头，烫到了手指，他赶紧甩了出去。

　　秦眠香笑道："我乱说的，便是结婚也没这么快结的。对了，我上次带她去秦记裁的那身儿阴丹士林旗袍做好了，下回我给你拿来。"

　　孟月泠明知故问："给我拿来做什么？"

　　秦眠香说："当然是让你回去的时候顺道给她送到府上去。这种随手的差事你总不会推辞罢？"

　　孟月泠倒是答应了，却说："等到了天津，我让春喜跑一趟。"

　　秦眠香冷哼一声："行，你就这么冷着她，她到底也是个大小姐，这么下去倒是很快就能歇下来对你的情意了。前些日子我见着周绿萼了，你猜怎么着？他说你在天津的时候唱《醉酒》拿的那把泥金扇面是他画了送给佩芷的。我怎么才知道呢，没想到你们仨之间还有这复杂的关系。"

　　听到周绿萼的名字，孟月泠无声地冷哼，心想他巴不得逢人便说，语气不咸不淡地提醒秦眠香："少看周绿萼。"

　　秦眠香故意问："怎么，姜四捧过他，你便也不让我去捧他？"

　　这下他哼出了声，仿佛听到了天大的笑话："你清醒点。他的戏不行，看多了你也就朝他看齐了。"

　　秦眠香叫道："你盼我点儿好！"

　　后来她又压低了声音问他："师兄，你给我交个底，我听说宋老板给你开的每月包银都破万了？"

　　孟月泠说："少打听。"

　　秦眠香说："行，不打听。那他给你开了这么高的价，你不说在上海演几场《醉酒》？"

　　孟月泠拒绝了："不演。"

　　"为什么不演？天津都演了，上海怎么不能演？你不能厚此薄彼。"

"没行头。"

秦眠香大恼:"放屁!那你在天津难不成穿的官中行头?我不信。"

孟月泠懒得理她,准备换一身衣服出门。

秦眠香追着问:"你的行头呢?我还以为你爹把他那身儿老佛爷赏的蟒服送给你了,谁让你以前没唱过……行了行了,那我把我的蟒服借给你,你唱一场让我学学总行吧?"

私房行头都是按照角儿的身形尺寸裁定的,他要是穿她的行头,怕是要露一截儿脚踝。孟月泠冷声答她:"特地给你唱一场当教学?秦老板把自己的面子也看得太大了。"

秦眠香知道,要论挖苦人她比不过孟月泠,但她会烦人。

那年孟月泠携丹桂社在上海待了整整半年,主要在四雅戏院挂牌演出,偶尔受邀到大新舞台跟师妹秦眠香合演几出双旦同台的戏,譬如《樊江关》,他扮樊梨花,秦眠香扮薛金莲,还有《虹霓关》,他扮东方氏,秦眠香扮丫鬟,自然都是秦眠香凭借师兄妹的情分促成的。

亦有秦眠香到四雅戏院与孟月泠合演,《白蛇传》她唱白素贞,孟月泠唱小青,《四郎探母》她唱铁镜公主,孟月泠唱萧太后……孟月泠唱白蛇和铁镜公主不少,唱青蛇和萧太后倒罕见,师兄妹二人不争戏份,孟月泠的名声在秦眠香之上,但亦肯为秦眠香作配。

上海滩的戏迷皆赞师兄妹情深,沪外之人则无不艳羡,还有票友痴妄奉天的余秀裳若是也在就好了,动荡不安之下,倒算得上一段沪上佳话。

连雨不知春去,亦不知夏去,天津骤然下了两日的雨。这天佩芷本来穿着旗袍准备出门,姜老太太院子里的小荷追出来非让她多添一件针织开衫。一袭风吹过,佩芷惊觉秋天竟真的到了。

那天是旧历九月初一,段青山请傅棠品茗,傅棠又邀了佩芷,二人一同前往段府。门房引着二人进去的时候,佩芷还在小声地跟傅棠嘀咕,她不懂茶,分不清他们口中的是雀舌还是毛尖。

至于她今日来的原因,一则是梨园前辈段大贤请私宴,是个可遇不

第五章　念漫漫鸿笺

可求的机会，她当然愿意跟着来；二则是傅棠说，段青山是个老饕，家中的厨子来头都不小，还有个专门做点心的师傅原来是宫里边的……佩芷二话不说就答应了。

两人正低声地说着话，快要踏进厅堂的时候，里面迎出来了个穿蜜合色旗袍的女人，肩膀上还挂着一条蜀锦披肩，眉眼同样有一股英气，但跟佩芷的截然不同。

若用软硬来区分，佩芷的英气是硬实的，必是不可折的性烈女子；但她的英气则是柔软的，不如佩芷那么明显，整体的气质看上去更显温婉。

对方还没开口，佩芷先问傅棠："这是……"

段青山无儿无女，妻子早逝后他并未再娶，至今仍独身一人；徒弟倒是不少，但没听说过有这么漂亮的。

傅棠跟那人对视了一眼，哑然失笑道："你都在台下看过她那么多场戏了，如今人站在你面前，你倒不认识了？"

佩芷满脸的惊讶，显然不相信。

袁小真已经朝她伸出了手："姜四小姐，我是袁小真。"

佩芷和她简短地握了一下手，还是难以置信："你竟然是女的？"

傅棠嗤笑了："我早就要带你去后台见她，看看她卸了装的模样，你非不去，说这刚唱完戏浑身是汗的臭男人没什么好看的。"

佩芷害臊地瞪了傅棠一眼，显然是在让他闭嘴。袁小真倒是笑了，不甚在意地说："夏天里刚下了台确实浑身臭烘烘的，水衣上都是汗，没什么好看的。"

她的声音低醇又温柔，佩芷对她颇有好感，便朝她笑了笑，转头又白了一眼傅棠。

袁小真便引着他们两个进去见段青山。

那场私宴就他们四个人。段青山不愧是老饕，佩芷一通盛赞他府中厨子的手艺。

傅棠戗她小家子气，堂堂姜家四小姐倒像是没吃过好东西一样。段青山看着他们年轻人之间打闹，笑着乱点鸳鸯谱。

佩芷和傅棠自然要解释，袁小真静静地看着，她话本来就不多，此刻便愈发缄默。

下午他们一起在段府的花厅品茶，袁小真正在低声地给佩芷讲茶道，佩芷冷不防地听到段青山和傅棠说起了孟月泠，便立起耳朵听。

说的是孟月泠在天津的时候，段青山上门找过孟月泠那么一次，原本想促成他和袁小真合演一出戏。袁小真唱了这么些年，其实一直反响平平，不温不火的。

虽然她是个女子，且目前也不是段青山的徒弟里最出名的一个，但段青山最是得意她，也很是看好她的前景。段青山觉得她只是差一出戏，差一出能让她名声大噪的戏。

袁小真跟段青山学了整整两年的《打金砖》终于能拿得出手了，段青山本想让孟月泠屈尊给袁小真贴一回配角，唱这出戏里戏份不多的郭妃，也算是借机帮袁小真招徕观众。

这种人情活儿，但凡是随手能帮的，孟月泠都会帮衬一把，更别说是段青山开口相求，但前提还得是袁小真得有那个真本事，他也不是任谁都帮的活菩萨。

于是便有了他停演那日去凤鸣茶园看袁小真的一出。

段青山本来以为这事儿成了，说不定还能让孟月泠在天津多留个把月，也不是什么难事，但没想到孟月泠还是没答应，直说要如期前往上海——何止如期，倒像是巴不得赶紧走的架势。

临走前孟月泠还给段青山推荐了个人选，便是宋小笙。宋小笙是有些本事的，可惜没遇上个好戏班子，其人又缺乏野心，所以至今仍是寂寂无名。

段青山自然也不能强逼，虽然觉得可惜，但这事儿也只能就这么算了。

如今段青山和傅棠说的是，这孟月泠什么时候回来。袁小真听他这个师父的，到现在也没演《打金砖》，一捂又捂了小半年了。但段青山总觉得这出戏会是袁小真的转机，虽说宋小笙是不错，但不够卖座，他还是想去求一求孟月泠。

梨园行的老前辈都要上赶着一而再再而三地去求孟月泠，傅棠笑着

第五章　念漫漫鸿笺

摇摇头："段老板您这就不厚道了，合着我捧了小真这么些月，还是不如他孟静风来唱一场郭妃实在呢？"

袁小真也看了过去，闻言低着头抿着嘴笑了笑。

佩芷是知道傅棠捧袁小真的，便是孟月冷在天津的那个月里，也没见他进戏园子那么勤快。外界的戏迷跟着他跑，凤鸣茶园的上座率已经比春天的时候高了不少。

段青山和傅棠的意见显然不同："您棠九爷为小真花的心思，我这个做师父的都看在眼里，也是真心地感激您，不然便不会隔三岔五得了好茶便邀您来品茗了。只不过这人啊要成角儿，势必是要有那么一出定海神针般的拿手好戏的，譬如我当年的《定军山》，桂侬的《金山寺》，还有芳君的《梅龙镇》。这戏码一放出去，保准儿当晚的票是供不应求的，要的是这个效果。"

傅棠不在意地摇摇扇子，轻飘飘地说道："您啊，您那一套都过时了，眼下民国都一十几年了。每个人有每个人的气运，多少'挑帘儿红（一唱就红的人）'一步登天，登得高坠得也快，便说静风、秦眠香、余秀裳，哪个不是一步一个脚印儿走出来的。只要戏好，便没有'金簪雪里埋'一说。"

二人意见相左，谁也说服不了谁，佩芷赶紧从中插科打诨："小真，你看他们俩这股劲儿要是拿来竞选精忠庙（早期的梨园公会）庙首，谁能获胜？"

袁小真笑道："我看都胜不了。"

傅棠淡淡地笑了，段青山则啐她："小丫头片子，当然是你师父我赢。"

屋子里的四个人便都笑了。

这时段府的下人跑了进来，告知段青山："老爷，上海那边传来电报，孟老板决定下月初一坐火车离沪，先到咱们天津来。"

他何时回北平、如何回北平，到处都有人在盯着，削尖了脑袋想拿第一手消息，但这回提前一个月就让段青山知道，显然是有意为之。

南市几家最大的戏园子正待孟月泠一下火车就抛出橄榄枝，条件虽然比不上上海"金九银十"的月包银，但也是北平、天津两地能开出的最高价。

院子里的银杏叶纷纷落下之时，已经是十一月了，孟月泠终于在万众期待下踏上返程，丹桂社的其他人则直接回了北平，只有孟月泠以及负责伺候他的跟包春喜在天津停留。

佩芷眼看着他回来的日子近了就跟傅棠打听，傅棠大方地告诉她孟月泠下午抵津，佩芷信了。结果等到那天下午，消息早已经在整个天津卫传开了，佩芷才知道她被傅棠给耍了，人家上午就下了火车了。

而孟月泠拒了一众戏院的邀约，低调地前往段府去拜会段青山。

孟月泠跟段青山说道："照理说您跟我开口，这忙我是应该帮衬的。在上海的时候眼香得了消息便跟我说，您还捂着这出戏等我，我心里过意不去。丹桂社的其他人已经先行回北平了，我让春喜留了一身宫装行头，您看最近挑个日子，把这出《打金砖》给演了。"

段青山听到这话很是欣慰，却又觉得过意不去："这个忙是我倚老卖老央求你帮的。我知道你虽然年轻，但心气极高，出了名之后除了跟你师妹同台，或者偶尔帮田文寿搭戏，否则是不会作配的。你这次便是不在天津停留，跟着丹桂社一起直接回了北平，我也是二话不说没一个字儿怨言的。"

孟月泠的语气很是谦逊："'父母之爱子，则为之计深远'，您也是为了这么个徒弟。小真的戏我看过，您的眼光没毛病，我帮您抬她一把，也算给自己积功德了。"

段青山笑得满面红光，直让袁小真给孟月泠斟茶，客套道："她啊，还嫩着呢。有能耐使不出，我这个师父也是跟着瞎操心罢了，倒要让你跟着受累了。"

袁小真给孟月泠递了一盏茶，孟月泠接过来，礼貌地跟她颔了颔首。

孟月泠又说："应该的。我记得她原来的艺名还是我爹给起的，他定也要我帮这个忙的。"

袁小真原本的艺名唤袁栖真。当年段青山还在上海定居，有一次带

第五章　念漫漫鸿笺

着霓声社到北平演新戏，尚未出科的袁小真也跟了同去。三位梨园大贤在俞芳君家里小聚，酒后一起侃起了孔尚任的《桃花扇》，孟桂侬当即给两个孩子起了个艺名，一个是袁小真的前艺名袁栖真，一个便是秦眠香。

段青山骂了句脏话："等再过俩月封箱了，我可得去北平找他算算账，给我徒弟起的什么名字。要我看就该把他叫来唱这个郭妃，老匹夫。"

袁小真和孟月泠对视，摇摇头，孟月泠便跟段青山说了别的，把这个话题给岔开了。

等到段青山准备歇午觉时，袁小真送孟月泠出门，才说到这名字的事儿。

"秦老板名眠香，取的是侯方域和李香君洞房一折，良辰美景，师父觉得寓意极好，尤其是秦老板如今声动上海滩，戏路风生水起。而栖真这一折，侯李二人已经分别多时，李香君寄居道观，后接二人双双入道，师父觉得不吉利，所以去年给我改了艺名。

"其实是我不争气，师父便多想这些有的没的，无意针对秦老板，还望孟老板切莫放在心上。"

孟月泠说："其实你倒适合栖真这个名字。"

她性情温婉，看起来就是淡淡的不争不抢的性子，当年孟桂侬起这个名字倒也没起错。

袁小真笑道："我也是喜欢这名字的，只是师父不喜欢，那便不这么叫了。"

孟月泠之后没再说什么。

当晚孟月泠跟当年专门给段青山跨刀的天津名旦杜瑶仙钻锅（临时学戏）。郭妃的戏份不多，对于孟月泠来说没什么难度，当晚他就给弄透了。

后来杜瑶仙还频频跟人说教孟月泠这段戏的往事，直夸孟月泠不愧是孟桂侬的儿子，虎父无犬子，倒是青出于蓝而胜于蓝。这话传到孟桂侬的耳朵里，孟桂侬自然是冷笑，少不得讽孟月泠几句，这便是后话了。

而佩芷下午找上傅棠算账，质问他为什么骗她，傅棠倒也没辩解，坦率地承认了。

佩芷说:"别以为我不知道你在想什么,你跟我二哥一样,你们都合起伙来拿我当孩子摆弄。"

傅棠说:"这你便误解我了。"

佩芷又要去杜家找孟月泠,傅棠赶紧把人拦住,晓之以理:"你现在去干什么?你去跟他吵架?他应承了要帮段青山的忙,正跟杜瑶仙钻锅呢,你去不是添乱吗?"

佩芷也不是不懂事的人,这便歇下了心思,耗在西府等孟月泠回来。

也不知傅棠知不知道她是在这儿等孟月泠,他什么都没说,直到夜深了,她也该回家了。佩芷问他:"怎么他还没回来?"

他倒是在那儿悠游岁月,正把玩着昨儿个刚淘来的喜鹊登梅鼻烟壶,闻言漫不经心地答她:"合着你在我这儿赖着不走是等他呢?他也没说来西府住啊。"

佩芷闻言气冲冲地走了。

当晚回到家里,她房间的桌榻上放了一件包好的旗袍,院子里的下人告诉她,下午的时候来了个丹桂社的人,说是帮上海的秦眠香老板给她送在上海裁的旗袍。

佩芷打开来看,没什么试的心思。当时秦眠香撺掇她裁的飞袖款式,她不习惯穿飞袖,柜子里的飞袖旗袍少之又少,便答应了。如今萧萧秋日,显然是穿不了了,只能等明年夏天再穿。

佩芷把不合季节的新旗袍丢在一边,想着来送旗袍的定然是春喜,孟月泠怎么不来?

第二天清早佩芷又派了人出去打听,才知道孟月泠下榻在英租界维多利亚道的利顺德大饭店,显然是刻意避着她呢。

佩芷在家里生了半天的闷气,气傅棠唬她,又气孟月泠是铁石心肠。合着《西厢记》里边写的都是骗人的,什么"你便是铁石人,铁石人也动情",眼下他倒是就快要让她也无情了。

直到下午,西府的邵伯登门帮傅棠传话,邀佩芷一起去凤鸣茶园听戏。佩芷想都没想就拒绝了,房门都没开,朝门房嚷道:"让他滚。"

第五章　念漫漫鸿笺

邵伯在姜府门口没走，姜府的门房冒着惹恼这位四小姐的风险又报了一遍："四小姐，西府的管家说，今儿凤鸣茶园的大轴戏是孟老板给袁小真作配的《打金砖》，下一场指不定猴年马月了。"

这回房门倒是立马就开了，佩芷穿着一件雪青色的印花呢绒旗袍，风风火火地跑出府去。

天头刚黑下来，佩芷熟门熟路地进了凤鸣茶园北二的包厢，见傅棠不在里面，但扇子撂在了桌子上，显然人是来了的。

佩芷从二楼的后门穿到后台去，她如今知道袁小真的扮戏房在哪儿，那是凤鸣茶园最好的一间扮戏房，冬暖夏凉的，指不定孟月泠也在那儿。

刚走到门口，恰好傅棠开门出来，脸上还笑盈盈地，叫佩芷一起回包厢。

佩芷没理傅棠，朝着房间里看过去，袁小真旁边的化装桌前坐着一个穿水衣的清隽身影，头上已经缠好了包发网子，正对着镜子准备落笔描眼睛。范师傅也跟着回北平了，今儿个要他亲自动笔化装。

那一瞬她在心里想，距离上次见他，至今已经过去近七个月了。

孟月泠也发现了这房门一直不关，便扭头看了过来，恰好与佩芷对视。千言万语都在不言之中，谁也没张口，他是不能张口，佩芷是不知如何张口。

顷刻间的工夫，他收回了头，冷声跟傅棠说道："把门关上。"

佩芷重燃了的那么些许情意也立马被浇灭了。

房门吱嘎一声被傅棠带上了，佩芷沉默着，直到回了包厢也什么都没说。傅棠看在眼里，他自然是巴望着她歇下了这股心思的，便同样没说话。

那晚的《打金砖》效果极好，戏票供不应求。

孟月泠路过天津，只给袁小真作配演这一场，可遇不可求。可郭妃的戏份实在是没什么可看的，袁小真演的刘秀到最后《太庙》一折才叫精彩，连着有不少扑跌功夫，更别说那几个实打实的僵身。

底下的戏迷眼睛不瞎，看得出来袁小真是真有本事，且肯花心血钻研，更别说她还是个女老生，如今终于有些刮目相待之感了。孟月泠给袁小真抬轿，希望大伙儿把眼光放在袁小真身上，也算达成目的，此后袁小真的造化如何，还要全凭她自己个儿去闯。

次日上午，孟月泠便准备坐火车回北平。

昨晚散戏后佩芷没去后台找他，本来是想再也不理他了，她已经独自经历了一段感情从情起到情灭的全过程，独自体会了所有的复杂心酸，已经对孟月泠彻底失望了。

可知道人要走了，她还是立马叫了家里的汽车，匆匆地前往火车站，一路上的焦急不知是否算通感孟月泠那日前往上海火车站的心情。

在站台上，佩芷眼看着春喜拎着箱子先一步上了火车，孟月泠随后，她远远地叫住他："孟月泠！"

他回头看她，显然意料之外。佩芷等他朝着自己走过来，反正距离开车还有些时间，列车员还没举着喇叭催促。

她就站在原地等他，等他朝自己走过来。她已经奔着他耗了这么多的努力，让他走这么一段路，也不算什么罢？

可便是这十几步的距离，仿佛远隔重山万里，亦是他们永远跨越不过去的阻碍。佩芷看不到他细微波动的喉结，只看到他决然转身上车的背影。

她又叫了一声："孟月泠！"

可他还是上车了，佩芷杵在原地，蹲了下去抱着膝盖，满心凄凄然。

自那日之后，直到天津与北平两地大雪纷飞冬日深深，佩芷再没给他写过一封信。

北方的秋天如疾风骤雨般匆匆而过，凛冽寒雪裹挟着漫长冬夜浩浩荡荡地奔赴而至。从秋到冬，佩芷便没怎么出过门，成日里躲在房间里，倒是把架子上的陈书给翻完了大半。

姜肇鸿和姜伯昀迂腐，自然是巴不得她安生待在家里，收一收野性，这样等到来年开春后也差不多该把和佟家的婚事提上日程了；姜老太太和赵凤珊则更关心佩芷，她这么猝然地转变，姜老太太直说怕她在闺房里关傻了；至于姜仲昀，他最是知道其中情由，也只是静静地看着，顺

第五章　念漫漫鸿笺

便准备等待汪玉芝生产——他就要当爹了。

冬至过后，屋子里生起了炉子，佩芷从书房角落的剔红八斗柜里取出一张九九消寒图来，开始描红。

这是她自小学字便养成的习惯。所谓的九九消寒图便是一张双钩描红字帖，上书九字，每字九画，共九九八十一笔。从冬至日起，每天按笔画顺序描一笔，每过一九则成一字，待到九九之后，这冬天也就过去了，春回大地。

恰是二九那日，汪玉芝生产，诞下了姜家的长孙，佩芷做姑姑了。

整个姜家一团喜气，孩子才刚出生，姜老太太就叫着赵凤珊开始准备百日宴；姜肇鸿则忙着给孙儿起名字，百般犹豫，自然是要起个最好的；姜伯昀包了最大的红包，俨然是家里最乐意抱孩子的那个，但也难免追忆亡妻……

姜仲昀和汪玉芝夫妻的日子依旧过得鸡飞狗跳。汪玉芝怀孕的九个月里，姜仲昀似乎把所有的对妻子的关怀都使尽了。成为父亲并不能让姜仲昀彻底收心回归家庭，他还是要出去胡混的。

四九的时候天津地面上已经开始积雪了，动物选择在冬日里长眠，大抵是因为冬日天寒，日光之下便愈发没了新意。唯一的新事情应算得上是赵巧容从赵公馆搬了出来，她在租界里买了一幢新宅子，名为沁园。

整个姜家都围着新生儿转的时候，佩芷冒着绵绵小雪，到沁园做客。

沁园的名字取自曲牌沁园春，也是赵巧容最喜欢的曲牌。她偏爱苏东坡的那句"世路无穷，劳生有限，似此区区长鲜欢"。赵巧容假痴不癫地活了这么多年，佩芷险些忘记了她们两个当年是同一个先生教的读书写字了。

佩芷没想到宋小笙也在。这个时节戏班子都已经封箱了，他倒确实应该赋闲在家。

眼见佩芷进来了，宋小笙立马从沙发前站了起来，略微躬着肩膀跟她问好："姜四小姐，中午好。"

佩芷顿时有些不知道该说什么，一则没想到赵巧容竟然还跟宋小笙在一起，二则突然认知到赵巧容之所以搬出赵家，竟然是为了跟宋小笙幽居。

赵巧容靠在沙发里，身上披了一件毯子，手里捧着一盏补气生津茶，回头懒洋洋地瞥了一眼佩芷，随后拽着宋小笙坐下："你甭理她，论辈儿她还得叫你一声姐夫呢。"

佩芷心想这是哪门子的姐夫，白了赵巧容一眼，也走过去坐下了。

那厢厨房里正忙活着准备食材，赵巧容邀她来的时候便说了，恰好今日下雪，在家里吃涮羊肉再合适不过。宋小笙如坐针毡，赶紧又站了起来，说是去厨房盯着。赵巧容没再留他，笑着让他去了。

等到了饭桌上，佩芷倒也看出来些门道。这二人相处得极其自然，宋小笙频繁地帮赵巧容夹菜，都是赵巧容喜欢吃的。

赵巧容给了他个眼色暗示，他便换了公筷，帮佩芷夹了颗虾球。佩芷看着那颗虾球落进自己的碗里，满心复杂——赵巧容定把她的偏好也给宋小笙说了，那宋小笙看着赵巧容的时候是自然的，看向她则还是不可避免地带着小心与讨好。

席间自然说到了刚当爹的姜仲昀，赵巧容说："我最近懒得出门，他又开始出去胡混了？"

佩芷说："不然呢？二嫂怀孕的时候他倒是像个人，亏我还以为他改好了。"

赵巧容说："玉芝管不住他的。寻常家的太太要防着外面的女人，她不仅要防女人，还要防那些男不男女不女的男人，除非她像孙悟空似的变出几个分身来，否则……"

宋小笙用手肘碰了一下赵巧容，赵巧容收了口，意识到失言了。

宋小笙便挪走了她手边的酒杯，提醒道："今日喝得差不多了，莫再喝了。"

赵巧容跟他打商量："我把这杯喝完，否则浪费了。"

宋小笙便一口兜了下去，把杯子挪得更远些："这下就不浪费了。"

赵巧容笑眯了眼睛，手偷偷地摸到他的腰侧拧了一下。宋小笙顾虑佩芷还在这儿，便强忍着按下她的手。

佩芷只当作看不到，想明白了赵巧容话里的意思。她以前只知道姜

第五章　念漫漫鸿笺

仲昀爱在外面鬼混，没想到竟然会鬼混到如此地步，虽说倒也释怀了他看戏艳俗的审美，但还是觉得难以接受。

她便问赵巧容："你怎么知道的？"

赵巧容轻描淡写地说："我怎么知道？我跟他一起去的相公堂子呀，说起来还算我带他见的这个世面呢。"

佩芷在心里骂他们两个胡闹，偷瞟了一眼宋小笙的表情，他只低下了头吃菜，像是不关心的样子。

佩芷说："你们俩真成，哪有兄妹俩一起去逛堂子的？"

赵巧容嗤笑了："那你是见得少了。还是说，你在怪我们没带你？打小确实总是我们三个一起出去捣蛋的，但这事儿还不能带你去，你还小呢，起码等你跟佟璟元结了婚再说。"

她显然一副还要去的架势，宋小笙扭头看她："巧容？"

赵巧容旋即笑了，搭在他肩膀头捏了捏他的脸颊："我故意说这话气你呢，你看你，被我激了罢？"

宋小笙站起了身要离席，赵巧容说："你干什么去？"

宋小笙说："还能干什么去？去给你煮茶。"

午饭吃过后没多久，雪也暂时停了，赵巧容说要吃桂顺斋的桃糕，宋小笙便亲自出门去买了。

姐妹两个偎在客厅的暖炉旁闲话，佩芷才知道，赵巧容便是在堂子里遇见的宋小笙。佩芷心想合着这宋小笙还是个出淤泥而不染的，刚进了堂子就遇上了赵巧容这么个阔气的主儿。

赵巧容说："哪有那么好的运气？他穷得都要揭不开锅了，家里还有个重病的老娘。姜仲昀先看上他了，要带他走，他出门时的那个表情跟要自缢了似的。我瞧着有意思，人长得也不错，就跟姜仲昀给要来了。"

佩芷想到上次在协盛园宋小笙来包厢跟姜仲昀问好的情形，此时在心中觉得姜仲昀有些龌龊。

赵巧容继续说道："我出钱把他娘送到了洋人的医院，好说歹说坚持了一年，也看着她儿子能穿上一件好衣服了，去年开春的时候就放心地走了。"

她对宋小笙并无恶意，此时还觉得他有些可怜。可她只是纯粹地认为，这二人身份悬殊，即便赵巧容如今是个孀居的寡妇，有再次择偶成婚的权利，他们也不会有好的结果。

赵巧容睃了一眼默不作声的佩芷，说道："我知道你在想什么。"

佩芷叹了口气："你既知道，那我就不再说了。"

赵巧容笑说："佩芷，你还当你表姐我现在是什么黄花闺女呀？姐姐都三十岁了，半截儿身子都埋土里了，什么样的男人我没见过呀。小笙知道照顾我、关心我，我就想要个这样的贴心人，怎么就都要对我指指点点？我大哥还在那儿跟我生闷气不来见我呢。"

佩芷解释："我没说他不好。可找个肯对你好的人还不容易吗？为什么偏偏是他？你们俩的地位差得太……"

"我告诉你，不容易。说到底，还不是因为他是个戏子？即便是他唱到孟月泠那般的名声了，照样还是不能妄想世家小姐的。咱们俩都是这样被教养出来的，你这么想也正常。"

说者无心，听者有意，赵巧容自然不知道她的心事。

佩芷沉默了两秒，幽幽地重复道："是啊，不能妄想的。"

她霎时间就要站在宋小笙这一边了，幸好悬崖勒马，佩芷又说："可他之前照顾他娘，娘死了又照顾你，谁照顾他呢？你有没有想过，他不爱你，只是迫不得已要报答你。你以前跟我说过，要找个喜欢的人在一起，不然日子过不下去的。"

"等我死了，他爱找谁照顾他就找谁照顾他。"眼看着佩芷的眼神中闪过惊恐，赵巧容赶紧笑着改口，"你这人不识逗。我待他也好，你没看到而已。"

赵巧容又叮嘱她："我那时和你说的话，不是诓你的，你……"

佩芷发现她已经连着抽了好几支烟了，便蹙紧了眉头。

赵巧容咽了口唾沫，夹烟的手细微地抖动着，眼神也有些涣散了。佩芷脑海中的警钟大作，急忙问道："你怎么了？"

赵巧容摆了摆手，手里的香烟已经丢了出去，攥着佩芷的胳膊，语气颤抖地说："不用，不用管我……你先，先回……"

第五章 念漫漫鸿笺

佩芷赶忙起身去叫沁园的下人，下人却皱着眉头回了自己的房间。佩芷扭头一看，赵巧容已经倒在了地上，胡乱拂掉了沙发旁矮桌上的摆件。

幸好宋小笙回来了，佩芷本来已经打算叫车把人送去医院了。

她听到开门声的瞬间就朝着门口嚷道："宋小笙！快来！"

宋小笙把手里的桃糕丢在了地上，急忙跑过来，把赵巧容紧紧地抱住，挟着赵巧容上楼回房间。

赵巧容胡乱地叫着，挣扎着厮打宋小笙，宋小笙连衣服和头发都乱了也不在意。佩芷关切地跟了上去。

进了房间佩芷才发现，这间主卧房里空荡荡的，除去床和柜子再没有多余的东西，想必是特地把摆件和挂画都挪了出去。

宋小笙从抽屉里拿出了绳子，就往赵巧容的身上捆。佩芷终于明白了点什么，也上前帮忙，不可避免地被赵巧容踹了两脚。

他气喘吁吁地跟佩芷道歉："四小姐，您先回，我一个人就成。"

他的动作确实也很熟练，像是做过了许多次一样，先把赵巧容的手腕捆在身后，再去捆她的脚踝，甚至还摘下了赵巧容头上和身上的首饰，防止她受伤。

赵巧容挣扎着、嘶吼着、怒骂着，说出口的脏话极其难听，全部砸在宋小笙的身上，宋小笙却是充耳不闻，把她绑紧了后还系在了床栏上。

佩芷只觉得心跳到了嗓子眼，赶紧出了门，靠在墙边，耳边还清楚地听得到赵巧容的反抗，心里极不是滋味。

宋小笙短暂地出来，从走廊的柜子里取出了几方手帕，又要进去。

佩芷拽住了他："你还进去做什么？她眼下正是反抗最剧烈的时候……"

他的脖子上被抓出了好几道红痕，险些要毁了这张脸。

宋小笙举起了手里的帕子："我给她手腕和脚踝垫上点儿，不然瘀青连涂粉都遮不住。"

赵巧容一向好面子，自然是不愿意被外人看到这些的。

佩芷看着宋小笙凌乱的头发，还有额间细密的汗珠，她彻底对宋小笙没意见了，甚至还关切了一句："那你给她垫好了帕子赶紧出来，等她过了这阵再说。"

宋小笙的眼神闪过一丝惊讶，朝着佩芷腼腆地一笑："多谢四小姐关心，您先回罢，我这不能送了。"

他闪身就进去了，佩芷在门外看着，赵巧容已不是昔日光鲜的赵巧容了，她像个歇斯底里的疯子，又像是这个病变时代的毒虫，在奢丽的床笫间蠕动。

佩芷莫名地红了眼眶，跑下了楼，离开了沁园。

四九还没过去，恰巧赶上那日是大寒，孟月泠回了一趟孟家老宅，看起来像是定期去看望孟桂侬。

早年孟家住在前门外的韩家潭，孟月泠和孟丹灵都是在韩家潭长大的。俗话说"人不辞路，虎不辞山，唱戏的离不开韩家潭"，那时候确实有不少大大小小的角儿住在这一带。

后来孟桂侬在沿儿胡同买了房子，歇演后就在这儿养老。孟丹灵和妻女至今仍跟孟桂侬同住，孟月泠则早就搬出去了。

他照旧是什么都没带的，但每次都会给孟桂侬送钱，出手并不小气。按理说甭论礼轻礼重，都应该提着点儿东西来，可他买什么孟桂侬都是不待见的，他便也乐得省力气，什么都不带了。

孟桂侬正卧在烟榻上逍遥，看到孟月泠进来了，颇有些嘲讽地说道："这不是我们孟老板吗？稀客啊，孟老板日理万机，竟亲自光临寒舍，还算记着你有个亲爹。"

孟月泠的语气波澜不惊："快过年了，来给你送钱。"

孟桂侬把厚厚的一沓钱丢到了地上："你当老子稀罕你的臭钱？！你什么时候知道给你老子买点儿上好的云土带来，就知道孝顺别人，合着我帮俞芳君养的儿子？"

孟月泠冷眼看着他："你觉着你说这些话是在羞辱我？你羞辱的是娘。钱我给你了，你爱买什么买什么，我管不着你。"

"我的戏被你给改成了什么东西！你还有脸回来见我，我看你巴不得

第五章　念漫漫鸿笺

早点儿把我给气死！"

"你放心，台底下的座儿眼睛不瞎，都比你懂。"

两句话就把孟桂侬气得充血，脸色涨红着丢掉了烟枪，也不抽了，撑着身子指着他骂："胡说！我在老佛爷跟前儿唱戏的时候你还没生下来呢，你说我不懂戏！要不是你大哥嗓子不中用了，能轮到你碰我的东西？！"

孟月泠轻轻地笑了："你也说'要不是'了，事实不还是如此吗？一把年纪你也别跟我生这没用的气了，说来说去都是那么几句，我都替你累。"

他说完就推开门走了。孟桂侬拎起地上的鞋朝着空荡荡的门口扔过去，嚷着那些说了不知道多少遍的话，孟月泠都懒得细听。

嫂子从东屋里走了出来，见到他，回头朝屋里喊道："小蝶，出来看看谁来了？"

她留孟月泠在家里一起吃晚饭，孟月泠没拒绝但也没答应。孟小蝶从屋子里跑了出来，孟丹灵跟在后面帮她系紧围脖，生怕她再生病。

孟月泠弯腰把小蝶抱了起来，小蝶抱着他的脖子叫"小叔"，孟月泠露出了一抹淡淡的笑，说道："小蝶又长高了。"

小蝶转头问孟丹灵："那我什么时候能跟小叔学戏？我想让小叔当我的开蒙师父。"

过了这个年，孟小蝶就七岁了，可她天生身子骨弱，孟丹灵更不愿意让她受这个苦。孟丹灵不想骗她，但这种温馨的场面又说不出口拒绝的话。

孟月泠看出来了，哄着小蝶说道："小叔带你去买冰糖葫芦，再带你在银锭桥边玩会儿雪。"

小蝶很是雀跃："好！小叔终于肯陪我玩了，可爹不让我玩雪。"

孟月泠跟孟丹灵对视了一眼，自作主张道："我们就玩一会儿，你爹说了不算，今日小叔做主。"

孟丹灵无奈地摇摇头。孟月泠把小蝶放下，牵着她的手出了院子。

从沿儿胡同往东走，出了胡同就是银锭桥，恰巧胡同口就有个卖糖葫芦的老翁，孟月泠给小蝶买了一串，小蝶攥在手里舔着，叔侄俩又手牵着手上了银锭桥。

小蝶老实了没一会儿，就跑了下去。西堍的树下正有几个小孩在堆雪人，小蝶的那串糖葫芦也给他们分了，画面倒是其乐融融。

孟月泠独自站在桥上，可望见远处西山，满目长空寂寥，心中亦寂寥，不禁想到了佩芷写给他的一封信。

她的每封信都很啰唆，前半部分不知所云，多给他讲各种稀奇古怪的事儿，虽说这后半部分也没什么正题，但那些笨拙的字句中无不潜藏着真挚的情意。

孟先生：

展信安。

近日吾常去凤鸣茶园，捧老生袁小真场，疏于提笔，万望莫怪。上次去信言道，吾兄叔昀留学德国，每每返津，吾缠其讲述洋人逸事，今想起一则，述予君听。世界之最南地，名为南极。此地遍覆白雪，终年不化，难以行路。十余年前，两队人马同时前往，其中一队率先征服此无主之地，另一队士气大挫，罹难于归途。吾未曾到过雪原，惟见过漫天大雪，海河成冰。孟先生于吾，亦如冰川，吾痴望得见冰川之下何如。听闻北平有一桥名为银锭，桥上可望神京右臂，是有银锭观山之称。今年大寒，平津两地必已遍布皑皑白雪，吾愿赴北平，不知可否与孟先生共见西山？

佩芷

她说："孟先生在我眼里就像冰川，可我想看看冰川下面是什么。"

她问："大寒那天我会去北平，能不能跟你一起在银锭桥上看雪观山？"

孟月泠不知道什么南极北极，更没见过什么冰川冰山，只知道这封信他看了许多遍，内容像戏词一样深深地刻在脑海里。

因为那是她的最后一封信。

第五章　念漫漫鸿笺

　　天空中又落下了小雪，像是春末在上海的时候他去火车站送她那日的小雨一样磨人，落在脸上跟挠痒痒似的。

　　小蝶玩得出了汗，笑嘻嘻地叫他："小叔，我可不可以摘掉帽子和围脖？"

　　孟月泠的神志还尚未从南极跑回来，便木着脸朝她摇摇头，小蝶便不敢脱了，还把帽子向下拽了拽，生怕他立马带她回家。

　　远处的西山已经望不清了，满目灰蒙蒙的，孟月泠低头拂了拂身上的雪，雪花融化在指尖，转瞬即逝。

　　他察觉到桥头有个人已经立在那儿许久了，于是转身看了过去。

　　佩芷穿着一件粗毛领的大衣，直率的白仿佛要与雪色融为一体，双手插在口袋里，头上戴着一顶同色的绒帽，朝着他歪头一笑："孟先生久等，我来赴约了。"

　　孟月泠愣在原地，刹那间从心头有一股暖流涌上脑海，大抵是涌得太急，让他张不开口了。

　　佩芷一步步地走上了桥，站到他面前，孟月泠还是一句话都没说。

　　佩芷大方地开口："我还以为你压根儿就没看过我的信。"

　　他仍旧嘴硬，冷声地说："确实没看。"

　　佩芷冷哼一声："成，狗看的，狗看的行罢？"

　　孟月泠回道："你才是狗。"

　　佩芷抿着嘴偷笑了，认真地看了看远处，说道："这哪有西山呀？我怎么没看到山？不是说银锭观山吗，山呢？"

　　孟月泠嫌弃地给她指了下："看反了。"

　　"哦，我一到了北平就不分东南西北了，差点儿没走出火车站去。"佩芷转了个身，像模像样地看了两眼，嘀咕道，"看完了，没什么好看的。"

　　孟月泠说："那就回罢。"

　　佩芷仰头看向他："可我也不是为了来看山的呀，我是来看你的。"

　　孟月泠避开了与她对视，看向远处，冷淡地说道："封箱了，今年没戏码了。"

　　佩芷同样冷了声音，说道："你甭跟我打太极。你明明看了我的信，

185

才在今天专程来这儿的。"

孟月泠带她看向远处的小蝶："我陪她出来玩。"

恰好孟丹灵找了出来，雪越下越大了，他带着小蝶先回去了，看孟月泠在跟人说话便没过来，只远远地招了个手。

佩芷愈发生气了，满心委屈："所以你的意思是，是我自作多情，对吗？"

他迟迟不回答，桥埂的小孩都跑回家去了，像是整个世界只剩下他们俩。雪片狠狠地打在身上，不留情面。

佩芷一股脑地把话都说了出来："孟月泠，我恨死你了，我讨厌你！我再也不要见到你，我要忘记你。你也不要再去天津，你要是出现在天津，我就让我哥哥带人去砸了你的戏台子。还有，你，你……"

孟月泠低头问她："我什么？"

两人相对而立的场面像极了大人在欺负小孩。佩芷憋了半天也没想出来下句，抑或是更狠的话，只知道心里面委屈，眼眶也跟着湿润了。

她嚷道："我说完了！"

接着一瞬间的事，她还没反应过来，就被他拽着手臂带到了怀里——他把她抱住了。

佩芷眼里的泪水全部落在了他的大衣上，滴进黑沉沉的布料中，深不见底。

她的话说完了，该他说了，他在她耳边开口，声音是那样的温柔，又无奈。

他说："姜佩芷，你不该来。"

佩芷哭着说："我来了，我偏要来。"

孟月泠点头，用冰凉的指腹帮她拭掉眼泪，她则抬起头与他四目相对。

他又说："可你来了，我心中欢喜。"

不仅欢喜，更是他二十余年来的最欢喜，他一向情不外露，这后半句他说不出口。

他原本以为她今日不会来了，可她还是把他们之间相隔的所有的路

第五章　念漫漫鸿笺

都走完了，他怎能再继续逃避下去，即便是明知不可为，亦要为之。

他把她抱进怀里的这一顺当，一切就都回不了头了。

她不顾大雪天寒，埋在他胸前呜呜地哭个不停。孟月泠极耐心地哄，用手不断地安抚她的头，在心中跟她道歉，一遍又一遍。

"你怎么忍心一封信都不回复我啊？"

"回复了。"

"骗人。"

"没有。"

桥边起了风，倒是更冷了，孟月泠原本想带她离开，可佩芷紧紧地抱着他不放。

她说："我等下就得去火车站了，再晚回去被发现就糟了。"

他听她的："好，那就在这儿。"

她好不容易止住了哭意，又问："那我什么时候才能再见到你？"

孟月泠想了想，答她："春天。"

佩芷说："等我的九九消寒图描完？"

孟月泠说："差不多，或许还要再晚些。"

佩芷苦了脸："太久了。"

孟月泠说："可以写信。"

佩芷说："真的吗？你不会又不回复我吧？"

孟月泠轻轻地叹了口气："真的，不会。等下我把以前的信都给你，你慢慢看打发时间，日子便过去了。"

佩芷问："你要把我的信还给我？"

孟月泠说："是我的回信。"

原来真的有回信，整整一摞，甚至比佩芷寄给他的数量还多，因为她几个月没再寄信，这最后一封他回了很多次。

佩芷攥着那些信踏上返程，孟月泠送她到站台。就像世间最寻常的爱侣一样，他们拥抱作别，依依不舍。

火车已经开始动了，她还站在门边朝他喊道："我在天津等你。"

孟月泠的嘴角挂着散不去的淡笑，点头回应。

那年的除夕夜似乎与往年没什么不同，姜仲昀和汪玉芝的儿子乳名换作麟儿。若是大嫂未难产去世，以及姜叔昀归家过年的话，姜府中的喜气会更甚。

即便如此，姜老太太也已经足够欣慰。二嫂抱着麟儿最常去的便是姜老太太的院子，姜老太太一把年纪了还能抱得上曾孙，喜不胜收，给麟儿的压岁钱手笔极大，并非钞票，而是装满整个剔红方匣的小黄鱼。

佩芷身为家中唯一一个还在拿压岁钱的孙辈，捏着红包里的一沓钱，直怨奶奶厚此薄彼。

姜仲昀把麟儿抱回到小床上，刨她道："你也不看看你多大了，还在收压岁钱，我要是奶奶，早就不给你了。"

姜伯昀也帮腔，劝道："你赶快跟璟元成婚，便是不生孩子，奶奶给一小匣金条也是不够的。"

佩芷秒变了脸色："大哥那么喜欢佟璟元，大哥怎么不跟佟璟元成婚去？大嫂走了，你现在还单着呢，三哥连个女朋友都没有，你倒好意思催起我来。"

她牙尖嘴利，一个人能回击姜伯昀和姜仲昀两个，姜老太太是不担心她在嘴巴上吃亏的。但姜老太太也知道，她心里边听到这些劝婚的话不好受。

姜老太太用拐杖虚指了指："你们两个哥哥，大过年的欺负佩芷，赶紧给我出去。仲昀，把你的儿子也抱走，省得他醒了要哭。"

姜伯昀恨铁不成钢地睃了佩芷一眼，佩芷朝他吐舌头。姜仲昀用被子把麟儿的头给盖住，接着抱着麟儿跟姜伯昀出去了。

佩芷看屋子里清静了不少，连着吃了好几颗杏脯，随后凑到姜老太太身边，蹭了蹭姜老太太的肩膀："奶奶，您真好。"

姜老太太闷笑："你啊，少惹你大哥。他性子保守，平日里最是看不惯你出格的举动，你还跟他犟嘴。"

佩芷满不在乎："我有奶奶啊，我怕什么。大哥再厉害，也还是要怕爹；爹再厉害，也还是要怕奶奶；可是奶奶又纵着我，所以嘛，您说这个家谁最大？"

第五章 念漫漫鸿笺

丫鬟小荷先笑了，姜老太太也点了点她的头："所以啊，你有什么想让奶奶帮你做主的，趁早跟奶奶说。否则指不定什么时候奶奶走了，这个家里还有谁能护得住你？"

佩芷的心头一酸，低声说："奶奶，大过年的，您说什么不吉利的话呢。呸呸呸，赶紧吐掉。"

姜老太太笑了笑："连曾孙奶奶都抱到了，奶奶也没什么遗憾了。其实这些都不重要，重要的是还没看到你出嫁。其实奶奶也想看我们佩芷嫁人，但这事儿要顺其自然。现在不是都流行西洋做派了吗，小荷，那个词儿怎么说的来着？"

小荷接道："婚姻自主！"

姜老太太："对对对，自主。奶奶看出来了，你有心事，而且你不想嫁给佟家那个小子。虽然说你们俩打小是一块儿玩到大的，我原本以为你会中意他，可惜了。"

佩芷揽着姜老太太的肩膀，隔着窗纱都看得到窗外的满目红光，灯笼连挂。姜老太太住的院子偏僻，听不大清鞭炮声了，但天上还是偶尔会闪烁过烟花的色彩，一定是那些富贵人家放的最贵最大的。

她感觉自己的声音都变得缥缈了，依托在这个家中唯一一个无条件爱她的人肩头。可惜奶奶已经年迈了，她很怕奶奶离开自己。

像是为了抓住姜老太太一样，又或许是此刻太过于心安，她把心事说与姜老太太听，让奶奶做姜府中第一个知道的人。

佩芷笑着说："奶奶，我是有事要求您，等我想好了怎么说，再告诉您。"

姜老太太点头应和，顺便抚了抚她的脸蛋。

佩芷又说："奶奶，我有心上人了。"

姜老太先是一愣，接着笑了出来，佩芷紧接着说："您可得给我保密。"

姜老太太频频地点头："好，奶奶不说，等佩芷自己说。"

姜老太太本来想继续问她，这个心上人是谁、长什么模样、做什么的、待她好不好，可老太太突然就觉得没精神了。

佩芷帮着小荷一起扶着姜老太太上了榻:"奶奶,那我先走了,明儿个起来再来陪您。"

姜老太太嘀咕道:"走罢,明儿个再来。"

除了姜老太太睡得早,其他人自然是要守岁的,等到热闹终于散了,连一向好动的佩芷都觉得有些累了。

梳洗过后佩芷钻进被窝里,被窝都焐热了,她又忽然起来了,披了一件外套挪到了桌案前,先是把除夕这日忘记描的九九消寒图给补上一笔,顺道把大年初一的也给描了。

随后九九消寒图被放到一边,她抽出了一张素笺,竟是开始提笔给孟月泠写信。

虽然还不算郑重,但是她已经跟奶奶说了有他这么一个人,倒像是已经把他介绍给了家人一样,还是她最敬爱和喜欢的长辈。此时夜深人静,她听得见自己的心跳声,带着异样的澎湃。

佩芷想要提笔告诉他这些。北平与天津离得近,去信也快,虽然说年节都要休息,可最迟元宵节信总能到达他的手里,前提是她得快点写完。每次给他写信,她总觉得笔尖如有千斤重,踯躅着难以落笔,最终写下了一堆不甚满意的啰唆话。

夜已经深了,她是整个姜家唯一清醒着的人,昏暗中倒有些萤窗雪案的架势。

她依旧在信首称呼他为"孟先生",原本想等他开口让她唤"静风",可他似乎吃定了她不如他沉得住气,只会反过来称呼她为"姜小姐";她在信尾总是会附一句"盼春至",他在回信中亦会写"深春见"……

那时两地相思,却各有所盼,日子过得并不苦涩,还会因收到信而满心愉悦。

他给她的那一摞从夏天跨越到冬天的回信,佩芷早在回天津的当晚就都给看遍了。她一向心急,所以后来的日子里,她便把那些信一遍一遍地看,不厌其烦,像是每次都能体会到他的另一份情感。

这一夜,她借着房檐下的红灯笼,猫在被窝里看信,信纸都被照成了红色,直到困得睁不开眼睛才昏昏入睡……

第五章　念漫漫鸿笺

次日清早，佩芷还没起床去给姜老太太问好，来姜家拜年的人就已经敲门了，而这来得最早的人便是佟璟元。

姜肇鸿自然是最欣慰的，其次是姜伯昀，想必二人都觉得自己的眼光不错。佟璟元挨个问了遍好，又陪着姜肇鸿下了两盘棋。已经到了日晒三竿的时辰，姜家陆陆续续地又来了不少拜年的客人。

佟璟元也不用他们招待，便去了佩芷的院子里找佩芷。

那会儿佩芷刚起身洗漱，衣服还没换，院子里的丫鬟冒着惹佟璟元不快的风险还是把他给堵在门外："佟少爷，四小姐还没收拾好呢，您不能进去。"

佟璟元倒没想那么多，闻言嗤笑了一声，原本想说他们俩自小一起长大，彼此什么没见过，话到嘴边还是换了一句："是我太着急了，那我在院子里等她。"

像是生怕佩芷听不到，他隔着窗户又对屋子里喊了一句："佩芷妹妹，我在外面等你，你好了叫我，我再进去。"

佩芷站在房间最里面的屏风后换衣服，离那么远都听见他的话了，闻言也嚷着回他道："你甭等我，我也不会让你进来的，你别烦我了。"

佟璟元就立在房檐下，倒是跟她对嚷了起来："你还在跟我生气呢？就因为我上次跟叔父说让我们先订婚？你心眼儿可真小。"

佩芷冷笑："佟璟元，你当我跟你闹着玩儿呢？"

佟璟元说："难道你不是在跟我闹着玩儿吗？"

隔着距离还是吵不起来，佩芷急急忙忙地系好了灰鼠坎肩儿的扣子，冲出了房门："我是认真的，我告诉你多少遍了，你不要来找我，我是不会嫁给你的。我就是出家当姑子，也不会嫁给你，听懂了吗？佟璟元。"

佟璟元今日穿了一身绛红暗纹马褂，头顶戴同色的六合帽，明明是一身儿合适过年的打扮，此刻却衬得他的脸色愈加难看。

他沉默了半晌，才摆手唤来了身后跟着的小厮。小厮把手里的食盒放在了院子里的石桌上，佟璟元打开盖子，说道："宫中老师傅的手艺，你最爱吃的枣泥酥，天还没亮我就把人给叫起来了，现给你做的。"

佩芷一拳头打在了棉花上，在心中无声地叹了口气，其实她没想对佟璟元说这么重的话。可她话说得轻了，他就意识不到她心意的坚决，以及此事的不可转圜。

佩芷连看都没看那盒枣泥酥，冷着脸对佟璟元说："你拿给他们吃就好了，我不爱吃枣泥酥。"

佟璟元笑道："你忘了小时候我偷偷地带你出去买点心，你怎么跟我说的了？你说，'璟元哥哥，你会不会一直给我买点心'。佩芷，我当时答应你了。"

大年初一辞旧迎新，他二人立在干冷的院子里，空气中弥漫着爽厉的气息，像是今日势必要把昨日清算掉一样。

佩芷说："那时候我们都太小了。"

佟璟元："如今我们不小了，那你怎么还拖着这婚事？其实那时候我就知道，我是一定会娶你的，可你后来连璟元哥哥都不叫了。"

佩芷说："你本来可以一直都是我的璟元哥哥。可他们告诉我，我将来要跟你结婚之后，你就再也不是我的璟元哥哥了。"

佩芷还记得，当时似乎也是年节，两家人聚在一起，大人们闲话间告诉她，她将来要嫁给佟璟元，佩芷直接被吓哭了。包括后来很长的一段时间里，她都不能接受这个事实。佟璟元在她眼里和伯昀、仲昀、叔昀一样，都是她的哥哥，如果佟璟元成了她的丈夫，那让她今后怎么看待伯昀他们？

佩芷帮他把食盒的盖子重新扣上，显然没有要收的意思，转身毫不留情地进了屋子，关上房门，徒留佟璟元在院子里立着，不知何时离开的。

佟璟元走后，佩芷才去了姜老太太的院子，喝了两盏茶又吃了些杏脯。姜老太太直劝她别吃太多，小心胃里泛酸，可佩芷就得意这些酸甜口的，完全没当回事。

午后阳光晒得人懒洋洋的，佩芷躺在榻上，头枕着姜老太太的腿，低声地开口了："奶奶，我想求您，帮我把和佟璟元的婚事给毁了罢。"

姜老太太似乎在意料之中，又似乎在意料之外，沉吟了一会儿才答她："好，奶奶答应你。"

第五章 念漫漫鸿笺

新历三月初的时候，冬天已经尽了，佩芷的九九消寒图描完了最后一笔，再在图上方题了寓意吉祥的"管城春晴"四个字，图就算彻底完成了。

照例这四个字应该是"管城春满"，只因她单名一个晴字，所以从开始写九九消寒图的时候她便自作主张把满字改成晴字了。

那日给孟月泠去的信上，她还说等他来天津了，要把这张图送给他，贴在他卧房的床头。

早春，佩芷到沁园看望赵巧容。似乎更多的是心理作用，她总觉得赵巧容的精气神儿比起以往足了不少，她是真心希望她这个表姐能好。而赵巧容亦是说一不二、雷厉风行的主儿，直接告诉佩芷，她打算和宋小笙结婚了。

佩芷自从上次看到宋小笙照料赵巧容，倒确实对宋小笙没什么意见了，可若是谈婚论嫁，顾虑便又多了起来，自然是不能像吃顿饭那么轻易地就办了。

过年的时候赵显荣来家里拜年，佩芷不见赵巧容，如今一问才知道她压根儿就没回赵家过年，而是和宋小笙一起在沁园过的。

佩芷劝赵巧容和家里缓和些，殊不知赵显荣已经默认了自己这个妹妹在外边胡闹，只要别闹出诸如结婚、怀孕等有辱赵家门楣的事就好。

赵巧容说："他巴不得我这辈子浑浑噩噩地过去，早点儿死了最好。没想到我好了，还要把肮脏混乱的过去给翻篇了。想让我为了个男人守一辈子的活寡？他也不看看他妹妹什么脾气。佩芷，你记着表姐的这句话，我们女人本来就够苦的了，凡事儿还是要为自己打算，自己都不替自己打算的话，就更没人帮你打算了。"

那时佩芷还年轻，尚且不觉话中深意，亦并没有放在心上，只是左耳朵进右耳朵出罢了。

她掐着指头数着日子等孟月泠来天津，整个春天最常见的除了傅棠和袁小真，便是白柳斋、白柳阁兄妹俩。

大寒那日佩芷偷偷跑去北平的事儿只告诉了袁小真，袁小真虽然没追问她到北平后发生了什么，但如今从佩芷的脸上也看出来了。傅棠看出了一半，另一半并非没看到，而是不确定——等他知道孟月泠要来天津的时候，想必才算确定。

　　旧历三月末，西府的海棠花又开了，孟月泠如期赴约，携丹桂社抵津。

第六章

把韶光窃了

  袁小真和佩芷一起，同去了火车站接孟月泠。她自然是奉师父段青山之命，段青山身为梨园大拿，断没有亲自去接一个晚辈的道理，但似乎为显对孟月泠的看重，便派了袁小真走这一遭。

  二人立在站台上，随着火车趋停，车上的人乌压压地向下拥。佩芷四处张望，终于捕捉到了孟月泠的身影。她回头叫了一声"小真"，袁小真跟上了她，她便像只出了笼的鸟儿一样奔向了孟月泠。

  他还穿着去年的那件黑色风衣，手里攥着一顶海狸皮帽子，下车后一边跟身边的人说什么，一边把帽子往头上戴。似乎察觉到远处有个身影朝他飞过来，他转头看过去，脸上冷淡的神情还没转换过来，便攥住了佩芷的胳膊，在她撞进他怀里的前一秒把人按下了。

  佩芷的面色闪过不悦，反握住他的手臂，似乎认为久别重逢的恋人应当有一个拥抱。每次姜叔昀回家探亲都会这样抱她，姜叔昀还说，若是恋人应该抱得更紧以及更久些。

  孟月泠朝她轻轻地摇了摇头，佩芷这才发现他身边站着两个老学究一样的中年男人正盯着她，便是刚刚跟孟月泠说话的，佩芷没见过，闻着就有一股秀才的酸臭味儿。

  他先跟袁小真颔了颔首："劳你折腾这一趟，其实不必专程来接。"

  袁小真笑着叫了声"孟老板"，算是跟他问好，随后答道："应该的。何况就算师父不派我来，佩芷也一定要叫我陪她来的。"

  孟月泠看了佩芷一眼，脸上的神情不自觉地放松了许多："今日是不成了，明日我到段府去拜会他老人家，讨顿酒喝。"

  袁小真答应下来："您肯赏脸，他老人家自然乐意。"

他又转身跟丹桂社的人知会了几句，将脚边的藤箱递给了春喜，丹桂社的一行人就先走了。

这次虽然说多了两个佩芷不认识的人，总的来看人数还是比上回少了不少，更不见孟丹灵。佩芷心里有疑问，暂时按下不发。

出了火车站之后，袁小真很是识趣地叫了一辆黄包车先走一步。她的表情挂着一抹促狭，佩芷松开了孟月泠的手臂，跑到路边问她。

"你去哪儿？晚上要不要叫上傅棠聚聚？"

袁小真看了一眼孟月泠："还要看孟老板安排，他若是有工夫，随时叫我便是。"

佩芷还以为她又在打趣他们，便催着袁小真先行离开了。

这下就剩了他们两个，佩芷转头见到他双手插在口袋里、冷脸立在那儿看不出什么情绪的样子就觉得恼火，瞥了他一眼，也不上前揽着他了，先一步就走。

孟月泠的心头闪过一丝疑云，大步地跟了上去。

眼看着他几步就追上了自己，佩芷又快走了几步。身后的孟月泠无声地笑着，脚步咬着她的脚步，又故意慢她半步，紧追不舍，却迟迟不收猎网。

佩芷察觉到了他的举动有些作弄的意味，便猛地停下，扭头撞进他怀里。原本想着狠狠地撞他一下泄愤，撞疼了最好，没想到他像是早有准备——佩芷只瞟到了一眼他扬起的嘴角，就被他揽进怀里了。

周围的人虽然不比火车站里面的多，可还是络绎不绝的，她小声地斥道："你现在不觉得丢脸了？刚刚在站台上怎么不让抱呢……"

他这便知道她刚才是因为什么生闷气了，低声地答她："不是人多人少的问题。"

佩芷反问："那是什么？你今日解释不清，我便不理你了。"

他说："你突然冲过来抱我，我没做好准备。"

佩芷："这要做什么准备？"

他的眉毛轻轻地蹙了下，一时语塞，像是没法儿解释了一样。

佩芷便说："那我今后再也不抱你了，这总行吧？"

第六章　把韶光窃了

说着她便挣开了他的手臂，颇有些言行合一的架势，等他应答。

没想到孟月泠居然说："好。"

他只答一个字实在是太过冷淡，佩芷恨恨地盯了他一眼，转身就要走。

结果他从后面把她抱住，在她耳边告诉她："我会抱你。"

佩芷强忍上扬的嘴角，任他揽着自己，两个人漫无目的地向前走着。

她还要拿乔道："我未必答应让你抱呢。"

孟月泠说："那我是否需要问，'姜四小姐，请问我可以抱你吗'？"

她已经重新挽上了他的臂弯，煞有介事地答他："孟先生，不可以。你难道没听过一个词，叫作'有伤风化'？"

孟月泠语气不咸不淡的："姜小姐饱读诗书，孟某自愧不如。"

佩芷已经彻底忘了刚刚那茬儿了。

她想起一出是一出，又有些怨怪道："你在信中从不叫我佩芷。"

孟月泠点头："你亦没唤过我静风。"

她抿着嘴笑说："我先开口，未免也太不矜持了。"

孟月泠说："我先开口，也实在是孟浪。"

总之她说什么他都能对上，佩芷嗔视他一眼，正在心里拿捏着下一句该说什么反击。孟月泠突然停下了脚步，低头问她："佩芷，我来晚了没有？"

春日已经快要尽了。

佩芷一愣，没想到他会这么问。其实她根本没觉得晚，只是心底里隐隐地有些担忧，她知道他停留不过月余还是要走的，就算是一直待在某个地儿，他也只可能在北平，而不是天津。

可这种刚团聚的时刻，佩芷不想说这些话扫彼此的兴。

她摇摇头："没有，不早不晚。"

他莞尔一笑，是佩芷眼里顶天清隽的面庞和温润的笑容："那就好。"

又走了片刻，她才迟钝地意识到："你刚刚唤我什么？"

孟月泠说："没什么。"

她追着他道："你再叫一次，我刚刚没听清。"

他觉得平白无故地叫人名字实在傻气，便拒绝道："不叫了。"

佩芷给他设套："我名字叫姜什么来着？"

孟月泠答："姜晴。"

她气得直要跳脚，忽略了孟月泠脸上一直挂着的淡笑。

他陪着她逛了一下午，两人到起士林喝咖啡歇脚，佩芷才想起来和袁小真分开时说的话，便问他晚上要不要去西府和傅棠小聚。

孟月泠说："我刚到天津，照理说今晚应当去耿公馆拜客。"

佩芷问："就不能不去这一次？"

孟月泠摇头："这是规矩。"

佩芷便说："那我去跟老耿说一声，让你不要去了。他那儿门庭若市的，也不差你一个客人。"

孟月泠耐心地给她解释："唱戏的最讲究规矩二字，规矩不可破。我这次不讲规矩了，外面的人说我倒是无妨，但丢的是整个丹桂社的脸面，影响颇大。"

佩芷看这耿府一行是免不了了，便改了主意："那我跟你一块儿去，正好也有阵子没去他那儿了。"

孟月泠沉吟了片刻，上次他在席间唱戏，她还没听完就跑出去了，他看出来了她心中想的是什么，以为她并不愿意掺和这种场面。

"你想去便去，别强迫自己。"

"我自然要去，今日我非但去，还要盯紧了，看谁敢瞎起哄，我便让他站中间给大伙儿唱一段。"

没想到那晚姜肇鸿也出现了，他跟耿耀滕是至交，来了也并不稀奇。可佩芷却是跟孟月泠一起到的，落座的时候没跟姜肇鸿坐在一起，而是挨着孟月泠坐下了。

孟月泠原本想让她去坐姜肇鸿的下首，佩芷不愿意，他便也没办法。

耿六爷本来还担心姜肇鸿的脸色不好，没想到他依旧如常，看不出什么波澜。

佩芷小声地跟孟月泠咬耳朵："没事的，我爸爸要是反对我跟你交往，

第六章 把韶光窃了

他早就出招了,不至于纵容我到现在。"

她倒是放得下心来,颇有些有恃无恐。可孟月泠却不这么认为,姜家人除了姜叔昀他都见过,即便是看起来作风脱略的姜仲昀都不赞同他与佩芷交往,更不必说姜肇鸿了。

他来不及多想这位姜家家主的深沉心思,眼下姜肇鸿已经开始有动作了。

酒尚且未过一巡,姜肇鸿撂下了筷子,看向孟月泠:"小孟老板,听闻丹桂社这次来天津,要把全本的《红鬃烈马》演了。"

孟月泠同样放下筷子,礼貌地回答姜肇鸿:"家父歇艺那年便有这个打算,可惜他嗓子禁不住这累了,所以交给了我。"

"令尊的《武家坡》和《大登殿》我都还记得,只是这《红鬃烈马》,我最喜欢的其实是《三击掌》一折,小孟老板来一段罢。"

佩芷刚要张口,孟月泠在桌下按住了她的手,显然是让她切莫插嘴。这《三击掌》一折讲的是王宝钏誓嫁穷男薛平贵,与父亲王允堂前三击掌,断绝父女关系。姜肇鸿让孟月泠唱这折里的唱段,显然意有所指,佩芷还是不帮他说话的好。

今日耿六爷请的人不多,在耿公馆的小饭厅内设宴,座位间尚且有空隙,显然是还有人没到齐。为防有心人散席后传闲话出去,孟月泠先开口把姜肇鸿点这出戏的意思给化解了。

"姜先生,去年我在天津的协盛园挂牌唱戏,《三击掌》这出唱过不少回。姜四小姐捧孟某的戏,尤其喜欢这出《三击掌》,每每必为王氏父女情深落泪,看来竟然是受姜先生熏陶。"

姜肇鸿不动如钟,闻言淡淡地发出了一个笑。耿六爷朝佩芷使眼色,佩芷也赶紧张口应和:"对呀,爸爸,您这么爱看这出戏的话,这回孟老板专程来天津贴演《红鬃烈马》了,等哪天唱到《三击掌》,我们一块儿去给孟老板捧个场呗。"

整张桌子鸦雀无声,都等姜肇鸿开口,像是一根弦绷到了极致,再在众人紧张之下松开,箭也就没往出射。

姜肇鸿的笑意愈深,松口说道:"小孟老板这回在哪家戏园唱?"

孟月泠答道:"凤鸣茶园。"

姜肇鸿点了点头,朝孟月泠举起了酒盅:"哪天演《三击掌》,托人到我府上传个信儿,我腾出时间来去看。"

孟月泠站起来回敬:"我把最好的包厢票给您留着,到时候送到姜先生府上去。"

姜肇鸿抿了一口酒便放下了酒杯,可孟月泠自然不能同样也只喝一口。佩芷坐在那儿仰头看着孟月泠,满眼的关切。

他端起了酒盅,一口就喝下去了整杯,再把空杯朝着姜肇鸿示意了下,一套动作做完才坐下。

佩芷早就忘了自己要护着他的狂妄之言,对面是她的父亲,她护不住他,内心难免沮丧起来。

孟月泠在桌子下攥住了她的手。天黑后耿公馆的室内还是烧了点儿炭火的,可他们俩的手都是冰的,正紧紧地握住,从对方的手上取暖……

桌上的人看着虚惊一场,耿六爷先开口打圆场:"肇鸿,你可是好些年没进过戏园子了,这孟老板要给你留《三击掌》的戏票,你得算我耿六一个座儿。"

其他人也跟着应和,但不敢像耿六爷一样开口要座儿,姜肇鸿的脸上转为和气的笑容,可眼睛又盯上了佩芷和孟月泠那边。

他再度开口,以命令式的口吻道:"小孟老板,今日气氛好,这《三击掌》我等不及想听,你还是来一段。"

众人跟着起哄,可又不像上次那般起哄,而是挂着小心地劝说:"是啊,孟老板,来一段罢,来一段罢。"

佩芷在桌下跟他交握的手骤然收紧了,孟月泠不着痕迹地用另一只手把她的手给挣开,再度起身回答姜肇鸿:"姜先生想听,孟某义不容辞。"

满桌除了佩芷木着张脸,皆是一团和气,鼓着掌欢迎。

孟月泠刚出了座位,耿公馆的下人便进来禀报:"六爷,棠九爷来了。"

屋子里的人俱看向了门口,耿六爷豪爽地笑道:"他自个儿来的?这

第六章 把韶光窃了

饭都开席了,我还以为他今儿个又不来了!"

下人答道:"还有霓声社段老板的高徒,那个女老生袁小真,爷您前些日子看过的。"

耿六爷显然是最开心的,拍掌说道:"得,这下琴师和'王允'都来了,你们在座的今日算有耳福了。"

傅棠懒洋洋的声音由远及近传来的时候,佩芷回头看过去,竟觉得眼眶有些湿润,像是她与孟月泠二人在此孤立无援之际,终于寻得了同仇敌忾的救星。

傅棠道:"耿六爷,我带小真来您这儿可是为了饱口福的,怎么着成了送耳福的了?"

下人上前接过了傅、袁二人的外套,还有下人送上干净的餐具,另外多加了个袁小真的座位。

耿六爷说道:"我们在这儿要听孟老板唱《三击掌》呢。"

傅棠跟佩芷短暂地对视,再看向站着的孟月泠:"王宝钏自己一个人跟谁击掌去?"

旁边有人帮腔道:"可如今棠九爷您来了呀。"

"对啊,您还带了个'王允'来。"

袁小真到了褃节儿上倒是不含糊,也大方地开起了玩笑:"各位老板,我这酒还没喝,就要冒昧演一把孟老板的爹了?"

大伙儿都跟着笑了,袁小真朝佩芷投过去了一个笑容,佩芷便也跟着笑了。她又走到孟月泠身边,跟孟月泠小声地商量着唱哪一段。

傅棠想要落座,被耿六爷推着说:"清唱有什么意思,咱们这儿又不是清音桌。棠九爷,您别拿乔了,我把我刚从赵十三那儿买来的琴让人给拿出来,您给他们拉一段。等唱完了,我陪您几杯。"

傅棠明知故问道:"行,这出戏谁点的?"

姜肇鸿笑着答道:"我点的。"

傅棠点了点头,敲敲手里的扇子:"姜先生,您内行。"

姜肇鸿回道:"棠九爷谦逊了。"

傅棠接过了耿六爷的琴。耿六爷跟傅棠学过几手胡琴,可惜天资不行，傅棠便不乐意再教他了。

而这赵十三本来是天津卫数一数二的琴师，可惜沾上了赌，早就入不敷出。耿六爷想要买把好胡琴，可这胡琴向来是新不如旧，傅棠便让他把赵十三的那把琴给买来，反正赵十三也不拉了，让耿六爷摆弄总比彻底蒙尘强。

下人又送上了一个剔红雕花的凳子，傅棠坐下拉了两下，赞道："这琴还真不赖。"

他又问孟月泠："孟二爷，咱来哪段？"

这出《三击掌》从始至终都是父女对唱，先是父女二人就嫁穷男一事意见相左，互相不能说服对方；王允见王宝钏心意已决，便命其脱下华衣，接着就是父女诀别的戏份了，很是伤情，所以这后半段定然是不能唱的。

孟月泠答他："原版转流水那段。"

傅棠想了想戏词："王允唱的'薛平贵生来运不济'？"

孟月泠点头应答。他始终不着痕迹地关切着佩苀，她周围的人都扭过身子看起热闹来了，只有她是背对着他的，不知道在想些什么。

袁小真朝饭桌上坐着的人说："这王允我还是刚出科的时候给杜老板配过几回，词儿要是唱错了，望各位莫怪。"

傅棠把她的话按下："这位是在凤鸣茶园挂牌的袁小真，女老生。咱们孟二爷是不愁座儿的，可小真的名声还差了点，在座的各位挑时间带上家眷友人多去捧捧场。"

众人直道"好说"，傅棠便开始拉弦了。

胡琴声响，佩苀才缓缓地转身看了过去，正对上孟月泠关切的视线。她朝他笑了笑，孟月泠没什么表情，可她却能从他的眼神变化中看出来他放下了心。

即便整间屋子这么多人，只有他们俩懂彼此，这就够了。

那时佩苀尚且涉世未深，她把傅棠和袁小真当作能够与她和孟月泠共同抵御姜肇鸿这个大家长的同伴，其实是个巨大的谬误。

袁小真不论是名声还是地位皆远远不如孟月泠，平日里想傍孟月泠

第六章　把韶光窃了

都是可遇而不可求的；再者说，孟月泠如今主掌丹桂社，至少人人见了都要叫声孟老板，而袁小真所在的霓声社老板还是段青山，她便是连声"袁老板"都担不起。

所以听说在座的要让她唱王允，她完全不加推辞，并非她想显摆自己，只是推也推不掉。

至于傅棠，在姜肇鸿和耿六爷这种处高临深的人眼里，他的身份颇有些耐人寻味，毕竟都已经民国十六年了，谁又认他是个什么名号的王爷。

寻常交际时敬他尊他的人里，有一部分是旧朝遗留下来的老人，又有一部分是忌惮他雄厚的身家……

至于姜肇鸿和耿六爷这一小部分的人，不过是表面虚与委蛇，只是耿六爷比姜肇鸿更迷恋京戏，与傅棠有些真挚的私交。

从本质上来说，傅棠和孟月泠的处境没什么太大差别，他们如今的脸面都是靠别人给的。孟月泠今日这台下不下得去，不过全看姜肇鸿的心情。

而傅棠明知是姜肇鸿点的戏，他唯一能做的只是他自个儿不拉这琴，耿六爷和姜肇鸿自然也不会强求，可孟月泠和袁小真还是逃不开的。

话赶话的工夫里，他压根儿就没想这么多，只是这些人情道理他太过熟谙了，就当是在西府办雅集，他也擅长胡琴，顺水推舟地就同意了。

姜肇鸿和耿六爷对饮了一杯，脸上依旧是那副高深莫测的表情，幽幽地跟耿六爷说道："到底是年轻人，还做得出舍命相护的事儿。"

耿六爷明明一脸凶相，可比起姜肇鸿今晚的所作所为，他倒成了柔和派了，闻言笑道："肇鸿，你得承认，咱们啊，老了。"

姜肇鸿没再接话，缄默地听着这段戏。历经商场半生锤炼，他似乎已经心如磐石了，他不羡慕年轻人脸上的意气风发，这意气风发在他的眼里只会显得滑稽，廉价又可笑。

佩芷心中烦闷，她何曾受过这种压迫，便随手拿起了手边的杯盏，里面白盈盈的酒原本是她打算喝整夜的，此时一股脑儿地全喝了下去。

孟月泠正站在那儿唱着，看到她此举的瞬间，一心急就吞了个字儿。

他向来沉得住气，此时却发现心里的担忧让他按捺不住了。

傅棠看出来了，立马转了个弦，把孟月泠吞了的这个字给兜住了，席间的人几乎也没察觉到，更不必说这只是私底下随便唱的，便是错得明晃晃的，也不该张口挑错。

三个人就合演了这么一段，便回到座位上去了。袁小真就坐在佩芷旁边，低声地问佩芷："乏了？"

佩芷知道她的问话并非只是表面的意思，便朝袁小真露出了个淡笑："有点儿，还能撑会儿。"

袁小真说："我师父让我去西府给棠九爷送茶叶，恰巧赶上耿家的人来邀他赴宴，还说你和孟老板一起到的。我瞧着不对劲，便央他来……"

佩芷覆上了袁小真的手，摇摇头，示意她不必解释。

那晚散席的时候，佩芷的酒劲已经上来了，双颊泛着淡淡的红色，整个人也有些晕眩。姜肇鸿扶着她出门上车，孟月泠自然不能在佩芷的父亲手里抢人，只能看着乌黑发亮的汽车扬长而去。

傅棠被耿六爷缠着也喝了不少酒，脚步虚浮。耿六爷送完了姜肇鸿又送他们，还派了家里的车，很是关切。

现成的方便自然没有拒绝的道理，先送了袁小真回段府，袁小真下车之后，车子往万花胡同开，孟月泠和傅棠一时都没说话。

这次来天津，丹桂社租的还是万花胡同的院子，因为来的人少，有了单独的空屋子专门给孟月泠一个人住，他便没再去西府。

傅棠先沉不住气了，开口问道："你和姜四……"

孟月泠正靠着椅背闭目养神，闻言"嗯"了一声，便没再多说。

傅棠却在心中喟然长叹，这不是他想看到的结果，亦不知二人何时暗度的陈仓。而孟月泠显然是知道他在想什么的，只是不愿意把彼此心里的话都搬到台面儿上来看。

车子都进了万花胡同了，傅棠才说话："你这件事做得糊涂。"

孟月泠却不这么见得，虽然这段感情开始的契机在他的意料之外，但到了如今这番田地，他绝对不是糊里糊涂走出来的。

他回傅棠："这次你跟我爹想到一块儿去了。"

第六章 把韶光窃了

傅棠板着脸，等到车子停下，他让司机稍等片刻，跟着孟月泠下了车。

在车上的时候因为顾虑耿家的司机在，他们两个都不能把话说得太直白，此时傅棠才说："她可是姜肇鸿的女儿，你看不出姜肇鸿今晚在饭桌上恨不得把你生吞活剥的眼神？她家里还有三个哥哥没露面儿呢。"

孟月泠没告诉他，去年在上海的时候，姜仲昀已经露过面了。

"你说这些话是为谁说的？"他突然这么问傅棠。

傅棠显然被问住了，莫名地有些心虚："为你们俩，还能为谁？"

孟月泠在萧瑟清凉的晚风中划亮火柴，点了一支烟，笑容带上了一股玩味，低声地说道："你一向直率，原来到了感情上也不外如是。"

傅棠低咒了一声，夺过孟月泠的烟盒，自己也点了一支，吐了口烟圈才算稳住心神。

傅棠冷哼道："你当她姜四是什么天仙下凡，便是人人见了都爱她？"

孟月泠煞有介事地点了点头。他今夜酒也喝了不少，傅棠是跟耿六爷喝的，而他则是以一杯陪姜肇鸿的一口陪了整晚上，此时多少有些觉得嗓子不利索，打算进屋子里去喝热水。

他拍了拍傅棠的肩膀，笑意愈发深了些，认真地说道："她确实很可爱。"

傅棠没再理他，转身上了车。

孟月泠站在原地，目送着汽车驶远了才进门。

那厢姜家的汽车也停在了门口，姜肇鸿没急着唤醒佩芷，更怕她一出车门吹到冷风着了凉，低声地让迎来的下人到佩芷的院子里拿厚衣服去。

倒是佩芷先察觉到车子停了，缓慢地睁开了眼睛。虽然就眯了这么一路，她却觉得精神了不少，坐起来就要下车。

姜肇鸿自然出手拦住她。她从小就没喝过酒，还没入夏的晚风正是刺人，万一吹出个好歹，他没法儿跟姜老太太交代。

佩芷借着刚睡醒的一股冲劲儿强行下了车，姜肇鸿有些恼怒，但他一向喜怒不形于色，只是语气严肃地斥她："你还嫌你今晚不够让我丢脸？"

"我让您姜先生丢什么脸了？我不是就跟了个戏子一起去的耿家？可那戏子还算是耿叔的座上客呢！耿叔一个漕帮出身的流氓头子都比您知道什么叫尊重人！"佩芷语气激动地回道。

姜肇鸿冷哼一声："他算哪门子的座上客，你还真把他当个人物！"

佩芷跟着冷笑："二哥真不愧是您的好儿子，你们俩说的话如出一辙。大哥那副瞧不起男旦的样子我也是打小就知道的，你们什么时候能拿人家当个人看呀！"

门口站着的门房还有给佩芷拿衣服的丫鬟都远远地站着不敢靠近，生怕听到了父女二人的争吵内容。姜肇鸿瞥了周围一眼，压低了声音："拿不拿他当个人看这事儿用不着你来置喙！我告诉你姜晴，你是我姜肇鸿的女儿，乐意捧戏子我随你捧，我给你钱让你捧。可你要是想跟个戏子牵扯不清，还带到我面前来，我就不会放过他！"

姜肇鸿鲜少说过这种重话，佩芷立马红了眼眶。也许是那杯酒作祟的原因，她总觉得胸腔泛着一股闷堵，此时感觉愈甚。但那杯酒也壮了她的胆量，佩芷大声地说："男未婚、女未嫁，我乐意跟谁牵扯就跟谁牵扯，都什么年代了，您还指望用以前的那套拴着我呢！"

姜肇鸿最终被她气得发笑，攥着她的手腕："你小声些，把你奶奶招惹过来我要你好看。你是许了人家的，现在说男未婚女未嫁，你也不害臊！"

佩芷反驳道："您别诓我了，奶奶上个月就告诉我了，婚事她给回绝了。您去找奶奶算账去，跟我吼什么？"

早有下人跑去请赵凤珊了，赵凤珊一边拢着披肩，一边急匆匆地跑了出来，赶忙挤到了父女二人中间，拉着他们俩要进府。

佩芷立马就哭了，抹着眼泪朝赵凤珊说："耿叔在家中设宴，爸爸在饭桌上不给我面子，欺负人，等明儿个奶奶醒了，我一早就到她院子告状去。"

"你瞧瞧她怎么跟我说话的？她眼里还有长幼尊卑？"姜肇鸿先是跟

第六章 把韶光窃了

赵凤珊说，又看向了佩芷，"你少大小事情都去烦你奶奶，她多大的年纪了，还得跟在你屁股后面给你善后！"

佩芷越哭声音越大，也不用赵凤珊哄了，甩开了赵凤珊的手就跑了。

迈进府门之后，她又回头朝着姜肇鸿嚷了一句："您一把年纪了不害臊，就知道欺负我们年轻人。您这一晚上都用一口换人家一杯呢，您当我没看到！"

赵凤珊有些怨怪地看向姜肇鸿，姜肇鸿看着佩芷跑远了，也没跟赵凤珊对视，背着手气冲冲地进了院子，徒留赵凤珊在原地，满心焦急。

次日清早佩芷故意没跟大伙儿一起吃早饭，像是为表还在与姜肇鸿斗气。赵凤珊送姜肇鸿出门的时候忍不住说了几句，姜肇鸿一股烦闷涌上心头，朝赵凤珊冷着脸甩了句话就走了。

"都纵着她，反正佟家的婚事也退了，我今后再也不管她了，她是死是活与我无关！"

赵凤珊在心里埋怨他说话不中听，自然不会像佩芷一样口无遮拦地说出来。

上午佩芷照例去姜老太太的院子里问好，一路上步伐匆忙，心中还怀着一股怨气，想着一定要狠狠地告姜肇鸿一状。

可进了院门她就把这事儿抛到脑后了。姜老太太正坐在那儿，桌子上放着个鸟笼，里面是姜仲昀养的那只毛色极漂亮的金丝雀，佩芷见过。姜仲昀正站在姜老太太身边，手里还拎着鸟架子，上面立着的是一只蓝喉金刚鹦鹉，正叫着"顺遂吉祥"，惹得姜老太太笑眯了眼睛。

接着老太太伸手想端桌子上的那碗参汤，小荷跟姜仲昀都紧紧地盯着。她端得费劲，可二人亦不敢出手帮忙，显然是老太太想要自己拿。

佩芷赶忙跑了过去，顺手接过了汤碗，蹲在姜老太太面前笑盈盈地说："奶奶，您怎么还不服老呀。不乐意让他们两个喂，那我来喂您不就得了。"

姜仲昀帮腔道："你手上有什么香味儿不成？怎么就偏偏让你喂才高兴。"

姜老太太笑着喝了一口佩芷喂的汤，顺着嘴边还流下去了两滴。佩芷又接过了小荷手里的帕子给奶奶擦嘴,倒是一幅祖孙主仆皆和乐融融的画面。

佩芷本来打算来问个好就跑出去找孟月泠的,可她不是被宠坏的任性大小姐,虽然还是心痒想去见他,但亦能忍下来,便在家陪了姜老太太大半天。

直到吃过晚饭后,佩芷才急匆匆地出门,眼看着时间也不早了,她便直奔凤鸣茶园而去。

孟月泠来天津之前并未向佩芷透露他要在哪个戏园子唱,佩芷确实也没想到他竟然选在了凤鸣茶园。凤鸣茶园已有霓声社在,两个戏班子挤在一起,戏码也要对半分。丹桂社除了建立之初人少才跟别的戏班子搭过同一个戏园子,之后再没有过这样的情况。佩芷越想越觉得疑惑,尤其是这次丹桂社并没有来多少人。

凤鸣茶园的包厢票佩芷没提前买,她直接去了后台,想着问问傅棠来没来,若是傅棠来了便蹭傅棠的包厢,若是没来便让袁小真帮忙弄张余票。即便实在没票了,她就不看了,在后台等孟月泠也是一样。

孟月泠和袁小真共用最好的那间扮戏房,便是上次唱《打金砖》那次佩芷找过来的那间。她推开门进去的时候,化装台前的两个人都看了过来。孟月泠已经扮好了,袁小真则刚摘了髯口准备卸装,想必她今日唱的是压轴戏,大轴留给了孟月泠。

袁小真随口问道:"你今日怎么这么晚才来?我今日倒二,唱的是《山神庙》,还想着你打戏看得少……"

佩芷很是实诚地看向了孟月泠,他还没穿上行头,头上华丽的头面和素净的白水衣形成鲜明的对比。他看到她进门的一瞬间便已经嘴角带笑了。

他不怪她为何才来,像是知道她有事一样,抑或是只要她来了,他便开心。

佩芷看着孟月泠,答袁小真:"这么漂亮的王宝钏在这儿呢,谁要看你山神庙还是野猪林。"

第六章　把韶光窃了

孟月泠扭过头去敛起笑意。那一笑颇有些雌雄莫辨，极致的美便应该是雌雄莫辨的，就像菩萨亦无男女之分。

袁小真"哟"了一声，从镜子里看着佩芷的那一副痴相，说道："是我在这儿不合时宜了，师父本来要把这间扮戏房专门给孟老板用，我乐意为他腾地方。可孟老板偏留我，说他没有单独用一间扮戏房的习惯。要我说，这福气不给我也罢。"

佩芷又用讨好的语气跟她说："别呀，您日后可是霓声社的袁老板，到时候咱孟二爷早就老了，我俩都得提前讨好您呢。"

袁小真说："姜四小姐有什么事情要知会？赶紧直说，我可受不住您这声袁老板。"

佩芷凑到了孟月泠的身边，他正对着镜子做最后的妆面整理。她从后方虚虚地揽着他的肩膀，很是自然地伸过手去，帮他把右侧的鬓花紧了紧。

她想起了第一次见他那日，他冷冷地白了她一眼后怡然走远了，当时便用手紧了紧鬓花。

他自然地覆上了她的手，确定那支花插紧了，随后低声地说道："自小养成的坏习惯，鬓花总戴不紧，在台上都掉过好些次了。"

佩芷小声地跟他咬耳朵："下回我帮你戴。"

自古皆是男人为女人簪花，如今到了他二人身上，竟反了过来。

孟月泠略微颔首，算作应答。

他进了屏风后面去穿王宝钏的行头，佩芷又凑到了袁小真身边，说道："袁老板，我没票……您救济救济我，我还没去前面，听声音座儿就不少。"

袁小真笑说："是不少，多亏了孟老板提携，我今儿这出倒二比以前唱倒一的座儿还多。"

佩芷朝着她扮了个可怜的表情，袁小真摇摇头，朝着屏风那边的孟月泠说道："孟老板，您不是给她留座儿了，她怎么还来找我要呢？"

佩芷的眼睛一亮，也不知道是在问谁："还给我留票了？我正愁没买票呢。"

他从屏风后面出来:"你今后都不愁票了。"

佩芷笑着问他:"你凭借丹桂社孟老板的身份给我要来的常包吗?"

孟月泠摇头,对着镜子整理身上的行头,漫不经心地答她:"不是,我花正价给你包的。"

佩芷的笑脸垮了下去:"我还以为是白来的,合着也要花钱,那你还不如让我自个儿买呢。"

孟月泠说:"花了不少钱,所以你得常来看。"

常来看戏,亦常来看他。

佩芷显然是信了,便认真地说道:"我自然会常来。去年你在协盛园的时候,我也几乎是场场不落的,除了你不想见我的那几次。"

他显然对自己曾经待她冷漠毫不惭愧,转头告诉她:"南楼的第二间包厢,今后就是你的了。"

袁小真早不知道被谁给叫出去了,像是有什么事还没回来,佩芷皱着眉头问他,语气带着些不顾及的撒娇的意味:"怎么不是正中间的包厢呢?我喜欢那间,视野开阔……"

孟月泠的脸上闪过一丝无奈的轻笑,他看着她一本正经的样子就觉得心窝子软,伸手刮了一下她的鼻头:"这些话你可别到外边说去,像个棒槌(不懂戏的人)。懂戏的行家都要抢南二的包厢,这才是最好的。"

佩芷不信:"那傅棠怎么喜欢坐北二?"

孟月泠说:"他那是怪癖。"

他打算出去准备上台了,佩芷还追着问:"为什么南二才是最好的?"

出了扮戏房后,后台难免有些嘈杂,人来人往的,还伴随着各种砌末抬来抬去。他扯着她躲开迎面过来的人,佯装不在意地告诉她:"不知道从哪儿传出来的说法,说台上的角儿,看向南二包厢方向的次数是最多的。"

佩芷直白地问道:"你把我安排在南二,是想常常看见我?"

他似乎是害羞了,避开了与她对视的目光,草草地否定:"不是。"

佩芷挤到他面前,非要与他对视:"真的不是?那你为什么躲着不看我?"

第六章 把韶光窃了

"不是。"他受不住她烦他,又改了口,"不全是。"

他在台上早已经驾轻就熟到可以不着痕迹地打量任意一个方向,根本不需要刻意把她安排在南二包厢。

佩芷追问:"那是什么呀,为什么呀?"

她像一只漂亮但聒噪的鸟儿,孟月泠好脾气地躲她,眼看着就要上台了,他催她回包厢去,还说傅棠应该已经坐下了。

佩芷眼看着问不出,又不想错过他登台亮相,便悻悻地走了。

可他又叫住了她,佩芷显然是故意装出一副不开心的样子,转头的瞬间就挂上了笑容,等他开口回答。

孟月泠在心中无奈地叹气,像是在无形中一步步地后退,逐渐彻底失去自己的全部领土。

他告诉她:"只是想着要给你最好的。"

佩芷觉得一颗心已经飘起来了,嘴上却说:"我才不要什么最好的。"

他愣住了,她又说:"可若是你给我的,那便是最好的,也是我最想要的。"

他脸上的笑容舒展开来,她便一溜烟地跑向包厢去了。

全本的《红鬃烈马》由十三出折子戏组成,体量颇大,凤鸣茶园放出去的戏报子上写的是"十日大轴连演",今日是首日,唱的便是《花园赠金》接《彩楼配》。

《花园赠金》讲的是相府千金王宝钏梦到红星坠落,次日游园时偶遇一露宿乞丐。乞丐虽然打扮落魄,却有帝王之相。王宝钏得知其名唤薛平贵,赠其银米,并告知薛平贵二月初二前往彩楼参加绣球招赘。

《彩楼配》便是王宝钏彩楼招亲,巧施计谋,将彩球如愿砸中薛平贵了。

佩芷掀开帘子走进包厢的时候,傅棠已经坐在那儿开始品茗了,一看就是段青山专程给他的特供,而不是戏园子里最常见的茉莉香片。

他总是一副悠游岁月的姿态,不紧不慢地酌杯盏里的茶,看到佩芷进来也不过抬了下眼皮,倒像是这出戏来看得不情不愿地。

佩芷嘲他道:"您倒是在我的包厢里装起大爷来了。"

傅棠笑着说："你别说，这出戏我本来还真没打算看。"

楼下乌压压地挤满了人头，都是奔着孟月泠来的，只有他独一个，竟是来看袁小真的《山神庙》的。

佩芷说："今儿可是他《红鬃烈马》首演，你居然不捧场，未免太不仗义。"

"他孟二爷还缺座儿了？巴不得我给他腾座儿呢。"傅棠嗤笑了，又数落起这出戏来，连带着佩芷一块儿说，"你就是爱瞎凑热闹，这《红鬃烈马》有什么好看的，还不如看二流话本子。"

说起这出戏整体的故事脉络，佩芷自然也是不喜欢的，只不过因为孟月泠要演，她怎么着也要帮孟月泠说两句。

佩芷说："甭管什么戏，只要是他演，就都是好戏。"

傅棠给她倒了一盏茶，摇头说道："你当他真得意这出戏？他演给他老子看的。"

佩芷问："他不是跟他爹关系不好？"

傅棠冷哼："是不好，但他老子当年没唱成这全本儿，他跟人示威呗。"

佩芷心想这孟月泠还真会气人，又打算找机会问问他和他父亲的关系，不知这问题是否能问，只是她竟然还不如傅棠了解他。

眼看着戏开锣了，薛平贵着富贵衣上了台，佩芷故意臊傅棠："你不是不乐意看，还待在这儿？"

傅棠比了个嘘的手势，盯着台上说道："别说话，听他张口。"

佩芷这才认真地看向台上，演薛平贵的是个她不认识的小生，亦不是去年孟月泠在协盛园的时候总唱许仙的那个，看着有些眼生。她见傅棠这么紧盯着台上，难免好奇，也盯了起来。

眼看着台上的小生张口道白："唉，困煞俺英雄也。"

傅棠立马喷出了个笑，随意地转了转手里的扇子，又端起茶来吃茶。

佩芷受不了他一副故弄玄虚的样子，问道："怎么了？这台上的是哪尊大佛不成？"

傅棠的语气颇有些嘲讽："你当爷想看这出戏？我坐在这儿就是为了

看他的。"

那小生还在念道白，佩芷略微皱了皱眉头。其实她觉得这个小生唱得不太行，第一句就呲了。可见傅棠说是为了来看他的，佩芷便没说重话。

"你不会想捧他罢？他唱得……让人耳朵不大舒服。"

眼看着台上的人一个僵身倒了下去，演的是薛平贵饿晕在花园外，可他显然是功夫不到家，腿弯得太过明显。佩芷看过袁小真的僵身，差距实在太过明显。

可即便这种水平，楼上楼下还一通叫好声。

傅棠竟然也跟着叫了个好，只是语气带着一股揶揄，显然是个倒好，也就那么一声就歇下了。他转头跟佩芷说："票友水平都不如，要不是我今儿个就穿了一双鞋，保准把脚下这双砸他脸上。"

佩芷这才看明白，他留在这儿是为了看笑话的。

幸好王宝钏紧接着上台了，佩芷笑着看向戏台，漫不经心地问傅棠："演薛平贵的到底是哪路神仙呀？这种水平竟然能跟静风唱对儿戏。"

傅棠听到她自然而然地唤出口"静风"，眼神瞬间暗了暗，佩芷自然没看到。

他的语气没变，满不在乎地说："谁敢往咱们孟二爷手里塞人？当然还是他那个顽固的爹。这小生叫潘孟云，是这孟大贤去世了的妹妹的儿子，论辈分应该算静风的表弟。原本他名里的孟字是做梦的梦，后来静风出名了，他像是生怕人不知道孟月泠是他表哥一样，才改成了姓孟的孟。"

佩芷看向台上薛平贵的眼神显然带了一抹嫌弃。傅棠接着说："练功的时候偷懒，甭论唱念做打，基本功都废了，还不如我上去唱呢。"

佩芷激他："你倒是去呀，不还是让这么个人在台上糟践我的耳朵。"

傅棠不受她激："你当我的戏那么容易看呢？你放心，他再傍不了静风了，就凭他刚上场那几句道白，静风保准儿下了台就让他滚回北平。你是没见过，他就这水平还忘词儿呢，静风都给他兜了好几次了，奈何架不住人家会去找孟老爷子告状，所以去年他才没来。"

在佩芷眼里，这就等于是在欺负孟月泠了，于是她看向潘孟云的眼神又带上了一抹凶狠："他再不走，我赶他走。"

傅棠笑道："其实他长得不错，亦不失为一笔好生意，不论到了哪儿，当地的太太小姐都对他青睐有加。等散戏了，我带你到后台瞧瞧他去。"

佩芷拒绝得果断，虽说台上的人扮着戏装，跟本人的模样有些差别，可佩芷满眼都是孟月泠，哪还能看得上什么孟月泠的表弟。

《彩楼配》演到最后，孟月泠扮演的王宝钏脸上挂着小得意，娉娉袅袅地步下台去了。台下掌声刚响，佩芷就急匆匆地往后台去了。

傅棠知道她为了去见谁，也没拦着，坐在那儿笑得让人摸不准心情，直到掌声彻底歇下了才慢悠悠地起身动地方。

佩芷跑到后台，正好撞上下台的孟月泠。他下了台的瞬间脸上的笑容就没了，可看到佩芷，似乎那笑容又有了。

从有到无，又从无到有，影影绰绰的，若是傅棠在这儿，保准要嘲讽他学的是变脸。

她迎上去，拾起了他的双手，果然冷冰冰的。虽说是要入夏了，可这几日的晚风颇有些冷，更别说他在台上还穿得那么少。

佩芷攥着他的手，用自己热乎的掌心去摩擦他的手，说道："你身上冷不冷？我就猜你的手一定是凉的。"

台上的龙套都下来了，忍不住偷瞟他们俩，孟月泠按下了她的手，扯着她的手腕带她回扮戏房，一边走一边说："习惯了。"

"我去年给你的那个汤婆子呢？"佩芷问他，又立马自问自答，"去年的东西也旧了，不要了，明儿个我再给你拿个新的来。"

孟月泠回绝道："我让春喜带来了，从箱子里找出来便是，你莫再拿了。"

佩芷笑着应答："好。"

袁小真想必是走了，扮戏房里只有他们两个人。这次范师傅没跟着来天津，他便自己熟练地卸装，鬓钗摘下来放在匣子里，比范师傅归置得还整齐。

佩芷坐在旁边静静地看着，看他像是褪去了王宝钏的躯壳一样，逐

第六章　把韶光窃了

渐露出原本的模样。她的眼神一定很痴迷，心想的是曾经只喜欢台上的孟月泠，而不喜欢台下的，可其实没过多久她就已经分不清到底喜欢的是哪个了。

孟月泠问她："你盯着我做什么？"

佩芷笑着答："这屋子里就我们两个，我不盯着你盯着谁去，难不成看你表弟去？"

他显然一愣，旋即猜到是傅棠告诉她的，表情也没什么变化，只说："你想看他去我也拦不住。"

佩芷问他："你不吃醋？"

孟月泠说："我素喜清淡。"

佩芷眼神里挂着怀疑看他，孟月泠便置之不理，氛围还算不错。

接着傅棠便推门进来了，拉着佩芷神秘兮兮地要带她出去。孟月泠看了两眼，似乎是没当回事，由着她被傅棠给拉出去了。

两个人出了门直奔着另一头的房间而去，进了门佩芷才知道这是哪儿，全因为那潘孟云确实和孟月泠有个三分相像，可惜多了些脂粉气，全然不见孟月泠身上的孤高清冷。

俗话说美人在骨不在皮，佩芷只能说他运气好，生得不错，但不论是说骨相或是风骨，潘孟云都乏善可陈了些。

傅棠显然是故意要带她来见潘孟云的，看着佩芷眼神中闪烁过一抹错愕，他笑着拿扇子敲了敲她，转头跟潘孟云介绍道："这位是姜家的姜四小姐，她刚才在台下觉着你的戏不错，便让我带她来看看你。"

佩芷朝傅棠冷笑，他显然是故意说那句夸潘孟云戏不错的话，这潘孟云也许是阿谀奉承的话听得多了，还当真了。

他下台比孟月泠早，已经卸完了装换好了衣服，刚才还对着镜子梳发油。听了傅棠的介绍，他立马就把姜家跟姜肇鸿对上号了，把梳子塞给了旁边的跟包，脸上挂着谄媚的笑迎上来跟佩芷问好。

"姜四小姐，早就听说您是个内行，您竟也来看我的戏了，这回来天津卫怕是再没有比您更让我这儿蓬荜生辉的贵客了。"

几句话下来，听得佩芷直起鸡皮疙瘩。这潘孟云的奉承和协盛园盛老板的奉承还不一样：盛老板是生意人的谄媚，佩芷看了只会觉得虚伪；可这潘孟云生了一副还不错的皮囊以及多情的眼睛，正水盈盈地望着佩芷。她总算知道为何那些太太小姐都买他的账了——这不比下了台就冷冰冰的孟月泠招人稀罕多了？

只想了那么一瞬，佩芷就立马按下了这股想法，还要在心里责怪自己几句。潘孟云还在说什么漂亮话她都记不清了，只知道被他哄得脚像踩在了云朵上，他似乎还在夸佩芷身上旗袍的料子，并且礼貌地用手虚指着。

傅棠偷摸地用扇子戳了下她的胳膊，佩芷这才回过神来。她一向耳根子软，此软非彼软，而是听这些角儿的戏好或是话好，就忍不住打赏。孟月泠显然是戏好一类的，潘孟云则是话好。

她便随手从食指上拽下一枚素面镶金的红宝石戒指，塞到了潘孟云手里，说起客套话来："刚刚在台上也没赏你点儿什么，就把这戒指送你罢。"

潘孟云双手接过："谢姜四小姐的赏。您下回来知会我一声，我上包厢给您敬茶去……"

佩芷发现他看过来的眼神更脉脉含情了，心里暗道不妙，打算叫傅棠走，一扭头就看到傅棠一副看好戏的样子看向门外，那儿站着的正是已经换好常服的孟月泠。

他一张脸冷着，看向佩芷也没什么笑的意思。潘孟云还好死不死地送上去触霉头，朝着孟月泠举起了手里的戒指："表哥，你看，姜四小姐可真阔气。"

佩芷的眉头直跳，瞪了一眼罪魁祸首傅棠，正想开口向孟月泠解释。

可他凉飕飕地开口了，却是回潘孟云："驴拉磨挂根胡萝卜就成，给你脑瓜顶上挂枚红宝石戒指，你能把戏唱得不像驴叫吗？"

潘孟云的脸上挂不住了，撂下了手，其他的人都隐忍地笑了，包括佩芷。

只有傅棠笑出了声音来，随后悠闲地跨过了门槛儿，留话道："得了，戏看完了，爷回府了。"

第六章　把韶光窃了

也不知他说的是台上台下哪一出戏。

孟月泠看了一眼佩芷，说道："还不走？"

佩芷讪讪地点头，他就转身下楼了，她紧跟了上去，无暇顾及潘孟云如何。

刚出了凤鸣茶园，他转身把手里的汤婆子塞到了她的手里。佩芷触到一股热流，抬起手一看，正是去年她塞给他的那个，秋香色的套子上打着络子，上面绣的是双兔闹春，凑近了还闻到一股皂荚的清香，想必是他让春喜洗过。

佩芷显然没话找话："你让春喜把这套子给洗啦？"

孟月泠没回答她。这才是他一贯的作风，不答废话。

他的脚步有些快，佩芷小碎步地赶上去，又问："你的手暖了没有？就把汤婆子给我了，还是给你罢。"

他冷声答她："你自个儿拿着。"

佩芷又说："那你让我摸摸你的手凉不凉。"

他立马把双手背到了身后，显然是不让她摸的意思。

佩芷看出来了，便也没强求，而是举着汤婆子给他看套子上的兔子："你看这两只兔子像不像我们俩？这只威风凛凛、英气十足的当然是我，另一只端庄娴静、婉约明媚些的自然是你。"

孟月泠的嘴角露出了个无奈的笑，一闪即逝，沉声说道："不分雌雄。"

佩芷看到他偷笑了，也不指出来，只认真地说："谁说女儿家只能漂亮呢？又是谁说男人一定是威武的？"

孟月泠不再回答她，佩芷突然凑到他面前，挡住他面前的路。孟月泠低头看她，没有说话。

佩芷用一只手拎着汤婆子，另一只手单指戳他胸前长衫的衣料，一字一句地说："孟静风，你吃醋了。"

他的脸上闪过错愕，随即扯下了她的手，绕开她继续朝前走，步伐却不经意地慢了下来。佩芷也不管他承不承认，只抿嘴笑着，跟他同行。

接着拐进了一条略有些黑暗的街巷，佩芷默默地凑他近了些，他发现了，默默地松开了背握的手，牵上了她的。

佩芷脸上的笑便更得意了。

他在黑暗中开口了，陈述道："没吃醋。"

佩芷刚要说他骗人，可他接下来却说："浅尝而已。"

她就要黏在他身上了，问他："哦？那孟老板觉得味道如何？"

孟月泠答："还不赖。但要少吃。"

佩芷笑说："是得少吃，你要保护好你的嗓子。"

他"嗯"了一声。只是一个"嗯"字，却像是蕴含着千万种音调，囊括所有的情真意切。

那天佩芷还带了她写的九九消寒图，虽然春天马上就尽了，差不多再下两场雨，天津的夏天就要来了。

她把那张消寒图亲自贴在了孟月泠的床头，他觉得单贴这一张纸多少有些寒酸，在即将入夏的时节里更有些不合时宜。

可佩芷自有一套道理："管城春晴"是一份美好的寓意，在这山河破碎、人如浮萍的世道，宁信其无不如信其有；至于夏日将至，冬日九九还能给他带来一股寒意……孟月泠宽纵地点头，还要夸她一句好有道理，此举可称为转换利用——将冬日的寒冷转换到夏日再用。

消寒图贴完天色已经晚了，丹桂社的人都回来了，还有几个在院子里刻苦练功。看到孟月泠带着佩芷从房里走出来，有几个年轻毛躁的都在转着眼睛打量着。

孟月泠全当看不见，叫了一辆黄包车，亲自送她回姜府。

二人同乘一辆车，吹着清凉的晚风，佩芷却觉得心潮热了起来，只觉得那是人生中极其闲适的一顺当，亦是想要无限延续下去的一顺当。

快要到姜府的门口时，她便让车停下了。孟月泠给了钱，让黄包车夫在旁边等一会儿，还得送他回万花胡同。

他们在姜府的高墙外道别，恋恋不舍地一抱再抱，她甚至说："要不我再送你回去，然后我自己回来？"

孟月泠拒绝："你在想什么呢？天色晚了，不安全。"

佩芷叹了口气："可我舍不得静风。"

第六章 把韶光窃了

孟月泠回道:"我亦舍不得佩芷。"

那场面过分缠绵,难免引人春情荡漾。

末了他问她:"佩芷,你想不想学戏?"

他的这个问题在阒静的夜里显得突兀,佩芷亦在意料之外,一时间竟没回得上来。

可他这么问,绝对不是一时兴起。去年在天津的时候,傅棠就拿她要票戏这事儿打趣过,虽然说她想唱大花脸的想法多少有些不切实际,但至少说明她是有这个意向的。

而让他问出口的原因,则是因为今晚他下台之后看到她的那一刹那,他好像望见了今后的岁月,她一定每天都会站在那儿等他。他自然乐意见到她这样追随着他、守候着他,可他不能这么自私——他不愿意她把他当作生命的全部,而是应该他们两个一起去探索彼此的未知。

这些话语他都深藏在心底,只是干干脆脆地问她一句:想不想学戏?

佩芷语塞许久才开口了,那一瞬间不知怎么的,一向颇有自信的她居然想要退缩:"我已经很久很久没学过新东西了,我怕我不行。"

她清醒地放任着自己在这个动荡的世道下沉沦,大抵最好的归宿应该是嫁人,做个略有学识与涵养的太太,这亦是她原本写定的结局。

眼看着时间实在是不早了,孟月泠说:"先回家罢,回去好好想想要不要学,其他的不必担心。"

佩芷答应了,恋恋不舍地走远后,又突然回头问他:"若是学的话,你教我吗?"

她知道孟月泠很是严格,今日听他说潘孟云唱戏像驴叫,又确信他这张嘴亦会不留情面。

孟月泠答道:"看你唱什么行当。"

他倒是不说假话诓她,佩芷便没再多说,而是跑进了姜府。

孟月泠没急着走,而是站在原地等了一会儿才走。

回万花胡同的路上静悄悄的,街道上都已经见不到什么人影了。

不过过去一日,佩芷宛如已经忘了那晚与姜肇鸿的龃龉一样。次日清早,姜肇鸿出门准备坐车去商会,佩芷跑了出去留他。

"爸爸，今晚孟老板在凤鸣茶园唱《三击掌》，我在南楼的第二间包厢，您去不去？"

姜肇鸿也没拿乔，沉声地说道："已经听过了，不去了。"

佩芷巴不得他不去，便没再相邀。姜肇鸿又说："你去耿公馆请你耿叔叔去听。"

佩芷应声，殊不知耿六爷昨晚就坐在她的隔壁包厢，只是没碰头而已。

那厢万花胡同里，孟月泠吊嗓子的时候顺道跟丹桂社里唱王允的那个二路老生把晚上的戏码对了一遍，接着便称有事，出门去了段府。

加上被佩芷不情不愿带来的傅棠，五人齐聚段府。梨园大贤、时下名角、知名票友齐聚，外加一个半吊子的佩芷，像是开小会一样。

实际上这局是孟月泠攒的，为的是让他们都帮忙掌掌眼，看佩芷适合唱什么行当。

傅棠说他小题大做："她拉我来的路上我还说，不就是学个戏嘛，这么紧张干什么，就差到北平去把整个梨园公会的人都给叫来了。"

佩芷敆他："那我不是没学过吗，白板一张，你以为人人像你棠九爷一样各工全能、流畅通透呀。"

傅棠多少有些被臊着了，含糊地说道："唱戏还用学？嚷就行了。"

袁小真赶紧朝佩芷摇了摇头："你别信他胡说，唱戏不是嚷戏。"

傅棠笑道："你当她傻？她机灵着呢。"

恰好段青山的挚友杜瑶仙来段府做客，赶上了个现成的热闹。她虽然是常年给段青山跨刀的，但本事到家，十几年如一日，从未在台上出过岔子。甚至有过那么几回段青山出了毛病，杜瑶仙还帮忙给兜住了，故而也算是个名声在外、受人钦佩的大家。

她跟段青山一个是丧夫，一个是丧妻。老一辈的梨园大家，譬如孟桂侬和俞芳君都是打趣过这两位的，只是这二人始终只称对方为挚友。

不论台上台下，这二人总是容易意见相左，经常吵嘴。此时段青山说佩芷眉眼的英气比袁小真更甚，铁定是不适合唱旦的。

杜瑶仙却不乐意了："小真这么漂亮的丫头都被你给逼去唱老生了，

第六章 把韶光窃了

一辈子摘不下那臭烘烘的髯口。如今又一个这么俊的姑娘要票戏，你又要给人发髯口？不是个东西。"

段青山早就被她给骂习惯了，张口闭口几次，还是没回骂回去，只指着孟月泠说："月泠，来，你给她扮上，给咱们杜大娘瞧瞧。"

二人斗嘴，倒是小辈遭殃。袁小真一向不爱插话，傅棠则坐在那八仙椅上挂着浅笑瞧热闹。

孟月泠原本想把这二人拉回正经的讨论上，一看佩芷的眼神闪着兴奋，便改了口："您这儿有片子吗？"

"有，我这儿什么没有，还有一套点翠头面呢。"段青山给袁小真递了个眼色，袁小真就去拿了，他又转头跟杜瑶仙说，"这丫头要是真唱旦了，我这套点翠头面送她！"

这二人剑拔弩张，倒是佩芷听到"点翠头面"四个字儿笑开了花，俨然马上就要拿到手了一样。

孟月泠轻轻地用手指点了点她的额头，有些打趣的意味。佩芷朝着他吐了吐舌头，略微收敛了脸上的笑容。

袁小真捧着几个匣子回来了，最下面那个最大的匣子里装的自然是点翠头面，掀开来一看，自然不是凡品，若是就这么送了佩芷，段青山的手笔也忒大了些。

傅棠都凑过来看了看，夸道："许久没见过这么全的一套点翠头面了。段老板，这甭管是青衣还是花旦，我都能唱啊……"

没等他说完，佩芷就截断了他的话："堂堂棠九爷，还抢我一个丫头片子的东西呢。"

傅棠冷哼一声："到你手里了吗？就成你的东西了？"

孟月泠叫佩芷："别理他，过来，我给你扮上。"

袁小真收回了目光，帮忙把其他的盒子都给打开了，样样齐全地摆了一桌面。

杜瑶仙似乎是有些技痒，接过了笔，亲自帮佩芷画脸。那便是佩芷第一次扮上戏，妆面出自杜瑶仙之手。

可等到整张脸都画完了，杜瑶仙迟迟没放下笔，眉头直皱地看着佩芷。

佩芷还以为自己哪里不对，又是摸鬓花又是摸点翠，随后看了一圈其他人的脸色——段青山和袁小真是不明不白地笑着，孟月泠和傅棠则是若有所思。

她忍不住找镜子，问他们："怎么了呀？"

等到袁小真给她端了面镜子来，佩芷才明白了他们为什么个个表情复杂，全因为她扮上旦角之后的样子实在是太奇怪了些。

若仅仅是难看，倒也好说，可那并非是难看，只是让人觉得别扭。

且她是第一次勒头、包发网子，此时觉得整个脑袋都被箍得有些紧，还感觉到一阵接一阵地头晕，那时才算愈加理解了他们这些戏子成名不易。

佩芷直白地承认："我怎么瞧着这么奇怪？"

杜瑶仙也有些拿捏不住了，皱起眉头道："是有些奇怪。老段，你赶紧给看看，怎么回事。"

段青山笑道："还能怎么回事？沉香木当柴烧，用才不当呗！"

杜瑶仙白了他一眼："你才是柴火，你就是个老棒槌。"

佩芷脸上的表情有些沮丧，孟月泠便拽上她的手腕，打算带她下去把妆面卸了。

她嘴里嘀咕着："是不是我五官不好看呀？寻常的姑娘家扮上戏不应该都是极漂亮的吗？"

孟月泠说："哪儿的话，你只是不适合这么扮。"

他终于想明白了佩芷这套妆面的奇怪之处在哪儿了，依旧是她眉眼的那股英气在作祟，即便是唱旦，也应该是戴盔头、扎靠旗，扮威风凛凛的刀马旦。

可她完全没有打戏的基本功，唱刀马旦难度实在是太高了。其实佩芷的嗓音不错，段青山没说错，唱生行是最合适的。

孟月泠拿蘸了豆油的草纸给她轻轻地揩脸，低声地问她："你觉得髯口臭吗？"

其实他本来想更直白地问她闻没闻过老生用久了的髯口，毕竟百听

第六章　把韶光窃了

不如一闻。

即便是这么问，佩芷也是脸色一苦。她脸上油光光的，还混杂着油彩融开后浑浊的颜色，颇显滑稽，语气也苦哈哈地说："我早听说过老生的髯口是极臭的，可我不信，我想着小真总爱干净些，没想到不过一场戏下来，她那髯口也是臭烘烘的。"

孟月泠被她惹得发笑了，无奈地叹了口气道："那你是不愿意学老生了？"

佩芷回道："我只能唱老生吗？你知道的，我看戏的审美实在是有些俗气，我喜欢看漂亮的角儿。其实小真扮上老生倒也是好看的，只不过多是些老气横秋的角色，还是差了点儿……"

她说着说着，像是已经触碰到确切的答案了。孟月泠看她终于跟自己想到一块儿去了，便点了点头。

佩芷拍了下掌："对呀，我可以唱小生！"

说不定比潘孟云还像样。

孟月泠说："早先见你穿男装时粗着嗓子说话，我还以为你是票过戏的，可以唱生行。"

佩芷说："你早说，我们今日就不来这儿了，让我见到那么漂亮的一副点翠头面，还落不到我手里。你瞧着罢，等会儿傅棠保准又要嘲我几句，他总是招惹我。"

孟月泠没说什么，任她小声地嘟囔着，实际上他不过是过于慎重对待这件事，好像她不是票戏，而是一个极好的苗子刚要开蒙一样。老话说女怕嫁错郎，戏子则是怕选错了行。

佩芷擦干净了脸之后，把手巾当作水袖一样甩了两下，接着朝着孟月泠作了个揖，拿腔拿调地说道："宝钏——我是你的夫君平贵哪——"

孟月泠忍俊不禁，夺过了手巾，帮她把没擦干净的鬓角擦干净。佩芷恢复了正常，追问道："你怎么不理我呢，还是说我现在还不配给孟老板跨刀？"

他觉得这么一会儿似乎把他过往一整年笑的份额都用尽了，嘴角像是被固定住了一样，笑容收不回去了。

他承诺她："不必你给我跨刀，等你能上台了，我来傍你。"

佩芷显然乐意："真的？我还以为你一向铁面无私，不会做这种事情呢。"

"真的。"他也是凡人，只要是人，就会有私心。

佩芷又有些担心："若是我唱得不好，你不会也骂我是驴叫罢？"

孟月泠收敛了笑容："不会，我只会让你滚下台去。"

佩芷这才有了些正经："那你得给我找个靠谱儿的老师。小生好唱吗？"

孟月泠说："青衣用假嗓，老生用真嗓，小生用的嗓音则介于真嗓与假嗓之间，内行称之为'龙虎凤音'，你说能简单吗？"

佩芷说："你竟还给我挑了个难的。"

孟月泠说："你原本的嗓音就有凤音的韵味了。"

佩芷说："你的意思是我有天资吗？"

孟月泠点头："比潘孟云的天资好多了。"

他俨然一副正色，认真地跟佩芷说："我知道你心里在害怕什么，但没什么可怕的。你不靠这个吃饭，全当消遣就成。"

佩芷反驳："那不成，我还指望你陪我票戏呢。"

孟月泠答应下来："陪的，我给你跨刀。"

佩芷改口："我不要你给我跨刀，咱们俩唱对儿戏，《红鬃烈马》前半本儿我能陪你唱薛平贵，《白蛇传》我唱许仙……"

孟月泠接话："你莫不如唱王金龙（京剧《玉堂春》的男主人公），我还得给你下跪。"

佩芷笑说："这个好，《会审》（《玉堂春》的一折，苏三全程下跪，向王金龙陈冤）这折我定要学。"

孟月泠说她心狠，她则牵起了他的手，像个登徒子。

他手背的肌肤是白净的，掌心却布满了茧，她用自己细嫩的指腹摩挲着那些吃苦的印记。

二人相视一笑。窗外的喜鹊叽叽喳喳地叫着，这春日尽得也妙。

第六章 把韶光窃了

那年夏天佩芷是在学戏中度过的,当得起"安逸顺遂"四个字。

起初她常往万花胡同跑,潘孟云见她学的是小生戏,趁孟月泠没注意,总想着凑过来给她指教指教。佩芷想着他虽然自身水平差了些,可嘴里说的理论总不会歪到哪儿去。

结果被孟月泠看到了,自然是把潘孟云给训斥了,还告诉佩芷,千万别搭理潘孟云。

其实这潘孟云倒没什么坏心眼儿,大抵是相貌与孟月泠有个三分相像的原因,且他自小便没了双亲,孟桂依见他不是个能唱旦的材料,就把他送到了京城名生盛松年那儿去学戏了。

潘孟云常年寄人篱下,又因为学艺不精没少挨打,也是受了许多苦的。佩芷觉得,他与孟月泠颇有些相似,只不过经历了同样的凄苦之后,孟月泠变得冷漠孤高,不喜欢与人亲近,亦不愿意向权贵谄媚。

而潘孟云则恰恰相反,他善于讨好,姿态极低,惯于敛财。

接触得久了,佩芷察觉到他对孟月泠还有一股盲目的崇拜,他亦知道自己不成器,倒算得上有自知之明。

这样的人,戏品是极低的,上了台除了那些太太小姐捧他的场,但凡懂点戏的人都觉得是花钱买罪受。

但在生活中他倒不失为一个贴心有趣的朋友,也许是这个原因,孟月泠才容忍他至今,佩芷对他的态度则是既讨厌又喜欢的。

潘孟云总想着瞎掺和,孟月泠生怕佩芷被他带入歧途,变成个驴叫小生第二人。他便不再让佩芷来万花胡同,而是去西府。

至于选在西府的理由,则是因为他给佩芷找的师父是傅棠。

傅棠是百般不乐意收这个徒弟的,佩芷亦不相信傅棠能教她,二人少不了一通拌嘴。

后来傅棠真的开始教她了,佩芷才知道,原来别人夸他各工全能并非是阿谀奉承。孟月泠则说,天津卫出了名的小生演员他觉得都不过尔尔,相比起来,还不如傅棠。

有时候傅棠用京胡给她伴奏,还能连带着张口唱着跟她对词儿,还真有几把刷子。佩芷的好奇心强,因为太久没学新东西的缘故,被孟月泠引着上了学小生的道儿，又开始对京胡提起了兴趣。

傅棠便随便教了她两下，没想到她上手极快，比那耿六爷不知道强了多少。傅棠很是欣慰，一日复一日地便都教下去了。

孟月泠也常去西府，他引她上道，当然不能做甩手掌柜。佩芷似乎是个蹒跚学步、牙牙学语的孩童，加上时不时地来凑热闹的袁小真，足足承受了三人的厚望。

而她学戏之后，最爱往后台放行头的屋子里钻。那日孟月泠唱《武家坡》，袁小真唱的薛平贵，这二人在台上扮夫妻。

他穿黑青素褶子、头戴银鬃钗从台上下来，跟袁小真一前一后回到扮戏房。刚一进门，他就见到个人从屏风后面蹦了出来——是做薛平贵落魄打扮时的佩芷。

袁小真穿的是官服，扮的是发迹后的薛平贵，佩芷先是朝她说道："好啊，你是哪个薛平贵？看我一棒把你打得显出原形！"

袁小真懒得理她，自顾自走到化装桌前摘髯口，准备卸装："这棒子不如打到你自己头上，连薛平贵都时髦得烫头了？"

孟月泠也低声笑了出来，同样没有理她的意思。

佩芷缠了上去，用小生的嗓音问他："宝钏，你不记得我了？哎呀！你怎么跟别的男人跑了哇！"

孟月泠忍住笑，暮然抬首望向她。他脸上的妆面还完好着未卸，那一眼颇有些百媚生的意味，佩芷瞬间有些愣神了。

他用小嗓答她，随便张口便是极有韵味的道白："不如你平贵好本事，做西凉王、娶代战女，留我苦守寒窑一十八载。"

佩芷一时间没想到如何答他，只能在心里怨怪这薛平贵忒不是个东西。

孟月泠见她还是一副呆愣愣的表情，便轻轻地笑了出来，接着也不知道怎么想的，用指腹揩了下嘴唇上的红油彩，抬手一抿，蹭在了她的嘴角和脸颊上，像是不失情趣的惩罚。

佩芷立刻就觉得双颊都烫起来了，眨了眨眼睛，还是没张口。孟月泠也有些后知后觉地羞臊，挪开了目光，对着镜子开始卸装。

第六章　把韶光窃了

佩芷立在那儿觉得浑身发烫，嘴里念叨着天气热起来了之后穿戏服真受罪，赶紧把身上的富贵衣给脱了下去。

袁小真说："今儿个还不算热，这也没到最热的时候呢。"

佩芷直说："我有心火，行了罢？"

孟月泠听到后又偷偷地扬起了嘴角。

盛夏的时候，恰巧赶上佩芷的生辰。那天他们四个人聚在西府，孟月泠手里拿了个彩条子，用米白色布制的，佩芷还不理解这是干什么使的。

接着他就朝佩芷的脑门儿上绑，直到他拿起了笔要给她从脑门顶上开始勾脸，佩芷才明白过来，他这是要给她扮花脸。

佩芷问他："你还会勾脸谱？"

孟月泠直白地答："不会。"

佩芷说："那你还给我画……"

孟月泠说："从小看得多。"

"……"佩芷不敢再说什么了。

不仅画了脸，傅棠这儿还准备了头面，以及花脸演员要穿的垫肩，一通忙活下来，她身上已经出了一层汗了。

最后傅棠往她怀里塞了个铜锤，她才后知后觉地问："我……我这是扮的徐延昭？"

他们就在西府的花厅里，偶有凉爽的穿堂风吹过，些许缓解掉一些燥热。孟月泠和袁小真没画妆面，但为了意思意思，孟月泠还是穿了一件奢丽的褶子，自然是唱李艳妃；袁小真则随便套了一件官服，唱的是杨波。

傅棠显然又成了琴师，毕竟这在座的四个人里数他最擅长琴艺，闻言懒洋洋地答佩芷："你不是嚷嚷着想唱大花脸吗？还得唱《大·探·二》。今日恰好赶上你寿辰，就当给你祝寿了。"

佩芷心里开心，偷瞟刚刚给她勾脸的孟月泠。她还记得他当时冷淡地跟她说"别做梦了"时的光景，没想到他还一直记着这件事。

她看向他说:"你不是让我别做梦吗?"

孟月泠答她:"那你就当是在做梦,醒了就忘了。"

佩芷说:"不行,我要记着,记一辈子呢。"

她又说自己记不住词儿。她现在也就能背下来几出小生戏的戏词,《大·探·二》重唱功,徐延昭通篇的台词她是一句连贯的都想不起来。

孟月泠塞给她了个本子:"早就给你抄好了,照着唱就行。"

佩芷撸起胳膊挽起袖子,准备发力。傅棠拉起了弦,四人拖泥带水地就把这出《大保国》唱下去了。

她中气不足,显然不是唱花脸的材料,几乎是扯脖子吼出来的。另外三人还要隐忍着发笑,不能笑得太明显,未免像是在拆台。

佩芷先是唱热了,脱下外袍,双手叉着腰用劲儿,偶尔还跟不上调子。孟月泠和袁小真倒是等着就行了,傅棠则要迁就她的调子,唱得不满意她还要重来……

这么一场下来,最受折磨的当然是傅棠。

总算是唱完了,傅棠就差把胡琴丢出手去,咬牙切齿地看向佩芷,感叹道:"这出《大保国》真神了,台下的座儿丢上去的臭鞋够咱们姜四小姐开鞋铺了。"

佩芷白了他一眼:"我又没学过,第一次唱,唱成这样已经是极有天资的了……"

傅棠说:"是哪个遭天杀的说你有天资?"

佩芷看向孟月泠,孟月泠点头承认:"没错,是我说的。"

傅棠说:"你不能诓她。"

孟月泠说:"我说的实话。"

傅棠冷哼一声,脸上挂着嘲讽看向孟月泠。袁小真静观一切,没说什么。

那厢佩芷唱饿了,西府的下人送上茶点,她妆面都没卸就吃了几块,孟月泠赶紧带她下去把妆面给卸了。

他往草纸上蘸豆油的时候,佩芷的嘴也没闲着,嘴角还糊着糕点残渣,看孟月泠颇有些贤妻良母的架势。

第六章　把韶光窃了

她咽下去最后一口，等他转过身来，要把蘸了油的草纸按在她的脸上。

佩芷攥住了他的手腕，说："我能不能亲你一下？"

孟月泠为她的大胆眉头直跳，对着这张徐延昭的大花脸更是头疼。他挣脱开她的桎梏，毫不留情地把草纸糊上了她的脸，冷声地拒绝："不能。"

佩芷犯起了嘀咕："为什么呀？我们都已经抱过好多次了。"

孟月泠说："你让我今后还怎么唱《大·探·二》？"

佩芷嗤笑了："这样徐延昭在你的眼里就变得亲切了。"

孟月泠婉拒："不必。"

佩芷显然是故意闹他的，笑得很是鬼祟。

她的生日一向是要跟姜老太太一起过的，太阳快下山的时候便回了姜府。孟月泠和袁小真则留在了西府用晚饭，饭后一起去凤鸣茶园。

席间傅棠独自小酌了几杯，他一个人喝，是极爱醉的，便劝孟月泠也喝。孟月泠自然是不可能喝的，他等下还要上台。

拉扯之际，傅棠说了句："你现在倒越来越像个人了。上次见到耿六爷，他还说觉着你这脸上的笑模样多了。你看，大伙儿都不瞎。"

孟月泠既不承认也不否认。他原本以为自己就要这么行尸走肉地过一辈子，可这副枯骨却在长出血肉，真像是要枯木逢春了。

那年夏天佩芷还在吉祥胡同买了间院子，本来是想给孟月泠组织票房的，经孟月泠的劝说，改成了个她自己的书斋，取名"石川书斋"，门口的匾自然是白柳斋题的。

石川书斋还没开门迎客的时候，佩芷只带了孟月泠一个人去看。

两个人从院子里看到屋里，又从屋里看到了院子里。孟月泠坐在石桌前审视着这间五脏俱全、书香四溢的小院子，说道："书房里还差一组屏条，其他倒是都够了。"

佩芷也走了过去，侧坐在他旁边，手里攥着个小册子给他看："我正选呢，这是厚载前些日子给我的，他卖的……"

孟月泠凑过来看，她蓦然一回头，发现他二人的距离实在是有些近了。树上的蝉鸣都不觉得吵闹了，而像是在催动着什么。

他一向有神的双眼似乎是染上了一抹迷离，正向下盯着她丰润的嘴唇。佩芷根本无暇细想，只知道下意识地凑近脑袋。

就在要触上的前一秒，他猛地错开了头，佩芷也紧跟着错开了，两个人齐刷刷地站了起来，倒像是什么都没发生过一样。

他们约好了次日一起去王串场，也就是到方厚载的画斋去选屏条。

佩芷临出门前被姜仲韵缠住了脚步，到了的时候发现孟月泠已经等在那儿了。

他站在巨大的仁丹广告牌旁，穿了一身清薄的月白色长衫，更显其清越风骨，像是溽暑时节的一股凉风，耐心地等待她的到来。

佩芷跑了过去，照理说开口第一句应该解释为何晚到，可一张嘴就变了，她自己也控制不住。

她直白地问他："你昨日是不是想吻我？"

孟月泠没想到这件事竟还没完。可她显然也不需要他的回答，扬起嘴角笑了，接着踮起脚，飞快地在他的脸颊印下一吻。

她亲完就要走，装作什么都没发生一样掩饰内心的羞赧。孟月泠表面上看起来波澜不惊，不知心里是否跟她一样紧张。

周围车水马龙、人来人往，他拉住了她的手，留住她的脚步。

佩芷刚要回头看他，就听他在身后对她说："佩芷，我没你想的那么好。"

佩芷初次上台票戏那日，溽暑未过，戏码便是《三堂会审》，她演王金龙，搭的是孟月泠的苏三、袁小真的蓝袍刘秉义、傅棠的红袍潘必正。

满满当当的四个人撑起一台戏，仍旧是那日在西府胡唱《大保国》的四个人，只不过这一回都扮得正正经经的，亦不能插科打诨地混过去。

戏报子提前三日就放出去了，四个人的大名差点儿挤不下那张纸。

首先这孟月泠的《三堂会审》自然不容错过，梨园行有所谓"坐死的《祭塔》、站死的《祭江》、跪死的《会审》"一说，听着孟月泠的苏三

第六章　把韶光窃了

在台上唱将近半个时辰是一种享受，对孟月泠来说亦是一种考验。

许多角儿成名之后便几乎不唱《会审》了，尤其是在冬天唱《会审》，被称为伶人的一大畏途，久而久之唱的就都少了。

且这傅棠也许久没登台票戏了，还有个袁小真作配，内行的人一眼就看得出来，这仨人是在这儿给上面那位姜小姐抬轿。这位姜小姐，自然来头不小。

那日佩芷还邀了姜老太太出来看，赵凤珊跟着。姜仲昀虽说看不惯她跟戏子混在一起，可毕竟是佩芷头回登台，便也跟着来了。几个人坐在南二包厢，隔壁就是耿六爷，这种热闹他定然不会错过。

幸好她稳定发挥，不说演得多好，但至少在台上没出岔子，中规中矩地唱完了整场。而石川书斋开门迎客之后，除去与佩芷相熟的几个好友时常来往，亦不乏津门文人雅士。

从京昆名剧到诗词字画，她倒是样样都能说得上来，颇有些博古通今的女诸葛的样子。姜肇鸿在外应酬都不可避免地从别人的口中听说她的名字，或许当日在耿公馆让他丢掉的颜面如今能找回些许，但这并不妨碍他心底里的打算未曾变过。

经此一夏，佩芷踩着姜四小姐的身份，摇身一变成了天津名票，亦有尊重她的文人会唤她一声"石川先生"。

这日一阵晚风吹过，佩芷发现最近早晚的天开始冷了，惊觉孟月泠已经留在天津陪她度过了整个夏天，好日子总是过得那样快。

起初她时常担心他随时会走，却又不敢问出口，久而久之就把这股想法抛在脑后了，好像只要他们都不说出口，他就永远不会走一样。

直到她发现，那几个丹桂社的熟悉的身影不见了，潘孟云和春喜也不知道去了何处，给孟月泠抱暖瓶和打杂的跟包是袁小真原来的跟包之一，街道上轰轰烈烈地传着戏界绯闻。

佩芷买了一份报纸，头版的大字儿直白地写道：孟月泠出走丹桂社。

下面的小字无外乎是些详细报道，写他留津后据传要搭班霓声社，与袁小真搭档；又说远在北平的知情人透露，孟桂侬在沿儿胡同的宅子里气得摔断了烟枪……

佩芷攥着报纸先是去万花胡同找他扑了个空，又去了凤鸣茶园，后台霓声社的小师弟告诉她，孟二爷带着好些人到石川书斋去了，阵仗颇大。

佩芷折腾了一圈，虽然说是坐黄包车，等到了吉祥胡同口还是出了一层薄汗。她急匆匆地跑向自己的院子，就等着跟他一问究竟。

可她刚一进门，叫了句"静风"，孟月泠就给她介绍着院子里的人来："这位是《北洋画报》的林主编，这几位分别是他的秘书和画报编辑。"

林主编戴了一副茶晶眼镜，一副老实憨厚的面孔，上前跟佩芷问好："姜小姐您好，或者我应该叫您'石先生'，您更愿意听哪一个称呼？"

佩芷愣住了，迷惑地看向孟月泠。

孟月泠告诉她："林主编想请你拍一期《北洋画报》报头下面的肖像照。"

她自然知道这位林主编是来干什么的，她早就见过他了。

《北洋画报》是近年在天津极流行的新刊物，上面囊括的内容种类颇多，从时事评议到戏曲电影，亦有副刊登连载小说漫画；特别之处则在于每一刊的报头下面都会登一张肖像照，多是各行各界的名人，像佩芷这种世家小姐自然也是他们会挑选的对象。

早先佩芷给孟月泠写信的时候提了这么一嘴，林主编当时主动上门邀约，但被她拒绝了。

她不愿以"姜四小姐"的名头出现在画报上，毕竟此名是靠姜肇鸿之荫庇，并非她自己凭本事谋得。

原本以为这件事就这么过去了，她也不在意多一个还是少一个在外人面前出风头的机会，只当是日常闲事写给了他。

不想他居然也默默地记得。

佩芷问道："林主编这次要给我安排个什么名头？"

林主编答："那必然是'津城名票'，您当仁不让，这年轻一代里边，您是最懂戏的了。"

这些场面话多是失实的，佩芷不会往心里去，可她多多少少有些成为她自己的感觉，不再仅仅是姜四小姐。

第六章　把韶光窃了

林主编还邀她在副刊连载小说，不论是以本名还是石川这个笔名皆可。佩芷早就存有写小说的心思，答应林主编回去便动笔，到时把稿子给他看。

夏末的最后一刊《北洋画报》，报头下面的肖像照是佩芷，而秋日的第一刊，则是孟月泠。

他们一起去丰泰照相馆拍的照片，佩芷穿了在上海裁的那身阴丹士林旗袍，是极适合拍画报的，孟月泠则一反常态地穿了次西装。

佩芷帮他把领带扶正，那一瞬间像是穿梭了时光，两人宛如老夫老妻，行为举止极其默契，倒应了那句"无声胜有声"。

他略微低着头看她，才回答她心中的疑惑："佩芷，我不走了。"

佩芷应声："我知道，我看到报纸了，说你要跟小真一块儿唱。"

孟月泠说："这次来天津，我便没打算走。"

佩芷问道："那你怎么不告诉我一声？"

他沉默应对，像是心事重重不可说，又像身体力行地告诉她说不如做。

佩芷心怀隐忧："你怎么能说走就走？你的父亲兄长都还在北平，你大哥又不能唱，丹桂社总要有人接……"

殊不知他根本没想那么多，或者说想了，只是并未算在重要与优先考量的范围内。

他说："丹桂社是我的'舍'，你是我的'得'，人生之事不就是有舍才有得？我只是想，你为了我走过太远的路，总是你在主动，而我不过是从北平到了天津，跟你比起来算不得什么。"

佩芷总觉得还是不一样，她千辛万苦地去见他只是暂时的，可他来陪她显然是要一直持续下去的，他抛却的不只是家人，亦有丹桂社的同人，甚至连春喜都没带，只身一人留在天津。

他见她眸中有些伤感，又安慰她道："我在哪儿唱都是一样。拍照罢。"

佩芷又拉住他的手，小声地说："我会对你负责的。"

孟月泠轻轻地笑了："胡说。"

佩芷言之凿凿:"我们在戏台子上演过夫妻。"

孟月泠摇头:"那只是戏,跟我演过夫妻的又不止你一个。"

佩芷的伤感活生生地被他给气没了。

摄影师按动快门,镁粉飘洒在空中的那一刹那,孟月泠脑海里莫名地回想起了那日与孟桂侬争执的情景。

孟桂侬只知道他恋上了一个富家小姐,孟丹灵没敢说是天津姜家。孟桂侬不满他要出走丹桂社,带着脏字骂他:"你配得起人家吗?人家拿你当个玩意儿你还眼巴巴地送上去!你图她什么?图她钱你自己个儿去唱两场堂会戏不行?成角儿了在这儿跟我装大爷……"

他早已经习惯了那些难以入耳之词了,可那一瞬间不知怎么的,还是忍不住回了一句:"她懂我。"

那年秋天,秦眠香率眠香社抵津,却不是来跑码头唱新戏的,而是来给姜老太太祝寿,在姜府东苑的鸾音阁唱。

姜老太太年纪大了,寿是祝一年少一年的,姜肇鸿想大办,可大办下来其实最累的还是姜老太太。恰巧赶上姜老太太说想听戏,便打算在家里办个堂会,小小地庆贺一下。

佩芷原本想请孟月泠,毕竟如今在天津地面儿上最大的角儿除了段青山就是他孟月泠,可他早就不唱堂会戏了。佩芷不想让他为了自己勉强答应,所以这才动了心思,给秦眠香发去了电报,秦眠香立马就挪开了时间,风风火火地来了天津。

要说这姜老太太的戏瘾还是被孟月泠给勾出来的。那日《三堂会审》听完之后姜老太太惦念了很久,要不是佩芷说孟月泠不唱堂会戏,姜老太太早就给他请家里来了。

秦眠香的扮相多了几抹娇俏,还唱了一出花旦戏,倒也哄得姜老太太开怀。姜老太太还叫了秦眠香坐在自己身边,给她递糕点吃,佩芷假装不高兴,满院的氛围倒也和睦。

没想到那日孟月泠也来了,那时姜肇鸿和姜伯昀早就走了。最后一场戏是姜老太太点的《四郎探母》,秦眠香唱铁镜公主,孟月泠客串了个

第六章 把韶光窃了

萧太后。

他一张开嗓子姜老太太就听出来了,老人家的眼睛不好使了,耳朵倒还机敏着,问佩芷道:"这是那个孟丫头?"

佩芷无奈地纠正:"是他。奶奶,他是小子,不是丫头。"

她陪着姜老太太坐在那儿,总觉得斜后方有人在盯着自己,一看过去才发现,是不知何时坐下了的佟璟元。

佩芷本来已经全然放下的心立马提了起来,走过去紧张地问他:"你来干什么?"

佟璟元一副满不在意的样子:"叔父叫我来的。今日奶奶祝寿,我自然要来送礼。"

佩芷说:"既然礼已经送到了,你人可以走了。"

她不知道外面的风言风语佟璟元听到了多少,她与孟月泠素日里很是低调,再加上经常和傅棠、袁小真在一起,外界对他二人的猜测虽有,但并不严重。

佟璟元用手里的扇子朝台上虚虚地一指:"不急,看完这出戏再走。"

佩芷说:"我竟不知你何时开始看起戏来了。"

佟璟元说:"就是这两日爱上的。"

佩芷看他没有什么进一步的举动,便没再理他,而是回到姜老太太身边坐下。

眠香社的其他人很快就回上海去了,秦眠香却在天津待了整月。起初佩芷以为她要去北平探望师父俞芳君,毕竟她常年定居上海,来北边一次不易。

没想到她根本没这个意思,只是来天津游玩一般。佩芷这下倒是不愁伴了,还带她认识了赵巧容。她们三个对衣服料子最是挑剔的人倒还真像佩芷想象的那样,完全能聊到一起去。

至于去北平探望师父俞芳君一事,秦眠香则语气轻飘地说:"他有什么可看的呀?"

佩芷心想他们师兄妹两个倒像是从一个模子里刻出来的,都有些冷淡,便没再多问。

那年中秋是石川书斋最热闹的一次。

佩芷、孟月泠、傅棠、袁小真、秦眠香、白家兄妹俩、方厚载都在，还有晚到的赵巧容和宋小笙，一群人齐聚在院子里，酒菜摆满了桌面。

赵巧容和宋小笙是佩芷请的，虽然说预先没想到他们会来，宋小笙提着好酒，赵巧容则说佩芷这间小院子她还没见过。

前些日子这两个人选了个吉利日子登记成婚了，并且还登了报，显然是赵巧容做得出来的事儿。

结果就是赵显荣大怒，扬言与赵巧容断绝兄妹关系。可她手里有母亲留下的财产，不愁吃喝，还真跟宋小笙在沁园把日子过了起来，没再回过赵公馆。

佩芷觉着就他们两个人过中秋多少有些冷清，便邀了他们来。

院子里的桂树簌簌地落着桂花，花香四溢，亦有好酒好菜入口，友人在月下吟诗，新诗与旧诗夹杂。若说这是一场幻梦，不如就醉死在这幻梦中，永不复醒。

秦眠香有一台胶片相机，看着就价格不菲。隔壁邻居的院子里也在合家团圆地庆祝中秋，她大剌剌地进去就薅了个人出来，让那醉眼蒙眬的人帮他们拍张合照，结果那张照片拍歪了，直到洗出来后才知道。

忘了是谁提的行酒令，袁小真和宋小笙都是完全没读过书的，赵巧容护着宋小笙，说宋小笙就当跟她是一伙儿的，于是袁小真就成了"酒司令"。

另外的人里，白柳斋的学识不及其妹白柳阁，孟月泠虽然读过几年书，但也不算多，而秦眠香不过近些年来才略看了点儿书。于是大家便主张降低难度，只要袁小真选个意象出来，大伙儿轮着作诗就成了，好赖无妨，通顺就成。

袁小真像拿不准主意似的看了一眼傅棠，傅棠用扇子挡着，偷摸地告诉她了一个简单易行的。于是袁小真说："那就'风花雪月'顺着来罢。"

最后咏到月的时候，佩芷三杯酒下肚，已经有些醉了。她打量了一圈，赵巧容正在吟月："昨夜月非今夜月，愿此月夜长相欢。"

秦眠香接了两句新诗："我站在月下，渴望沐浴月的光辉，可神女从

第六章 把韶光窃了

不怜爱凡人。"

佩芷便动了起新诗的念头，举着酒杯就要张口，却被傅棠按了下去："喝多了？人头都不会数了，还没到你。"

孟月泠低笑，看她双颊泛着红色，默默地把她手里的酒杯夺了过去。幸好她还算老实，没做什么反抗。

赵巧容看到这一幕，心里有些警醒。

傅棠随口诌了一句："把酒疏狂三百杯，水中捞月不复回。"

终于轮到了佩芷，她嘀咕着说道："我，我想作首新诗。"

新诗没什么难度，随便说两句就能糊弄过去，傅棠自然不愿轻易放过她，便带头说不行。

可她似乎是听到秦眠香作新诗，自己也跃跃欲试了，于是站起来让大伙儿安静听她讲。

众人还算给她面子，想着若是说得太烂就罚她酒喝，没想到她又举起了酒杯，在一众希冀的目光中朗声朝天说道："孟月泠，我心里有你！"

院子里顿时变得鸦雀无声，在座的除了赵巧容和宋小笙知情得少，其他人多少都是知道些的，只是没想到佩芷会大剌剌地说出来。

她见他们不作声，语气还有些沾沾自喜地强调："我作完了！"

沉默过后便爆发了一阵哂笑，她也许是喝多了感觉不到，孟月泠却觉得臊得慌，起身要把她送到屋子里去。而傅棠从佩芷说出那句话之后脸上的笑容就僵住了，迟迟没舒展开来。

孟月泠扶着佩芷进去。方厚载问佩芷要罚的酒该怎么算，白柳阁小声地说："自然是孟老板回来帮忙喝。"

傅棠脸上又挂上了笑，半起身拿过了佩芷的酒杯一饮而尽，状若无意地说："就这么一口，我帮她喝了罢。"

那晚直到午夜人才散去，袁小真和秦眠香陪着佩芷一起宿在石川书斋，恰好有两张床，其他人则各回各家。佩芷初尝醉酒滋味，体感就是再也不愿经历了。

天津的天儿刚冷下来的时候，秦眠香便回上海了。

秦眠香走后不久,春喜从北平来了天津,继续给孟月泠当跟包。他的家人都在北平,当初没跟着孟月泠留在天津倒也情有可原,如今追了过来,或许少不了孟月泠给的条件优渥以及待他还算温柔的原因。

孟月泠用春喜用顺手了,譬如袁小真借他的那个跟包,显然就不如春喜了解他的秉性,这便是所谓的人不如旧。

后来冬日渐深,那年冬天少雪,算是个暖冬。次年年初的时候,天津的戏班子都封箱了。他们这些戏子一年到头唯一的休假也就这么一阵儿,恰巧赶上柳书丹的忌日,孟月泠准备回一趟北平。

佩芷听说他要回北平,还以为他是回北平和父兄一起过年,不承想他说只是停留一日,显然是给柳书丹扫个墓便走,佩芷便要跟着去。

她近些日子时不时地在吉祥胡同的石川书斋睡,家里人是知道的,即便是明说去一趟北平,次日便回,应该也无伤大雅。

孟月泠原本想拒绝,他承认自己的想法保守,得顾念她的名声。

佩芷自是嘲他迂腐:"我是你的女朋友呀,况且你拜你的,我又不跟着你跪。"

他觉得她说得有理又无理,总之不管有没有理,两个人还是一起上了火车。佩芷像是奸计得逞,表情很是得意。

当晚他们下榻于开元饭店。佩芷刚进了房间,扭头就发现他人不见了,她扒在房门口一看,确定他开了两间房。

孟月泠发现了偷看的佩芷,善解人意地告诉她:"我就住在你隔壁。"

佩芷扯了个假笑:"好,真近呢。"

他准备进房间了,眼神挂着疑惑地问佩芷:"你不进房间?"

佩芷说:"我热,我吹吹风,你先进。"

孟月泠叮嘱道:"关好房门。"

他就这么进了自己的房间,佩芷站在门口叹了口气,紧跟着也把门狠狠地带上了。

佩芷认床,夜已经深了还睡不着,躺在床笫间想了许久,果断打开了台灯,接着给饭店前台打去电话。

前台礼貌地问她有什么需要,佩芷说:"麻烦你拨 413 房间孟先生,

第六章 把韶光窃了

告知他速到隔壁找姜小姐,就告诉他,姜小姐急需他过来一趟就好。"

饭店的前台见多了这种事情,只答应会帮佩芷转达。

不出五分钟,佩芷便听到了敲门声。她穿着睡衣光脚踩在地毯上,跑去给他开门。

一打开门就看到一副长衫打扮的孟月泠,佩芷毫不怀疑,他一定是接通电话后立马换的衣服,要不是时间不允许,想必他会把头发梳整齐了再过来。

佩芷作弄他的兴致立马就降了一半,拉着他进来坐到了床上。

孟月泠略带关切地问她:"怎么了?"

佩芷胡乱找了个借口:"没怎么,我怕鬼。"

孟月泠顿时语塞,只能告诉她:"没有鬼。"

"我不信。"佩芷故意这么说。

整间屋子就亮着一盏台灯,照得人脸上都是昏黄的,深沉又暧昧。佩芷主张跟他出来之前是没想到这些的,但是到了此时此刻,她才发觉这种气氛很适合做点什么。

于是她主动靠近孟月泠,盯着他问:"静风,我们接吻罢?"

毫不夸张地说,她总能说出这种让他眉头直跳的话。

孟月泠说:"上次你吻过了。"

佩芷摇头:"那是我单方面地亲吻你,不叫接吻。"

他略微皱了眉头:"我不了解这些。"

佩芷又点头:"我也不懂,可是我想亲近你。"

他想他应该亦是想亲近她的,不然不会放任她离自己越来越近了,近到彼此的呼吸都打在对方的脸上。

他连声音都变小了些,像是生怕会惊到她一样,喉结滚动后问道:"怎么亲近?"

佩芷张开了口,凑到他的嘴唇上,相碰的那一刹那不知为何心也跟着动了。

她同样小声地说话,一边说还一边点着他的嘴唇:"我也不知道,可能就是这样,本能……"

"本能"二字像是点醒了迷途中的他，孟月泠果断地迎了上去，吃光了她后面的字节。他的吻有些不符合素日里的他的清冷，原来这就是本能，他竟然还有另一面。

从蜻蜓点水到蜻蜓入水，他们只在短短的片刻内就完成了关于亲吻的探索。佩芷向来较他更心急些，手伸向了他的长衫领口，想要解那颗扣子。

大抵是刚刚她太紧张了，手有些凉，触碰到他脖颈的肌肤时，明显感觉到他战栗了一下，紧接着他推开了佩芷的肩膀。

他们的嘴唇都还水盈盈的，佩芷有些语无伦次："我……我手太凉了，对不起……"

她想要凑近他，可他却像是瞬间从本能的驱使中清醒过来了，眼中还挂着一抹冷意。

那一瞬间不知怎么的，佩芷总觉得自己像是伤害到了他一样，可明明不过是一件小事，两个人的手握在一起一定很快就热起来了。

可他却同样说了句"对不起"，佩芷便有些不开心："你干什么？别告诉我你还没准备好。你要什么准备呢？我不懂，我不喜欢你这样。"

她起身要走，猝不及防地被孟月泠从背后抱住，两个人一同栽在了床褥间。

佩芷要扭头跟他面对面，孟月泠不准，强抱着她，弄得佩芷又气又笑："你现在是没理了，所以开始和我要无赖了。"

他依旧不作声，把头埋在她的背后，低声地说："好佩芷，睡觉。"

佩芷被他紧紧地圈在怀里，又因为折腾了许久，多少有些困意，浑浑噩噩地便睡着了。

阒静之中只听得到佩芷绵长均匀的呼吸声，孟月泠缓缓地睁开眼睛。沉默的这么长时间里，他不知道在想些什么，却想得眼泪落在她的头发上。

他撑起身子，轻轻地吻了吻她的脸颊，随后关闭了台灯，就这样抱着她和衣入睡。

次日，二人一同去了碧云寺。

第六章　把韶光窃了

柳书丹当年由其父柳公下葬,后来还把坟迁回了老家,亦跟孟家断了往来。

这么多年来,每逢柳书丹的忌日,孟月泠都是到碧云寺祈福祭奠。小的时候柳书丹带他来过几回,他便在这碧云寺给母亲供了个往生牌位。

上山的时候天空就在下小雪,等到二人出寺之后,雪片越来越厚了,落到大衣上形状都是极齐全的,给远处的香山也蒙上了一层薄纱。

他面色低沉,没什么表情。佩芷本来想问他是不是不喜欢下雪,又想到这日是柳书丹忌日,指不定当年也下过这么一场大雪。

可她还是有话跟他说:"静风,生辰快乐。"

孟月泠依旧没什么表情:"我早已不过生辰。"

佩芷点头,她自然知道,都是秦眠香告诉她的。

"可我打算回到天津给你煮碗长寿面。吃碗面而已,不算特地过罢?"

他显然一副不买账的样子,佩芷便说:"你娘刚刚跟我说的,偏让我给你煮。"

孟月泠无奈地说:"你不是怕鬼?"

佩芷说:"我怕呀,还好你娘漂亮,没吓到我。"

孟月泠说她:"满嘴胡言。"

可他还是被她的胡言乱语给逗笑了。

猛地刮起了北风,阴鸷地往人衣服里钻,空中雪片乱舞,佩芷搂紧了孟月泠的胳膊,两人相偕下山。

第七章
井底引银瓶

去年花开，今又花开，后来多少的岁月里，佩芷都在怀念着这一年的光阴，可惜偷来的总是难得长久。

天津有一开纱厂的冯家，可谓纺纱业鳌头，家主冯裕成与姜肇鸿都是天津早些年共同投资实业的合作伙伴。冯裕成算是白手起家，而姜肇鸿则有祖上滇商积累的财富，占据天然优势，二人没有可比性。

冯裕成的长子名唤冯世华，一个佯装嗜好书画的纨绔子弟，常到方厚载的画斋去挑选些字画，不过喜好搅弄风月，在没读过书的女人堆里找找颜面。他听说方厚载识得姜家四小姐，曾多次明里暗里地托方厚载帮忙引荐，方厚载没什么心眼儿，倒还真想帮这个忙来着。

冯世华自小便喜欢跟在佟璟元的屁股后面，如今大了，他还是如此，理由无外乎是这佟家的家产实在是太丰厚了些。

冯裕成不愿意上赶着巴结姜肇鸿，倒是个颇有骨气的华商，却偏偏生了个软骨头的大儿子。幸好冯裕成膝下还有一女，很有学识见地。

冯裕成托人给冯世华在铁路局找了个职位，为的是让他在外面锤炼锤炼、吃吃苦头，可这不妨碍他瞎搞到火车站一带去，频出丑闻。冯裕成只好又把人领了回来，让他自顾自地出去胡闹，只当他不成器，没救了。

这日冯世华邀佟璟元到宝艳楼胡同去玩。他是天香院的常客。

可佟家的门都没让他进，门房答他："我们大爷从不去宝艳楼一带的。"

冯世华想着，自他去火车站受苦，已经小半年没见过佟璟元了，难免生分了些。如今看佟璟元的意思，倒像是没把他放在心上了一样，他务必得想个办法把人给约出来。

当初佟璟元和佩芷定亲，这事儿是佟、姜两家私底下决定的，也没声张，想着到了年纪二人把婚事高调地办了比什么都强。

随着佟璟元的年纪渐长，男儿家心思野，佟家就这么一个宝贝儿子，想着佟璟元若是瞧上了别家姑娘，只要身世不太差，随时可以把姜家这门亲事给回绝了。

没想到去年春天姜老太太先开了这个口，佟璟元看起来倒也没多难过，佟家虽然略有不满，但知道这姜四小姐是个男孩性子，定然是个不服管教的，不娶进来倒也省心。

所以这天津卫知道佩芷和佟璟元婚约的就没几个人，偏偏就有他冯世华。

作为酒友，佟璟元酒后说过那么一嘴，旁人或许没放在心上，冯世华擅长投机，自然记得。眼下他给门房塞了点钱，托门房再跑一趟，告知佟璟元他那位未过门的妻子可是有些不老实，想着定能吊佟璟元出来。

虽说冯世华不知道这门亲事早在一年前就被姜老太太给毁了，但确实把佟璟元给引了出来。

他们去了南市碎金楼，隔壁还有个碎金书寓，门墙上贴着红纸，上书"宋碧珠今日进班"，弄得倒像是个什么富贵人家的私塾。

而佟璟元一个不愁吃喝的大少爷，活着就是为了找个乐子，于是主动请了这顿，在碎金楼设宴招待冯世华。二人相谈甚欢，直到次日天亮才酒醒归家。

那是十七年的五月初。五月中旬的时候，孟月泠在天津收到一封来自上海的信。

南京有一位京昆名家，唱小生的，名唤张少逸，多在北平、上海、南京等地演出，上月回济南老家祭祖，恰逢本月初日军进军山东，无辜罹难。

张少逸生不逢时，始终没出什么大名，这些年昆曲班子发展得并不好，时人多爱京戏，他却两头都放不下，也两头没讨到好儿。若是像北平的盛松年一样早早地放下了昆曲专演京戏，也不至于一把年纪还家徒

第七章 井底引银瓶

四壁。

内行的人都知道他的本事，亦有知名票友当众声称，若是张少逸专习京戏，"三大贤"必为"四大贤"，且其中还要有人给张少逸让位。这话多少有些故弄玄虚、哗众取宠之嫌，但那三位倒是也没出来说什么。

给孟月泠写这封信的是眼下正在上海的梨园公会的理事，几位理事联名，邀孟月泠赴南京，亦集结了些南方的梨园名角，打算在南京组织义务戏，筹集资金为张少逸下葬，余款则给张少逸的妻小做安家费。

孟月泠自然是愿意去这一遭的。据说远在奉天的余秀裳都要腾出时间来走这一趟，看起来他是极尊崇这张少逸的，具体有没有渊源便不得而知了。

孟丹灵从北平来了一趟天津，亲自给孟月泠送了一厚摞子钞票，九成是孟桂侬和俞芳君出的，一成是他出的。

孟月泠知道他的日子过得不易，他家里亦有妻小，且小蝶多病，便抽了一沓出来还给他。

孟丹灵不要，孟月泠便趁他不注意，把钱掖回了他包的夹层里。

佩芷听说之后，自然主张前去。她倒并非十天半个月都离不开他，孟月泠知道，她是想借机出去玩。

孟月泠试图给她泼冷水："不是去玩儿的，你见到的那些人不是唱京的就是唱昆的，平日里讨论的也净是这些，没你想的那么有趣。"

佩芷说："上次从上海跟你分开，一到南京我就生病了，独自在饭店里待了好几日，也没出去玩，你这次就不能带我一起去逛一逛？我也愿意为这位张少逸先生尽些绵薄之力。"

这倒不是尽不尽绵薄之力的问题，首先姜家里佩芷的长辈便不会同意，倒像是姜四小姐要被他孟月泠拐走一样。孟月泠并非畏惧承受风言风语，只是这些谣言更伤的一定是她的名声，这时代就是这么不公允。

佩芷像是铁了心要走这一遭，直接找上了姜老太太，跟她阐述清楚了自己的打算，末了还说："谁说只有男儿才能走四方，我也想多出去转转，眼下便是个机会。"

过了这个年之后，姜老太太的精神更差了些，平日里也不大爱动。

佩芷常来陪她，舍弃了不少在外面的时间，专挑各种有意思的故事给她讲，能逗她一笑最好。

姜老太太看在眼里，也开口催过佩芷不必顾虑她这个老太太，该出去玩便出去玩，她一把年纪，早该寿尽了。每每这个时候，佩芷都忍不住红眼，肃声让她不要乱说。

如今佩芷说要出门转转，姜老太太自然乐意，只不过……

姜老太太问："可，这孟丫头信得过吗？我的佩芷，就孤零零地跟他出去？"

佩芷瞥了一眼旁边的小荷，小荷是姜老太太信得过的，自小被姜老太太救回来养在身边，亦是佩芷信得过的。

佩芷眉眼颇有些得意道："当然信得过了……奶奶，他就是我的心上人。"

姜老太太略一皱眉，显然是在缓慢地消化这个消息。

佩芷补充道："我也是他的，我们互相心悦，我们是恋爱关系。"

姜老太太的眉头皱得更深了："什么叫恋爱……关系？"

小荷在旁边笑着帮佩芷解释："就是年轻人谈的男女朋友，先谈一阵儿，再决定结不结婚，婚姻自主嘛。"

姜老太太恍然大悟般"啊"了一声，旋即叹了口气道："可，可这孟丫头配不上我们佩芷呀……"

佩芷的笑脸一僵，姜老太太眯着眼睛看到了，于是立马改了口，做出让她走的手势："算了，算了，这些事以后再说，你出去玩罢，家里有奶奶给你撑着呢。"

佩芷说："等我给您带好吃的好玩的回来，到时候我再带您瞧瞧他，仔仔细细地瞧瞧他。"

姜老太太无奈地笑了："好，好，好。那你可得快点儿回来。上回你跟姜仲昀一句话都没留就跑了，你不知道奶奶有多担心，半夜急得睡不着觉，我们佩芷长这么大哪里离开过奶奶……"

说着姜老太太的眼眶就红了，小荷拿出了帕子给她揩拭，佩芷则紧紧地抱住姜老太太："我知道错了，上回不是一回来就给您认错啦？我保证,今后我去哪儿都来告诉您一声,您别嫌我烦就成。"

姜老太太说:"不烦,不烦,烦谁也不会烦我的乖孙女。"

月末,佩芷和孟月泠低调地抵达南京,还在饭店遇到了秦眠香。

秦眠香见他二人开两间房,促狭地瞥了几眼孟月泠。佩芷赶忙扯了她两下,不承想引火上身,便频遭秦眠香的打趣。

佩芷自是一通解释。孟月泠最了解秦眠香的秉性,告知佩芷一定要缄默于口,一旦开口,势必引发秦眠香更大的热情,佩芷连忙谨记于心。

彼时南京没什么规模大的戏院,几位梨园公会的理事颇好面子,认为此等雅事不应选在世俗的戏园子里举办,最后不知是哪位神通广大的能人跟南京当地的一位谭姓昆曲名票借了场地,是对方友人在城郊的一栋小公馆。

公馆内的装潢极具雅趣,楼下有一间宴厅,舞台虽然不是传统戏台,但胜在场地正式,颇显格调。要求则是除一楼的各厅以及客房可用之外,不准进二楼房间。可即便只能用一楼,也足够大了。虽然叫小公馆,不过是富人家一贯称呼别院的方式。

这下定然不算辱没张少逸了。

举办义务戏的当日,金陵城应景地下起了蒙蒙细雨。进了小公馆的大门,行至屋门口,阶沿上立着一张牌子,写着"张公少逸悼亡会暨筹捐款项义务戏"。

孟月泠收了伞,插在门口的竹筒里,目之所及俱是黑色的着装。他穿了一身素得彻底的长衫,秦眠香说他像是韩寿亭手下的人。秦眠香毫不畏寒地穿了一件飞袖旗袍,露出她白花花的胳膊,幸亏长度还算正式,垂及脚踝。

佩芷也不忘打扮,即便是黑色,亦要选丝绒材质,长袖长摆,袖口还镶了一圈毛絮。秦眠香直说她这一圈很是稀罕,自己也要找裁缝照着样子做。

孟月泠看着这二人头顶戴着时兴的纱网帽,像是试图参与进去话题:"这帽子不是穿洋装戴的?"

秦眠香毫不客气，小声地怼他："要你管中的洋的，好看就成。"

佩芷也问："这么戴不好看？"

孟月泠毫不怀疑这二人的审美，于是老实地点了头："好看。"

那日孟月泠和秦眠香都有戏码，北平著名的小生盛松年没来，来的是继承了他衣钵的长子盛秋文，亦是个昆乱不挡的，跟孟月泠合演了一出昆曲著名的唱段——《琴挑》。

佩芷作为一个学戏不久的票友，不仅看到了一众梨园各行的前辈，年轻一代的也见到了北平盛秋文、奉天余秀裳，还有汉口名净奚肃德等人，倒像刘姥姥进大观园之感了。

只不过细听这些名角儿的交谈，其实也跑不开吃抽嫖赌，各有各的俗癖，与寻常人没什么差别。

这么一比，佩芷倒觉得孟月泠还算极少数洁身自好的。

孟月泠小声地给她讲："内行有个不成文的说法，要想成角儿，必吃足二十年苦头，许多人就是折在了这二十年里。成了角儿的，多是有本事在身上的，亦不怕吃抽这些口癖折损本钱。嫖赌磨灭的是人的神志，其实并非嫖赌让人灭亡，而是人自取灭亡。"

从他出科这么些年，京中有过不少成了名之后步入迷途的，死后连个安家费都没有，伶界同僚多动恻隐之心，便会组织义务戏为其募款。孟月泠参加过几回，后来就再没去过了。

义务戏圆满筹措到了不少善款，全数捐给了张太太。梨园工会的郑理事做东，邀大家在南京畅玩，罗列了不少活动出来。

秦眠香疲于应付这些上了年纪的老师傅，便连夜回了上海。她是极其精于算计、圆滑世故的，声称这一辈子都求不到这些人身上，若不是早些年见过张老先生一面，老先生对她颇是赞许，她都不会来这一趟。

佩芷倒想借此机会在南京多玩几天，上次一则没心情、二则生病，就记得这南京的烟雨和浓雾了，孟月泠便单独陪她出去逛。

两人逛了夫子庙，选了不少佩芷中意的点心，她还挑了几样姜老太太爱吃的口味，声称要早点回去，免得放久了跑味。

又不知从哪儿听说的，她主动提议去爬栖霞山。孟月泠倒是没什么，

第七章 井底引银瓶

他常练武戏，体力也差不到哪儿去。可佩芷就不行了，出门不是黄包车便是汽车，学戏了之后唱的也是文生，一出武戏都没学。

孟月泠自然逃不掉这个问责，全揽到自己身上，答应回去就教她一出武戏。

那时玄武湖的金陵凝翠刚开，有些还含苞待放着，有些放了三分，有些放了五分。

佩芷夸道："这黄荷花可真漂亮。"

孟月泠纠正："金陵凝翠是绿荷。"

他们一起坐在公园的长椅上，什么都不说，专等着日落。

暮色四合之际，二人正在秦淮河畔游湖，听得到远处得月台传来的戏声，唱的昆曲《墙头马上》。不知是否与刚去世不久的张少逸有关，他在世的时候是极擅长这出戏的。

孟月泠听了两句，觉得唱的没那么难听，临时起意带佩芷上了岸，买票进了得月台，听这出没头的《墙头马上》。

《墙头马上》一见钟情倒是没看到，只看到了定情之后的故事。

裴少俊与李千金花园私会后，李千金随裴少俊私奔，裴少俊将李千金藏在裴家花园，匿居七年，生育一子一女。裴父发现后，认为李千金是娼妓，便将她赶走，并送裴少俊进京赶考。

直到裴少俊考中状元，拜李千金之父为师，并向李父求亲，回到家中后告知裴父，李千金实为相国之女。裴父向李千金告罪，李千金不谅。裴少俊再向李千金陈情，当年休书并非出自他手，为裴父冒写。李千金原谅裴少俊，合家团圆。

这倒是一出极具反抗封建教义的昆剧，改编于《裴少俊墙头马上》，出自白朴之手。佩芷的书房有这出戏的原本，只是还没看过。

眼下是她头一回看，看到最后皆大欢喜的结局，亦忍不住潸然落泪。

她心思活泛，转头对孟月泠说："你带我私奔罢。"

孟月泠只觉得这眉头又开始跳了。

她念那句戏词："只要恩情深似海，又何惧旁人惊怪。"

孟月泠接道："我深感戴，莫负了今宵相爱。"

她泪眼盈盈地看着他,孟月泠就不忍心给她泼冷水了,只问道:"你喜欢这句?"

佩芷摇摇头,颤声地说道:"这句好记。"

孟月泠失语了。

回去的路上,孟月泠还是开口说道:"其实这出戏不大好,当年我看过一次,便没想学。"

佩芷说:"李千金大胆追求爱情,对抗封建礼教,人又美丽多情,我就喜欢这样的人。"

孟月泠轻轻地笑了,答道:"你已经是这样的人了。"

佩芷反问:"真的吗?你也觉得我美?你为什么不常说?"

这么些夸奖的词儿,她倒还是最先听到"美丽"二字,孟月泠无可奈何地说:"我今后会常说。"

佩芷这才回到原有的话题上:"裴郎懦弱胆小,唯独好在长情。但这个优点也太乏善可陈了些,我不大喜欢。"

孟月泠说:"他确实懦弱,且不负责任。世人皆想效仿司马相如与卓文君,殊不知卓文君后来过的是什么日子——巨商之女沦落到当垆卖酒,又有相如纳妾,文君著《白头吟》。"

佩芷故意说:"好啊,你就是不想跟我私奔而已。"

孟月泠说:"我只是不赞同私奔这一行径。"

佩芷嚣张地说:"那你明媒正娶我?孟老板,我可是不好娶的。"

孟月泠低声地重复:"是不好娶,但还是要明媒正娶。"

"你可不要让我等太久了。"佩芷的话锋一转,"说起来我曾读过白居易的一首诗,倒是和你的想法一样。"

孟月泠接道:"墙头马上遥相顾,一见知君即断肠?"

佩芷惊喜:"你读过?"

说的便是白居易的《井底引银瓶·止淫奔也》,这首诗讲的是女人跟随男人私奔、后遭男人相负的故事:"寄言痴小人家女,慎勿将身轻许人。"

孟月泠想她八成没看过白朴的原剧,便给她解释道:"白朴的杂剧

第七章 井底引银瓶

《裴少俊墙头马上》就是脱胎于这首诗的。不然裴少俊怎么那么懦弱，全靠李千金反抗，依我看这出戏应该叫《李千金墙头马上》。"

佩芷调笑道："不如叫《佩少俊墙头马上》。"

孟月泠说："佩少俊、姜千金，你一个人便能撑起这一台戏。"

当晚两个人搂在一起入睡。秦眠香不过在南京留了一晚，那晚佩芷老老实实地在自己的房间入睡，好像生怕秦眠香看到什么一样，她竟然也有害羞的时候。

秦眠香刚走，她大半夜地便抱着枕头敲了他的房门，直白地跟他说她睡不着。

如今佩芷在他怀里讲甜言蜜语："我以前是极认床的，可只要你搂着我，我便能睡好了。"

孟月泠的脸上挂着淡笑，他更爱从背后抱着她，把她紧紧地护在怀里，又像是自私地独占她，即便胳膊被压麻了也不舍得放开。

他每晚会给她讲些梨园行的趣事，今夜讲的是昆曲式微，以及仅存的些水路班子闯杭嘉湖的杂事儿。天马行空、东一句西一句的，没什么主旨，但能为了哄她入睡，他愿意多说这些话。

她睡着之前还在说："静风，你什么时候能一直陪我睡觉？我的床大得很。"

"会有那天的。"他无奈地纠正她，"成了婚，便不能睡你的床了。"

"能把我的闺床搬到我们的家吗？我认床。"

他不置可否："我抱着你睡。"

她则咕哝了句不成话的气音，显然是彻底睡着了。

没多会儿，佩芷正在熟睡时，孟月泠被电话的铃声惊醒了。那铃声莫名地听得人背后发凉，明明跟以往没什么不同，却附带着一股说不清道不明的悚然。

前台告知从天津发来的紧急电报，内容简短，只有六个字：奶奶中风，速归。

两个人连夜买了第二天一早的火车票赶回天津，那天恰好是五卅纪念日。

孟月泠在上海度夏那年，每天步行从鸿福里与四雅戏院来回，路过南京路。整个南京路被挤得水泄不通，如今倒是一年比一年群情高涨，南京的火车站站台上亦有分发传单的学生。

佩芷略带艳羡地看向窗外，蓝襟黑裙、青春洋溢，可惜耳边很快就传来了站台上巡查员的哨声，紧接着巡查员跑过去追那些撒传单的学生，男男女女四散奔跑，又像是奔着一个方向去……

火车启动了，佩芷扭头去看，却什么都看不到了，只记得最后的画面是好多人在奔跑。

孟月泠看得出来她内心的担忧，一直没说什么。火车开动之后，他短暂地出去了一趟，又端着一张餐盘回来，上面是些简易的早饭。

佩芷没有要动的意思，她哪儿还有胃口吃得下东西，孟月泠便递了一杯水给她。

或许是没睡好的原因，佩芷的喉咙发涩，喑哑地说："明明走的时候还好好的……"

孟月泠说："眼下北方正值春夏之交，指不定哪一股邪风吹到了身上。老太太今年快八十高寿了，不生病才离奇呢。等回到天津之后，你便好好地在家中照顾她，不必急着找我。"

佩芷靠在他的怀里，忧心忡忡道："我就应该一直在家里陪着她。都是我的错，要不是我太贪玩……"

孟月泠耐心地开解她："没有谁对谁错，事情总是会发生的，发生之后我们一起去解决就好。佩芷，不要怕。"

好不容易哄着她吃了点东西，漱过口之后，孟月泠又是一通安抚，好说歹说地劝她躺在床上眯着了，他也靠在另一张床上闭目养神。

她不知道什么时候醒的，孟月泠还没睁开眼睛，为她突然的问话而感到惊诧。

她问他："你还记得你娘亲去世时的光景吗？心会痛吗？"

她像是自言自语："爷爷去世的时候我还太小，好像都没怎么哭就过去了，可我现在很怕奶奶丢下我。"

他睁开了眼睛，一时间不知从何说起。佩芷又说："静风，我最怕痛了。"

孟月泠知道，她并非好奇柳书丹去世时的情形，只是在为未知而又可能发生的事情而惊恐忧愁，以至于睡不好觉。

他不想编造一个虚假的蜜网，把她笼在里面，虽然在这种时刻显得有些残忍，他还是从心地说了实话："人活于世，只要有情，就一定会心痛。"

佩芷说："亲情、友情、爱情，这三者都会给我带来疼痛吗？"

她显然从未经历过这些所带来的疼痛，在他们过去未曾相识的岁月里，见识到的便像这山河的两面。他满目的分崩离析，她仍以为尽善尽美。

孟月泠点头，算是肯定。

佩芷却摇了摇头："我不信，难道你也会让我心痛？"

前路事未可知，那一瞬间他自认渺小，只知道在他可控的范围内永远不会让她心痛。

孟月泠承诺："我不会。"

佩芷枕在自己的手腕上，朝他露出一个盈盈浅笑，孟月泠也跟着笑了。

到达天津地面后，孟月泠送她回到姜府，亲自把佩芷装行李的藤箱递给了门房。

进门前她匆匆地抱了他一下，低声地说："等我过几日去找你。"

孟月泠拍了拍她的后脑勺："不急，你多陪陪奶奶。"

两人深深地对望了一眼，佩芷就进去了。

已经过了一天，大伙儿还都聚在姜老太太的院子里。

恰巧赶上汪玉芝刚在游廊下把麟儿哄睡着了，看到佩芷回来了，朝院子里知会了句："小四回来了。"

姜肇鸿和姜伯昀是一个鼻孔出气的，知道佩芷跟孟月泠去了南京，自然都没给她好脸色。姜仲昀没说什么，只比了个手势让她进屋去看奶奶。

只有赵凤珊看到了，跟着佩芷一起进屋，小声地关切道："晴儿，脸色怎么这么白？"

佩芷一下子眼眶就红了，不敢走近床边看姜老太太，反而扑到赵凤珊的怀里："妈妈，我害怕……"

赵凤珊拍了拍她的背，带着她一起到了床边，贴身伺候的小荷退远了些。

赵凤珊的声音带着一股温柔的力量，稳住了佩芷的心魂："大夫说是寒邪入体、血脉阻塞，已经开了药了，只是人动不了。你看你回来了，奶奶高兴着呢。"

姜老太太躺在床上，口眼都斜了，见到佩芷后只能发出一些"呜呜啊啊"的声音，听不清在说什么。

佩芷忍住了哭意，先按下自己内心的不安，因为她觉得姜老太太看起来比她还不安，于是佩芷安慰道："奶奶，您先别说了，您听我说好不好？"

姜老太太显然是听得懂的，整个身子都在用力示意。佩芷执着她的手覆上自己的脸颊，说道："我现在回来了，我哪儿也不去了，就在这儿陪您。"

姜老太太又叫了起来，佩芷也不知道她在说什么，只能自顾自地说下去，压住她的话，安抚她。

"我伺候您好好地喝药，您早日康复，我好带您去戏园子看戏呀！您忘了答应我的话了，您要是说话不算话，我今后可不理您了。"

姜老太太的眼眶已经红了，小荷凑过来一只手给她揩拭干净泪水。佩芷赶忙又说："我逗您的，哪儿舍得不理您呀。您可别哭了，让他们看到该以为我欺负您呢！"

这些故作轻松的玩笑话就差把她自己给说动了。

佩芷在房间里待了有一炷香的时间，没想到出了房门之后发现姜肇鸿、姜伯昀、姜仲昀和抱着麟儿的汪玉芝还在院子里站着。

赵凤珊语气无奈地说："说过多少次了，该干什么就干什么去。娘一日不起来，你们还一日站在院子里不走了？"

佩芷擦了擦脸，准备回自己的房间里去收拾下东西，好再来照顾奶奶。

姜肇鸿见她连声招呼都没打，愠怒便更深了，厉声道："站住！"

佩芷回头看他，满脸的不解。

姜肇鸿说："你还知道回来，我以为你跟那个戏子私奔去了。"

佩芷辩解："什么叫私奔？您讲话好歹礼貌些，他是戏子，不是没教养的野人。"

赵凤珊已经在偷偷地扯姜肇鸿的衣袖，可他背过了手，依旧说出了口："你图新鲜，爱在外边胡闹，我给你时间让你玩个够。如今你奶奶都已经这样了，你还不知道收收心？你若是还打算跟那个戏子厮混在一起，今日不如不回这个家，我就当没你这个女儿。"

佩芷满肚子的担忧散不去，刚刚还生生地忍下了一腔哭意，两感夹杂在一起，堵得她上不来气。

她看了一眼姜伯昀和姜仲昀，电报唤的是"奶奶"，想必跑不出他二人之手，佩芷迁怒了，说起气话来："那你们俩谁给我发的电报？手怎么那么欠？不知道我在南京潇洒快活吗……"

姜肇鸿大怒，打断她："你还好意思问电报！你二哥怕你没收到，又发给饭店去问，对方说当晚是跟你同行的那个男人接收的。三更半夜的，你不在自己的房间里，跑他的房间里做什么去？我怎么有你这么个不知廉耻的女儿，好好的婚约给毁了，整日里跟个戏子勾勾搭搭的，不成体统！"

他俨然给她盖棺论定了，佩芷自觉已经不是在说气话，只是顺他心意而已。她站在院门口朝姜肇鸿嚷道："您觉得我不知廉耻，我便做实这不知廉耻！您也甭想着把我嫁进佟家的家门儿了。他佟家皇亲贵胄，我这辈子高攀不起。"

汪玉芝怀里的麟儿被二人的争执声吵醒了，大声地哭了起来，汪玉芝赶忙抱着孩子出去，姜仲昀跟了上去。

佩芷白了他们一眼，气冲冲地奔着自己的院子去了，留姜肇鸿在原地气得指着她不知道该骂什么。

佩芷不去理会姜肇鸿如何，而是在姜老太太的病榻前伺候起来。姜肇鸿和姜伯昀每日还要到商会去，姜仲昀时不时地去洋行点卯，她跟这几个男人倒也没什么打照面的机会。

起初佩芷还住在自己的院子里，日日往姜老太太那儿跑，后来经历了两回姜老太太半夜折腾，她便直接让小荷把姜老太太院子里另一间小些的屋子给收拾出来，搬了进去，除了时不时地回自己那儿去拿书。

她喜欢捧着一本传奇或者杂剧，绘声绘色地讲给姜老太太听，像是能想象到姜老太太笑的样子。

起初佩芷只是读书，最多帮忙喂个汤药，脏活累活都还是小荷跟院子里的丫鬟干。赵凤珊出嫁之前亦是娇贵的千金小姐，也是不做这些的。

直到有一次深夜，其他的丫鬟都睡熟了，除了凑合在姜老太太房中脚榻上的小荷，还有离得近听到声音的佩芷。

也许是晚上的粥不合姜老太太的心意，眼下到了半夜，又是失禁又是呕吐。屋子里的味道难闻，佩芷硬着头皮进去，随时想扭头就跑，可小荷却面不改色地凑了上去，驾轻就熟地帮姜老太太擦身子、换衣服。

小荷的个子比佩芷还矮，瘦瘦弱弱的，却能扶起体态丰腴的姜老太太。在晦暗的夜里、昏黄的烛火下，她像是受了神佛助力，看起来也更像姜老太太的亲孙女。

佩芷长舒一口气，凑了上去。小荷当她是院子里的粗使丫鬟，把脏兮兮的衣服丢了过去："快拿出去洗了，床单等我给老太太换好衣服再拿出去洗。"

佩芷没作声，默默地捡了起来。

手攥着衣服浸在冷冰冰的自来水里的时候，佩芷感觉手都像是抽筋了，并没有炎炎夏日触到凉水的快感。她拿皂角用力地搓着衣服，越搓眼泪越不听使唤地落了下来。她好像从生下来就认为，她拥有的钱可以做到所有的事情，可如今到了奶奶身上，却一点儿办法都没有，买多少灵芝鹿茸都没用。

眼泪不断地落到水盆里，她细嫩的双手从没做过粗活儿，手指已经凉得有些发僵。

第七章　井底引银瓶

这时小荷抱着床单和被罩走了出来，那么小的人三两下就能拢好手里的一大团布，干起活儿来利落得不得了。一见在那儿洗衣服的是佩芷，小荷赶紧上去拦她："四小姐！我不知道是您，还以为是小惠。您快放下，我来就成。"

佩芷摇摇头："你洗床单更麻烦，一起洗罢。"

她还让小荷教她怎么搓衣服，两个人合力端起一大盆水。幸好是初夏，深夜不算寒冷，她尚可以苦中作乐。

有一次姜肇鸿和姜伯昀、姜仲昀一起来探望姜老太太，姜老太太流了口水，佩芷给她揩拭干净，走到脸盆前熟练地搓洗起帕子来。

三个男人不约而同地看了过去，皆满脸诧异。她力气还不小，把那帕子拧得很是干净，搭在架子上晾好。

距离上次父女俩争吵已经过去好些天了，姜肇鸿主动开口说道："你比你娘强，都会做这些粗使活计了，是爹的好女儿，再会点儿针黹就更好了。"

佩芷背对着他们，还没转过身，闻言顿时不想转了，咬紧了唇肉才忍住嘴里的话。

姜伯昀还浑然不觉，帮腔道："佩芷将来的夫家有福气，我们家女儿不仅擅诗书、有学识，还能伺候公婆。等奶奶的病情稳定了，求亲的怕是要踏破门槛儿了。"

姜仲昀不明不白地笑了一声，还算正常些，只说："这丫头怕是在这儿憋坏了呢。小四子，你跟二哥说说，又想提什么要求了？"

佩芷觉得像是胸口压了两块大石头，只能恨奶奶不能张口，奶奶若是能张口，早就把他们骂出去了。

如今奶奶卧病在床，她没了可以倚仗的人，便只能倚仗自己。

佩芷转身龁道："我做这些，不是因为我是女儿、我应该做，而是因为生病的是我的奶奶，我想做。换句话说，你们都应当做这些，你们不做，我也没说你们不孝。可你们有什么脸面说这些！"

姜肇鸿是最先发火的，他是父亲，绝不容许身为女儿的佩芷这么跟他说话，亦为佩芷的言论感到荒谬："你知不知道自己在说什么？"

姜伯昀同样认为佩芷所言荒唐，但还是劝阻姜肇鸿："爹，四妹在这儿没日没夜地照顾奶奶，或许是累着了，心情不好，您别跟她一般见识。"

姜仲昀没说话，上前去扯了扯佩芷的胳膊，又像是带着讨好一样揽了揽她。

佩芷知道他是在缓和气氛，顺道给她台阶下。她扭过头去不看他，生硬地扭转了话题："给三哥写信了吗？"

姜仲昀显然不知情，看向父亲和姜伯昀，姜伯昀也摇了摇头。

姜肇鸿说："给他写信做什么！他早忘了这个家了。等信送到德国，你奶奶早没了。"

佩芷的眉头一皱："您说什么呢？奶奶还在这儿呢。你们都出去！出去！"

她一通推搡，把三个人给推了出去。屋子里总算安静下来了，空气都顺畅了不少。

佩芷攥着姜老太太的手，低声地道歉："奶奶，您都听到了是不是？您一定很难过。但我没办法，他们这些男人也太可恨了些。我知道，您要是能坐起来的话，也一定会这么做的。现在您坐不起来，佩芷也能自己保护自己的……"

她絮絮地在姜老太太床边嘟囔了一会儿，最后说道："他们还没给三哥写信呢，我都想三哥了，您也想他了罢，我去写信叫他回来。让他给咱们带酒心朱古力吃。您记不记得我以前每次生病，只要吃一块朱古力就好了，到时候您肯定也立马就好了……"

佩芷说做就做，在姜老太太的桌案上挥弄起笔墨来，一下笔险些写出来个"孟"字，她才想到，回来已经有十天了，她一门心思地扑在姜老太太身上，始终没出过姜府，倒像是把孟月泠给抛诸脑后了，更别说带个话给他。

佩芷猛地起身冲出门外，打算立马就去找他，可扭头一看屋子里的姜老太太，她还是放心不下。

佩芷灵机一动，叫来了小荷，又回到了房中桌案前，提笔写下了"临川四梦"的字条。

第七章　井底引银瓶

别的人她信不过，她只信小荷："你去书局直接找老板，让他帮我订一下这上面的书。"

小荷答应了，又问她还有没有别的事儿。

佩芷留了个心眼，并未直接让小荷去找孟月泠，而是说："顺道再去一趟西府，帮我传话给棠九爷，就说我在家照顾奶奶，一切安好，勿念。"

小荷办事利落，出去不过半个时辰就回来了，告知佩芷，书过几日派人去取就成，还带了一包桂顺斋的桃糕。

佩芷给了她丰厚的赏钱，又叫她一起在姜老太太的床头吃，直说这是在馋姜老太太。年纪相仿的两个人，凑在一起倒也不觉得枯燥。

那阵子的时光，过得是又快又慢的，好像每一天都很长、很煎熬，可是熬过去了之后又发现，这日历撕得也快。

佩芷偶尔偷得一会儿闲，坐在院子里看苍劲繁茂的绿树，望遥不可及的青天，掰着指头数着寄给三哥姜叔昀的信还有几天能到，又踅摸着奶奶什么时候能动，她好带着奶奶去看孟月泠的戏。

她好久没去凤鸣茶园了，不知道南二的包厢还是不是她的，想必没少被傅棠霸占，他倒是颇迷袁小真的戏。佩芷此时才有些后知后觉，想着这傅棠不会是对袁小真有意罢？想着想着，她凭空捂住了自己的嘴巴，像是发现了什么不得了的大秘密。

庭院方寸天地里，人被束着，至少心还能飞出去，因为错觉好景在望。

直到那日姜肇鸿出现在院子门口，佩芷本来不大想搭理他，还在为前两次的龃龉而耿耿于怀。不承想他主动坐在了她的身边，要不是天色尚早、夏日依旧，倒有些父女俩夜下围炉谈心的模样。

可他不是来跟她谈心的，而更像是通知，顶多语气还算温良："十月的好日子不少，还正赶上金秋，你看选个你喜欢的日子，跟璟元把婚事办了罢。"

佩芷没想到时至今日姜肇鸿仍想着跟佟家结亲。

她想到这一年来姜肇鸿给过她的短暂自在，又想到姜老太太一病倒他就提这件事的时机，不禁冷汗淋淋。她像是一只自以为脱困了的鸟儿，飞来飞去其实仍没离开姜肇鸿的视线，自由与否不过取决于姜肇鸿的一念仁慈。

姜肇鸿又说："璟元……他是真喜欢你，他跟我说从小便喜欢。当初你奶奶赔上自己的面子，把婚约给取消了，他心里难过但也不想强迫你。如今你奶奶病了，他也没少往咱们家里送东西，是个有心的好孩子。"

佩芷问："他有心，我便无心了吗？我自小便是拿他当哥哥待的，您觉得我能嫁给大哥或者三哥吗？"

姜肇鸿说："胡扯。你大哥、三哥跟你是一个娘胎里出来的，有血缘关系，可璟元没有。"

佩芷说："您把话说穿了都没用，我迈不过自己心里那道坎儿。"

姜肇鸿说："即便你拿他当哥哥，他没拿你当妹妹就行，结了婚之后，也是知道疼你的。"

佩芷有些疲于开口。她没日没夜地围着姜老太太转，即便半夜姜老太太没闹，她也担心着睡不好觉，精神自是不大好。

姜肇鸿又说，语气颇有些为难："且璟元说了，他不在意你跟孟月泠的事儿。璟元是读过书见过世面的，早就不像我们老一辈那么迂腐了……"

他说得含蓄，佩芷还是立马就看穿了他话里的意思，无外乎是他们都认定她与孟月泠已经把所有的事情做了，如今她已经不是黄花闺女了，佟璟元还不嫌弃她，实属难得。

佩芷心里梗着一口气，知道自己解释了也没用，只能冷冰冰地说："我不嫁，您别瞎张罗了，我跟佟璟元就不可能。"

姜肇鸿只好换了个出发点，孜孜不倦地给佩芷讲道理："你提早把婚事办了，给你奶奶冲冲喜，她说不定病就好了。"

佩芷哂笑："您想让我给奶奶冲喜好说，这儿现成的人呢，我现在就把孟月泠给您叫来，跟您谈谈我俩的婚事。"

姜肇鸿强忍着不跟她发火："胡闹，我姜家的女儿怎么能下嫁戏子。你喜欢他，我让你跟他在一块儿了，如今玩够了，你还不肯收心成婚？"

第七章　井底引银瓶

佩芷说:"不能。我爱着孟月泠,跟他交往了一年时间,然后就把他抛下去嫁给佟璟元?这是你们男人爱干的事儿罢,我做不出来。"

姜肇鸿狠狠地拍了一下石桌:"你自从跟他厮混在一起,讲话倒是越来越没规矩了!"

"爸爸,忠言逆耳。"佩芷的话锋一转,搬出姜老太太来,"我去南京之前已经跟奶奶说过了,我跟孟月泠两情相悦。奶奶是同意的……"

姜肇鸿的脸上闪过狞笑,打断道:"她不可能同意你嫁给一个戏子。"

佩芷认真地说:"奶奶一向疼我。"

姜肇鸿说:"正因为疼你,就更不会让你下嫁。我是这个家里最先发现她中风的人,她都说了什么、心里怎么想的,我会不知道?"

佩芷莫名地觉得胆寒,难以避免地往阴谋上想,便冷声开口:"爸爸,奶奶刚一中风,您就想让我嫁给佟璟元,您确定奶奶中风跟您没关系?"

姜肇鸿忍了一刻钟的怒火在这一瞬间迸发,猛地抬手给了佩芷一巴掌,猝然到佩芷反应不过来,等有所察觉的时候脸颊已经火辣辣地发烫了。

她用手覆上自己的脸,愣愣地看向姜肇鸿。姜肇鸿喘着粗气,呵斥道:"信口雌黄!冥顽不灵!"

他起身背着手走远了,就要消失在月亮门了,佩芷含泪朝他嚷道:"怎么,您心虚了?奶奶在屋子里看着呢,您这么欺负我,她心里最痛!"

姜肇鸿找上了赵凤珊,连喝了两盏茶水,怒不可遏地说:"你这个女儿是彻底养坏了,简直无法无天!"

赵凤珊帮他顺了顺背,劝他消气:"等我去劝劝她,她还小呢,你跟个小丫头一般见识什么。"

姜肇鸿反驳道:"她还小?你像她这般年纪的时候,都已经生仲昀了!"

他这个人陈腐固执,一向看不惯眼下年轻人的行事作风,什么婚姻自主、自由恋爱,甚至婚前媾居,还有些胆子大的当街搂搂抱抱的。北方普遍守旧,尤其皇城根底下,上海才更过分,姜肇鸿最不爱去沪地一带,多派姜仲昀代为前往。

半辈子的婚姻过来了，赵凤珊最知道他的秉性，便不触他的霉头，把话题朝着别处引。

那厢孟月泠日日如旧，练功吊嗓、唱戏看书，除了偶有没法儿推的应酬，空闲时间多在石川书斋。佩芷让人在院子里打了个池子，里面养了一池的锦鲤，最近都是他在照料。

佩芷始终没传信过来，也没来找他。他知道她必然是抽不开身，并非浑不在意，也想见她、思念她，只是在这种混乱的节骨眼儿上，他不想给她添乱，成了她的赘疣。

姜府的大门儿他是从来不会踏足的，可时间一久，孟月泠还是有些担心，便派了春喜到姜府去问。

门房一听春喜是孟老板的跟包，便略微正色，跑进去似乎是问了问管家，随后才出来答话："我们家四小姐正忙着照顾老太太呢，哪儿还有时间看戏，你赶紧回去罢。"

春喜寻思着他说的这不是废话："那您帮我告诉你们家小姐一声，我们孟二爷惦记着她呢，就算不去看戏，出来逛逛也行啊。"

春喜犯难回去后怎么跟孟月泠禀告，最后还是一板一眼地把在姜府门口的情形给孟月泠复述了一遍。

孟月泠觉察到了不对劲来，他相信佩芷不会这么长时间一句话都不给他带。思忖了一会儿，他出门去找了傅棠。

邵伯告诉他傅棠在书房里，也没通报，孟月泠就自便了。

走进书房的时候，傅棠正坐在书案前出神，手里攥着一张帖子。

见到孟月泠进来了，傅棠赶紧把那邀帖掖到了书下，站起来问孟月泠："你何时来的？"

孟月泠说："敲门了，你没应声，见你在里面，我就进来了。"

傅棠像是暗自舒了一口气，旋即脸上挂上了惯有的轻笑："段青山前儿个又给我拿了一罐好茶，走，我带你瞧瞧去。"

孟月泠不置可否，边走边问道："你最近有没有她的消息？"

傅棠自然知道说的是谁，摇头道："没有。这丫头肯定是慌了，陪她

第七章　井底引银瓶

奶奶呢罢。其实中风哪儿能十天半个月就好啊，依我看，悬了。"

没什么意外的答案，孟月泠便没再说什么。

离开西府的时候，孟月泠问了他一句："明日你有安排没有？"

傅棠一愣，像是认真地想了想，随后说："有，明儿还真有点事儿。"

孟月泠点了点头。傅棠又问："怎么了？你有事找我？"

孟月泠说："随便问问。"

次日，傅棠鲜少地叫了府里的司机，坐汽车前往登瀛楼。

推开包厢的门之后，他发现姜肇鸿已经坐在里面了。傅棠掏出怀表看了一眼，笑道："姜先生，您来早了。"

姜肇鸿淡淡地笑了："为显诚意。"

傅棠撩了一下衣裾落座，很快饭菜便上齐了，所有人都退了下去，宽敞的包厢内只容纳他俩，多少有些冷清。

傅棠率先发问："姜先生下帖邀我，所为何事？"

姜肇鸿说："家事。本来应该邀请棠九爷光临寒舍洽谈此事，才最显诚意，只是小女最近为家母的病情烦忧，亦与我有些龃龉，不大适合请棠九爷上门，万望莫怪。"

傅棠尚能游刃有余地和姜肇鸿打官腔："无妨，姜先生有话可以直说，在下洗耳恭听。"

姜肇鸿深深地盯了他两秒，随后开口："棠九爷是个聪明人，我也不跟你搞那些盘马弯弓的了。"

傅棠比了个请的手势："您请说。"

姜肇鸿说："小女贪玩，常爱在外边逛戏园子，最捧那位小孟老板。坊间都说'捧戏子'，她倒是在'捧戏子嫁'，多是些上不得台面的话，敢往街头小报上写的，都被我给按下了。"

傅棠一副似笑非笑的表情，让人不知在想什么。

姜肇鸿接着说："可我也知晓，事实并非如此。她还常跟你在一块儿玩儿，跑西府的次数不少，票戏也是跟你学的。你和孟月泠是知己，可你便不中意佩芷了吗？我看未必。"

傅棠脸上的笑容一僵，但还是没说什么。

姜肇鸿说："他们两个在一起了，你便不能张这个口了，可人心里的想法一旦滋生便遏制不住。我一把年纪了，最知这些人情道理。"

傅棠已经彻底不笑了，满饮了一盏茶，再看向姜肇鸿："您今日邀我前来，到底有何见教？"

姜肇鸿说："我来问问你，想不想娶佩芷？"

傅棠皱起眉头，显然满脸的不解。

姜肇鸿娓娓道来："佩芷跟佟家的大少爷佟璟元自小便是结了亲了，想必她没跟你们说过罢？如今佟家想把亲事尽早给办了，佩芷不愿意。她中意的那位小孟老板，我是断然不会应允的，便是入赘我姜家，他都没这个资格。我就这一个女儿，一向疼她，能让她嫁个喜欢的人，便再好不过了。"

傅棠说："您觉得我就是她喜欢的人了？"

姜肇鸿舒展了脸上的笑容，点点头："你莫要过于纠结这个喜欢具体是何种的，你只要知道，佩芷是喜欢你的就够了。"

傅棠显然被姜肇鸿一连串的话给惊到了，竟也有答不上话来的时候。

姜肇鸿想他怎么着也还是个后辈，涉世未深，嫩得很，遇到点儿事情就容易打怵，人之常情。

姜肇鸿拍了拍他的肩膀，逼问道："怎么样？当初你改祈王府为西府，还改了自己的姓，我就知道，你非池中物。上次在耀滕的酒宴上，你还肯舍身护人，为我们拉琴助兴，亦是个能屈能伸的人物，我看好你。"

傅棠稳住了心神，反问道："您一定是有要求的罢？不如先说说要求。"

姜肇鸿突然发笑了，用指头凭空点了下傅棠："你很聪明。要娶我的女儿，当然有要求。"

傅棠只能发出一个干笑："您说。"

姜肇鸿说："你别怕，我没什么过分的条件。且我姜肇鸿的女儿出嫁，嫁妆是不会少的，这点你放心。聘礼我亦不在意，面子上过得去就成。可这面子下面的里子，你就不能吝啬了。这几年国内的实业不好做，我缺的是现银，你们这些大少爷，最不缺的就是银钱了，这也是我为什么看重佟家的原因。"

傅棠知道姜肇鸿精明，从不做蚀本的买卖："您要多少？"

姜肇鸿摇摇头："没有具体的数额，只要我开口，你就要出这个钱。凡是有了新的项目，总要出个四五成的底金罢。"

傅棠冷笑："您还真是狮子大张口。"

姜肇鸿说："听着多而已，对你来说不过拔两根汗毛。"

傅棠说："毛再多的人，也是受不住成日里往下薅的。"

姜肇鸿说："你若是这么想，我们确实没什么好谈的了。"

傅棠并非吝啬，可这钱要攥在自个儿的手里才安心，落到姜肇鸿的口袋里，保准儿要掉层皮。

姜肇鸿又说："你的目光还是浅显了些，这点瓛元比你有远见。我并非白拿你的钱，自然让你有营收，就像是你入了我姜家的股。等你和佩芷成了婚，我们便是一家人。你还怕我诓自己女婿不成？"

傅棠说："他不仅有远见，还很大胆。"

姜肇鸿这个老狐狸，佟瓛元只能说是个钱多的傻子，还想着从姜肇鸿那里讨到好处，势必要被啃得连骨头都不剩。

傅棠颇有些油盐不进的架势，姜肇鸿收敛了笑容，叹息道："看样子棠九爷是不愿意拜我这个泰山了。"

傅棠说："您在这儿公然开价卖女儿，我不敢买。"

姜肇鸿说："这个腌臜的世道，不论穷人富人、尊贵下贱，谁不是在出卖自己？你应该最是知道其中冷热的。我帮她谋个好价钱，这便是一个父亲最大的慈恩了。"

傅棠在心中冷笑，面上却拍了两下掌，为姜肇鸿的发言喝彩："您说得对，可恕傅某无能，没法儿跟您做这笔买卖。"

姜肇鸿看着满桌的筵席，两个人谁也没动筷子，可惜了这些好菜。

他又看向傅棠，冷漠地陈述事实："其实你只是自私，或者说远不如那位小孟老板爱她，这点她倒是没看错人。"

傅棠猛地站起了身，明明居高临下地看着姜肇鸿，却莫名地觉得自己矮人一截儿。

　　姜肇鸿的嘴角挑起了一个嘲讽的弧度，这生意已经彻底谈崩了，他便不再说场面话："这也正常，你比佟家那个聪明多了，可我姜肇鸿一向不喜欢聪明人。小孟老板原本也是聪明的，可到底年轻，一遇到了自以为的爱就不管不顾了，恨不得什么都给我，可他那点儿家底儿——"

　　姜肇鸿脸上的嘲笑愈深了，还摇了摇头，不再继续说了。

　　傅棠在原地定了几秒，什么也没回，似乎是心中过于羞愤，拂袖而去。

　　留姜肇鸿独自在包厢里，傅棠连门都没带。他也不在意傅棠的无礼，只坐在那儿不明不白地笑，笑容中似乎隐藏着深渊，窥不见底。

　　敞开的门像在迎客一般，虽然这客并非是姜肇鸿想见的。西府的汽车消失在登瀛楼门口时，男人上了楼，驻足在姜肇鸿的包厢前。

　　姜肇鸿听到了脚步声，回头看过去，眼中闪过瞬间的错愕。虽然说他认为傅棠不会把这件事告诉孟月泠，但凡事都有超乎预料的可能："他竟把这件事告知于你了？"

　　孟月泠否定："未曾。"

　　姜肇鸿便明白是他自己跟过来的了，于是幽幽地说道："你这次倒没捧着那破匣子来了。"

　　孟月泠说："带与不带，在您眼里并无差别。"

　　他尊称一声"您"，虽然语气冷漠，但态度姑且算得上谦卑。姜肇鸿未准允他入内，他便没抬脚踏足，而是不卑不亢地站在那儿。

　　姜肇鸿问："这么说你今日来，还是为了那件事情？"

　　孟月泠说："晚辈知道姜先生不愿意听到肯定的答复，可事实确实如此。"

　　姜肇鸿比了个叫停的手势，背着他缓慢地饮了几口茶。孟月泠耐心地等待他开口，仍旧伫立在门外。

　　姜肇鸿舒了一口气，才说道："让我数数，这是你第几次来求我……"

　　第一次是去年孟月泠刚来天津那会儿，他给姜肇鸿递了帖子，姜肇鸿倒是好奇他找自己干什么，但没允准他进姜家的门儿，而是约在了商会里。

他当时捧着个檀香匣子,一看就是老物件儿了,老虽老,却不值几个钱,里面装的是他的家底。这么些年唱戏娱人,他确实攒下来了不少钱,还不是一般有钱。姜肇鸿听说过,上海"金九银十"的时候,戏院给他开出上万月银的高价。他为人也没什么不良的癖好,家底丰厚,算得上富甲一方。

当时他向姜肇鸿表达对佩芷的决心,虽然说两个人先私下定了情,可他为人保守,就算是自由恋爱,也想先把亲给求了,这样姜肇鸿才能放心地把佩芷交给他。

殊不知那一匣子的地契存票压根儿入不了姜肇鸿的眼,看都没看就让他回去了,只道他们年轻人尚未定性。那时姜肇鸿扮的是体贴宽纵、撒手不管的父亲,孟月泠确实天真过,以为姜肇鸿是肯给他个机会的。

第二次则是今年的一月末,春节刚过,他觉着是个合适的良辰,买了节礼登门造访,打算借拜年的顺当再次求亲。

那次便打破了孟月泠的幻想。他们短暂地会面,姜肇鸿对佩芷最后的宽纵即将到了极限,亦向孟月泠陈明他不可能付得起的条件。孟月泠自知一时难以做到,但肯把所有的积蓄送予姜肇鸿,亦愿立字据承诺今后所有收入尽交姜肇鸿之手,甚至肯重新开始唱堂会……

他从未那样竭力地讨好过一个人,甚至在今后无数的日夜里憎恶自己的摇尾乞怜与卑躬屈膝,却仍没能得到姜肇鸿的丝毫怜悯。

等他出了姜府还没走远,他送的节礼便被门房丢了出来,像是生怕佩芷看到他亲笔写的礼单与署名一般。

他心想,其实姜肇鸿根本不必如此谨慎,他是没什么脸面跟佩芷说这些的。那时只觉得前路艰难,但他亦会硬着头皮走下去,因为佩芷还在那儿等着他。

如今姜肇鸿把目标放在了傅棠身上,孟月泠才发觉他的野心有多大。孟月泠理解,一个是富家少爷,一个是下等戏子,姜肇鸿如是选择没错。

只是他想着,到底是人,是人便有情,姜肇鸿也是宠爱佩芷的,总应该还讲点道理。

孟月泠说:"姜先生,虽然您看不上我的那点儿微薄田产,但我可以保证,此生绝不会让佩芷受苦。"

姜肇鸿的语气充满嘲笑:"你不觉得这要求太低了些?你既知道她在闺中过的什么日子,凭什么嫁给你之后,这水平还降了大半截儿。"

对此孟月泠确实无言以对,他甚至没有勇气开口说他与佩芷的那么点儿无用的真情——在严酷的现实面前,真情不过是嘴上空谈。

姜肇鸿见他有些被问住了的样子,才大发慈悲地叫他:"你进来,坐下罢,把门带上。"

孟月泠照做了,就坐在傅棠刚才坐过的位子上。

姜肇鸿的目光变得悠远,沉声地说道:"我一直叫你一声'小孟老板',并非故意折辱你。我捧过你爹,我的女儿又捧你,我们姜家人倒是就迷上你孟家的戏了。天津卫是块宝地,九河下梢,逢水生财。你爹还唱的时候,爱往天津跑,我亦欢迎你常来。"

孟月泠默默地听着,知道他不止是在聊往事。

姜肇鸿继续说:"你爹的戏太好了,所以他不唱了之后,我便不进戏园子听戏了。说到这个,我到现在还没听过你的戏,可惜了。"

孟月泠谦恭地说:"您肯赏脸,晚辈愿亲自登门请您到凤鸣茶园去看一场,您想听什么戏码知会一声就成。"

姜肇鸿摆了摆手,表示拒绝:"在耀滕那儿听你清唱过几段,跟桂侬的腔调倒是全然不同。"

孟月泠点头:"我未走父亲的路,自己改了唱法。"

姜肇鸿兀自添了一盏茶:"你倒是个有主意的。像我做了这么多年的生意,知道这个道理,踩着前人的脚印走,就只能捡人剩下的,可自古能者圣贤哪个不是开天辟地第一人。你能唱到如今的名声,必然不是仅仅靠着孟桂侬之子的身份得来的。我并非是眼红你的同行,承认你有这个本事。"

孟月泠心知肚明,他绝不会无端端地夸赞自己,面上还是道谢:"多谢姜先生赞许。"

姜肇鸿说:"你很好,相貌英俊、戏艺精湛、名动全国,亦有担当抱

第七章　井底引银瓶

负,还能屈能伸,将来必有大作为。到那时候,你想找什么样的姑娘,都是信手拈来的,也一定会遇到一个像如今喜欢佩芷这么喜欢的……"

孟月泠明知无礼,还是要冒昧打断姜肇鸿:"姜先生,您此言差矣。这世上有千千万万的女子,却只有一个佩芷。"

姜肇鸿摇了摇头,不为他的无礼而恼怒,只是叹惋:"好好的一个少年人,可惜遇上了情字就不管不顾的了,你只是还没想开。"

孟月泠说:"若执迷不悟是错,我愿意这一生都错下去。"

姜肇鸿本想好言相劝,家里有一个油盐不进的便算了,如今眼前又一个。孟月泠与佩芷不同,孟月泠不是他的孩子,姜肇鸿缺乏耐心。

他收敛了笑容,也不想将这个话题没完没了地进行下去了,尤其是孟月泠在他的眼里和傅棠也不一样——傅棠尚有谈的可能,孟月泠则是绝无可能。

姜肇鸿最后说:"小孟老板,你既不听劝,我也就不浪费这个口舌了。"

此言显然是在下逐客令,孟月泠亦不愿意多待,在这包厢里的每一分每一秒他都是煎熬的,起身便要走。

推开门之前,他还是停下了脚步,到底年轻,平日里只是为人处世冷淡了些,但他也是活生生的人,亦有满心愤慨亟待发泄。

孟月泠转头看向姜肇鸿,语气略微渲染上了一些激动:"我不懂,只要对方有钱,她姜佩芷便能像个物件一样被您随意脱手吗?您也并非看不上我的家产,您只是看不起我戏子的身份。说句狂悖的话,放眼全国也再找不出比我戏好、比我卖座的,即便是成了梨园行里顶头的人物,高攀求娶一位姜四小姐,也不配?"

姜肇鸿的脸上露出了深深的狞笑,他像是有些变态地发现孟月泠还是没沉住气到离开这间屋子,到底是年轻人,走投无路之下一定会怨怪。

他是最残忍的卫道者,冷漠地回应他:"生为戏子,一生下贱。你爹当年见到我,比你如今的腰板弯得深多了。如今你在这儿跟我愤慨,可你能改变这个世道?耿公馆的饭局你敢不去?我让你喝的酒你说得出口拒绝?我是一个父亲,我绝不能让我的女儿跟你沦为同类。男怕入错行,你已经错了。女怕嫁错郎,我不能让她再错,我要给她谋个好前程。"

孟月泠望着姜肇鸿的背影,他并未坐主位,座椅离门口不远,离孟月泠亦不远。他们之间的距离那样近,孟月泠却在心里觉得那么远。他顺道把佩芷也给带走了,孟月泠抓不住,只剩满腔的无力与荒凉。

推开门的瞬间,姜肇鸿不清不楚的声音传进耳朵:"你啊,确实不配。"

孟月泠决然地下楼,步下楼梯的时候掏出了帕子,狠狠地朝着嘴上揩了两下,拭掉了一抹淡红色的血迹,血迹来自唇腔内咬破的壁肉。

姜府之中,佩芷也不得消停。

关乎婚事,不论是赵凤珊还是姜伯昀、姜仲昀,甚至包括二嫂汪玉芝,都毋庸置疑地与姜肇鸿站在同一条战线上。唯一会支持佩芷的人已经倒下了,偌大的姜府中,佩芷竟然觉得孤独。

他们仅从条件上看,皆认为孟月泠并非良配。赵凤珊和姜伯昀思想老旧了点儿,但赵凤珊至少是个女人,还知道要从佩芷的角度出发,看起来像是在为她考虑。

姜伯昀在这种情况下就成了佩芷眼中的劲敌,姜仲昀频频地给他使眼色他也浑然不觉,还敢说出口让佩芷侍奉公婆的话,佩芷最先把他给赶了出去。

剩下的赵凤珊苦口婆心地劝了半个时辰,茶壶都见了底。可佩芷从小便是驴脾气,打定主意的事儿几乎没改过,赵凤珊生出了退意,先离开了,留下姜仲昀在这儿继续游说。

姜仲昀是极胡闹的,竟跟佩芷说:"你先跟佟璟元把婚成了,皆大欢喜;结了婚以后你要是还得意那个孟月泠,把他养在外边就是了,多大点儿的事儿。"

佩芷气极反笑,扬手把茶盏丢到了他身上。姜仲昀皮糙肉厚的倒是没什么事儿,只是那清初的茶盏就这么砸在地上缺了个角,糟践了好东西。

佩芷已经不知道该怎么骂他了,半天只说:"无耻!无耻至极!"

第七章　井底引银瓶

姜仲昀一副再寻常不过的表情："这怎么了？你出去看看结了婚的那些，甭管少爷少奶，有几个干干净净的？你还小，二哥以前不好意思跟你说这些，可这大人的世界里，还真就这么肮脏。你现在不乐意听，可你早晚还是要进来的。"

佩芷轰他出去，嘴里嚷着："你们这些不知羞耻的人，甭管结没结婚都不知羞耻，干那些不知羞耻的事儿。你不如现在就一刀把我脖子抹了，省得我看到这些瞎了眼之后还得自己动手！"

姜肇鸿回到府中就奔着姜老太太的院子而去，离老远就听到佩芷的叫声。他在回家的路上已经想到了新法子，此时倒是个实施的好时机。

他走上前去呵斥道："兄妹两个拉拉扯扯、吵吵嚷嚷的，成何体统！"

姜仲昀赶紧站定了，顺便理了理自己的衣服，试图粉饰太平。

佩芷又给了他一拳，显然还憋着一股气，跟姜肇鸿说："二哥说混账话气我，我赶他出去他还赖着不走，真不知羞耻。"

姜仲昀"哎"了一声："我还不是为了你好？臭丫头，不分好赖。"

佩芷正要再度反驳姜仲昀，姜肇鸿开口了，却是向她发难："行了，你还有闲心跟你二哥拌嘴，他都当爹的人了。"

佩芷在心里叹气，就知道他又要提婚事，便转身进了门。

姜肇鸿跟在她的身后，迈进门槛后问她："晴儿，爹再问你一次，佟家你到底嫁不嫁？"

佩芷满不在乎地答："说了多少次了，不嫁不嫁。您那么喜欢佟璟元，您怎么不嫁给他呢？"

往常她说了这么无礼的话，姜肇鸿一定立刻就怒了，就算不像上次一样急火攻心给了她一巴掌，也定要训斥几句。可眼下他却沉默应对，吸引了佩芷的注意。

佩芷把视线从手里的书上挪开，看向门口的姜肇鸿。鸦雀无声了那么几十秒，姜肇鸿突然凑近，攥着佩芷的手就走。

他显然用了力，佩芷的手腕被他攥得生疼，整个人不得不被他拖着走，方向看起来像是朝着她自己的院子去。

佩芷嚷道："爸爸您干什么呀？我手腕快要断了！"

姜仲昀看情形不妙，一边跟着一边问："爸，您把妹妹给拽疼了……"

姜肇鸿冷声地开口："她不满意我给她安排的婚事，这佟家倒也不是非嫁不可。你中意那个戏子，疯了似的想和他在一起，我成全你！"

佩芷感到心慌，心都跳到嗓子眼儿去了，像是知道姜肇鸿接下来要说重话一样。

姜肇鸿一边扯着她走一边说："我成全你们俩！你现在给我回你的院子去收拾东西，然后滚出我姜家的门。我跟你娘就当没你这个女儿，你爱跟谁在一块儿、爱跟谁结婚，都和我姜肇鸿没关系，亦和整个姜家没关系！"

佩芷开始挣扎，整个人用力地向下蹲，试图拖住姜肇鸿："我不走，我要奶奶，我要找奶奶！"

父女两个撕扯着，佩芷没有姜肇鸿的力气大，狼狈地被他拖着，步伐却没停。

姜肇鸿说："还叫奶奶！你奶奶都被你给气倒下了，你还有脸叫奶奶。从今日起，那也不再是你的奶奶了，她是死是活，和你姜晴没关系！她当不起你一声奶奶！谁养得起你这么个好赖不知的丫头！"

眼泪进出眼眶，佩芷哭嚷着："爸爸！您别拉我！我求求您，奶奶离不开我！求您让我照顾奶奶病好了再走……"

姜肇鸿冷笑："现在就走！我姜肇鸿求你了，你赶紧滚出我姜家的门。从小到大，你什么时候让我们省心过？大伙都宠着你、护着你，没想到你这么大了，还是什么道理都不懂！你是整个家里最不孝的一个！我要你这个女儿有什么用？指望你尽早把我给气死？"

佩芷哭得脸都花了。从小到大她没少犯错，但从没像今天这么丢脸过，院子里的下人都在看着，她的手腕已经疼得像是要断了。她虽然用力挣扎着，可眼看着还是离自己的院子越来越近。

"爸爸……爸爸！我不走，您别赶我走，我知道错了……"

姜仲昀已经赶紧跑去把赵凤珊给叫来了，又跟着姜伯昀、汪玉芝一起赶来，一家子人倒是聚在了佩芷的院门口。姜肇鸿猛地松开了佩芷的手，她的力气没收住，整个人跌在了地上，划伤了手腕。

第七章　井底引银瓶

赵凤珊蹲下护住佩芷，厉声地质问姜肇鸿："你做什么？！怎么能这么对晴儿？！"

姜肇鸿喘着粗气，手指佩芷，像通知众人一般说道："人都到齐了，也省得我再挨个说了。她不是什么都不听咱们的吗？像是大家都在害她一样，今后也不用听了！我今儿个把她给赶出去，她今后爱干什么干什么，跟我姜家一毛钱关系都没有！你们就当没这个女儿、没这个妹妹。明日我就登报声明，她姜晴独立了！姜佩芷，你满意了没有？我问你，这样你满意不满意？"

佩芷的头发乱了，满脸的鼻涕与泪，脸色也吓得苍白，瑟瑟发抖地躲在赵凤珊身后，哭着说："我想奶奶……"

赵凤珊也哭了，拿着帕子给佩芷擦脸，摸着她的头说："晴儿，你听你爹的话，别再执拗了。"

姜伯昀也是疼她的，见状很是于心不忍，叹气道："四妹，爹娘和哥哥们还能害你不成？"

姜仲昀没说话。汪玉芝同为女人，也蹲下了，轻手轻脚地帮佩芷整理头发，看赵凤珊的帕子脏了，便抽出了自己的帕子递过去。

姜肇鸿再加一剂猛药，冷声说："很快就不是你奶奶了！赶紧的，院子也到了，进去收拾东西。你爱拿多少珠宝或是私房钱就都拿走，反正就这一次了，当我这个做父亲的最后给你饯行。从今以后桥归桥、路归路，你爱跟什么孟月泠还是谁谁谁在一起，都和我没关系。只是你要记住一点，日子过不下去了，或是吃了苦了，别再回来找我哭！"

佩芷仍坐在地上啜泣着，大半个人都躲在赵凤珊的身后，只胡乱地摇着头。

姜肇鸿伸手又要去拽她，赵凤珊拼命地拦着。姜伯昀和姜仲昀意思意思地拉了两下姜肇鸿，却不敢用全力，院门口一通混乱。

姜肇鸿在混乱之中又说："你既知道你奶奶疼你，便不该异想天开她会同意你嫁给一个戏子。璟元那么好的条件，你真当你奶奶老糊涂了？她不蠢！她很快就不是你奶奶了，这好亲事爱给谁便给谁去……"

这一遭显然把佩芷给吓着了，整个人抖得跟个筛子似的，说话都彻底没了逻辑,只嘟囔着要找奶奶。

两相撕扯中,赵凤珊始终护着佩芷。那种仓促的局面,佩芷被挤得整个人倒在了地上起不来。赵凤珊凄厉地开口:"别争了!别拽了!我替她答应,我替她答应了!"

姜肇鸿收了手,姜伯昀、姜仲昀也停了动作,都看向佩芷。赵凤珊把佩芷扶了起来,哭着对佩芷说:"晴儿,我的乖女儿,快告诉你爹,你答应他了,答应嫁给璟元了。"

佩芷眼眶里的泪一连串地流了下去,喃喃地说道:"爸爸……我错了……我答应,我答应……我错了……我要奶奶……我想奶奶……"

赵凤珊已经泣不成声了,汪玉芝也扭头抹泪。姜肇鸿红着眼睛摆了摆手,姜伯昀赶紧上前抱起晕厥过去的佩芷,姜仲昀立在原地,长叹一口气。

佩芷晕了许久,像是整个人陷进深渊之中拔不出来。赵凤珊晚饭都没吃,握着她的手陪在床边,直至深夜都不愿意离开。

姜伯昀、姜仲昀和汪玉芝都来劝过也没用,最后轮到姜肇鸿。他看到佩芷手腕上那圈浓重的瘀青,青紫相间、阴森可怖,满脸的歉疚。

姜肇鸿劝赵凤珊回去休息,让丫鬟守在这儿,赵凤珊不愿意,更不怎么理会他。

姜肇鸿说:"她就是这么被你和娘给惯坏的。"

赵凤珊猛地回头瞪了他一眼,低声地说:"今日这件事,我记一辈子!姜肇鸿,我就这一个女儿,她出了什么事,我铁定跟着去!"

姜肇鸿叹气:"我有什么法子?不动真格的,她便不知道这件事有多严重。"

赵凤珊说:"那你也不能这么吓她!你摸一摸,她的额头热得烫手,吓没吓出病来还不好说。"

姜肇鸿说:"不会有事的,你太紧张了,回去歇一歇。"

赵凤珊把视线转向了佩芷,没再理会姜肇鸿。姜肇鸿叹了口气,又说道:"不过这事儿总算是定了,你我心里的石头也能放下了,再过几日等她缓过来了,就能跟佟家商议婚事怎么办了。"

第七章　井底引银瓶

一室阒静中，佩芷说着胡话："疼……奶奶……我疼……"

赵凤珊眼里的泪水骤然落下，抬手默默地擦拭着，姜肇鸿则满心愧怍，转身要走。

又听到佩芷叫道："静……静风……"

两人对视了一眼，略带不解。她刚叫出口第一个字的时候，他们还以为她要叫璟元，没想到是静风。至于这静风是谁，从今日起已经不重要了。

那晚孟月泠唱《七星庙》。扮杨继业的那个武生名唤曹世奎，刚进霓声社不久，没想到这么快就有跟孟月泠合演的机会。孟月泠跟他之间本来就缺乏默契，平日里排练的时候他也有些放不开手，为此没少麻烦孟月泠。但因佩芷近日一直没出门，孟月泠便当打发时间了。

晚上孟月泠沉着一张脸出现在凤鸣茶园的后台，那曹世奎离老远便跟他打招呼，孟月泠瞥了他一眼，没应声就走了。

也许是这么一个插曲的缘故，曹世奎直接在台上掉了链子。

孟月泠扮的佘赛花和杨继业有不少打戏，两个人在台上斗枪的时候，孟月泠游刃有余，相比起来曹世奎则叫个手忙脚乱。其实明明有心事的是他，可出岔子的却是曹世奎。

其间曹世奎的动作慢了拍子，孟月泠则是跟着鼓点动的，所以曹世奎手里的枪头径直戳到了孟月泠的胳膊上。那一下下手不轻，疼得他后背直冒冷汗，但面儿上却没表现出来，总算是带着曹世奎把这出戏给唱完了。

下了台之后，孟月泠脱了行头之后坐在那儿，把袖口撸了上去瞧，春喜立马叫道："都青了！"

孟月泠又把袖子放了下去，显然没当一回事，转身准备卸装。

袁小真在包厢里跟傅棠一起看的这出戏，《七星庙》孟月泠不常演，昨天去找傅棠也是想着叫他来看。

两个人身后还跟着来认错的曹世奎，孟月泠本来不想理他。见他那么大个人，个头挺老高，平日里是有本事的，可动不动就打怵，关键时刻掉链子，孟月泠一向不喜欢这样的花架子。

他冷淡地跟曹世奎说："我没心思跟你动气，你自己不嫌丢人就成。"

曹世奎一通承诺再也不犯了，孟月泠对于他人的誓言毫无兴趣，便让他走了。

今日段青山有酒席便没来，曹世奎是段青山选进来的，如今段青山不在，袁小真理应说几句。

她跟孟月泠赔罪，孟月泠不大在意地摇了摇头："跟你没关系。"

袁小真说："师父在这儿的话，也是要跟您说一句的。您在丹桂社的时候哪儿受过这委屈。"

春喜是向着孟月泠的，冷哼一声说道："我们二爷确实没受过这委屈，从来了你们这儿身上的小伤就没断过……"

孟月泠敲了一下桌子："灌壶热水去。"

春喜一副欲言又止的样子，还是抱起暖瓶出去了。

袁小真脸上的表情很是为难，孟月泠对她说："磨合期难免有小刷蹭，你莫把他说的话放在心上，这些不是你该操心的。"

他肯多说这一句已经足以见得拿袁小真当朋友了，否则势必不会多言。

袁小真应声，想着这事儿还得跟段青山说一下，曹世奎必然要罚，免得他不长记性。

屋子里安静下来，孟月泠在镜子里看到坐在那儿不出声的傅棠，今日他倒是一反常态。

等到孟月泠换好衣服之后，主动跟傅棠说道："去你那儿喝两杯？"

傅棠一愣，立马答应，袁小真便自己叫了一辆黄包车回段府了。

那晚两人在夏夜的院子里对酌，明明是对酌，却各有各的难言心事，倒像是都在喝闷酒。

男子之间的相处方式与女子之间不同，后者越亲密则越无话不谈，前者却并非如此。他们相知相交多年，并非什么事都互相交代，此时同样。

直到深夜，傅棠已经彻底醉了，被下人扶到床上睡下了。孟月泠则

第七章　井底引银瓶

不顾邵伯的挽留,孤零零地离开了西府回万花胡同。

从他的脚步来看,他倒没有傅棠醉得那么厉害,但细看还是有些一脚轻一脚重。

走在黑漆漆的巷子里,孟月泠抬头望天,其实这么些天他一直都在想她,只觉那日匆匆道别,实在是太过草率。

可今夜他心中的思念愈盛,竟有些按捺不住了。姜肇鸿一定不会让他见佩芷的,他确实得想个法子,即便不见她,也要托人给她带个话,确保一定能让她知道的那种。

佩芷直到夤夜才醒过来,床边已经没人了。她强撑着坐起了身子,刚准备叫人,就看到了不远处坐着打盹儿的姜肇鸿。

佩芷低声地叫了句"爸爸",姜肇鸿立马就睁开了眼睛,赶忙走过来,又不敢靠她太近,小心地问道:"要什么?渴了还是饿了?"

佩芷点了点头,姜肇鸿又转身回到桌前,摸了摸茶壶,确定茶水还是温的,才倒了一盏递给佩芷。

佩芷一饮而尽。姜肇鸿提着茶壶立在旁边,见她还要便又给她添了一盏,佩芷连着喝了几大口才放下。姜肇鸿看着她手腕上挂着瘀青,还有跌倒在地的伤痕,满脸的愧疚。

佩芷仰头看向他:"饿了。"

姜肇鸿说:"厨房里煨着砂锅粥,还有汤,我让人去盛。"

姜肇鸿又匆忙地跑出去知会丫鬟,顺道把茶壶递了出去,让她们再泡壶热茶,才又回到佩芷跟前。

父女俩对视,一时间都没说话。姜肇鸿双手攥在身前,像是带着一些紧张,跟她解释道:"你娘一直在床边陪着你,她担心坏了,我看实在太晚了,硬逼着她回去睡觉,才换我在这儿陪着你。"

佩芷避开他的眼神,靠在床头坐了起来。姜肇鸿上前帮她把被子向上拽了拽,顺便坐在了床边。

她不说话,姜肇鸿便说了,语气很是为难:"我……今日的事,是爹做错了,吓到你了。"

佩芷只是摇了摇头。

姜肇鸿说："你娘哭着跟我说，你要是有个好歹，她也不活了。可我要不是没法子了，是决计不会这么做的。你是家中最小的女儿，是被大伙儿宽纵着长大的。你扪心自问，爹平日里还不够纵着你？你三个哥哥哪一个比得上你？"

他说的是事实，佩芷沉默应对，并无不服。

姜肇鸿轻轻地执起了她的手，抚着那细嫩白皙的皮肉，跟他挂着斑的苍老的手形成鲜明的对比。姜肇鸿说："你是我姜家的女儿，自小过的便是最好的日子，从没吃过苦、受过累，凡事只要张口便有人帮你做。这样的女儿，爹怎么可能同意你嫁给那样的人？父母之爱子，则为之计深远。爹知道你不喜欢璟元，可感情是能培养的。我跟你娘成婚之前还不知道她长什么模样，这么些年也过得好好的。因为我能给她最好的条件，璟元亦能给你这些。"

他见佩芷始终不言语，便问道："爹是不是又说你不乐意听的话了？不说了，不说了。"

他的语气挂着小心，佩芷听得出来，开口却说："我还不想成婚，跟谁都不想，我只想陪着奶奶。"

姜肇鸿的心头一恸，拍了拍她的手背说："你跟璟元成了婚，也是可以天天回来陪着你奶奶的。我回头跟璟元说一声，让他再买辆汽车，专程接送你一个人。成婚是天大的喜事，说不定你奶奶立马就好了，还能去佟府看你。"

他说的倒像是很圆满的前景，佩芷完全挑不出错来。今日这么一通下来，她难免产生了一丝怀疑：难道佟璟元真的有那么好？可若是佟璟元真的很好，她为什么没有爱上佟璟元，而是爱上孟月泠了呢？

佩芷最后问姜肇鸿一次："我真的非嫁他不可？"

姜肇鸿点了点头，殷切地说："这是爹能给你觅得的最佳良配。璟元家境殷实，而且心里还有你，哪点不比那个孟月泠强？你难道肯相信他一个外人，都不肯相信你的爹娘哥哥们？"

佩芷说："我不是这个意思……"

"爹知道你没这个意思，爹只是担心你。我都这把岁数了，指不定会死在你奶奶前面。不给你寻个好婆家，我就是到了地底下也没法儿安心。"姜肇鸿略低了头，头上错杂布着银丝，愧疚地说，"下午跟你说的那些话吓到了你，爹很后悔，不知道该怎么跟你道歉。你不知道，你醒来还肯叫我一声'爸爸'我有多庆幸，庆幸我的女儿没有不要我……"

佩芷心软，眼眶也有些红，用另一只手覆上了姜肇鸿的手背："您别想了，这件事过去了。您打小宠着我，什么都听我的，我不能因为这一件事就转过来恨您，那叫不孝。"

姜肇鸿说："就这一件事，你听爹的。若是婚后璟元胆敢负你，你便回家，爹定会给你做主。"

佩芷没应声，表情看起来还是很牵强。姜肇鸿看出来了，又说出这么一段话来。

"其实你奶奶也是希望你嫁到佟家的。婚事是她帮你退的不假，可那是因为她宠着你。你可曾问过她的想法？那日我还在跟她聊你的婚事，她中风得突然，倒下之前还跟我说，要让你高嫁，璟元最好……这些话我做梦都想着，寝食难安……"

佩芷一愣："奶奶真这么说？"

姜肇鸿说："你去问小荷，贴身伺候你奶奶的就她一个，小荷你总信得过吧。"

后来下人递上了粥和汤，佩芷一侧的手腕用不上力，还是姜肇鸿一口一口喂的。

漫长的喂饭过程中，佩芷承认她不可避免地开始全然妥协。那时她确实天真，但她相信无论如何父母都不会害她的，这世上最爱她的人便是他们了。

而孟月泠姑且可以排在第三，她确实爱他，可如今也不得不舍弃他。

次日姜府来了稀客，是赵巧容，找佩芷的。

人未至声先到："我听下人说你病了。好端端大热天的，你怎么还病了？"

凑近了看到佩芷手腕上的瘀青，赵巧容脸上的笑立马就没了，关切地问道："这是怎么了？你爹把你给打了？"

佩芷说："你别问了，没什么事。"

赵巧容说："没什么事你不出去逛逛？我可听说你许久没进戏园子了。你数数，你都有多久没出门了？"

佩芷放下了手里的书，说了个大概："有一个月了罢，奶奶身边离不开人。"

赵巧容说："你们家丫头干什么使的？老太太身边那么多人，你可别在她面前晃得人心烦了。"

她一贯的语气都是这样，显然是在想着让佩芷开心，不承想佩芷的面色始终淡淡的，不见了以前的笑模样，整个人也沉重了许多，以前她来来去去都像是飞着的。

见佩芷不说话，赵巧容便转向了正题："我今儿个来是传话的，孟月泠都找我那儿去了，他想见你。"

佩芷冷淡地说："他想见我，为何不自己来，劳烦你做什么？"

赵巧容说："我怎么知道？也许是来不了罢，或是你爹不让他来。"

佩芷讥笑，冷淡地说："那你帮我回了罢。"

赵巧容问："吵架了？上个月不是还好好地一起去了南京？"

佩芷告知她："我答应我爹要嫁给佟璟元了。"

赵巧容联想她手腕的伤，激动地说："你爹逼你嫁给佟璟元是不是？你少听他摆弄！你一向不喜欢佟璟元，嫁给佟璟元干什么？！"

佩芷没有兴致跟她说那些乱七八糟的事儿："我已经答应了，所以不能去见他了。"

赵巧容说："我以前跟你说的那些话你都当成耳旁风了！我跟你说过多少次了，不要为了那些没用的外在条件去嫁给一个不爱你、你也不爱的人，我……"

佩芷听得头疼，这些道理她何尝不知，赵巧容只知道斥责她，又怎么会知晓她的苦衷。

佩芷打断道："我有什么办法？你有你娘留下的祖产，你说自己生活

第七章　井底引银瓶

就自己生活，而不必为生计发愁，我可没这个底气！表哥只能跟你生气，却也拿你没办法，可他至少没登报声明跟你脱离关系！奶奶现在又这个样子，我怎么舍得离开她、离开家？"

她越说越觉得自己软弱，各种意义上的软弱。她一向自诩为新女性，读过书、考上过大学，跟男人一样进戏园子，思想也算得上开放，可没想到最后还是沦落到这个受制于父母之命的地步，她何尝不满心痛苦？如若真有别的选择，她也不会妥协。

赵巧容沉默了片刻才缓缓地开口："我怎么想的你定然知道，我不该指责你，你自有你的苦衷。可我也希望你能再想想我的话，虽然说这婚还能结了再离，可受苦的是你自己，表姐只是心疼你。"

佩芷低下了头，也有些歉疚刚刚语气不好。赵巧容自然不会放在心上，伸手摸了摸她的脑袋，问道："叔昀回来了没有？你不如听听他怎么说。"

佩芷摇头："谁知道他什么时候回来，等他回来怕是一切都晚了。"

赵巧容又问："不管怎样，你总要去见见他，他说这几日都在书斋等着你。"

佩芷答应了："我会去跟他说清楚的。"

小荷确实如姜肇鸿说的那样，是听到了他们母子两个的谈话的，亦坦然地告诉了佩芷，姜老太太确实说过，希望她嫁给佟璟元，而非孟月泠。

像是压死骆驼的最后一根稻草，得到答案的佩芷十分平静，像心死了一样平静。他们都希望她嫁给佟璟元，尤其是她最爱戴的奶奶也如是希冀，她有什么理由不成全他们？

那日佩芷终于出了门，叫了一辆黄包车到吉祥胡同去。

佩芷推开门的时候，他正站在池塘旁喂鱼，闻声转过身来愣在原地，手里的鱼食也不撒了。

夏日正盛，她却穿了一件长袖旗袍，身上还披了一条纱巾，看起来像是提前度秋，脸上没什么表情，整个人还挂着一抹病态。

孟月泠关切地道："怎么病了？"

佩芷一咬牙，直白地说："我来是告诉你一声，我择日便要嫁给佟璟元了，所以今后不能见你了。"

听到这话，他手里装鱼食的匣子脱手了，鱼食撒落一地，像少年人仓促混乱的情感。

孟月泠只知道姜肇鸿见过傅棠，竟不知还有一位叫佟璟元的人物。他艰难地开口问她："你爹逼你的？"

他跟赵巧容问的倒是一样，佩芷说："不是，我自己愿意的。我与他自小一起长大，知根知底，他爱慕了我多年，再合适不过。所以孟老板，对不住……"

"我竟不知你何时有这么个青梅竹马！姜佩芷，你现在跟我说对不住，当初你招惹我的时候怎么不说？"孟月泠激动地说，为她的退缩而恼火。

佩芷狠狠地咬着牙，表面装作一副云淡风轻、浑不在意的样子，凉飕飕地刺他："少不更事，难免伤人，还望孟老板莫怪。若是真的要怪罪，你我可另行商议赔偿。"

孟月泠狠狠地盯着她，一开口却先软了语气："你不用故意说这些狠话，你心里怎么想的我都知道。佩芷，别闹了。虽然……虽然我现在没办法解决，但只要我们两个的心在一块儿……我去求你爹，我去求他……"

佩芷说："你自己的语气都不确定，我怎么相信你？太晚了，你早怎么不去求他？现在求还有什么用，你的那些不值钱的高傲和自尊要到什么时候才肯放一放？等到你想放的时候，已经来不及了！"

她突然间恨起他来，也许是自我开脱的缘故，她不禁想，如果孟月泠早跟姜肇鸿求亲，事情如今会不会变得不一样？或者他大胆一点，他们直接生米煮成熟饭，这样姜肇鸿不答应也得答应，那时主动权就在他们手里了。

可他什么都没做，佩芷一想到此处，更加愤恨道："你根本不爱我，如果你爱我，怎么会不愿意与我亲近？我自己的脸面都不要了，可你还是在顾虑那些有的没的，你在怕什么？其实我们从一开始就不合适，不应该在一起！"

孟月泠摇头否定:"那件事我本来打算以后再跟你解释……"

正所谓"人间桑海朝朝变,莫遣佳期更后期",彼时谁也没想到会变成如今的光景。

佩芷讥笑:"不重要了,真的。"

他上前来要凑近她,佩芷制止:"你别过来!我要走了。"

孟月泠又想靠近,又不敢靠近,眼神中写满了恳求:"别走,佩芷……"

她已经忍不住了,立马转身要推开门出去,他猛地冲了过来从背后抱住她,他曾经最喜欢这样抱着她。

佩芷匆忙地揩了下泪水,随后去扯他的手臂:"松开!"

孟月泠紧紧地抱着她:"我求求你……"

即便是再艰难的岁月里,他也从未这样求过人,更重要的是心底里的卑微,他竟然也会那般卑微。

他一遍遍地在她耳边说:"我求你,佩芷,把刚刚的话都收回去。这件事还能解决,一定能解决的,我们……"

以他的力气想要锁住她不让她走是轻而易举的事,可最悲切的莫过于她去意已决。佩芷从手袋里掏出了一封信,塞到了他手里,哽咽着说道:"我与你情起于信,如今情止于信,往后男婚女嫁,各不相干。孟老板,请你自重。"

她就那么决绝地走了,信封里只塞着薄薄的一张纸,并不像曾经每每都是厚厚的一沓。

上面的文字亦简单,过去她落款"佩芷",如今自称"姜晴",当真叫个至亲至疏。

  还将旧时意,惜取今后人。

姜晴

好一个"还将旧时意,惜取今后人",孟月泠满心荒凉,愣在那儿久久没动。

第八章

咫尺隔天涯

婚讯见报的时候,反应最激烈的竟是傅棠。他手拎着报纸出门了,直奔万花胡同,拍了两下门之后才意识到,他又有什么资格生气?!

可春喜已经手快地过来把门给打开了,他把报纸攥在身后,硬着头皮进了院子。

孟月泠显然已经看过了,看起来面无波澜,傅棠觉得自己的行为反而有些刻意,便随手把报纸摔在了石桌上。

傅棠随口说道:"那佟家往上数三代就是个下等的包衣奴才,奴才当得好才给他祖宗抬了旗,还真当自己是什么人物了,姜四她爹的眼睛可真瞎。"

报纸上的婚纱照占据了头版,那佟璟元像是极其尊重佩芷的,两人专程拍了穿婚纱和西装的照片,下书"佳期拟准,共赴深秋"。

孟月泠说:"你想得俗了,人家是青梅竹马、知根知底的交情。"

傅棠试探着开口问:"你……你没什么打算?"

孟月泠没答他,沉默了许久才盯着他说道:"我知道你那日去登瀛楼见了姜肇鸿,也知道你们聊了什么。"

傅棠顿时语塞,自认理亏。

没想到孟月泠幽幽地问了句:"你为什么没答应?"

那一刻傅棠确定,孟月泠是知道的。正因为孟月泠知道,他就更不愿意说出口自己当时拒绝的原因,像是那样就显得他的感情太轻飘也太不值得一提些,因为他太自私,做不到为了佩芷而牺牲自己部分的家产。

孟月泠倒也不在意他说与不说,见状只自嘲地说了一句:"想娶的人不能娶,能娶的人不愿娶,怪哉。"

傅棠追问:"这件事便当真没有转圜的余地了?"

孟月泠说:"她自个儿同意的。其实我想得到,她爹定然用她奶奶来逼迫她了,她没办法,我们都没办法。"

他们反抗过,只是力量太薄弱了些。时至今日,他颇有些认命的意思,心如止水到竟然谁也不怪。

他甚至真心地希冀她过得好,这么一桩好亲事,佟璟元人长得又不赖,公允地说姜肇鸿的选择没错。傅棠眼见这事儿板上钉钉了,就没再说什么。

那时他们都低估了这段违背佩芷意志的婚姻会造成什么影响,包括佩芷本人亦没料想。

等到傅棠走了之后,孟月泠划了根火柴,把报纸给烧了。火燎着了落在地上的纸张,像是这个时代吞没活生生的人,最后只记得照片上戴着白头纱的佩芷,表情很是冷硬,一副不开心的样子。

外界对这段婚事众说纷纭,毕竟佩芷前不久才跟孟月泠一起去了南京,《金陵日报》上有载,被好事之人带回了天津传扬,没想到一转头这位姜四小姐就要嫁给佟家少爷了。俗话说"戏子无情",没想到如今这叫"小姐薄情",佩芷平白地添了个骂名。

又有人说这姜四小姐只是赏识孟老板的戏,该嫁谁还是要嫁的,毕竟是姜肇鸿的女儿,不可能下嫁戏子……都是些坊间传言,捕风捉影。

那日下着雨,夏日俨然已经尽了,佩芷穿得极严实,独自立在檐下听雨。

小荷撑着伞匆匆地跑过来给她送书,便是之前佩芷找借口托她到书局去订的"临川四梦"。佩芷没什么心思看,让小荷放在桌子上就走了。

她没那么天真,虽然小荷帮着认证姜老太太确实说过希望她嫁佟璟元的话,佩芷刚听到的时候也深信不疑了那么一刹那。可很快等她沉下心来,就猜小荷和姜肇鸿一定是会错了意,奶奶的话或许没说完,又或许另有隐情。只是已经到那种节骨眼上了,她也没什么反悔的余地了——反悔好说,反悔之后的事情呢?

第八章 咫尺隔天涯

等她回到屋子里打开来看那几本"临川四梦",还是有些失望地叹了口气。令她失望的是,小荷竟真的不可信。

四本书捆在一起,上面披了张单子写着"临川四梦",确实是她想要的书,却并非是小荷到书局订的。临川四梦为汤显祖的《牡丹亭》《紫钗记》《邯郸记》《南柯记》四剧合称,又称玉茗堂四梦。玉茗堂为汤显祖居所之名,亦有花唤玉茗。

书局的房先生与她略有薄交,因其亡妻闺名玉茗,故而他在单子上从不写"临川四梦",而是写"玉茗堂四梦"。佩芷让小荷去订书的时候就多留了个心眼,没想到还真印证了什么。那么由此可见,当日让小荷去传的话必然也没送到了。

可佩芷此时什么都不能做,赶小荷出去是轻而易举的事,可小荷是姜老太太捡回来的,在姜老太太的院子里,再也挑不出比她待姜老太太真诚的丫头,有时候连佩芷这个亲孙女都自愧不如。

她或许会对佩芷不忠,但一定不会对姜老太太不忠。等到佩芷嫁人之后,还要靠小荷伺候姜老太太左右,所以佩芷绝不能赶她走。

思及此处,佩芷满脑子的想法就都歇了下去,把那四本书丢到了架子上,没有翻看的意思。

姜叔昀回到天津的时候已经是中秋了,正如佩芷意料之中的那么晚、那么慢,佟家都已经下聘了。

姜叔昀戴着一副金丝眼镜,穿一身千鸟格西装,活脱脱的西洋打扮,一进了家门就直奔着佩芷的院子而去。佩芷手腕上的瘀青还隐隐地挂着。

叔昀执着她的手,又气又恨道:"这婚咱们不结,三哥带你去德国,立刻就走。"

佩芷摇了摇头,平静地说道:"三哥,我先带你去看奶奶。"

叔昀一路急匆匆的,身上已经出了汗,脱下了西装外套递给了下人,露出里面的马甲和衬衫来,边走边问:"奶奶身体可还好?你给我写信只让我务必立刻回来,也没说到底发生了什么,我还是从上海回来的路上才听说了你的事儿。你的信就不能写清楚些?"

可也就是佩芷让他回来他才肯回来，若是换成姜伯昀或者姜仲昀，他顶多回一封信也就罢了。

佩芷没回答他，只是默默地带着他进了屋子，直接让他看躺在床上的姜老太太。姜叔昀知道了怎么回事，顿时就沉默了。

姜老太太虽然说不清楚话，但看得出来，见到姜叔昀回来是开心的，佩芷则躲在一旁抹眼泪。

等到从屋子里出来，姜叔昀也不知道该说什么了，他知道她走不了，亦为自己任性地留在国外而感到后悔。兄妹两个在院子里抱在一起，佩芷伏在姜叔昀的肩头，总算痛痛快快地哭了出来。

姜叔昀没想到，这一遭回国，倒像是专程来参加佩芷的婚礼一样，虽然外界就是这么传的。

他一向不喜欢佟璟元，莫名地不喜欢，究其缘由大抵是佩芷不喜欢，可眼下却不得不佯装欣喜地观礼。

婚礼是中式的，是佩芷所选。若放在以前，她倒是想试试西式的婚礼，新娘也能跟新郎一样在外面祝酒，亲朋好友齐聚一堂再开心不过了。可此时结婚的对象变成了佟璟元，她立马就没了这股心思，只想一个人静一会儿。

佟璟元率了一排汽车挤满了街巷，到姜家来接亲。佩芷到姜老太太的院子里跟姜老太太道别。姜老太太听说她要嫁给佟璟元显然十分激动，非要起来，可又起不来，只能急得满额头是汗。

佩芷用崭新的婚服给姜老太太擦汗，好一通安抚，总算是把人给稳住了。姜肇鸿松了一口气，扭头看到旁边的赵凤珊已经泣不成声。母女两个又是一番不舍，可佩芷其实比起赵凤珊平静多了，就像是出去听个戏一样。

整条街的人都接到了佟家撒的喜钱。佟璟元带来的冗长的车队终于开走了，大伙儿都在门口张望着，只有姜肇鸿默默地回到了姜老太太的院子里。

整个姜府的下人都在凑大婚的热闹，姜老太太这里倒是最冷清的。

第八章 咫尺隔天涯

姜肇鸿坐在床头,姜老太太看见是他,闭上了浑浊的双眼。

姜肇鸿说:"娘,儿子知道您不想看到我,自从您中风之后,我也尽量少出现在您面前,怕惹您不快。"

姜老太太没有睁开眼睛的意思,姜肇鸿便自言自语下去:"儿子知错了,若是能重来一次,儿子绝对不会说那样的话气您,最该死的人是我。"

那夜他喝了点酒,或许是壮了胆的缘故,说起话来颇有些不管不顾的。他像是把积压的不满一股脑都倾泻出来了,对姜老太太说道:"您只要多活在世上一天,我姜肇鸿便一天不能做姜家的主!连唯一的女儿都管不住!您永远压我一头⋯⋯"

姜老太太像是邪风入体,瞬间气血上涌,砸了手里的茶盏就倒下了,最先听到声音跑进来的是小荷⋯⋯他不想回想那天的情形了,总之错全在他,但他也只能将错就错下去。

前往佟府的路上,佩芷头顶盖着红盖头,手放在腿上,一直没说话。佟璟元频频地偷瞟她,自然得不到她的回应;他又伸手过去,想要牵她的手。

佩芷在盖头下显然是能看到的,立马就把手缩了回去,佟璟元的手悬在那儿了几秒,便装作什么都没发生过的样子收了回去。

等到下车的时候,不知道是哪儿的旧俗,门口放着个火盆,显然是让佩芷跨的。佩芷低头看了一眼自己身上拖地的嫁衣,她这么一跨,怕是极可能把衣服给点着,于是她根本没听那嬷嬷的话,提着衣摆直接从火盆旁边绕了过去。

那个跟着接亲的嬷嬷拽着佩芷大叫:"不吉利!不吉利!新少奶奶赶紧回去跨过来!"

佩芷挣脱她的手,不得不向后躲,离佟璟元近了些。旁边还有些看热闹的亲朋也笑着说:"璟元,你娶的这位太太倒是个有主意的,怕是要不服你的管教哟。"

佟璟元护住了佩芷,给了那好事的嬷嬷一个冷眼,嬷嬷立马就收回了手,可眼睛里也是写着不赞同的。

佩芷正要继续往前走,没想到猝不及防地被佟璟元给横抱了起来,

289

接着他长腿一迈，跨过了火盆，又向前走了几步才把佩芷放下。

身边人自是一通起哄，佩芷沉默地听着这场闹剧，只想着尽早结束才好。

等到拜堂的时候佟璟元凑近她，小声地说道："佩芷妹妹，你终于是我的了。"

天黑后佩芷已经被送进了新房，佟璟元在外面与宾客推杯换盏，一杯接一杯的酒喝了下去，他越醉心里却越清明。

独自回新房的路上，佟璟元想到了很久以前的往事，专属于他和佩芷的往事。

那时佟家还在北平定居，两家人经常往返于京津两地，佩芷没少到佟家去做客，大人们都喜欢拿他们俩打趣。

区别是佩芷那时还不懂大人们说的到底是什么意思，而佟璟元却懂。佩芷问他，他便骗佩芷说："大人们的意思就是，璟元哥哥会永远跟佩芷妹妹在一块儿玩儿。"

佩芷自然愿意，便欣喜地答应："璟元哥哥永远是佩芷的好哥哥。"

冬天里他带她一起进宫，两个人在颐和园看雪。宫里的外国师傅支起个高高的黑匣子，让他们两个手牵手立在那儿别动，接着空中抛出了一团像烟火一样的东西。他耐心地告诉佩芷，这黑匣子叫照相机。那张照片他一直有好好存着，不知道佩芷的那张还在不在。

夏天里大人们在畅音阁一起听戏，两个人就在外面的池塘边喂鱼。佟璟元一向是不爱听戏的，佩芷那时候也不爱听，佟璟元怎么也没想到有朝一日她会迷上京戏、迷上戏子。

还有她十二岁第一次给报纸投稿，亦是石川的处女作，他应该是最早知道石川是佩芷笔名的人。

她担心自己的稿子不被录用，惴惴不安，佟璟元专程赶到天津去陪着她等信儿。文章刊登的时候佩芷拿到了两块钱的稿费，她是根本不在乎稿费的，大方地分了佟璟元一半。

佟璟元更不差这一块钱，一出门两个人就给花了……

那些都是很美好的回忆，可惜关乎他们的美好永远地停留在了十二岁。

大人直白地跟佩芷说:"再过两年你就该嫁给你的璟元哥哥了。"

接着佩芷看向他的眼神挂着一抹惊悚,猛地跑了出去。佟璟元在后面追,却怎么也追不上,这么多年都是如此。

原本是洞房花烛夜,可新妇并没有老老实实地等着他来洞房,红烛也已经被吹灭了。佟璟元没为难门外的丫头,还是推开门进去了。

佩芷没那么心大,何况她本来就认床,不可能睡着,闻声撑起了身子。

佟璟元嫌点蜡烛麻烦,直接开了离床最近的灯。灯光晦暗不明地照在两个人的身上,有些别开生面的突兀。

他笑得让佩芷捉摸不透:"你也太放肆了些,连盖头都自己揭了。"

佩芷对他其实无话可说,他们本来可以做一辈子的好兄妹,她绝对会像待三个哥哥一样待他。就像孟月泠和秦眠香那样,他们两个也没有血缘关系,可跟亲兄妹一样,谁也没有半点儿非分之想。

佟璟元兀自又说:"我知道你不愿意嫁给我,否则那年你奶奶就不会一把岁数了卖着自己的面子亲自上门来致歉毁约。"

他像是在佩芷心头的伤口上撒盐,眼看佩芷的眉眼闪过一丝痛苦,他就笑了,随手松开了领口的扣子。

佩芷提防地把手伸向了枕头下,想着他若是要动用蛮力,她定然要誓死反抗。

没想到佟璟元只是热了,转身给自己倒了一盏茶喝。他脸上染着薄醉的红色,眼神挂着危险的迷离。

见她一副贞洁烈女的模样,佟璟元冷笑了出来:"叫什么来着?哦,孟月泠,对罢?霓声社、凤鸣茶园……"

佩芷语气激动地反问他:"你提他做什么?!我已经嫁给你了!"

"你想嫁给谁还用我来说吗?你但凡今日脸上没那么不情愿,我都不会在这个时辰提他的名字!"

佩芷偏过头去说:"我一向如此,懒得隐藏。"

他上前像是要扯她的胳膊，佩芷躲开了，压在枕头下的手像是在攥着什么，犹豫着要不要拿出来。

佟璟元暂时收回了手："不给碰？姜晴，你还真当我不知道你跟他的那些事儿！我忍你们很久了！"

佩芷说："我跟他什么事儿都和你没关系！"

佟璟元说："你现在是我的人了！你说跟我有没有关系？"

佩芷想到他拜堂时跟自己耳语的那句话，眼下一并回复了他："我不是你的！谁也不是谁的，我只是我自己。"

佟璟元冷笑："你的这些新式说辞拿到外边去唬那些装模作样的文人，甭在我面前说。"

他又凑过去，不承想佩芷直接从枕头下抽出了一把剪刀来，双手攥着，用尖端指着他。

佩芷的手也有些发抖，强作镇定地说道："你别过来。"

佟璟元本来想上前去抢走她手里的剪刀，可他喝了不少的酒，动作难免迟缓了些，伸手随便那么捞了一下，竟然被佩芷给躲开了。

他心道不妙，并未恋战，退回了两步。佩芷刚放下些心来，没想到他端起桌子上放茶盏的托盘猛地砸落在地上，吓得佩芷的背后骤起了一层冷汗。

佟璟元指着她，脸上的红光愈深，连喘了几口粗气才恨恨地开口："姜晴，你在这儿跟我装什么装！冯世华早就告诉我了，你去年冬天的时候就独自去过北平，没多久孟月泠就来天津了。你敢说你当时不是去见他的？今年年初，你又跟他一起去了北平，这些事儿我心里边都门儿清着。你知不知道我听到这些话的时候心里有多难受！"

佩芷不留情面地说："你这叫自寻烦恼，我没什么好说的。"

佟璟元盯着佩芷的领口没说话，佩芷发现了不对，低头看了一眼，原来她刚刚躲闪的时候衣服乱了，露出里面的肌肤来。佩芷赶紧用手拢紧了领口，不肯放下地拽着，另一只手还朝他举着剪刀。

佟璟元眨了眨眼睛，面色闪过一丝轻佻，语气玩味地说道："你当我想碰你，我还没嫌你脏。"

第八章　咫尺隔天涯

佩芷何曾被如此羞辱过，羞意和恼意都涌了上来，牙齿都跟着打战，却张不开口说回击的话。

折腾了一天，佟璟元也乏了，准备去自己原来的屋子睡觉，刚走到门口就被佩芷的质询声给拦住了。

她的语气充满哀痛，又像是挂着不解，几乎是嚷出来一般问他："那你为什么要娶我？为什么？！"

佟璟元一时间竟觉得被问住了，立在门口没答话。他推着门出去的时候，佩芷显然听到了，声音像追着他一般。

"你说啊！为什么？我们互不打扰各过各的不行吗？"

佟璟元心道不行。当初姜肇鸿主动找上他问他还想不想娶佩芷，他连犹豫都没犹豫就点头了。姜肇鸿没问他缘由，似乎认定他爱极了佩芷，可此时被佩芷质问，他竟然不愿意开口说出自己的卑劣——冯世华告诉他，佩芷早在解除婚约之前就与孟月泠私通，这件事情让他耿耿于怀，他一定要惩罚她。

次日天刚亮，佩芷就被佟府的嬷嬷给叫醒了。佟家还流行着从前的做派，养了好些迂腐的嬷嬷，这一个据说是佟璟元的奶母，讲话极有分量。

她叫佩芷起床，说要到佟老爷和佟夫人的院子去给公婆奉茶。

佩芷昨晚跟佟璟元闹了那么一场，再加上认床，本来就没睡好，一怒之下把那嬷嬷推了出去，反锁了房门，言道："我嫁到你们佟家是来做少奶奶享福的，不是学伺候人的。你要是有什么事儿就去姜府找我爹，别来烦我。"

那嬷嬷被气得原地打转，直奔着佟夫人的院子去告状了。佩芷可不管这些，照样睡到自己舒坦了才起来。

佩芷没想到出了房门就听到院子里的嬷嬷在跟丫头们嚼舌根，说她这个新少奶奶在洞房之夜竟然没有落红。佩芷直接朝着她们嚷道："你们在那儿说什么呢？"

那个最年长的嬷嬷显然是不怕她的，阴阳怪气道："鲍妈妈早上被您赶出来的时候，手里可是拿着喜帕呢，上面脏兮兮的，可就是没见到血。

少奶奶，您……"

佩芷在心里骂她说的都是些什么话。那鲍妈妈想必就是佟璟元的奶母，早晨叫她起床被她赶出去的那个，可喜帕又是什么？

佩芷立在那儿出神了片刻，这才想到昨天丫鬟被她逼着铺床的时候，先是把床上代表着早生贵子的干果给弄了下去，随后趁佩芷没注意往上面铺了一张素帕子。佟璟元走了之后她才在被窝里发现的，抽了出来就丢到了佟璟元砸落一地的碎瓷盏上面，定是沾上了茶水。

她懒得跟这些人解释，只觉得偌大的佟府压得她窒息，回房间里拿了手袋就准备出门，回姜府看姜老太太去。

佟璟元同样睡到日晒三竿才醒。丫鬟进来伺候他洗漱，他开口竟最先问佩芷："少奶奶这一上午做什么了？"

丫鬟如实地说："清早鲍妈妈叫她去给老爷夫人敬茶，少奶奶不愿意去，直接把鲍妈妈给赶了出去，怕是也刚醒没多久呢。"

佟璟元嗤笑了出来，他们小时候能玩到一起去自然是因为性情相同，他在家里也是没少气佟夫人的。急匆匆地洗了脸刷了牙，佟璟元走出院子："我瞧瞧她去。"

丫鬟跟着说："少爷，您还是看看夫人去罢。老爷和夫人都动怒了，怕是……"

佟璟元不在意："她平日里不是为这个生气就是为那个生气，我哄得过来吗？她不是巴望着我娶妻生子吗，我总要把咱们这位少奶奶哄好。"

丫鬟又说："少奶奶怕是已经出去了，她要回去看姜老夫人。"

佟璟元恍然大悟般"啊"了一声："人已经走了？"

丫鬟点头，又把院子里传的闲话给佟璟元复述了一遍。眼看着佟璟元的表情变得严肃凝重，丫鬟也不敢说话了。

佟璟元又问："那她生气了没有？"

"没有，少奶奶什么都没说就出门了。"

佟璟元的脸上闪过一丝冷笑，心想她倒是泰然，不论是昨夜二人的争吵，还是今天上午家中的风波对她都毫无影响，她不论对他还是对佟家都是无情的。

第八章　咫尺隔天涯

他在佩芷这儿碰了钉子，便出门寻朋友解闷儿。佩芷则回家去陪姜老太太，晚饭都没回佟家吃，一直拖到了天黑。要不是姜肇鸿和赵凤珊都催着她回去，她恨不得继续住在姜家。

佟璟元回家更晚，佩芷把门反锁着，他见她那副臭脸就觉得倒胃口，两人该干什么干什么，各忙各的，晚上也是分房睡，和结婚之前没什么差别。急坏的只有佟夫人，每逢跟人打牌都要吐苦水，在家中凡是见到佩芷，眼神恨不得在她身上剜出个洞来。

不过几日，佟璟元乐子也找得差不多了。他其实多少有些做戏给佩芷看，巴不得佩芷端出一副正房的姿态跟他闹上一闹才有意思，可没想到竟是他一人的独角戏，佩芷压根儿连个眼神都不给他。

那日他恰巧路过凤鸣茶园，临时起意就进去了。刚过晌午，戏园子里没几个人，佟璟元心想这孟月泠也不过如此，根本不卖座嘛。

佟璟元进了二楼的包厢，要了一壶最好的茶，跷着二郎腿在那儿等着孟月泠上台。

眼见台上插了一排旗，等了好久终于听见锣声了，接着上来了俩人把那些旗给拔了下来，总算有扮了戏装的人上台了。

他听不进去，只提溜着眼睛找孟月泠，可没想到坐了一下午也没见到孟月泠的身影，反而浑身腰酸背痛的。

他出了包厢，叫了个人问："孟月泠怎么还没上台呢？"

从他进了茶园这个打杂的就注意到了，下午就进戏园子的，八成是个外行，这类人被称为"看拔旗的"，因为戏园子每天开锣之前都要把栏杆上插的旗给拔了，随后这一日的戏码就开始上演了。但早场戏没什么看头，凡是角儿和好戏，肯定都是要放在晚上的，这个时候大伙儿都吃完饭了，溜达溜达就进戏园子了，那时候才热闹。

打杂的并未多说，老实地回答道："孟老板还没来。"

佟璟元咒骂了一声，合着他这一下午都白坐了，心里便更恨孟月泠，转身就走了。

打杂的立在原地，嫌弃地看了一眼佟璟元的背影，这时候瞟到袁小真进门了，赶紧凑上去告诉她："小真姐，佟家的少爷刚走，在楼上包厢坐了一下午，还问孟老板呢。"

袁小真一愣，旋即告诉他别往外面瞎说，打杂的点头答应了。

天都黑了以后，孟月泠才不紧不慢地出现在凤鸣茶园，傅棠跟他一起来的。

两个人一齐进了扮戏房，袁小真已经坐在那儿开始扮上了，她今晚要跟孟月泠一起唱《汾河湾》。看了一眼傅棠，袁小真才说道："下午佟大少爷来了。"

孟月泠坐下的动作显然僵了那么一瞬，但没说什么，似乎是漠不关心的样子。

傅棠则问道："他来干什么？"

袁小真直白地说："来看拔旗的。"

傅棠会心地一笑："合着是个棒槌，我还以为他要来找静风的麻烦呢。"

袁小真通过镜子看向孟月泠，他正从匣子里拿片子，还是不说话，就像听不到他们说话一样。傅棠和袁小真对视了一眼，随后默契地不聊佟璟元了。

当晚佟璟元跟友人一起在碎金楼小酌，眼看着天色渐晚，他打算先走一步回府。

冯世华也在席上，他如今倒是知道碎金楼旁边的碎金书寓是什么地方了，不仅知道，还颇有些食髓知味，常流连于此处。眼看佟璟元要走，他挽留道："璟元兄，不能一成了家就被老婆给管住了呀。自从你成婚之后再没留宿过碎金书寓，碧珠姑娘很是寂寞啊……"

其他的男人也帮腔，留佟璟元今夜就宿在碎金书寓，不回家了。

佟璟元也是爱玩的，要说常在风月场中行走，难免遇上有同样嗜好的姜仲昀，但姜仲昀不仅爱女子，更爱戏子，所以多在宝艳楼胡同那一带玩。佟璟元知道这一点，便避开了宝艳楼，常在南市这边活动，故而两人从没遇到过。

上次请冯世华在碎金楼吃饭，恰巧赶上碎金书寓来了新人，是个江

第八章　咫尺隔天涯

南女子，声音嗲嗲的，样貌弱弱的，名叫宋碧珠。鸨母说她还是个雏，干净，佟璟元本来想送给冯世华，可冯世华为了巴结他非跟他谦让，佟璟元就收下了，一直养到了现在。

可那宋碧珠有些心机，总想着让他给她赎身。佟璟元还没成婚的时候，他觉得宋碧珠野心颇大，定然是想做他的正牌太太；如今他已经娶了姜四小姐，想必她就能歇下这股心思了，但不排除她还想做个姨太太。

他最近为了佩芷一个女人就够烦的了，自然不愿再去见宋碧珠，还是准备回家。

众人都喝了点儿酒，说话毫无遮拦，尤其是冯世华："璟元，你就是太惯着她了，女人绝不能宠。她姜四在嫁给你之前跟孟月泠那些荒唐事儿，兄弟们可帮你记着呢！偏偏你就中意她，那好，那你就驯服她。女人嘛，无外乎那么几招……"

男人们发出心照不宣的淫笑，作陪的女人只能佯装娇羞地打他们的肩头。佟璟元凭空发出了一声嗤笑，摆手就走。

冯世华直道扫兴："怎么还要走？"

佟璟元自觉身体里像是有一只凶兽在叫嚣着破笼，语气调笑地回他们道："回去调教老婆。"

屋子里的男人们发出此起彼伏的呼声，继续饮酒作乐。

深夜，鲍妈妈急匆匆地跑去给佟夫人报信，佟夫人都已经打算就寝了，又披着衣服出来了。

鲍妈妈小声地告诉佟夫人："少爷进了新房跟少奶奶一起睡的，灯都熄了！今夜定然不会出来了！"

佟夫人一愣，旋即脸上也染上了喜悦，双手合十道："阿弥陀佛，这俩孩子总算好了。我也不求这位大小姐能够孝顺我，她能早点为佟家诞下长孙就好……"

那大抵是佩芷最不愿意回望的一段记忆，因为太痛。当危险真正到来的时候，她才发现身为一个女子，力量是多么的薄弱。

他能撞开反锁的房门，也能抢走她防身的剪刀。佩芷拼命地反抗，用尽全力回击,他们看似在互殴,可真正受伤的只有佩芷,一切也都木已成舟。

而佟璟元闻到了血的味道时,伸手向下一摸,接着打开了床头的台灯,在灯下细细地端详指尖的红丝。

昏黄的光影中,佩芷透过泪水看到他脸上浮现出病态疯狂的笑,接着就像一只疯狗咬到了一块完整的美肉一样扑食。

那肉是挂着血的生肉,来自这个时代下所有命不由己的人。

后来,佟璟元兀自点了支烟,凑近了缩在床里的佩芷。佩芷被呛得睁不开眼睛,不禁想到同样抽烟的孟月泠,她以前竟没注意,他从不在她面前抽烟,此时想起只剩满心的戚戚然。

佟璟元像是在安慰她:"你我是夫妻,我不跟你做这种事情跟谁做?你难道要我出去找别人吗?我也知道以前误会了你,我的错,今后我们好好的,再不提'孟月泠'三个字了。"

听到那个名字,佩芷眼眶里的泪像断了线的珍珠一样,流落到枕头上。

她突然低声地说了句:"我想去看戏了。"

佟璟元一愣,问道:"你说什么?"

她像是自言自语,喃喃地重复:"我想去看戏了。"

次日清早,二人醒了之后,鲍妈妈专程把早饭送到了房里,那张老脸挂着令人作呕的喜悦,立在桌边伺候他们用饭。

佩芷什么都吃不下,冷着脸开口:"你出去。"

鲍妈妈不听她的,而是看向了佟璟元。佟璟元瞥了一眼佩芷,又给了鲍妈妈一个眼色,鲍妈妈才不情不愿地出去了,还瞪了佩芷一眼。

佩芷不在意这些,强撑着喝了几口粥。她犯不着因为跟佟璟元怄气而苦着自己,等下还要回姜府去看望姜老太太。

屋内鸦雀无声之际,佟璟元开口打破了沉默:"佩芷,我昨日喝了些酒,下手难免失了轻重,后半夜酒醒之后肠子都悔青了,一晚上没睡。"

佩芷心想,你睡没睡跟我有什么关系,只是低头眼观鼻鼻观心,没理他。

第八章　咫尺隔天涯

佟璟元伸手过去摸她的手，佩芷猛地扔了羹匙，动作夸张地躲掉了。佟璟元又凑过去想要揽她，像是觉得佩芷在跟他闹无伤大雅的小脾气，他愿意花些心思去哄她。

佩芷直接站了起来，木着一张脸盯着他。

佟璟元这才意识到，他以为佩芷会跟寻常女子一样，失了贞操之后就顺从了，尤其她要顺从的男人还是她的丈夫，这又不丢人，可他想错了。

但他还是忍下了要发脾气的冲动，依照自小对佩芷的了解，她一向是吃软不吃硬的，他得跟她好好说。

佟璟元先跟她打感情牌，坐在那儿问她："你难道非要闹得家宅不宁？你我已经是夫妻了，你以前跟别的男人的事情我也既往不咎，如今两家长辈都满意，我们俩好好地过日子，我今后一定补偿你。还是说你还在惦记着……"

佩芷否定："你少提他的名字！跟他一文钱关系都没有。"

佟璟元看似语气宠溺："好好好，我不提，我知道你们俩没什么事，是我误会了你。好妹妹，佩芷妹妹……"

佩芷听得直打寒噤，转身到柜子里拿了一件毛线开衫穿上，拎起手袋准备出门。

佟璟元抓住她的臂弯，语气严重了些："我在跟你说话，你好歹理我一句。"

佩芷说："听到了。你说完了？我要走了。"

即便是秋日里穿得严实，身上的看不到，还是能看到颌角和手腕的青紫伤痕，他盯着她的侧脸说："你还要回家去看奶奶？"

佩芷摸了摸他视线关注的地方，有些疼，突然意识到了什么，把头发拨到了胸前挡着："要去。"

佟璟元知道拦不住她，结婚之前姜肇鸿也早就知会过了，暂时要以姜老太太为重。

他跟着佩芷出门，低声地在她身边说个不停："佩芷妹妹，你还记不记得你十二岁那年第一次给报社投稿？当时你一颗心七上八下的，我五叔从天津回来告诉我，说你想我，我便立刻到天津来陪你。你的稿子自然被选上了。其实当时是我去报馆跟主编打点的，就是为了让你开心，我真的自小就喜欢你……"

佩芷在心里叹了口气，停住脚步质问他："你如今跟我说这件事做什么？让我知道你对我有多好，怕我今日回家告你的状，让我父母知道你昨晚打了我？你放心，你不知羞耻，我还要脸。还是你想打击我，我当年登报的文章是不够水平的，没有你佟璟元，石川不会有今天？你的如意算盘打错了，我的文章写什么样我自己知道，不需要你一个没读过书的人来评判。"

她兀自往外走，佟璟元跟在后面，快到门口的时候差门房去叫司机把新购置的那辆汽车开出来，接着挽留佩芷："你等会儿，坐汽车回去。"

佩芷拒绝："我叫黄包车。"

佟璟元把黄包车赶走了，拽回了佩芷："车子是你爹让买的，你便是不看在我的心意上，也要给他个面子。"

成婚这么些天了，他如今倒知道来讨好她了，佩芷冷笑，不得不跟他一起站在那儿等着。

车子开出来之后，佟璟元把车门打开，佩芷刚要上车，像是突然想起了什么，转头问他："我能去看戏吗？"

她并非为了征求佟璟元的首肯，而是因为她担心自己直接去了，佟璟元又要发疯，不管是在外面还是在家里，她都不会好受。

佟璟元的脸上闪过一丝狠戾，没想到她还惦记着这茬儿，遂强忍着脾气问她："你就那么想去看他？"

佩芷冷淡地回答："谁说去看他？我去看袁小真。"

虽然说佟璟元不懂戏，也不关注梨园行的那些事儿，但袁小真的名字他倒确实听过。唱老生的女人实在是稀奇，再加上那袁小真长得不错，他的一位友人似乎还追求过袁小真，当然没成功。

听说她要去看个女人，佟璟元放松了些许："那我派人跟着你，戏园子里鱼龙混杂，我不放心。"

佩芷在心里冷哼，他的心思她怎么可能不知，嘴上却没说话，直接

第八章　咫尺隔天涯

上车走了。

佟璟元立在佟家门口，半晌发出了个意味不明的笑，像是觉得平白赚到了一样。

那天晚上佩芷准备在姜家吃饭，除了姜肇鸿在外面有应酬，三个哥哥都在家。

她先端了一碗参汤要去喂姜老太太喝下，姜伯昀恰好也进来了，接过汤碗说："我来罢。"

他肯做这些事，佩芷乐意见得，便站在一边伺候着，间或用手帕帮姜老太太擦嘴，倒是一幅祖孙其乐融融的场面。

她几次伸手，姜伯昀瞟到了她手腕处新添的伤，天黑了灯光暗淡，他又有些不确定，便差使佩芷去把帕子给洗了。

佩芷走到水盆前，刚想挽起袖口，动作就顿住了，接着她便没挽袖子，一张帕子洗完之后自己的袖口也湿了。

这时姜伯昀放下了汤碗，留小荷在跟前伺候姜老太太，他便拽着佩芷出了房门。

不顾佩芷阻拦，姜伯昀扯开了她手腕的衣袖，争执间头发也甩到了身后，露出颌角的伤来，姜伯昀激动地说道："他打你？他竟敢打你！"

佩芷否定："没有，我们两个吵架，我也打他了。"

姜伯昀更怒了："你怎么打得过他？他一个男人，欺负你易如反掌。走，大哥带你去讨公道。"

佩芷强扯着他不肯走："大哥，你别去，我真的没事。"

姜伯昀的语气充满悲痛："自小爹和哥哥们都没打过你，才嫁到他们佟家不过半月，你身上这么些伤痕，你让我怎么忍？"

兄妹两个在屋外争执着，这时小荷跑了出来，满脸的急切："大少爷、四小姐，你们俩小点儿声儿，老太太听见了！"

佩芷赶忙跑进屋去，姜伯昀跟着，果然看到姜老太太在那儿哭个不停，那张乌灰的面庞已经许久没露出过慈笑，歪斜的眼角上挂着泪水，小荷怎么擦都擦不干净。

佩芷跪在脚榻上，整个人伏在姜老太太的膝头，跟着姜老太太一起哭了起来。姜伯昀的脸上挂着哀痛，立在那儿紧紧地攥着拳头，满心悔意，暗骂错看了佟璟元。

没想到那晚佟璟元亲自来接佩芷，门房笑呵呵地引着佟璟元进来，知会道："新姑爷来了——"

姜伯昀第一个冲出正厅，佩芷急匆匆地追了上去。姜仲昀和姜叔昀以及赵凤珊皆满脸的不解，只知道这俩人从吃饭开始就不对劲了。

佩芷没料到一贯沉稳的姜伯昀会那么冲动，直接上前去给了佟璟元一拳，她整个人挂在姜伯昀身上拦着。要不是怕伤了佩芷，姜伯昀必然还要动手。

佟璟元没脸反抗，生受了那一拳，被下人扶起来也不敢作声。赵凤珊怪罪姜伯昀："你怎么回事？好好的打璟元做什么？"

姜仲昀和姜叔昀像是猜到了一点儿苗头，姜伯昀朝着还在愣神的两个人嚷道："四妹身上有伤，你们俩还傻站着干什么？"

佩芷姑且能拦得住一个，怎么也拦不住三个，佟璟元只能紧紧地护着头，赵凤珊急忙叫下人去分开他们……院子里乱作一团。

这时姜肇鸿回来了，止住了他们，随后一家人进了屋子里说这件事。

姜叔昀受过西洋教育，思想新潮而大胆："离婚，这佟家四妹不能再待了。"

姜仲昀虽然不大支持离婚这一行为，但毕竟是亲妹妹，他也想不到更好的法子，便赞同姜叔昀："叔昀说得对，四妹得回家。"

姜肇鸿厉声地呵斥二人："闭嘴。新婚刚半个月就回家闹离婚，你让她今后嫁给谁？"

佩芷站在一边冷声地开口："我一个人还不能活了？"

姜肇鸿瞥了她一眼，也许是心疼着她，便没开口训斥。姜伯昀正准备说话，佟璟元竟直接给坐在主位的姜肇鸿和赵凤珊跪下了，一通认错，又表达了对佩芷的爱意，全然不顾及颜面。

接着姜肇鸿给赵凤珊使了个眼色，赵凤珊就带着佩芷出去了。

没一会儿姜肇鸿又来找她们母女俩。佩芷看着月色下姜肇鸿的银发和疲态，知道他为这个家操持着十分不易，她心疼他。可这不妨碍他依

第八章　咫尺隔天涯

旧让她心寒,且不愿意承认错看了佟璟元。

姜肇鸿安抚她道:"璟元认错了,他说自己是一时冲动。你们俩新婚不久,还没磨合好,当然不管怎样,璟元动手都不对,我让他给你认错,并保证绝不再犯。"

佩芷的一颗心跟头顶的月亮一样凉得彻底,他们只知道佟璟元对她动了手,却并不知道佟璟元是在床上动的手。佩芷不是十几岁的小姑娘了,这种事情佟璟元不可能不再犯。

佩芷有些哽咽:"结婚之前爸爸明明跟我说,我要是受了委屈,您会为我主持公道。连大哥那么死板的人都受不了,您就是这么给我主持公道的?"

姜肇鸿便说那些倚老卖老的话:"你还年轻,不懂夫妻相处有多不易。等过了这几年,你们两个也为人父母了,性子都沉稳了,就知道眼前这些事都是小事。"

寂静的院子里,下人都被遣出去了,只听得到赵凤珊啜泣的声音。

姜肇鸿甩了她一眼,显然是让她别再哭了。赵凤珊咬牙切齿地说:"你就是在顾虑你跟佟家的那些合作。几十年了,我还不知道你满脑子都想着赚钱?"

姜肇鸿愠怒:"胡说!我赚钱是为了谁?还不是为了这个家!我不赚钱,这个家早散了。你们吃的用的,哪个不用钱?"

佩芷已经把眼泪忍了回去,像是有些哀莫大于心死。

姜肇鸿又对她说:"璟元也说了,你成了婚之后一门心思扑在你奶奶身上,冷落了他,他心里不快活,其实他还是太在乎你了。爹想了想,你到底算是嫁到佟家了,整日里往娘家跑,传出去了多不好听。"

在这件事情上佩芷决计不让:"我必须每天都回来看奶奶,您别忘了,我不得不嫁给他的初衷是为了什么。"

姜肇鸿不会忘,点头答应:"没说不让你回来,可你也不能整天都待在娘家,倒像是佟家苛待了你一样。璟元说你有好些日子没进戏园子了,自从你奶奶病了之后。他愿意陪你去看戏,上午来家里照顾奶奶,下午出去逛逛,跟璟元培养培养感情,多好……"

佩芷冷笑道："璟元璟元璟元，满口的璟元说，璟元说什么您都信，是不是佟璟元才是您的亲儿子？"

说完她转身就走。佟璟元从屋子里追出来，急忙跟姜肇鸿、赵凤珊道别，和佩芷一道回去了。

车子路过凤鸣茶园的时候，门口灯火辉煌，来来往往的人络绎不绝。

佟璟元喊司机停下，问佩芷："你不是想听戏？我陪你去。"

接着他便要让司机去买票，佩芷把人叫住了，从手袋里掏出表来看了一眼时间，估摸着压轴戏快唱完了，那就要到孟月泠的戏码了。

"我今日没心情看。"佩芷拒绝，接着跟司机说，"回去罢。"

佟璟元回身看一眼热闹的凤鸣茶园，像是吃醋地说："怎么，还看了看时辰，怕遇到他？"

佩芷长长地吐了一口气，像是跟他同乘一辆车极其窒息的样子，但也没回击他的话。佟璟元一拳打在棉花上，也不自讨没趣了，两个人一路无话地回到了佟府。

佟家的汽车刚驶离凤鸣茶园门口的时候，孟月泠跟傅棠下了黄包车，错过得正好。

两个人一同进了茶园，嘴里说的是刚收到的邀帖。近些年天灾人祸频生，洋人的慈善拍卖募款方式流行起来，适逢刚上任不久的戴市长正想着一展宏图，准备在稽古寺那边再建一座学堂，和已有的官立中学堂一起，在铃铛阁一带兴办教育。

戴市长邀孟月泠前去致辞，至于傅棠，自然是想让傅棠掏些银子或者捐些拍品出来。

傅棠不打算去："我倒不是舍不得这点儿钱，你让我直接把钱给那些穷苦人家的孩子分了我都乐意，可那戴市长……你甭对他抱什么幻想，钱能有一半儿花在办学校上就阿弥陀佛罢，我瞧着他就是手头紧了，找个机会跟大伙儿要点儿。"

孟月泠竟像是答应了，淡淡地回傅棠道："他没想拔我的毛就成。"

傅棠稀奇了："你小心他真趸摸来个什么点翠头面、缂丝行头出来，到时候你想不掏钱都难。"

第八章 咫尺隔天涯

孟月泠说:"我是铁公鸡,并非一毛不拔,而是无毛可拔。不如棠九爷家产万贯,须得时时刻刻地提防着。"

傅棠听出来他又是在损自己呢,回怼道:"孟二爷可谦虚了,您要是都无毛可拔了,我也离下海唱戏那天不远了。"

二人你一言我一语的,调笑着进了扮戏房。

那厢佩芷和佟璟元回到佟府,下人就给佟璟元递上了邀帖,佟璟元打开看了两眼,他虽然没读过什么书,但也看懂了上面文绉绉的话。

"这戴庸霖又变着法儿地想着诓我的钱呢!"佟璟元嘀咕道,扬手就打算把那邀帖给丢了。

可他看到进了屋子的佩芷,计上心头,便拿着邀帖进去了。

天已经黑了,佩芷发现屋子里就他们两个人,便难掩心慌。

佟璟元看出了她的惊慌,心里不大好受,但又不知道该怎么化解,只能干巴巴地把那张帖子递了过去:"戴市长要办拍卖会,我陪你去看看?选几件你喜欢的珠宝首饰带回来,也当我捐善款了。"

佩芷没有打开看的意思,果断地拒绝:"我要照顾奶奶。"

佟璟元又碰了一鼻子灰,帖子就丢在了桌子上没管。眼看着天色不早了,他准备今夜睡在这儿,便唤丫鬟进来铺床。

佩芷防备地看着他,幸好等到上了床他身上的衣服还整整齐齐地穿着,佩芷提心吊胆地睡在床里,背对着他。

佟璟元看着她柔弱的背影,独自靠在那儿想了很久两个人小时候的事情,直到关上了灯躺下,他才在黑暗中开口:"佩芷妹妹,对不起。"

自打佩芷成婚之后,虽然时日不久,但肉眼可见她整个人沉稳了不少,可那沉稳是经由大悲大痛后被迫沾染上的,细数其中的情感,想必忧愁更多。

也许是见佩芷不开心,姜老太太的状态也跟着不好,佩芷只觉得那张老态龙钟的脸愈加疲惫了。两个人相互作用着,常常静默地独处半日,气氛早不如她还在闺阁时那般惬意。

佩芷心中憋闷,赵凤珊显然是受了姜肇鸿的意,下午日头还正盛着就催她回去。

佩芷便提着一副笑脸跟姜老太太道别，随后差遣司机送她到凤鸣茶园，她是真的想听戏了。

站在凤鸣茶园门口的时候，佩芷满心的惘然，如今才迟觉，当初停止学业后闷头钻进了戏园子，和如今再进戏园子，其实都是一种逃避。

换句话说，她跟那些耽溺于烟馆逃避乱世的瘾君子没什么区别。

司机是佟璟元的人，非要跟着她，佩芷没什么脾气，只当现成的人不用白不用，让他去买票。

票务处里的那个伙计是眼熟佩芷的，问司机："你是帮姜小姐买票？"

司机纠正道："是我们家佟少奶奶，不是姜小姐。还有没有包厢票了？"

伙计摇头，又点头，看得司机云里雾里的。接着伙计叫了看座的出来引佩芷进去，佩芷只当作买完了票，跟着进去了。

她被引到了南楼的第二间包厢，一个绝不陌生的地方。看座的说道："姜小姐，这包厢一直给您留着呢。"

佩芷本来不愿意进去，问道："还有没有别的包厢了？"

看座的摇头："这会子压轴戏马上要开锣了，近些日子小真姐的戏很是卖座儿呢。"

佩芷便也不再矫情，进去落座。

刚一坐下，周围其他包厢还有楼下池座儿的人都看了过来，佩芷这才意识到，想必这间包厢空了许久了，一直给她留着。当初他说只要他在凤鸣茶园唱一日，这间包厢就给她留一日，要她常来看他，佩芷想着这些，满心人事斑驳的荒凉之感。

那晚袁小真唱的是《搜孤救孤》，讲的是程婴为救赵氏孤儿舍弃自己亲儿子的故事。

宋小笙扮的程妻，被程婴以大义相逼，含泪舍子。佩芷看着台上眼熟的人，不知宋小笙何时搭了霓声社的班。都是些熟面孔，他们还做着自己原本的事情，只有佩芷变化斐然。

她不禁想到上次跟孟月泠一块儿听袁小真唱《搜孤救孤》时的光景，

第八章 咫尺隔天涯

两个人在包厢里毫不客气地表达对这出骨子老戏的厌弃，憎恶满口吃人的仁义道德。她抛出个话茬他就能懂其中的深意，她亦知道他心里是怎么想的，那些都是很美好的记忆。

袁小真一下了台就来包厢找佩芷，还是一身程婴的打扮，正好拦住了要出包厢的佩芷。

"不用人告诉我，我在台上就看到你来了。你要上哪儿去？"

佩芷如实说："准备走了。"

袁小真问道："大轴不看了？"

佩芷随便找了个借口："还有事，不看了。"

袁小真立马就明白了，她只是不想看孟月泠而已，便也没挽留，只问道："那你明儿个还来不来？"

佩芷答道："来看你的戏。"

袁小真笑说："那真是不胜荣幸，蓬荜生辉。"

佩芷便说："所以你可得挑些有意思的戏唱，《搜孤救孤》这种我最不爱看了。"

袁小真说："还有你这样直接点戏的？行行行，等我一会儿下去知会派戏管事一声。"

佩芷随手从无名指上拽下来一枚鸽子蛋大的翡翠镶金戒指，塞到了袁小真手里："这包厢我不能白坐，你别直接跟他说这是我给的，给春喜罢，就说是台下的座儿赏的。这样东西既到他手里了，我也坐得心安。"

袁小真看着手里那么大的戒指有些惊讶："即便你要给，也不必给这么贵重的……"

旁边的司机投过视线来，佩芷按住她的手让她把那戒指攥紧了，说道："我身上也没什么值钱的首饰，就这个罢，反正戴着也忒重了些。"

袁小真便没再推辞，答应下来，目送佩芷下楼离开了。

前台后台将两人生生地隔开，佩芷从正门出去，坐上车到登瀛楼去吃晚饭——她宁可自己在外边吃，也不愿意回佟府去。

孟月泠则跟傅棠在后台的扮戏房里一边闲聊一边上装，袁小真拎着髯口进来，傅棠主动说道："听说姜四来了？你去跟她说话了？"

两个人都暗自打量着孟月泠的动作，可他像是知道他们在盯着他一样，表面让人完全看不出端倪。

袁小真便答傅棠，故意没说佩芷已经离开了："嗯，来了。"

果然傅棠接道："那我一会儿找她去，跟她一起听静风的大轴。你听不听？"

袁小真这才说："听不了了，人家已经走了。"

傅棠语气悠长道："哦？倒二都听了，哪有错过倒一的道理？她这样子倒像是我们静风小气，不让她看一样。"

袁小真没接话，两个人显然是在等着孟月泠开口。

孟月泠语气淡淡的："我未曾说过不让她看。"

那显然就是盼着她来看。

傅棠又嘀咕道："也不知道她跟那佟家少爷日子过得怎么样……"

袁小真赶紧剜了他一眼，显然警告他闭嘴，傅棠收了口。

没想到孟月泠竟接话："棠九爷管得也太宽泛了些。"

傅棠自认应该打嘴。袁小真心里想着刚刚见到佩芷那副忧愁萦绕的模样，便没说出口。

她没着急坐下卸装，而是走到了孟月泠身旁，伸手把掌心的戒指搁在了桌子上——戒指在桌面上晃了两下，平稳地立在那儿。

孟月泠看了一眼，没作声，显然在等袁小真开口。

袁小真直说："今晚座儿上得有些满，小虎直接把她引到南二包厢去了，她就在那儿看的。"

孟月泠像是事不关己一样，冷声地说："没人不让她坐，那间包厢本来就是她的。"

袁小真说："可她如今……大抵是不想欠你，让我把这个给你。她让我别跟你说是她给的，本来让我交给春喜，我想着还是跟你说清楚了比较好。"

傅棠凑了过去，捻着那鸽子蛋大的戒面，对着灯光多看了几眼，小声地说道："这可是好东西，够给戴庸霖捐一所学堂了。可我瞧着眼熟，凡是过了我的眼的宝贝，我是不会忘的。"

第八章　咫尺隔天涯

他在那儿想了半天，戒指放在桌子上，孟月泠都准备出去上台了，傅棠突然拍了下大腿："我想起来了！"

春喜开了门，孟月泠迈出门槛的动作一顿，听到傅棠的声音从耳后传来："这不是她登报的结婚照上戴的婚戒吗？"

袁小真说傅棠是不是记错了，哪有把婚戒当彩头赏了的，孟月泠已经命令春喜："拿去找人把镶金和翡翠给拆了，换钱回来领赏。"

傅棠嚷道："这么好的工艺，也不用拆了罢？拆了价钱可要打折扣了。"

袁小真问："真要卖？留着收藏也好。"

他想这东西对他来说有什么好收藏的，给了春喜个眼色，春喜立马笑眯了眼睛答应："好嘞！"

次日佩芷还是照常那个时辰离开了姜府，前往凤鸣茶园。进门的时候她还留了心眼，看了下门口立着的牌子上写的戏码，过去她是全然不看的。

傅棠几乎跟她是前后脚的工夫，直奔着南二包厢而来。那时候冬天都已经快到了，他手里还拎着一把扇子，脸上带着笑，掀开帘子说道："哟，我瞧瞧，这不是佟家大少奶奶吗？"

没想到对上佩芷木然的面庞，他脸上的笑容也僵住了。

佩芷给了门口的司机一个眼色，他是佟環元的忠心奴才，还想着拦住傅棠。

傅棠落座后，台上的戏已经开场了，佩芷静静地看着台上的袁小真，没了以往的活泛劲儿。傅棠的心思却不在戏上，许久才幽幽地开口："你似乎不大开心。"

佩芷没看他："棠九爷多想了。"

傅棠追问："那姓佟的待你不好？"

佩芷发出了一个意味不明的笑，语气有些故作轻松，用像是以前那样调笑的语气反问他："你瞎想什么呢？不说盼我些好。"

她明明就在眼前，傅棠却觉得她离自己很远，不禁想到二人刚认识的时候，她撺掇他一起爬树，竟已经是多年前的事情了。

后来傅棠没再多问，像是受了佩芷的感染，整个人也有些沉闷，静静地看完了袁小真的戏。

袁小真一下台，佩芷一秒都不多留，拎起手袋就要走。傅棠情急之下拽住了她的手腕，她手腕上的伤还没好，疼得皱起眉头。傅棠被她夸张的反应惊到了，赶紧松开了手。

佩芷说："我还有事，真的得走了。"

傅棠和袁小真一样，没戳穿她找的这个毫无水准的借口，放她走了。

佩芷走之后，傅棠留在包厢里继续看孟月泠的戏，派了个人去跟着。不多会儿人就回来报了，说佟家少奶奶独自去了登瀛楼用晚饭。

傅棠还不大相信，问佩芷是不是在等人，却得到否定的答案，那便就是她自个儿一个人在外边吃饭。傅棠只觉得心底里有些闷闷作痛，说不好那种情绪到底是怎样的、因为什么。

戴市长举办拍卖会那天，佩芷刚到凤鸣茶园的门口，就发现今日袁小真的戏码排在倒一，倒二则是孟月泠，她本来要踏进去的脚也就收了回来。

这个时间吃晚饭确实有些早，可她还不想回佟家，便还是去了登瀛楼，先没急着点菜，而是喝了一盏茶打发时间。

佟璟元这时候来了。他不知怎么的，也许是受了佟老爷的命令，还是得去参加拍卖会，让戴市长薅一薅羊毛，来这儿是邀佩芷一起去。

佩芷想着要躲凤鸣茶园里的孟月泠，又吃不下去东西，也不愿立刻就回佟府，于是便答应了佟璟元。

佟璟元显然是极开心的，大抵因为这是他与佩芷成婚后头回露面，且他原本以为佩芷不会答应，没想到她居然同意了，算是意外之喜。

拍卖会在利顺德饭店的宴会厅举办，佩芷躲孟月泠躲到了这儿还是没躲掉，原来他今日跟袁小真对调了排戏顺序竟是为了来参加拍卖会。

孟月泠上台致辞的时候，佩芷眼看着佟璟元的脸色沉了起来，心道不妙。旁边亦有些听说过她跟孟月泠往事的人频频地投过来目光，佩芷

第八章 咫尺隔天涯

伴装不知,该鼓掌时便随大流鼓掌,看起来没什么过多反应。

其实她心里边时刻担心着佟璟元发疯,幸好他暂时还算正常。

那天姜肇鸿没来,来的是姜叔昀,想必是觉得姜叔昀更熟谙这种场合。

佟璟元看到佩芷突然朝着远处露出了一个浅浅的笑容。自从结婚之后他便没见她笑过,一瞬间有些恍神,接着忍不住在心里想她是不是朝着孟月泠笑。他循着佩芷的视线看过去,才发现是穿着西装的姜叔昀,身边还坐着一个外国女人,两个人想必正在用德语交谈。

佟璟元放下了心,脸上严肃的表情也疏解了不少。

这种场合看似轻松,其实明里暗里都是些金钱勾当,佩芷坐在那儿百无聊赖地看着,只当是打发时间,随时都有离席的打算。

起初多是些瓷器摆件、珠宝首饰,直到推上来了个等人高的物件,佩芷猛地抬起了头,脸上很是惊诧。那等人高的架子上挂着的正是当年孟月泠送给她的那件蟒服,原本应该摆在她家中的房间里,怎么被送到了这儿?

台上的拍卖师笑着介绍道:"这件蟒服据传是当年孟老板在天津唱《醉酒》时扮杨贵妃穿的,出自津门苏记的手艺,且没穿过几次,足有九五成新,适合收藏……"

佩芷忍不住看向姜叔昀,姜叔昀还如常地跟人交谈着,佩芷想也知道,他是不知情的。

收回目光时,她像是瞟到了孟月泠,他也在看向她,可佩芷不敢跟他对视。当初与他诀别时伤他实属迫不得已,她也是想着长痛不如短痛,才说了那些绝情的话,如今再伤他一次,实非她所愿。

佟璟元看着她的一通举动,虽然觉得疑心,但他跟在场的其他人一样,都以为这件蟒服是孟月泠捐出来的,见状只是冷哼了一声,没有叫价的意思。

竞价开始后,起初是千元递增,逐步被叫到了九千元,便没人再叫了。拍卖师开始重申价格,就在要宣布成交的前一秒,谁也没想到,佩芷举起了手。

宴会厅内顿时一片哗然，目光多聚集在佩芷和佟璟元身上，还有好事者则看向了孟月泠。

拍卖师见惯了大场面，如常说道："佟少奶奶叫到了一万元！"

这一声"佟少奶奶"颇显讽刺，佟璟元沉着脸，低声地问她："你今日答应跟我一起来，就等着在这儿让我丢人？"

佩芷冷声地答他："我只是看中了这身行头。"

佟璟元冷笑，显然不相信她的理由，阴鸷地坐在那儿一言不发。

其他人见佩芷叫价，便歇下了跟她竞争的心思，多少有些想看热闹的意味，巴不得这件蟒服被送到佟家。

眼看拍卖师又要喊成交，话刚出口就被堵了回去，众人跟着拍卖师一起看了过去，视线聚集在孟月泠身上，他轻抬起手，冷声地加价："一万五。"

佩芷大惊，在心里怪他凑什么热闹，又思虑着要不要继续加价。

其实这身蟒服落到他们两个谁的手里都是一样的，只不过毕竟是他当初送给她的，如今虽然说不是她的意思，但蟒服被拿出来拍卖，责任在她，不该由他出这个冤枉钱；可佩芷又一想，孟月泠此番加价显然是故意跟她较劲，她若是再加，他岂不是也要加？

佩芷正在犹豫之际，佟璟元帮她做了选择，举手开口："两万五。"

他这明显就是故意跟孟月泠叫板了，在场的各位谁也没想到今夜还有这场热闹看，最高兴的自然莫过于坐在那儿等着数钱的戴市长。

佩芷在桌子下拉佟璟元："你干什么？"

佟璟元嗤笑："你不是看上了吗？我帮你拍回来。"

远处传来孟月泠的声音："三万五。"

佩芷语气激动地跟佟璟元说："我不要了，你别叫了。"

佟璟元没听她的，再度举手："五万。"

佩芷把目光挪向孟月泠，想着他千万别再加了，他一向沉稳，定然不会做此等冲动之事。

没想到他还是举了手："七万。"

佟璟元的脸上挂上愠色，不顾佩芷阻挠开口："八万！"

第八章 咫尺隔天涯

孟月泠又叫"九万",佟璟元紧接"十万",整个宴会厅内只听到这二人你一句我一句的叫价声,连拍卖师都省了不少力气。

安静的氛围下佩芷仿佛听得清自己的心跳声,她已经放弃了开口,木然视之。佟璟元看到她惨白的脸色,嘴角露出嘲笑,接着在孟月泠叫到十五万之后,停下了举手的动作。

佩芷一愣,在桌下攥住他的手臂:"你怎么不叫了?"

这么高的价格,如果真的要有一个人花这个冤枉钱,她宁愿是佟璟元。

佟璟元倒也不傻,故作大度地说道:"既然孟老板势在必得,我愿拱手相让。"

佩芷瞪了他一眼,打算自己举手,手刚伸出去就被佟璟元给拽了回来。

佟璟元说:"差不多行了。"

他也觉得佩芷再叫下去会让他丢人,可佩芷还是不想让孟月泠拿这个钱,她知道唱戏的赚钱有多不容易。

眼看拍卖师就要喊成交了,佩芷焦急地想要直接开口叫价,佟璟元收紧了攥她手臂的动作,疼得佩芷没张开口。

佟璟元冷声地给她陈述事实:"你若是想让他再多加几万,大可以继续叫。"

佩芷不解,佟璟元说:"在他眼里,我们两个是一体的,你叫或是我叫,他都不会让,你还不懂吗?"

佩芷停止了动作,佟璟元见她安静了下来,便伸手抚了下她的头。

接着拍卖师宣布孟月泠以十五万的价格拍得缂丝蟒服,可谓乐善好施。厅内的掌声震耳欲聋,佩芷却全然笑不出来,整个人像失去了力气一样靠在了椅背上。

佟璟元看她一副失魂落魄的模样就气不打一处来,在桌子下强行握住了她的手,贴近她的耳边说:"你最好别在这儿表现出要死不活的样子来,不知道的还以为你的心跟着那件衣服一起跑孟月泠那儿去了……"

佩芷瞪了他一眼,不着痕迹地躲开他。

拍卖会还在继续，蟒服被推了下去，又呈上来了一条玛瑙手钏。佩芷不过看了一眼，就转头跟佟璟元说："我想要这个。"

佟璟元先是一喜，这还是她头一回跟他要东西，随手举了下手跟价，很快将手钏拍到了手。

没想到接下来的所有拍品她都要，佟璟元不举手叫价，她便自己举手跟价，至于这账，自然要计到佟璟元的头上。

就连拍卖师也说："佟少爷真是宠佟少奶奶啊……"

佟璟元强揽着她在人前做戏，像是一副鹣鲽情深的样子。孟月泠在远处看着，他已经看了很久了，也看不下去了，再多待一秒都是煎熬，起身就走。

其实佟璟元看似亲昵地贴在佩芷的耳边，嘴里说的却是："你在这儿帮他报仇呢？你放心，钱我多的是，也舍得给你花。但我希望佩芷妹妹懂什么叫适可而止，否则对你我、对他都不好。"

佩芷便没再继续竞拍了，拍卖会终于结束了，看起来皆大欢喜。

两个人一路无话回到佟府，面色看起来都不大愉悦。

等到深夜上床熄了灯，佟璟元突然脱了上衣，扑到了佩芷身上。他这次像是学聪明了一样，不再跟佩芷互殴，虽然被佩芷抓到了几下，但他的主要目的是把佩芷制服住，避免让她受更多的伤，不然他没法儿跟姜家人交代。

佩芷一想到那夜发生的事情就发抖，哭着问他："你就这点能耐？你放开我，堂堂正正地跟我打一架。"

她还想着打架，他的笑声挂着暧昧，无形中碾轧着她的纯真："今晚你让我多花出去那么多钱，还不准我现在跟你讨要讨要了？"

佩芷咬牙切齿地说："佟璟元，你拿我当什么了？花了钱就要跟你做这码子事？"

佟璟元愣住了，收住了撕扯衣服的动作，她趁机挣脱开，把自己紧紧地裹在被子里，缩了起来。

他靠在床头，朝她说道："我只是想不出如何回击你说的话，你跟那些女人自然不同。我喜欢你，你是我明媒正娶回来的妻子，所以我不该

第八章　咫尺隔天涯

那么对你。"

佩芷不愿意听他这些冠冕堂皇的话，把头也蒙进了被子里，他则兀自说下去："可这种事情你逃不掉的，等我教会了你，你就不会再这么抗拒了。"

他想要驯化她，佩芷机敏地察觉到了。

那夜她只记得他最后说："我愿意相信你只是看上了那身衣服，跟他没关系，今天这件事就算过去了，我们俩今后好好的。"

他倒是说过去就过去了，孟月泠平白无故地花出去十几万，佩芷心里那道坎儿过不去，她准备明日直接到商会找姜肇鸿质问。

可也许是深夜里的悲观情绪作祟，又或许是她对姜肇鸿已经失望到一定地步了，觉得他做出来私自决定把蟒服捐出去的事儿也不意外，她甚至闭着眼睛都能猜到姜肇鸿的说辞。

眼下倒是还有件事，她准备去找袁小真，托袁小真帮她一次。浑浑噩噩地这么想着，佩芷便睡着了。

接着漫长深冬如期到来，那年冬天多雪，初雪便浩浩荡荡地把整座津城覆白了。

恰巧赶上一日小雪，气温不算太冷，姜老太太坐在轮椅上，佩芷陪着她立在屋门口看雪，身边还烧着炉子。姜老太太身上盖着厚厚的毯子，头上也戴着一顶獭兔皮绒帽，双手插在袖筒里，脸上还热得有些发红。

佩芷坐在一个小马扎上，给她讲南戏《拜月亭记》的故事：瑞兰与蒋世隆在逃难途中私订终身，瑞兰父责其放浪，迫其回家，瑞兰思念世隆，于亭中拜月祈求再相会；后来世隆高中状元，瑞兰父招婿，恰巧就是瑞兰日思夜想的人，阖家圆满。

故事讲完合上本子之后，佩芷沉默了片刻，看着眼前皑皑白雪下雍容的府邸，和佟府如出一辙的奢丽，颇有些"冠盖满京华，斯人独憔悴"的意味。

一晃姜老太太都已经病了这么久了，佩芷像是自言自语，又像是在跟姜老太太说："奶奶，您可得快点好起来啊……"

回应她的只有微弱的呜啊声，听得佩芷的一颗心更沉了。

那日姜肇鸿临时回了家中用午饭，佩芷听下人来报老爷回来了，立马穿上了大衣便走，和进府的姜肇鸿擦身而过。

姜肇鸿指着她的背影，语气哀痛地叫了声"晴儿"。佩芷双手插在大衣口袋里，冷漠的面庞掩映在厚实的毛领间，只回头看了他一眼，像是离他很远的样子，转身后越走越远。

她又独自去了登瀛楼。菜还没上齐的时候，她站在二楼包厢的窗前，从手袋里拿出了一盒白金龙香烟，点燃后静默地立在那儿，看着空中飘落的雪片，伸手便能接住，然后瞬间融化。

烟盒里面没有附赠烟花卡，像是有些事情一生只有一次，错过了便不再有。

孟月泠和傅棠恰巧要到登瀛楼斜对面的三宝茶楼会友，一下了车就停住了脚步，帽子还拎在手里没戴上，便遥望着远处。

傅棠从车的另一侧绕了过来："怎么了？瞧什么呢？"

顺着孟月泠的视线看过去，连傅棠也沉默了。二人立在雪中，直到远处那人关上了窗子，傅棠拍了拍孟月泠的肩膀，他才戴上了帽子，转身进了三宝茶楼。

那阵子佩芷的日常实在是乏善可陈：在姜家陪姜老太太半日，下午到凤鸣茶园，有时候去得早了，倒三的戏码还没唱完，袁小真要是化完装了就会到包厢里陪她坐会儿，说说话解解闷；偶尔也会和傅棠一起看，只是这压轴戏看完是必走的，正好避开了和孟月泠打照面的机会。

她俨然已经成了登瀛楼的常客，从不回佟家跟佟家二老一起用饭。在佟夫人的交际圈子里，佩芷的名声是极差的。

她晚上少不了要应付佟璟元，倒是没再发生像第一夜那样的大打出手，可若说佟璟元没有用强，自然也是不可能的。正如佩芷所预料的那样，他在试图驯化她，她看似并未激烈地反抗，佟璟元本来以为胜利在望，却不想她只是换了个反抗的方式，消极而顽固。

他征服不了她，从一开始白日里和朋友赌钱喝酒，逐渐演变成每日回家越来越晚。佟夫人让佩芷多管教佟璟元，还说佟璟元不过是想看佩芷吃醋，自然被佩芷给挡了回去。

第八章 咫尺隔天涯

这年冬天比往年都要冷，天气一冷，佩芷便有些犯咳嗽。那日清早佟璟元正对着镜子系衣服扣子，看到她在喝药，问道："不就是小毛病？怎么还开始喝药了？"

佩芷没答他，他又没话找话："哪个大夫开的方子？以前没见你吃过，靠不靠谱？"

佩芷含糊地说道："你说哪个以前？"

佟璟元说："当然是我们小时候。"

佩芷便说："小时候你天天住我家？你怎么知道我吃不吃药？"

论吵嘴他一向是说不过她的，佟璟元便没再管她吃药的事儿，反正那苦哈哈的药汤又不进他的嘴里。

各自准备出门之前，他又问她："听闻你昨晚跟棠九爷一块儿在登瀛楼吃的饭？"

佩芷点头，见他脸上那副争风吃醋的模样，语气有些冷嘲热讽："怎么，嫁了你之后我连跟别的男人吃饭都不成了？"

佟璟元知道她一向跟傅棠交好，傅棠他是惹不起的，便只叮嘱了一句"注意分寸"，佩芷自然没搭理他。

那时已经是岁末了，一年将尽，佩芷却没什么辞旧迎新之感。

佩芷回到姜家后发现姜仲昀和姜叔昀都在家。姜仲昀本来就没什么上进心，不去上班是常事；姜叔昀并未从商，而是自己在海关寻了个政府的差事，因大雪而辍班在家一日。

两个人正议论着《大公报》上的新闻。

佩芷不大关注这些时政，她眼下只顾小家，或者说顾姜老太太，她把整颗心的盼望都交在奶奶身上了。

陪着姜老太太半年了，姜老太太什么状况姜肇鸿这些男人不了解，可寸步不离的她再怎么逃避也心如明镜。如今她倒像是在陪着姜老太太等死，只是不知道怎么说服自己接受有朝一日无可避免的死亡。

下午她照常去了凤鸣茶园，门口的牌子上写着今日的戏码——孟月泠大轴唱《断桥》，袁小真压轴唱《失·空·斩》（《失街亭·空城计·斩马谡》。

她到得早，倒三的戏码才刚演完，眼看着检场的在整理台上的砌末，南二包厢的帘子就被掀开了。

她原本以为是傅棠，连头都没抬，没想到那人直接坐在了她身边最近的座位上，佩芷这才扭头看过去，发现是佟璟元。

他素日里在佩芷这儿尝不到甜头，便常往外跑，醉酒更是常事。这会儿天都要黑了，他显然滴酒未沾，眼神清明。

佩芷问他："你来干什么？"

佟璟元笑着给自己倒了一盏茶："来陪我太太看戏。"

依佩芷对他的了解，他绝对不可能老实地看戏。佩芷巡视了一周后收回目光，低声跟佟璟元说："大庭广众的，你别胡闹，赶紧去找你的狐朋狗友去。"

佟璟元已经喝了一口茶水，皱起眉头有些嫌弃，把剩下的半盏随手洒到了地上："谁胡闹了？我想着近日有些冷落你，便专程来陪你看戏，不求你感激我，可你也不能赶我走罢。"

眼看着袁小真的戏要开锣了，佩芷懒得跟他废话："随你的便。"

袁小真扮的诸葛孔明上了台的时候，包厢的帘子又被掀开了，是凤鸣茶园看座的小虎，来给他们送茶。

小虎说道："姜小姐，棠九爷让我来给您送壶好茶。"

佩芷这才发现，傅棠就坐在正对面北二的包厢里，不知什么时候到的，想必是知道佟璟元在这儿，便没来找佩芷。

其实佩芷看戏的时候是不大喝茶的，即便喝茶也就是润润口，她并不懂茶，对糕点倒还考究些。佟璟元也知道这壶茶是送给他的，便朝着对面的傅棠抬手作了个揖表示感谢，傅棠则微微地颔首算作回应。

茶送到了，小虎转身要走，佟璟元把人叫住给了赏钱，小虎笑着说："多谢佟少爷赏。"

没想到佟璟元说："你叫我佟少爷，怎么叫她却是'姜小姐'？"

小虎显然愣住了。佩芷则觉得佟璟元在刁难人，给小虎了个眼神让他下去。门口的司机自然听佟璟元的话，又把小虎给拦住了。

佟璟元逼问："今后该叫什么？"

第八章 咫尺隔天涯

小虎不得不改口："佟少奶奶……"

佩芷旁观一切，她一直隐忍不发只是因为不想跟佟璟元在戏园子里吵起来，想想就觉得丢人。接着佟璟元挥挥手放小虎出去了，佩芷则转头看向戏台，一句话都没多说。

佩芷眼睛虽然看向戏台子，心里却想着，她好不容易从"姜四小姐"变成了"姜小姐"，如今又成了"佟少奶奶"，实在是讽刺。

早先凤鸣茶园的人都是叫她"姜四小姐"的，可实话说她并不喜欢这个称呼，就像孟月泠不喜欢被称为"小孟老板"一样。还记得那次去南京参加为张少逸丧事筹款的义务戏，孟月泠跟别人介绍她，说她是姜晴姜小姐，而并非天津姜家的姜四小姐。这种细微的思虑，即便傅棠都是浑然不觉的。

佩芷出神之际，台上正演到马谡和王平与张郃对打，败给了张郃。

佟璟元显然已经忍了很久了，这才指着台上的马谡问她："那个花脸的胡子怎么那么长？"

佩芷不情愿地开口："那不叫胡子，叫髯口。"

佟璟元"哦"了一声，又指向戴着翎子的张郃："那为什么只有他头顶插着两根鸡毛？"

佩芷冷声地说："那叫翎子。"

佟璟元连着被她怼了两句，语气有些悻悻的："我什么都不如你，全然不懂这些。"

佩芷虽然没看他，心中却是一沉，那一瞬间不禁有些慨然，她其实不恨佟璟元，只是觉得他可怜。

当初她凭自己的本事考上中西女中，英文考试是找了个洋先生临时抱佛脚学的。入学后她也始终名列前茅，中西女中沿用的是外国的学分制，佩芷比同龄人晚入学一年，但最终却是早了她们一年就修够了学分毕业的。

记得读中西女中的第二年，佟璟元专程从北平来天津看她，嚷嚷着自己也要考学校读书，要紧跟着佩芷的脚步，结果自然是没考上；又因为面子上挂不住，佟老爷托关系把他塞进了个学府，可他入学后的成绩做不了假，上课也听不懂，自然是没读下去。

至于听戏，他就更不行了，看了半天的《失·空·斩》，怕是连人都没认全，对三国历史更是一窍不通，他想必都不知道《三国演义》并非史实，而是戏说杜撰。

佩芷一向瞧不起佟璟元，可又一想，她不愿意被唤姜四小姐，可过去何尝不是在借着姜四小姐的身份行使特权。当初她闹着读大学看起来像是反抗，可那反抗亦是不彻底的，后来沉浸在戏园子里虚度光阴那些年，她其实与佟璟元没什么太大分别。

佩芷像是发了善心，给佟璟元解释道："髯口跟角色的性格有关系。至于翎子，张郃是司马懿的手下，非汉室正统将领，算作藩王藩将一类，所以戴翎子。"

她只能笼统地给他解释，细说起来一时半刻都说不完。

佟璟元却露出了笑容，像是看戏的兴致更浓了。佩芷用余光扫了他一眼，其实他的容貌倒也不错，笑起来是好看的，可她实在是没什么欣赏他的心思，只觉得可惜了这么一副皮囊。

她不过对他动了片刻的恻隐之心，佟璟元还是那个佟璟元。《失·空·斩》唱完之后，佩芷起身要走，他却拉着她再度坐下，佩芷疑惑地看向他。

他显然已经弄清楚了孟月泠的戏码是安排在最后的，于是跟佩芷说："都说最后一场戏才是最好的，你着急走什么？"

佩芷就知道他没安好心，可胳膊正紧紧地被他攥着，直到孟月泠已经要上台了，她知道逃不掉，冷声让佟璟元松开手。

佟璟元知道她这些日看完压轴就走，从未看过孟月泠的戏，他像是要试验佩芷是不是真的对孟月泠断了情意一样，非要她坐下来看这出戏。

佩芷则想，她本来不想看孟月泠，可既然他强拉着她看，那她便却之不恭。扪心自问，她自然是想看这场戏的，她都已经半年没在台下看过孟月泠了。

那场《断桥》孟月泠唱白素贞，宋小笙唱小青，许仙则是霓声社的一个小生唱的。

第八章 咫尺隔天涯

小青拔剑怒视许仙，白素贞朝许仙道："手指着负心人怨恨难填——"

佩芷看着白素贞脸上爱恨交织又愤恨悲切的表情，总觉得那就是孟月泠的表情。她透过白素贞看到了他，那句指责负心人的话也像是在说她，听得她的心脏一沉，满脸的羞愧。

佟璟元看着她愣愣的表情，嘴角闪过一丝冷笑，接着他从盘子里拿了一块桃酥，状若亲密地要喂给她，佩芷摇头拒绝了。

他显然不容她拒绝，强行把桃酥凑到了她的嘴边。两个人离得那么近，在外人眼里倒像是爱意正浓的样子。

佩芷想到孟月泠曾说台上的角儿最爱看向的就是南二包厢，便不想再跟佟璟元这样下去，于是接过了桃酥，随手放在了桌子上。

佟璟元看她的眼睛黏在台上，冷声地道："你连一秒钟都舍不得错过他？"

佩芷像是要证明她舍得的样子，扭头看向了佟璟元，没想到佟璟元抬起了手。那个不愉快的夜晚的记忆涌上佩芷的心头，她下意识地躲了一下，还用手护住了自己。

在一瞬间里，佟璟元发出狞笑，他其实只是想帮她抚下鬓角的头发。对面包厢的傅棠一直关注着他们的动向，急得站起了身来随时要冲出去。

至于台上的孟月泠，刚指着许仙喷出三个"你"字，正该接"你忍心将我伤"的唱段，直接唱走板了。

整个戏园子先是安静了半会儿，接着想必是懂的给不懂的指出来了孟月泠刚刚的失误，下面开始爆发叫倒好儿的声音。天津的戏迷本来就苛刻，尤其是孟月泠出科十余年，犯错的次数屈指可数，如今被他们逮住了这一次，自然不会轻易放过。

台上的三个人还照常唱着。俗话说"戏比天大"，甭管台下怎么着，台上都是照唱不误的。孟月泠只是漏了两拍，很快便跟上了调子，台下的观众也都恢复如常了，只是这事儿等出了戏园子必定是要传得沸沸扬扬的。

佟璟元显然看出了些门道，故意问佩芷："他这是出丑了？"

佩芷联想刚刚佟璟元伸手和孟月泠走板的连贯性，确定孟月泠一定是偷偷地看她了，只觉得心中更加哀戚，不愿意再继续留在这儿影响他。

她白了佟璟元一眼，转身就走。佟璟元冷笑着坐在包厢里没管，对面包厢的傅棠却出去了，在门口拦住了佩芷。

他问佩芷："怎么回事？刚刚看你躲闪的动作，他还对你动过手？"

佩芷到底还要些脸面，不愿意跟傅棠说这些，便故意挖苦他："棠九爷如今连我的家事都要管了？"

佩芷不懂傅棠心中的后悔与愧疚，挥手叫了一辆黄包车走了，徒留傅棠站在原地。

他确实后悔，钱财到底是身外之物，佟璟元都舍得这些钱，他怎么还舍不得了？他也愧疚，若是娶了佩芷的是他，他一定不会那么待她，她也不会变成今天这个样子。如今说这些，实在是为时晚矣。

等到孟月泠下了台，先是叫来了凤鸣茶园的管事，让他给外面的观众退票，钱自然由他来出。管事出去了之后，他正一个人坐在那儿出神，没想到那管事又回来了。

他今日唱走板了，台下自然是没人扔彩头的，佟璟元却傻兮兮地来给他送银票。孟月泠知道，佟璟元是想嘲讽他。

这么一会儿的工夫，傅棠已经重新挂上笑脸了，进门正好听到管事说是佟大少爷赏的，便主动帮孟月泠接过，嘲道："这姓佟的就是个棒槌。"

孟月泠心不在焉地笑了笑："他顶多算个树丫子。"

但这钱他不收白不收，转手又给了管事，抵了给观众退票的钱。

新一年的一月下旬，腊八刚过，满天津盛传孟月泠走板一事的风浪刚歇，大雪乌压压地堆满了院子，每家每户门口的红灯笼都挂起来了，姜老太太没能坚持过完戊辰年。

那晚佩芷正在屋子里描今年的九九消寒图，姜府的下人来报信，告诉她老太太没了。佩芷的心头一恸，笔尖的墨猛然砸到了宣纸上，落了那么大个墨点，把字都给盖住了。

第八章　咫尺隔天涯

反正图也毁了，佩芷扔了笔，竟好长时间说不出一句话来，等到反应过来，泪水早已流了满脸了。

那是近些年来天津卫最大的一场丧葬仪式，前往姜府吊唁的人数不胜数。

佟家还兴着旧俗，认为佩芷已经嫁了人，便不是姜家人了，眼下年节将至，若是戴孝倒像是咒佟家二老去世一样，可这孝服佩芷必然是要穿的。没等她张口，佟璟元便站在了她前面帮她说话，佟家二老只能听之任之。

停了七日的灵，佩芷的眼睛都哭肿了，也没怎么吃饭，夜夜跪在灵前，直到下葬时还不舍地哭喊着。

与姜老太太永别后，佩芷回了佟家，却把自己关在房内足有两日，不吃不喝，亦不肯出来见人。佟璟元也没了心思出去胡闹，日日在门外央求佩芷，不敢告知姜家人，又怕佩芷想不开，正准备破门而入。

没想到她自己出来了，在满院红彤彤的灯笼照映下，她木然地朝他说道："佟璟元，我要跟你离婚。"

适逢年关将近，孟月泠收到孟丹灵从北平发来的电报，叫他回家过年。孟月泠去年便没回去，今年倒是也该回去看看了，不承想这时傅棠来传话，姜府报丧了。

明明跟他没关系，心头却莫名地跟着一恸，准备回北平的心思就也歇下了。

傅棠不明就里，还问他："你今年回不回北平？想必你大哥催过了罢，何时动身？"

孟月泠有些怔怔地坐下，心不在焉地答傅棠："暂时先不回了。"

傅棠便说："不回也成，到时候上我那儿去过年。"

西府到底养了不少下人，即便春节有回家去的，也还能凑起来些热闹。去年这时候他便是在西府度过的，当时佩芷要跟家里一起，但大年初一就来西府拜年，还恬不知耻地跟他们俩要压岁钱，自然被傅棠给啐了。不过一年的时间，人事俱已斑驳了。

姜府门前一通哀戚地热闹了好些日子，姜老太太风风光光地下葬，那时已经是腊月末了。

耿耀滕好热闹，每年这时候戏园子都关门了，戏班子也封箱了，他是必要请名角儿来家里唱堂会的。孟月泠虽然不唱堂会了，但耿六爷相邀，他也要去走个过场，反正是在台下看着，不用他出力。

今年正好赶上姜老太太年关底没了，耿耀滕和姜肇鸿交好，明面上自然不再像往年那么热闹，但还是下了帖子请他们。孟月泠、傅棠、袁小真都去了，段青山闲着无事，也跟着来了，耿六爷亲自相迎，他倒是极爱跟他们这些伶人聚在一起。

那日私宴多是些喜好京戏的人，段青山带了一盒茶叶送给耿六爷，耿六爷翻箱倒柜地要找宝贝回给他，气氛倒和睦。后来一行人聚在花亭里，烤着炉火，唱起了"清音桌"。

说起这清音桌，是有来头的。早年宫里国丧，上头下令遏密八音，戏班子不能干等着挨饿，便开始不加伴奏素唱，名曰"清音桌"。

今日耿六爷请的是个天津的老戏班子，苏和社。

傅棠低声地跟孟月泠咬耳朵："还不如我上去唱。以前还没觉着，你要是不来天津，我竟要日日受此折磨。"

实话说这苏和社的台柱子唱得没那么差，也就是个平平无奇的水平，傅棠有些言重了。孟月泠提醒他："由奢入俭。"

袁小真坐在二人身后听得真切，心道他们俩讲话不客气，便伸手戳了戳傅棠的后肩提点。傅棠比了个噤声的动作，便没再说了。

那厢有个天津名票正和耿六爷攀谈着，声音不大不小，正好他们几个听得清。

想必是那名票觉得稀罕，问耿六爷怎么办起了清音桌来，耿六爷说："肇鸿的母亲去世，我这边大肆办堂会总归不好，可我又好这口儿，想听了，便弄这么个清音桌罢。"

说起来姜老太太去世，耿六爷转头跟他们说道："晴儿难过坏了，眼睛哭得红得跟个兔子似的。那丫头啊，一向跟老太太亲厚，突然间人没了，定然是受不住的。"

第八章 咫尺隔天涯

傅棠瞥见孟月泠撑在椅子旁边握拳的手,无声地把茶碗推到了他的面前,示意他喝茶,转头接了耿六爷的话:"她一门心思扑在她祖母的葬礼上,我们也许久没见过了,不知她如今状况如何。"

聊起这些闲事来,耿六爷一向是不设防的,掀开茶盏吹了两口,摇头道:"自然是没个好儿。丧礼之后回了婆家,上回见了肇鸿我一问,说是病了。"

孟月泠问:"病了?"

耿六爷睃了他一眼,点点头。

傅棠显然是帮他找补,说道:"小真,等姜四病好了,你可得瞧瞧她去。上回她不是还跟你吹自个儿几乎从不生病吗,可得臊一臊她。"

袁小真帮腔道:"对呀,等过完除夕我去给她拜年罢。"

孟月泠在那儿兀自出神,耿六爷动了动眼珠子,低头继续喝茶,没说什么。

傅棠又挥手让人给孟月泠添茶,手指在桌子上点了点,孟月泠这才露出一抹笑来。他跟别人不同,寻常人都是越开心越爱笑,他一向不爱笑,凡是笑了,要么是应酬场合上不得不挂上假笑,要么便是心里有事,嘴上才笑得多。

没想到次日佟璟元竟来了万花胡同,孟月泠原本以为他是来找碴的,可他的态度倒恭顺,虽然细看有些不情愿。

他竟是来谈公事的,想找孟月泠唱堂会。

佟府里也有一座戏台子,佟家二老时不时地攒局,在家里办过不少回堂会,戏台子也不像姜府的鸾音阁闲置已久。

实话说孟月泠听到的一瞬间是动心的。佟璟元不懂戏,外界皆知他早已经放言不唱堂会了,佟家二老要请也不会来请他,那么佟璟元此举定然是为了佩芷。

接着他又觉得哀戚,他不知内情,只觉得人家夫妻俩伉俪情深,他算个什么呢?

果然,佟璟元说:"我太太倾慕你的戏许久了,近日姜老太太去世,她忧郁成疾,因此我亲自登门,想请你到家里去唱一场,权当博她一笑。"

不仅孟月泠，怕是满天津加上满北平的人也没见过佟璟元如此谦卑的样子。

孟月泠冷着一张脸，心里踯躅着要不要答应。他确实是想答应的，因为心里忍不住担心她，不知她眼下是否已经度过了最哀伤的时候，又怀疑她会不会想不开。

可他又不想去，虽然说上次在凤鸣茶园见到佩芷躲闪佟璟元的动作让他产生过怀疑，可不论是拍卖会佟璟元手笔极大，还是今日佟璟元不顾颜面上门邀他，都能证明他们夫妻两个的感情不错，否则依照佩芷的性子，是一点委屈都不肯受的。

见到他不答话，佟璟元又说："霓声社的段老板我也找过，他答应了，还有那个袁小真，就差你点头了。堂会在大年初一办。我不懂你们内行的价格，我知道你贵，可不论多少钱，我都按最高的来出，我也出得起。"

他拿钱砸人，孟月泠立马清醒了不少，冷声地说："我早不唱堂会了。"

佟璟元自然不走，语气染上了一些焦急："那还是钱没给到位，你直接说个数。"

他越急，孟月泠心里就越不是滋味。两个人你来我往地拉扯了几句，佟璟元眼看着这事儿是没谱儿了，便气冲冲地要走。

没等出门，孟月泠把人叫住了："我答应了，价钱按行情来。"

佟璟元的脸上瞬间挂上了欣喜，像是摒弃了对孟月泠的敌意一样扭头看过来。孟月泠只扫了他一眼，拎起桌子上的书继续读，赶客的意思极其明显。

孟月泠承认，他还是放心不下，就当作借机看看她，她过得好他也就放心了。这是最后一次，从此再无瓜葛。

那天佩芷刚跟佟璟元说完要离婚就晕倒了，接着连夜发了高烧，卧病在床了几日，等到好转了些的时候他们已经是除夕了。

她未曾出门，佟璟元宿在自己原来的房间里，没敢打扰她，她这院子里倒也清净。

第八章　咫尺隔天涯

殊不知除夕夜众百姓亲朋之间走街串巷，都在议论着孟月泠答应佟家唱堂会的事儿。

早些年他才刚声名鹊起，不唱堂会了之后被人嘲讽是窑姐穿回了衣服，如今又唱了，倒算是再下海了，说出去有些难听。

众人言辞之间很是玩味，有知道内情的人说，孟月泠其实早就唱过了，便是前年姜老太太祝寿，明面儿上请的是孟月泠师妹秦眠香的眠香社赴津，实际上孟月泠也给客串了一出《四郎探母》。

孟月泠如今应承的这场虽然是给佟家唱的，但谁不知道姜四小姐新嫁的佟家。这两场戏都跟姜四小姐有关，再加上她嫁人之前和孟月泠的那些绯闻传得沸沸扬扬的，大伙儿立马便明白过来是怎么回事了，都道这姜四都已经嫁了孟老板还没死心呢，不禁感叹情之一字真是害人不浅。

孟月泠不在乎别人是如何说的。那时他到西府小住，准备过年，傅棠听说他答应了，自然不反对，想着让孟月泠亲眼见见佩芷的状况，到时候也就知道是不是自己多想了。

大年初一那日下午，佩芷是被佟璟元强行拉去看戏的。

离婚一事她铁了心，虽然还没闹起来，可佟璟元显然是看出来她的决心了，也觉察到了危机，不然他怎么可能去纡尊降贵地请孟月泠唱堂会。而佩芷一直按捺不发，一则是给自己养病的时间，二则恰逢过年，也让姜家人缓缓姜老太太去世的哀伤。

两个人挨着坐在台下，佩芷刚吃了一块枣泥酥，佟璟元眼巴巴地问她味道如何。

佩芷没给他好脸色，低声地跟他说："我上次说的话并非吓你，你也不必这么谨小慎微地讨好我，佟璟元，我意已决。"

这时孟月泠上了台，佟璟元指着台上岔开了话题："你看我把谁给请来了？你不就是爱看他吗，那我就请来让他专程演给你看。我今后再也不因为看戏的事儿跟你闹脾气了。"

佩芷因为跟他小声说话的缘故，凑得有些近，在外人眼里怕是极其亲密的样子，于是她挪远了点儿。看到台上的人后她愣了半晌，无言地看起戏来。

佟璟元看出了她的小动作，虽然面带不悦，但还是忍下了，想着先把她安抚住。

而孟月泠在台上难免也偷偷地看她，她的病显然还未大好，面色憔悴，细看眉目间还挂着哀愁，不知是因为去世的姜老太太，还是身边的佟璟元。

那日孟月泠唱了两出戏，第二出戏快结束的时候，佩芷才拿过桌子上的戏单子看，发现戏码早已经排好了，下一出是《彩楼配》，可后面的名字却不是孟月泠了。

她这才意识到，他就唱头两场。这时台上的戏唱完了，耳边响起阵阵掌声，孟月泠就在这股掌声中下了台。

佩芷起身，手里还攥着那张戏单子，走出了亭子。亭子外没了火炉，她身上披了一件厚实的大氅都觉得发寒，更别说他在台上穿得那么单薄，铁定冻得不轻。

这么想着，佩芷顺着游廊一路追到戏台后面，想必来唱堂会的人都安置在那边的院子里。还没出游廊，她追上了他，刚叫出个"孟"字，他就站住了，转头看向她。

那还是情断之后两个人头一次这样面对面地相视，带着一股久违的复杂情绪。

佩芷本来想问他冷不冷，嘴张着也没说出来。短短的这么一段路，她的鼻子都已经冻红了，口中吐着寒气。

佟璟元也跟上来了，就立在不远处，紧紧地盯着他们俩，视线中蕴藏着压迫感。

佩芷更说不出来了，孟月泠也不方便说什么，看了一眼远处的佟璟元，再对上佩芷含泪的双眼，那一刻他莫名地确信——他们还相爱着。

接着他抬起一只手放在胸前，缓缓地绕了一圈，最后深深地望了佩芷一眼，便看似决绝地转身就走了。

站在原地的佩芷却立刻哭了出来，她病还没好，又哭又咳的，怎么也止不住。

第八章 咫尺隔天涯

佟璟元不懂那个简单的动作为何意，佩芷却懂。

俗话说"内行看门道，外行看热闹"，过去她就是个爱看热闹的，真要说内行还得是傅棠之流。初看孟月泠贴演《霸王别姬》，佩芷不懂虞姬为何时常用手在胸前画圈儿，傅棠嫌她的问题低级，让她去问孟月泠。

孟月泠已经卸了戏装，穿一身长衫俱是风骨，抬手在胸前又做了一遍那个动作，耐心地告诉佩芷："这个动作，在戏曲里面表示担忧。"

所以此时他在无声地说：他为她担忧。

她哭成这个样子定然不能再回亭子里去，便直接回了房间。佟璟元跟着，直到进了房间才开口。

"你刚才要跟他说话，我没拦罢？佩芷妹妹，我真的改了，今后……"

"没有今后了。"佩芷揩干净了眼泪，分外认真地对佟璟元又说了一次，"佟璟元，我们离婚。"

佟璟元逃避她提出离婚的要求，只让她好好休息，便匆匆地离开了。佩芷独自坐在房间里，看着他逃跑似的举动，不禁发出冷笑。

那时的法律虽然比之前健全了不少，也更现代了些，譬如主张一夫一妻制，亦允许离婚，只是离婚的条文尚且不够明确。自从与佟璟元成婚后佩芷翻了不少书，还问过姜叔昀。

眼下想跟佟璟元离婚，唯一的办法就是夫妻二人联合起草声明，签字画押，便可宣布离婚，从此男婚女嫁各不相干。

可佟璟元肯定不同意，佩芷知道他这关难过，但看在那些还算美好的青梅竹马情分上，佩芷不愿意和他闹得难看，尚且寄希望于好聚好散。

晚上佩芷开着门，坐在桌子前看书，门旁突然出现了奢丽的宫装衣摆，接着露出了一抹倩影，脸正被手里的泥金扇挡着，做的是杨贵妃的打扮。

佩芷一瞬间有些错愕，还以为是出现了幻觉，看到了孟月泠。

可那扇子一挪开，佩芷看着那张陌生的化着戏装的脸，面色一沉——是佟璟元。

他摆弄了几个《醉酒》里的身段，靠近佩芷。佩芷坐在那儿，虽然没说话，但显然是在质问他此举为何意。

佟璟元蹲在她的脚边，以一个仰视的卑微姿态对她说："我这几日跟人学的。以前听说你还喜欢过周绿萼的这出戏，孟月泠也唱过。我是不懂戏，但我可以为了你去学，今后陪你一块儿听戏。"

佩芷毫无波澜，她一直觉得他可怜，此刻愈甚。佩芷平静地告诉他："早在那晚之后，我对你就失去所有的情绪了。"

佟璟元急切地说："你恨我那晚打了你对不对？我让你打回来，你今天就算把我打死都行，只要你能撒气。"

他拽着她的手朝自己脸上胡乱地打，盔头也被扫到了地上，滚到了一边去。

佩芷强行扯回自己的手："你别这样，现在说这些都没有用了。"

佟璟元说："怎么没用？！有用，佩芷妹妹，我喜欢你，我不愿意跟你离婚。"

佩芷说："我只想让你尽快答应，我们好聚好散，不想闹得撕破脸皮。"

灯光昏暗，佩芷不确定他眼眶中亮闪闪的是不是泪水，他的声音严肃又颤抖："姜佩芷，你就是不爱我，你一丁点儿都不爱我。"

佩芷不否认："我从未说过爱你。"

他脸上的戏装早已经花了，佩芷低头冷漠地审视他。实话说他生得很好，佟夫人年轻的时候便是京城数一数二的美人坯子，佟璟元长得自然不赖。可不是谁扮上了戏都能像孟月泠那般美得如观音一般，她已经见识过了更高的山了，佟璟元迷不住她。

后来他显然彻底情绪失控，在屋子里一通乱砸，不知摔了多少值钱的物件，整个人又哭又叫，质问她："你为什么不爱我？我到底怎么做，你才能爱我？！"

佩芷的脚边砸碎了个玉石盆景，她依旧岿然不动："闹够了便歇息罢。"

他瘫坐在地上，哀戚地说："你只是因为奶奶才跟我结婚……"

次日一早，袁小真来了佟府给佩芷送东西，佩芷嘴上说着："什么样的东西值得你亲自跑这一趟？"

第八章 咫尺隔天涯

袁小真说:"受人之托,忠人之事。"

佩芷接过一看,是个汤婆子,套着秋香色的套子,上面绘着双兔闹春,她绝不陌生的物件。

他用东西一向精细,套子还保存得好好的,上面泛着皂荚的清香。佩芷想到这个时候春喜定然回北平探亲去了,那这套子八成是他亲手洗的,嘴角不禁露出一抹淡笑。

袁小真说:"看到你笑了,我这一趟来得也值了。"

佩芷的手被汤婆子焐得热乎乎的,只觉得这个冬天忽然不冷了,春日将近。